Haar naam was Sarah

Van Tatiana de Rosnay verscheen eveneens bij Artemis & co:

Die laatste zomer
Kwetsbaar

TATIANA DE ROSNAY

Haar naam was Sarah

Vertaald door
Monique Eggermont
en Kitty Pouwels

Artemis & co

VERANTWOORDING MOTTO'S P. 7:
William Blake, 'Songs of Experience', vertaling
Jabik Veenbaas, in *A Thing of Beauty. De bekendste gedichten uit de wereldliteratuur.*
Verzameld en ingeleid door Menno Wigman en Rob Schouten
(Amsterdam: Bert Bakker, 2005).

Irène Némirovsky, *Storm in juni*, vertaling Manik Sarkar (Breda: De Geus, 2005).

Op p. 214 en 215 staan fragmenten uit de toespraak die premier Raffarin
op 21 juli 2002 hield tijdens de zestigste herdenking van de Vel d'Hiv'-razzia.

Eerste druk 2007
Zestigste druk 2011

ISBN 978 90 472 0179 3
Oorspronkelijke titel *Sarah's Key*
Oorspronkelijke uitgever Éditions Héloïse d'Ormesson
Omslagontwerp Marry van Baar
Omslagillustraties © Julien Bonet

Verspreiding voor België:
Veen Bosch & Keuning uitgevers n.v., Antwerpen

Voor Stella, mijn moeder

Voor mijn prachtige, rebelse Charlotte

Ter gedachtenis van Natacha,
mijn grootmoeder (1914-2005)

Mijn god! Wat doet dit land me aan?
Laten we het, omdat het me heeft verstoten,
koelbloedig aanschouwen, laten we toekijken
hoe het zijn eer en zijn leven verliest.

– Irène Némirovsky, *Storm in juni*

Tijger, tijger, vlammenpracht
In de wouden van de nacht;
Wat was de hand, het eeuwig oog
Dat jouw gevreesde strepen boog?

– William Blake, *Songs of Experience*

VOORWOORD

De personages in deze roman zijn volkomen fictief. Maar verschillende van de beschreven gebeurtenissen zijn dat niet, met name de gebeurtenissen die in de zomer van 1942 plaatsvonden in bezet Frankrijk, en in het bijzonder de grote razzia van het 'Vélodrome d'Hiver', die midden in Parijs plaatsvond op 16 juli 1942.

Dit is geen historisch werk en ik heb het ook niet als zodanig bedoeld. Het is mijn eerbetoon aan de kinderen van het Vel d'Hiv'. De kinderen die nooit zijn teruggekomen.
En aan degenen die het kunnen navertellen.

Tatiana de Rosnay

PARIJS, JULI 1942

Het meisje hoorde het harde gebons op de deur het eerst. Haar kamer lag het dichtst bij de ingang van het appartement. Ze was nog zo versuft van de slaap dat ze eerst dacht dat het haar vader was die uit zijn schuilplaats in de kelder naar boven kwam. Hij had natuurlijk zijn sleutels vergeten en was ongeduldig omdat niemand zijn eerste, bescheiden klop had gehoord. Maar toen klonken de stemmen, hard en wreed in de stilte van de nacht. Dit had niets met haar vader te maken. 'Politie! Opendoen! Nu!' Het gebons begon weer, harder. Het weerklonk tot in het diepst van haar botten. Haar jongere broer, die in het bed naast het hare lag te slapen, bewoog. 'Politie! Opendoen! Opendoen!' Hoe laat was het? Ze tuurde door de gordijnen. Het was nog donker buiten.

Ze was bang. Ze herinnerde zich de gedempte gesprekken die ze 's avonds laat had opgevangen, toen haar ouders dachten dat ze sliep. Ze was naar de deur van de woonkamer geslopen, en daar had ze staan luisteren en door een kleine spleet in het hout gegluurd. De nerveuze stem van haar vader. Het bezorgde gezicht van haar moeder. Ze spraken in hun moedertaal, die het meisje verstond, al sprak ze die niet zo vloeiend als zij. Haar vader had op fluistertoon gezegd dat de tijd die voor hen lag moeilijk zou worden. Dat ze dapper en heel voorzichtig moesten zijn. Hij gebruikte vreemde, onbekende woorden als 'kampen', 'een razzia, een grote razzia', 'arrestaties in de vroege ochtend', en het meisje vroeg zich af wat dat allemaal betekende. Haar vader had gemompeld dat alleen de mannen gevaar liepen, niet de vrouwen, niet de kinderen, en dat hij zich elke avond in de kelder zou verschuilen.

Hij had het meisje 's ochtends uitgelegd dat het veiliger was als hij een tijdje beneden ging slapen. Totdat 'een en ander veilig' was. Wat was 'een en ander' precies? dacht het meisje. Wat was 'veilig'? Wanneer zou 'een en ander' weer 'veilig' zijn? Ze wilde weten wat hij had bedoeld met 'kamp' en 'razzia', maar ze zat erover in dat ze zou moeten bekennen dat ze haar ouders een paar keer had afgeluisterd. Dus had ze het hem niet durven vragen.

'Opendoen! Politie!'

Had de politie papa in de kelder gevonden? vroeg ze zich af. Waren ze daarvoor hier, was de politie hier gekomen om papa mee te nemen naar de plekken die hij tijdens die nachtelijke fluistergesprekken had genoemd: naar de 'kampen', ver weg, buiten de stad?

Het meisje trippelde snel en geruisloos door de gang naar haar moeders slaapkamer. Haar moeder werd wakker toen ze een hand op haar schouder voelde.

'De politie is er, maman,' fluisterde het meisje. 'Ze bonzen op de deur.'

Haar moeder schoof haar benen onder de lakens vandaan en streek haar haren uit haar ogen. Het meisje vond dat ze er moe uitzag, oud, veel ouder dan de dertig jaren die ze telde.

'Zijn ze gekomen om papa mee te nemen?' wilde het meisje weten, terwijl ze haar handen op haar moeders armen legde. 'Zijn ze hier voor hem?'

De moeder gaf geen antwoord. Weer die harde stemmen op de gang. De moeder trok snel een ochtendjas aan over haar nachthemd, daarna nam ze het meisje bij de hand en liep naar de deur. Haar hand was warm en klam, als van een kind, dacht het meisje.

'Ja?' zei de moeder timide, zonder de klink van de deur te lichten.

Een mannenstem. Hij riep hard haar naam.

'Ja, monsieur, dat ben ik,' antwoordde ze. Haar accent was duidelijk te horen, klonk bijna schril.

'Opendoen. Nu. Politie.'

De moeder bracht een hand naar haar hals, en het meisje zag hoe bleek ze was. Ze leek uitgeput, versteend. Alsof ze geen stap meer kon zetten. Het meisje had nog nooit zo'n angst op haar moeders gezicht gezien. Ze voelde dat haar mond droog werd van narigheid.

De mannen bonsden weer. De moeder deed met onhandige, trillende vingers de deur open. Er ging een schok door het meisje heen, ze had groengrijze uniformen verwacht.

Er stonden twee mannen. De een was een politieagent, in een donkerblauwe cape tot op de knie, en met een hoge, ronde pet op. De ander droeg een beige regenjas. Hij had een lijst in zijn hand. Weer zei hij de naam van de vrouw. En de naam van de vader. Hij sprak perfect Frans. Dan zijn we veilig, dacht het meisje. Als ze Frans zijn, en niet Duits, lopen we geen gevaar. Als ze Frans zijn, zullen ze ons geen kwaad doen.

De moeder trok haar dochter dicht tegen zich aan. Het meisje voelde het hart van de vrouw door haar ochtendjas heen bonzen. Ze wilde haar moeder van zich af duwen, ze wilde dat haar moeder rechtovereind ging staan en de mannen fier in de ogen keek, dat ze zich niet zo klein maakte, dat ze ervoor zorgde dat haar hart niet zo tekeerging als dat van een angstig dier. Ze wilde dat haar moeder dapper was.

'Mijn man... is hier niet,' stamelde de moeder. 'Ik weet niet waar hij is. Ik weet het niet.'

De man in de beige regenjas drong naar binnen.

'Opschieten, madame. U hebt tien minuten. Pak wat kleren in. Genoeg voor een paar dagen.'

De moeder verroerde zich niet. Ze staarde de politieagent aan. Hij stond in de vestibule, met zijn rug naar de deur. Hij keek ongeïnteresseerd, verveeld. Ze legde een hand op zijn donkerblauwe mouw.

'Monsieur, alstublieft –' begon ze.

De politieagent draaide zich om en sloeg haar hand weg. Hij had een hardvochtige, lege blik in zijn ogen.

'U hebt me gehoord. U gaat met ons mee. Uw dochter ook. Doe gewoon wat u wordt gezegd.'

PARIJS, MEI 2002

Bertrand was te laat, zoals gewoonlijk. Ik probeerde me er niet aan te storen, maar dat deed ik toch. Zoë leunde verveeld tegen de muur. Ze leek zo op haar vader, soms moest ik erom glimlachen. Maar vandaag niet. Ik keek omhoog naar het eeuwenoude, hoge gebouw. Mamés huis. Het oude appartement van Bertrands grootmoeder. En wij zouden daar gaan wonen. We zouden de boulevard du Montparnasse met zijn lawaaierige verkeer, zijn vanwege drie nabijgelegen ziekenhuizen af en aan rijdende ambulances, zijn cafés en restaurants, verruilen voor deze rustige, smalle straat aan de rechteroever van de Seine.

De Marais was geen arrondissement waarmee ik vertrouwd was, hoewel ik de vergane glorie ervan bewonderde. Was ik blij met de verhuizing? Ik wist het nog niet zo net. Bertrand had me niet echt naar mijn mening gevraagd. We hadden het er eigenlijk nauwelijks over gehad. Met zijn gebruikelijke enthousiasme had hij de hele zaak in gang gezet. Zonder mij.

'Daar is hij,' zei Zoë. 'Maar een halfuur te laat.'

We zagen hoe Bertrand over straat kwam aankuieren met zijn typische, sensuele loopje. Slank, donker, een en al sexy uitstraling: de archetypische Fransman. Hij was aan het bellen, zoals gewoonlijk. In zijn kielzog volgde zijn compagnon Antoine, met zijn baard en zijn blozende wangen. Hun kantoor lag aan de rue de l'Arcade, vlak achter de Madeleine. Bertrand had lang deel uitgemaakt van een architectenbureau, al voordat we getrouwd waren, maar vijf jaar geleden was hij met Antoine voor zichzelf begonnen.

Bertrand zwaaide naar ons en wees toen met gefronste wenkbrauwen en een lang gezicht naar zijn telefoon.

'Alsof hij maar niet van die persoon af kan komen,' schimpte Zoë. 'Ja hoor.'

Zoë was pas elf, maar je kreeg soms het gevoel dat ze al een puber was. Ten eerste door haar lengte, waarbij al haar vriendinnen dwergen leken – en dat geldt ook voor mijn voeten, voegde ze er altijd genadeloos aan toe – en ten tweede door een vroegrijpe scherpzinnigheid die me vaak de adem benam. Er was iets volwassens aan haar ernstige, hazelnootbruine ogen, de bedachtzame manier waarop ze haar kin hief. Zo was ze altijd geweest, als klein kind al. Kalm, wijs, soms te wijs voor haar leeftijd.

Antoine kwam ons begroeten terwijl Bertrand zijn gesprek voortzette, bijna zo hard dat de hele straat kon meegenieten, terwijl hij met zijn handen door de lucht zwaaide, nog meer gezichten trok en zich van tijd tot tijd omkeerde om zich ervan te verzekeren dat we geen woord misten.

'Een probleempje met een architect,' verklaarde Antoine met een discrete glimlach.

'Een concurrent?' vroeg Zoë.

'Ja, een concurrent,' antwoordde Antoine.

Zoë zuchtte. 'Dat betekent dat we hier wel de hele dag kunnen blijven staan.'

Ik kreeg een idee. 'Antoine, heb jij misschien de sleutel van madame Tézacs appartement?'

'Die heb ik, Julia,' zei hij stralend. Antoine beantwoordde mijn Frans altijd met Engels. Ik neem aan dat hij dat deed om aardig te zijn, maar ergens irriteerde het me. Het gaf me het gevoel dat mijn Frans nog steeds niet deugde, terwijl ik hier al jaren woonde.

Antoine zwaaide met de sleutel. We besloten met z'n drieën naar boven te gaan. Bij de deur drukte Zoë met vaardige vingers de digicode in. We liepen over de lommerrijke, koele binnenplaats naar de lift.

'Ik heb de pest aan die lift,' zei Zoë. 'Papa zou er wat aan moeten doen.'

'Lieverd, hij gaat alleen de woning van je overgrootmoeder opknappen,' legde ik uit. 'Niet het hele gebouw.'

'Nou, dat zou hij wel moeten doen,' zei ze.

Terwijl we op de lift wachtten, snerpte uit mijn mobiele telefoon het Darth Vader-deuntje. Ik tuurde naar het nummer dat oplichtte op mijn scherm. Het was Joshua, mijn baas.

Ik nam op. 'Yep?'

Joshua hield het kort en zakelijk. Zoals gewoonlijk. 'Om drie uur hebben we je hier weer nodig. Afronding van de julinummers. Over en uit.'

'Gee whiz,' zei ik bijdehand. Ik hoorde hem aan de andere kant van de lijn grinniken voor hij ophing. Joshua scheen het altijd grappig te vinden als ik 'gee whiz' zei. Misschien deed het hem aan zijn jeugd denken. Ook Antoine leek geamuseerd door mijn ouderwetse amerikanismen. Ik stelde me zo voor dat hij ze opsloeg om ze vervolgens uit te proberen met zijn Franse accent.

De lift was een van die onnavolgbare Parijse gevallen met een minuscule cabine, een handmatig te bedienen ijzeren hek en dubbele houten deuren die onvermijdelijk in je gezicht zwaaiden. Ingeklemd tussen Zoë en Antoine – een tikkeltje ordinair met zijn Vétiver-geurtje – ving ik in de spiegel een glimp op van mijn gezicht, terwijl we naar boven gleden. Ik zag er even afgetakeld uit als de kermende lift. Wat was er gebeurd met die mooie meid uit Boston, Massachusetts, met haar frisse gezichtje? De vrouw die me aanstaarde had die gevreesde leeftijd tussen de vijfenveertig en vijftig, dat niemandsland van verslapping, opkomende rimpels en een naderbij sluipende overgang.

'Ik heb ook de pest aan deze lift,' zei ik bars.

Zoë grijnsde en gaf me een kneepje in mijn wang. 'Mam, zelfs Gwyneth Paltrow zou er in die spiegel uitzien als een lijk.'

Ik moest lachen. Dat was typisch een opmerking voor Zoë.

De moeder begon te snikken, eerst zachtjes, toen harder. Het meisje stond verbijsterd naar haar te kijken. In heel haar tienjarige leven had ze haar moeder nog nooit zien huilen. Ontsteld keek ze hoe de tranen over haar moeders witte, vertrokken gezicht gleden. Ze wilde haar moeder zeggen dat ze moest ophouden met huilen; de schaamte om haar moeder te zien snotteren waar deze vreemde mannen bij waren, was ondraaglijk. Maar de mannen besteedden geen aandacht aan haar moeders tranen. Ze commandeerden haar op te schieten. Geen getreuzel.

In de slaapkamer lag het jongetje nog te slapen.

'Maar waar neemt u ons mee naartoe?' vroeg haar moeder dringend. 'Mijn dochter is Frans, ze is geboren in Parijs, waarom wilt u haar ook meenemen? Waar neemt u ons mee naartoe?'

De mannen zeiden niets meer. Dreigend en reusachtig torenden ze boven haar uit. De ogen van de moeder waren wit van angst. Ze ging naar haar kamer en liet zich op het bed zakken. Na een paar seconden rechtte ze haar rug en keerde zich naar het meisje. Haar stem was een hees gefluister, haar gezicht een strak masker. 'Ga je broertje wekken. Kleed je aan, allebei. Pak wat kleren voor hem en jezelf. Schiet op. Kom, schiet op!'

Haar broertje was sprakeloos van angst toen hij door het kiertje van de deur gluurde en de mannen zag. Hij keek naar zijn moeder, die verfomfaaid, snikkend haar spullen probeerde in te pakken. Hij verzamelde alle kracht in zijn vierjarige lijfje. Hij weigerde nog één stap te zetten. Het meisje probeerde hem over te halen.

18

Hij wilde niet luisteren. Beweginglos stond hij daar met zijn armen over elkaar. Het meisje trok haar nachtjapon uit, pakte een katoenen blouse en een rok. Ze stak haar voeten in een paar schoenen. Haar broer keek naar haar. Ze konden hun moeder horen huilen in haar kamer.

'Ik ga naar onze geheime plek,' fluisterde hij.

'Nee!' drong ze aan. 'Je gaat met ons mee, je móét.'

Ze pakte hem vast, maar hij wrong zich los en glipte de lange, diepe inbouw-kast in die achter de wand van hun slaapkamer schuilging. De kast waarin ze verstoppertje speelden. Daar verscholen ze zich altijd, ze sloten er zichzelf in op en het was als het ware hun eigen huisje. Maman en papa wisten ervan, maar lieten dat niet merken. Dan riepen ze hun namen en zeiden ze op luide, vrolijke toon: 'Waar zíjn die kinderen toch? Wat gek, net waren ze nog hier!' En dan zaten haar broertje en zij te giechelen van de pret.

Ze hadden daarbinnen een zaklantaarn en wat kussens, speelgoed en boeken, en zelfs een veldfles met water die maman elke dag bijvulde. Haar broertje kon nog niet lezen, dus het meisje las hem hardop Un bon petit Diable voor. Hij was dol op het verhaal van het weeskind Charles en de verschrikkelijke madame Mac'Miche, en hoe Charles haar haar gemene streken betaald zette. Keer op keer las ze het hem voor.

Het meisje kon haar broertje vanuit het donker naar haar zien gluren. Hij hield zijn favoriete teddybeer tegen zich aan geklemd, hij was niet meer bang. Misschien zou hij daar wel veilig zijn. Hij had water en de zaklantaarn. En hij kon naar de plaatjes in het boek van de Comtesse de Ségur kijken; zijn favoriete was dat van Charles' schitterende wraak. Misschien moest ze hem daar maar even laten zitten. De mannen zouden hem nooit kunnen vinden. Later op de dag zou ze terugkomen om hem te halen, als ze weer naar huis mochten. En papa, die nog in de kelder was, zou als hij weer boven kwam ook weten waar de jongen zat.

'Ben je bang daarbinnen?' vroeg ze zachtjes, terwijl de mannen hen riepen.

'Nee,' zei hij. 'Ik ben niet bang. Sluit me maar op. Ze krijgen me niet te pak-ken.'

Ze sloot de deur voor het kleine witte gezichtje en draaide de sleutel om. Toen liet ze de sleutel in haar zak glijden. Het slot werd verborgen door een draaime-chaniekje in de vorm van een neplichtknopje. Je kon de omtrek van de kast onmogelijk zien in de betimmering van de wand. Ja, daar zou hij veilig zijn. Dat wist ze zeker.

Het meisje zei zachtjes zijn naam en legde haar vlakke handpalm tegen het houten paneel. 'Ik kom je straks halen. Ik beloof het.'

We gingen het appartement binnen en tastten naar de licht-schakelaars. Er gebeurde niets. Antoine maakte een paar vensterluiken open. Het zonlicht stroomde naar binnen. De kamers waren kaal, stoffig. Zo zonder meubels leek de woonkamer immens. Door de lange, groezelige ramen vielen de gouden stralen schuin de kamer in en bestippelden de donkerbruine vloerplanken.

Ik keek om me heen naar de lege kastplanken, de donkere vierkanten op de muren waar vroeger de mooie schilderijen hingen, de marmeren open haard waarin ik 's winters zoveel vuurtjes had zien branden, terwijl Mamé haar tere, bleke handen uitstak naar de vlammen.

Ik ging bij een van de ramen staan en keek naar de rustige, groene binnenplaats beneden. Ik was blij dat Mamé was weggegaan voor ze haar lege appartement had kunnen zien. Het zou haar van streek hebben gemaakt. Het maakte mij van streek.

'Het ruikt nog naar Mamé,' zei Zoë. 'Shalimar.'

'En naar die vreselijke Minette,' zei ik terwijl ik mijn neus ophaalde. Minette was Mamés laatste huisdier geweest, een incontinente Siamees.

Antoine wierp me een verbaasde blik toe.

'De kat,' legde ik uit. Dit keer zei ik het in het Engels. Natuurlijk wist ik dat *la chatte* de vrouwelijke vorm van 'kat' was, maar het kon ook 'poesje' betekenen. Ik zat er absoluut niet op te wachten om Antoine te horen schateren over een dubieuze dubbelzinnigheid.

Antoine bewonderde de woning met een professionele blik. 'De elektra is verouderd,' merkte hij op terwijl hij naar de ouderwetse witporseleinen zekeringen wees. 'En de verwarming ook.'

De bovenmaatse radiatoren waren zwart van het vuil en zo schilferig als een reptiel.

'Wacht maar tot je de keuken en de badkamers ziet,' zei ik.

'Er is een badkuip op pootjes,' zei Zoë. 'Die ga ik missen.'

Antoine onderzocht de wanden door ze te bekloppen. 'Ik neem aan dat jij en Bertrand het helemaal willen opknappen?' vroeg hij met een blik naar mij.

Ik haalde mijn schouders op. 'Ik weet niet precies wat hij wil. Het was zijn idee dit appartement over te nemen. Ik was er niet zo op gebrand hierheen te gaan, ik wilde iets... praktischers. Iets nieuws.'

Antoine grijnsde. 'Als we ermee klaar zijn is het spiksplinternieuw.'

'Misschien. Maar voor mij zal het altijd Mamés appartement blijven.'

Het appartement droeg nog steeds de sporen van Mamé, al was ze negen maanden geleden naar een verzorgingstehuis vertrokken. De grootmoeder van mijn man had hier jaren gewoond. Ik herinnerde me onze eerste ontmoeting, zestien jaar geleden. Ik was onder de indruk geweest van de oude meesters, de marmeren schoorsteenmantel waarop familiefoto's in sierlijke zilveren lijstjes prijkten, het bedrieglijk eenvoudige, elegante meubilair, de talloze boeken die keurig in het gelid in de boekenkasten stonden, de vleugel met het weelderige rode fluweel eroverheen. De zonnige woonkamer kwam uit op een vredig binnenplaatsje, met dichte klimopbegroeiing op de tegenoverliggende muur. Dat was precies de plek waarop ik haar voor het eerst had ontmoet en haar schutterig mijn hand had toegestoken, nog niet vertrouwd met wat mijn zus Charla had betiteld als 'het Franse kusgebeuren'.

Een Parijse vrouw gaf je geen hand, ook al ontmoette je haar voor de eerste keer. Je kuste haar op beide wangen.

Maar dat wist ik toen nog niet.

De man in de beige regenjas keek weer op zijn lijst.
'Wacht,' zei hij. 'Er ontbreekt nog een kind. Een jongen.'
Hij noemde de naam van de jongen.

Het hart van het meisje stond even stil. De moeder wierp haar dochter een snelle blik toe. Het meisje legde vlug haar vinger tegen haar lippen. Een beweging die de mannen ontging.

'Waar is de jongen?' vroegen de mannen.

Het meisje stapte handenwringend naar voren. 'Mijn broer is hier niet, monsieur,' zei ze in haar perfecte Frans, het Frans van een geboren en getogen Française. 'Hij is begin deze maand met vrienden van ons meegegaan. Naar het platteland.'

De man in de regenjas keek haar aandachtig aan. Toen maakte hij een snelle beweging met zijn kin naar de politieagent. 'Doorzoek de woning. Snel. Misschien heeft de vader zich ook verstopt.'

De politieagent kloste door de kamers, maakte omstandig deuren open, keek onder bedden, in kastjes.

Terwijl hij zich lawaaierig door het appartement voortbewoog, ijsbeerde de andere man door de kamer. Toen hij zijn rug naar hen toe gekeerd had, liet het meisje haar moeder vlug de sleutel zien. Papa komt naar boven en haalt hem eruit, papa komt straks, mimede ze. Haar moeder knikte. Goed, scheen ze te zeggen, ik begrijp waar de jongen is. Maar toen begon haar moeder te fronsen, maakte met haar hand een sleutelgebaar: waar leg je de sleutel voor papa, hoe weet hij waar die ligt? De man draaide zich razendsnel om en keek hen aan. De moeder verstijfde. Het meisje trilde van angst.

Hij staarde hen eventjes aan en maakte toen abrupt het raam dicht.

'Alstublieft,' zei de moeder, 'het is zo warm hierbinnen.'

De man glimlachte. Het meisje dacht dat ze nog nooit zo'n lelijke glimlach had gezien.

'We houden de boel dicht, madame,' zei hij. 'Eerder deze ochtend gooide een vrouw haar kind uit het raam en sprong er vervolgens achteraan. Dat willen we niet nog een keer meemaken.'

De moeder zei niets, verlamd van afgrijzen. Het meisje keek de man woest aan; ze haatte hem, ze haatte elke centimeter van hem. Ze walgde van zijn hoogrode gezicht, zijn glinsterende mond. De kille, dode blik in zijn ogen. Hoe hij daar stond, zijn benen gespreid, zijn vilten pet schuin op zijn voorhoofd, zijn dikke handen gevouwen op zijn rug.

Ze haatte hem met heel haar hart, zoals ze van haar leven nog nooit iemand had gehaat, meer nog dan ze die nare jongen op school haatte, Daniël, die haar afschuwelijke dingen had toegefluisterd, afschuwelijke dingen over haar moeders accent, haar vaders accent.

Ze luisterde hoe de politieagent zijn lompe zoektocht voortzette. Hij zou de jongen niet vinden. De kast was te slim verborgen. De jongen zou veilig zijn. Ze zouden hem nooit vinden. Nooit.

De politieagent kwam terug. Hij haalde zijn schouders op, schudde zijn hoofd. 'Hier is niemand,' zei hij.

De man in de regenjas duwde de moeder in de richting van de deur. Hij vroeg naar de sleutels van het appartement. Ze overhandigde ze zwijgend. Achter elkaar gingen ze de trap af, in hun gang gehinderd door de tassen en kledingbundels die de moeder droeg. Het meisje dacht snel na – hoe kon ze de sleutel bij haar vader krijgen? Waar kon ze hem afgeven? Bij de conciërge? Zou die op dit uur wakker zijn?

Vreemd genoeg was de conciërge al wakker, ze zat te wachten achter de deur van haar loge. Het meisje merkte op dat ze een vreemde uitdrukking van leedvermaak op haar gezicht had. Waarom keek ze zo, vroeg het meisje zich verbaasd af, waarom keek ze niet naar haar moeder of naar haar, maar alleen naar de mannen, alsof ze haar en haar moeder niet wilde zien, alsof ze hen nooit eerder had gezien. En toch was haar moeder altijd aardig geweest voor deze vrouw, ze had af en toe op de baby van de conciërge gepast, de kleine Suzanne, die vaak hangerig was vanwege krampjes, en haar moeder was zo geduldig geweest, ze had eindeloos voor Suzanne gezongen in haar moedertaal, en de baby was dan heerlijk rustig in slaap gevallen.

'Weet u waar de vader en de zoon zijn?' vroeg de politieagent. Hij gaf haar de sleutels van het appartement.

De conciërge haalde haar schouders op. Ze keek nog steeds niet naar het meisje of haar moeder. Ze stak de sleutels in haar zak met een vliegensvlug, gretig gebaar dat het meisje niet beviel.

'Nee,' zei ze tegen de politieagent, 'ik heb de man de laatste tijd niet veel gezien. Misschien is hij ergens ondergedoken. Met de jongen. U kunt in de kelders kijken, of in de dienstbodekamertjes op zolder. Ik kan ze u laten zien.'

De baby in de kleine conciërgewoning begon te jammeren. De conciërge keek achterom.

'We hebben geen tijd,' zei de man in de regenjas. 'We moeten verder. Als het nodig is, komen we later wel terug.'

De conciërge ging het huilende kind halen en hield het tegen haar borst. Ze zei dat ze wist dat er in het huis ernaast nog meer gezinnen waren. Ze noemde hun namen met een afkerig gezicht, alsof ze schuttingwoorden uitsprak, dacht het meisje, van die vieze woorden die je nooit mocht zeggen.

Eindelijk stak Bertrand zijn mobiele telefoon in zijn zak en richtte hij zijn aandacht op mij. Hij wierp me zijn onweerstaanbare grijns toe. Waarom had ik toch zo'n onmogelijk aantrekkelijke man, vroeg ik me voor de zoveelste keer af. Toen ik hem leerde kennen, al die jaren geleden, tijdens een skivakantie in Courchevel in de Franse Alpen, was hij zo'n typische ranke, jongensachtige man geweest. Nu, op zijn zevenenveertigste, was hij zwaarder, sterker; hij straalde mannelijkheid, 'Fransheid' en klasse uit. Hij was als goede wijn, die rijpt met élégance en kracht, terwijl ik ervan overtuigd was dat ik mijn jeugd ergens tussen de rivier de Charles en de Seine had verloren, en op middelbare leeftijd zeker niet in volle bloei was. Zilvergrijze haren en rimpels leken Bertrands schoonheid juist te benadrukken, maar ik was ervan overtuigd dat ze aan de mijne alleen maar afbreuk deden.

'En?' vroeg hij terwijl hij een nonchalante, bezitterige hand op mijn achterste legde, ook al keek zijn compagnon toe en onze dochter eveneens. 'Is het niet fantastisch?'

'Fantastisch,' echode Zoë. 'Antoine heeft ons net verteld wat er allemaal moet gebeuren. Wat erop neerkomt dat we er waarschijnlijk pas over een jaar in kunnen.'

Bertrand lachte. Een ongelooflijk aanstekelijke lach, een kruising tussen een hyena en een saxofoon. Dat was het probleem met mijn man. Die verpletterende charme, die hij graag in de strijd gooide. Ik vroeg me af van wie hij die had. Van zijn ouders, Colette en Edouard? Buitengewoon intelligent, verfijnd, ontwikkeld. Maar niet charmant. Zijn zussen, Cécile en Laure? Beschaafd, briljant, met perfecte manieren. Maar ze lachten alleen als ze zich daartoe verplicht voelden. Ik gokte dat hij het waarschijnlijk van Mamé had. Die rebelse, strijdlustige Mamé.

'Antoine is een vreselijke pessimist,' lachte Bertrand. 'We zitten hier gauw genoeg. Het wordt een fikse klus, maar we zetten er de beste mensen op.'

We volgden hem door de lange gang met de krakende vloerplanken en gingen de slaapkamers aan de straatzijde in.

'Deze muur moet weg,' vond Bertrand en hij wees. Antoine knikte. 'De keuken moet dichterbij, anders vindt miss Jarmond hier het niet "practical".'

Bij dat Engelse woord keek hij me met een ondeugende knipoog aan en tekende kleine aanhalingstekens in de lucht.

'Het is een behoorlijk ruim appartement,' merkte Antoine op. 'Best chic.'

'Nu wel, ja. Maar vroeger was het een stuk kleiner, een stuk bescheidener,' zei Bertrand. 'Mijn grootouders hadden het niet gemakkelijk. Mijn vader begon pas in de jaren zestig echt goed te verdienen; toen heeft hij het appartement aan de andere kant van de hal gekocht en de twee samengevoegd.'

'Dus toen opa een kind was, woonde hij in dit kleine gedeelte?' vroeg Zoë.

'Inderdaad,' antwoordde Bertrand. 'Tot hier. Dat was de slaapkamer van zijn ouders, en hij sliep hier. Het was een stuk kleiner.'

Antoine klopte aandachtig op de muur.

'Ja, ik weet al wat je denkt,' glimlachte Bertrand. 'Jij wilt deze twee kamers zeker samenvoegen?'

'Precies!' gaf Antoine toe.

'Geen slecht idee. Maar wel veel werk. Er zit hier een lastig stukje muur, ik zal het je later laten zien. Dikke lambrisering. Leidingen erdoorheen en zo. Niet zo simpel als het eruitziet.'

Ik keek op mijn horloge. Halfdrie. 'Ik moet ervandoor,' zei ik. 'Vergadering met Joshua.'

'Wat doen we met Zoë?' vroeg Bertrand.

Zoë sloeg haar blik ten hemel. 'Ik zou bijvoorbeeld de bus terug naar Montparnasse kunnen nemen.'

'En school dan?' vroeg Bertrand.

Weer die wanhopige blik. 'Pap! Het is woensdag. Woensdagmiddag geen school, weet je nog?'

Bertrand krabde op zijn hoofd. 'In mijn tijd...'

'... was dat op donderdag, geen school op donderdag,' zingzegde Zoë.

'Dat belachelijke Franse onderwijssysteem,' verzuchtte ik. 'En dan wél weer school op zaterdagochtend!'

Antoine was het met me eens. Zijn zonen gingen naar een privéschool waar geen les was op de zaterdagochtend. Maar Bertrand was – net als zijn ouders – een verstokt aanhanger van de Franse openbare school. Ik had Zoë naar een tweetalige school willen sturen, er waren er verschillende in Parijs, maar de Tézacclan wilde er niets van weten. Zoë was Frans, geboren in Frankrijk. Ze moest en zou naar een Franse school. Ze zat nu op het Montaigne-Lyceum, vlak bij het Jardin du Luxembourg. De Tézacs leken te vergeten dat Zoë een Amerikaanse moeder had. Gelukkig was Zoë's Engels perfect. Ik had nooit iets anders tegen haar gesproken, en ze logeerde vaak genoeg bij mijn ouders in Boston. De meeste zomers bracht ze door op Long Island, bij mijn zus Charla en haar gezin.

Bertrand keerde zich naar me toe. Hij had dat vonkje in zijn ogen, dat ene waar ik voor op mijn hoede was, dat ene dat betekende dat hij ofwel iets heel grappigs ofwel iets heel wreeds ging zeggen – of allebei tegelijk. Gezien de gedweeë manier waarop

Antoine zijn lakleren instappers met kwastjes nauwgezet bestudeerde, wist hij kennelijk ook al wat er ging komen.

'Ach ja, we weten maar al te goed wat miss Jarmond vindt van onze scholen, onze ziekenhuizen, onze eindeloze stakingen, onze lange vakanties, ons rioleringssysteem, onze posterijen, onze televisie, onze politiek en onze hondenpoep op de stoep,' zei Bertrand en hij lachte zijn perfecte tanden bloot. 'Dat hebben we al zo, zó vele malen gehoord, nietwaar? *I like to be in America, alles is schóón in Amerika, iedereen raapt zijn hondenpoep op in Amerika!*'

'Papa, hou op, doe niet zo grof!' zei Zoë en ze pakte mijn hand.

Buiten zag het meisje een buurman die in zijn pyjama uit het raam hing. Het was een aardige man, een muziekleraar. Hij speelde viool, en ze luisterde graag naar hem. Hij speelde vaak voor haar en haar broertje vanaf de overkant van de binnenplaats. Oude Franse liedjes zoals 'Sur le pont d'Avignon' en 'À la claire fontaine', en ook liedjes uit het land van haar ouders, liedjes die haar moeder en vader altijd aanzetten tot een vrolijke dans, waarbij haar moeders sloffen over de plankenvloer gleden en haar vader haar moeder rond en rond liet draaien, rond en rond, tot ze er allemaal duizelig van waren.

'Wat doen jullie? Waar brengen jullie hen naartoe?' riep hij.

Zijn stem weergalmde over de binnenplaats en overstemde het geschreeuw van de baby. De man in de regenjas gaf geen antwoord.

'Dit kunnen jullie niet doen,' zei de buurman. 'Het zijn eerlijke, brave mensen! Dit kunnen jullie niet doen!'

Bij het geluid van zijn stem gingen er luiken een klein stukje open, gezichten gluurden naar buiten vanachter de gordijnen.

Maar het meisje merkte dat niemand zich verroerde, dat niemand iets zei. Ze keken alleen maar.

De moeder bleef plotseling staan, haar schouders schokten van het snikken. De mannen duwden haar voort.

De buren keken zwijgend toe. Zelfs de muziekleraar zweeg.

Plotseling draaide de moeder zich om en schreeuwde uit volle borst. Ze schreeuwde de naam van haar man, drie keer.

De mannen grepen haar bij haar armen en schudden haar ruw door elkaar. Ze liet haar tassen en kledingbundels vallen. Het meisje probeerde hen tegen te houden, maar ze duwden haar weg.

Een man verscheen in de deuropening, een magere man met gekreukte kleren, een ongeschoren kin en rode, vermoeide ogen. Hij liep met rechte rug de binnenplaats over.

Toen hij bij de mannen aankwam, vertelde hij hun wie hij was. Zijn accent was zwaar, zoals dat van de vrouw.

'Neem me mee met mijn gezin,' zei hij.

Het meisje liet haar hand in die van haar vader glijden.

Ze was veilig, dacht ze. Ze was veilig, bij haar moeder, bij haar vader. Dit zou niet lang duren. Dit was de Franse politie, het waren niet de Duitsers. Niemand zou hun kwaad doen.

Ze zouden snel weer terug in het appartement zijn en maman zou het ontbijt klaarmaken. En haar broertje zou uit zijn schuilplaats komen. En papa zou naar het pakhuis aan het eind van de straat gaan, waar hij als voorman werkte en samen met zijn collega's ceintuurs en tassen en portemonnees maakte, en alles zou weer bij het oude zijn. En het zou weer veilig worden, snel.

Buiten was het dag. De smalle straat was leeg. Het meisje keek achterom naar haar huis, naar de zwijgende gezichten in de ramen, naar de conciërge die de kleine Suzanne knuffelde.

De muziekleraar stak langzaam zijn hand op ten afscheid.

Glimlachend zwaaide ze terug. Alles zou goed komen. Ze zou terugkomen, ze zouden allemaal terugkomen.

Maar de man zag er ontdaan uit.

De tranen stroomden over zijn wangen, stille tranen van machteloosheid en schaamte die ze niet kon begrijpen.

'Grof? Je moeder vindt het grappig,' grinnikte Bertrand met een knipoog naar Antoine. 'Nietwaar, liefje? Nietwaar, chérie?'

Hij wervelde door de woonkamer terwijl hij met zijn vingers het ritme van het liedje uit *West Side Story* knipte.

Ik voelde me stom en belachelijk tegenover Antoine. Waarom schepte Bertrand er zoveel plezier in me uit te maken voor een hatelijke, bevooroordeelde Amerikaanse, boordevol kritiek op de Fransen? En waarom stond ik daar maar en liet ik hem zijn gang gaan? Het wás grappig geweest, ooit. In het begin van ons huwelijk was het een standaardgrap geweest, zo een die zowel onze Amerikaanse als onze Franse vrienden in luid gelach deed uitbarsten. In het begin.

Ik glimlachte, zoals gewoonlijk. Maar mijn lach voelde vandaag een beetje krampachtig.

'Ben je nog bij Mamé langs geweest?' vroeg ik.

Bertrand was al bezig iets op te meten. 'Wat?'

'Mamé,' antwoordde ik geduldig. 'Ik denk dat ze het fijn zou vinden je te zien. Om over het appartement te praten.'

We keken elkaar recht aan. 'Geen tijd, *amour*. Ga jij?'

Een smekende blik.

'Bertrand, ik ga elke week, dat weet je.'

Hij zuchtte.

'Ze is jóúw grootmoeder,' zei ik.

'Maar ze is dol op jou, l'*Américaine*,' grinnikte hij. 'En ik ook, *bébé*.' Hij kwam naar me toe om me zachtjes op mijn mond te kussen.

De Amerikaanse. 'Zo, dus jij bent de Amerikaanse,' had Mamé vastgesteld, al die jaren geleden in deze kamer, en ze had me met peinzende grijze ogen van top tot teen opgenomen. L'*Américaine*. Wat had ik me Amerikaans gevoeld, met mijn in laagjes geknipte haar, mijn sneakers en mijn brede glimlach. En hoe door en door Frans was deze zeventigjarige oude vrouw met haar rechte rug, haar aristocratische neus, haar onberispelijk opgemaakte haar en haar scherpzinnige ogen. Toch mocht ik Mamé vanaf het eerste moment. Haar verrassende, schorre lach. Haar droge gevoel voor humor.

Ik moest toegeven dat ik haar nog altijd aardiger vond dan Bertrands ouders, die me nog steeds het gevoel gaven dat ik 'de Amerikaanse' was, al woonde ik al vijfentwintig jaar in Parijs, was ik al vijftien jaar getrouwd met hun zoon en had ik hun eerste kleinkind, Zoë, gebaard.

Onderweg naar beneden, opnieuw geconfronteerd met het onaangename spiegelbeeld in de lift, vond ik opeens dat ik Bertrands gesar al veel te lang had getolereerd, en altijd maar met een goedmoedig schouderophalen.

Vandaag had ik er om de een of andere duistere reden voor het eerst genoeg van.

Het meisje bleef dicht bij haar ouders. Ze liepen haar straat helemaal uit, door de man in de beige regenjas aangespoord om op te schieten. Waar gingen ze toch naartoe, vroeg ze zich af. Waarom moesten ze zich zo haasten? Ze kregen het bevel een grote garage binnen te gaan. Ze herkende de weg, het was niet ver van waar ze woonde, van waar haar vader werkte.

In de garage stonden mannen in blauwe overalls met olievlekken over motoren gebogen. De mannen staarden hen zwijgend aan. Niemand zei iets. Toen zag het meisje een grote groep mensen in de garage staan, met tassen en manden aan hun voeten. Vooral vrouwen en kinderen, viel haar op. Sommigen van hen kende ze een beetje. Maar niemand durfde te wuiven of te groeten. Na een tijdje verschenen er twee politieagenten. Ze riepen namen om. De vader van het meisje stak zijn hand op toen hun naam weerklonk.

Het meisje keek om zich heen. Ze zag een jongen die ze van school kende, Léon. Hij zag er moe en bang uit. Ze glimlachte naar hem, ze wilde tegen hem zeggen dat alles goed was, dat ze allemaal gauw weer naar huis zouden kunnen. Dit zou niet lang duren, ze zouden allemaal snel worden weggestuurd. Maar Léon keek haar aan alsof ze gek was. Ze staarde met vuurrode wangen naar haar voeten. Misschien had ze het helemaal mis. Haar hart bonsde. Misschien zouden de dingen niet zo gaan als zij dacht. Ze voelde zich heel naïef, dom en jong.

Haar vader boog zich naar haar toe. Zijn ongeschoren kin prikte aan haar oor. Hij noemde haar naam. Waar was haar broertje? Ze liet hem de sleutel zien.

Het broertje zat veilig in hun geheime kast, fluisterde ze, trots op zichzelf. Daar zou hij veilig zijn.

Haar vaders ogen werden groot en vreemd. Hij pakte haar arm. Het is oké, zei ze, hem kan niets gebeuren. Het is een diepe kast, er is genoeg lucht zodat hij kan ademhalen. En hij heeft water, en de zaklantaarn. Het gaat goed, papa. Je begrijpt het niet, zei de vader, je begrijpt het niet. En tot haar ontzetting zag ze dat zijn ogen zich vulden met tranen.

Ze trok hem aan zijn mouw. Ze kon het niet verdragen haar vader te zien huilen.

'Papa,' zei ze, 'we gaan toch terug naar huis, of niet? We gaan toch terug als ze onze namen hebben omgeroepen?'

Haar vader veegde zijn tranen af. Hij keek haar aan. Afschuwelijk droevige ogen waarin ze niet kon kijken.

'Nee,' zei hij, 'we gaan niet terug. Ze laten ons niet teruggaan.'

Ze voelde iets kouds en gruwelijks door haar heen sijpelen. Opnieuw herinnerde ze zich wat ze had gehoord, de gezichten van haar ouders waar ze door het kiertje in de deur een glimp van had opgevangen, hun angst, hun bezorgdheid midden in de nacht.

'Wat bedoel je, papa? Waar gaan we naartoe? Waarom gaan we niet terug naar huis? Zeg het me! Zeg het dan!'

De laatste woorden schreeuwde ze bijna.

Haar vader keek op haar neer. Hij zei nogmaals haar naam, heel zachtjes. Zijn ogen waren nog vochtig, zijn wimpers aaneengeplakt van de tranen. Hij legde zijn hand in haar nek.

'Wees dapper, lief kind van me. Wees dapper, zo dapper als je maar kunt.'

Ze kon niet huilen. Haar angst was zo groot dat hij al het andere leek op te slokken, hij leek elk ander gevoel in haar op te zuigen, als een monsterlijk, machtig vacuüm.

'Maar ik heb hem beloofd dat ik terug zou komen, papa. Ik heb het beloofd.'

Het meisje zag dat hij opnieuw was gaan huilen, dat hij niet naar haar luisterde. Hij was overmand door zijn eigen verdriet, zijn eigen angst.

Ze werden allemaal naar buiten gestuurd. De straat was leeg, op een rij bussen langs het trottoir na. Het soort gewone bussen die het meisje altijd met haar moeder en broertje nam: gewone, alledaagse groen met witte bussen met een plateautje aan de achterkant.

Ze kregen het bevel de bussen in te gaan en werden tegen elkaar aan gepropt. Weer keek het meisje of ze grijsgroene uniformen zag, of ze de bruuske taal vol keelklanken hoorde die ze had leren vrezen. Maar dit waren gewoon politieagenten. Franse politieagenten.

Door het stoffige venster van de bus herkende ze een van hen, de jonge, roodharige agent die haar vaak had helpen oversteken op weg naar huis vanuit school. Ze tikte tegen het glas om zijn aandacht te trekken. Toen zijn blik de hare kruiste, keek hij vlug de andere kant op. Hij leek gegeneerd, bijna geërgerd. Ze vroeg zich af waarom. Terwijl ze de bussen in werden geduwd, begon er een man te protesteren en hij kreeg een harde por. Een politieagent brulde dat hij zou schieten als iemand probeerde te ontsnappen.

Lusteloos keek het meisje naar de voorbijglijdende gebouwen en bomen. Ze kon alleen maar aan haar broertje denken, in de kast, in het lege huis, wachtend op haar. Ze kon alleen maar aan hem denken. Ze staken een brug over, ze zag de Seine glinsteren. Waar gingen ze naartoe? Papa wist het niet. Niemand wist het. Ze waren allemaal bang.

Een luide donderslag schrikte iedereen op. De regen kwam bij bakken uit de hemel, zo'n dicht gordijn dat de bus moest stoppen. Het meisje luisterde naar de druppels die op het dak van de bus neerkletterden. Het duurde niet lang. Al snel hernam de bus zijn tocht, de wielen sisten op glimmende kasseien. De zon kwam tevoorschijn.

De bus stopte en ze stapten allemaal uit, beladen met bundels kleren, koffers, huilende kinderen. Deze straat kende het meisje niet. Ze was hier nog nooit geweest. Aan de ene kant van de straat zag ze de bovengrondse metro.

Ze werden naar een groot, lichtgekleurd gebouw gevoerd. Er stond iets op geschreven in enorme, donkere letters, maar ze kon er geen wijs uit worden. Ze zag dat de hele straat vol stond met gezinnen zoals het hare, die uit bussen stapten en werden toegeschreeuwd door de politie. Opnieuw de Franse politie.

Terwijl ze haar vaders hand stevig vasthield, kwam ze onder veel geduw en gedrang in een gigantische overdekte arena terecht. Daar was een enorme menigte mensen opeengepakt, midden in de arena, maar ook op de harde, ijzeren tribunes. Hoeveel mensen? Ze wist het niet. Honderden. En er kwamen er nog meer naar binnen. Het meisje keek omhoog naar het enorme blauwe, koepelvormige dakraam. De zon scheen onbarmhartig naar binnen.

Haar vader vond een plekje waar ze konden zitten. Het meisje keek naar de gestaag binnendruppelende mensen waardoor de menigte steeds verder aanzwol. Het lawaai werd steeds luider, een constant geroezemoes van duizenden stemmen, kinderen die jengelden, vrouwen die klaagden. De hitte werd ondraaglijk, steeds verstikkender naarmate de zon hoger aan de hemel rees. Er was steeds minder ruimte, ze zaten allemaal opeengepakt. Ze keek naar de mannen, de vrouwen, de kinderen, hun beklemde gezichten, hun bange ogen.

'Papa,' zei ze, 'hoe lang blijven we hier?'

'Ik weet het niet, liefje.'

'Waarom zijn we hier?' Ze legde haar hand op de gele ster die op de voorkant van haar blouse was vastgestikt. 'Hierom, nietwaar?' zei ze. 'Iedereen hier heeft er een.'

Haar vader glimlachte triest. 'Ja,' zei hij. 'Daarom.'

Het meisje fronste haar voorhoofd. 'Het is niet eerlijk, papa,' siste ze. 'Het is niet eerlijk!'

Hij trok haar tegen zich aan, zei teder haar naam. 'Nee, mijn kleine schat, je hebt gelijk, het is niet eerlijk.'

Ze zat tegen hem aan, haar wang tegen de ster op zijn jasje aan gedrukt.

Ongeveer een maand geleden had haar moeder de sterren op al haar kleren genaaid. Op alle kleren van het gezin, behalve op die van het broertje. Daarvóór was op hun identiteitskaarten het woord 'Jood' of 'Jodin' gestempeld. En toen waren er allemaal dingen die ze ineens niet meer mochten. Zoals in het park spelen. Zoals fietsen, naar de bioscoop, naar het theater, het restaurant, het zwembad. En geen boeken lenen in de bibliotheek.

Ze had de bordjes gezien die ineens overal leken te hangen: VERBODEN VOOR JODEN. En op de deur van het magazijn waar haar vader werkte, stond op een groot rood aanplakbiljet: JOODSE FIRMA. Maman moest na vier uur 's middags boodschappen doen, als er in de winkels niets meer over was vanwege de rantsoenering. Ze moesten in de achterste coupé van de metro zitten. En ze moesten voor de avondklok thuis zijn en mochten hun huis niet uit tot de volgende ochtend. Wat mochten ze nog wel? Niets. Niets, dacht ze.

Oneerlijk. Zo oneerlijk. Waarom? Waarom zij? Waarom dit alles? Plotseling leek het alsof niemand het haar ooit zou kunnen uitleggen.

Joshua zat al in het vergaderzaaltje de slappe koffie te drinken waar hij dol op was. Ik haastte me naar binnen en nam plaats tussen Bamber, beeldredacteur, en Alessandra, redacteur.

Het zaaltje keek uit op de drukke rue Marbeuf, op een steenworp afstand van de Champs-Elysées. Het was niet mijn favoriete buurt van Parijs – te druk, te protserig – maar ik was gewend hier elke dag te komen en me een weg te banen over de avenue, over de brede, stoffige trottoirs die op elk uur van de dag, ongeacht het seizoen, volgepakt waren met toeristen.

Ik schreef al zes jaar artikelen voor het Amerikaanse weekblad *Seine Scenes*. We publiceerden zowel een papieren editie als een online versie. Ik schreef gewoonlijk over allerlei evenementen die in Parijs woonachtige Amerikanen zouden kunnen interesseren. Couleur locale, over allerlei zaken op sociaal en cultureel gebied: theatershows, films, restaurants, boeken – en de komende Franse presidentsverkiezingen.

Het was in feite keihard werken. De deadlines waren krap. Joshua was een tiran. Ik mocht hem graag, maar hij wás een tiran. Hij was het soort chef dat weinig respect heeft voor andermans privéleven, huwelijk en kinderen. Als iemand zwanger werd, bestond ze niet meer voor hem. Had iemand een ziek kind, dan werd ze vuil aangekeken. Maar hij had een scherpe blik, was een voortreffelijk uitgever en bezat een buitengewoon gevoel voor timing. Hij had ons allemaal onder de knoet. Achter zijn rug klaagden we allemaal over hem, maar intussen werkten we ons voor hem uit de naad. Joshua, een geboren en getogen New Yorker van een jaar of vijftig, die de afgelopen tien jaar in Parijs had gewoond, zag er bedrieglijk kalm uit. Hij had een nogal lang gezicht en zware oogleden. Maar zodra hij zijn mond opendeed, was hij de baas. Naar Joshua luisterde je. En je viel hem nooit in de rede.

Bamber, bijna dertig, kwam uit Londen. Hij was meer dan één meter tachtig lang, droeg een bril met paarsgetinte glazen, had verschillende piercings en verfde zijn haar feloranje. Hij had een heerlijk Brits gevoel voor humor dat ik onweerstaanbaar vond, maar dat Joshua zelden begreep. Ik had een zwak voor Bamber. Hij was een discrete, efficiënte collega. Ook was hij een hele steun als Joshua een slechte dag had en zich op ons allemaal afreageerde. Bamber was een waardevolle bondgenoot.

Alessandra was half Italiaans, ze had een gladde huid en was vreselijk ambitieus. Een knap meisje met een flinke bos glanzende zwarte krullen en van die volle, vochtige lippen waar mannen helemaal daas van worden. Ik kon nooit echt besluiten of ik haar mocht of niet. Ze was half zo oud als ik en verdiende al hetzelfde salaris, al stond mijn naam in het colofon boven de hare.

Joshua werkte de lijst voor de komende nummers af. Er kwam een lijvig artikel aan over de presidentsverkiezingen, een belangrijk onderwerp sinds de geruchtmakende zege van Jean-Marie Le Pen in de eerste ronde. Ik stond niet te springen om dat te schrijven en was stiekem blij toen het aan Alessandra werd toegewezen.

'Julia,' zei Joshua, terwijl hij me over zijn brillenglazen aankeek, 'dit is een kolfje naar jouw hand. De herdenking van zestig jaar Vel d'Hiv'.'

Ik schraapte mijn keel. Wat had hij gezegd? Het klonk als 'de veldief'.

41

Ik was volkomen blanco.

Alessandra keek me minzaam aan. '16 juli 1942? Gaat er nu een belletje rinkelen?' vroeg ze. Soms haatte ik dat zeurende, betweterige stemmetje van haar. Zoals vandaag.

Joshua ging verder. 'De grote razzia in het Vélodrome d'Hiver. Daar staat Vel d'Hiv' voor. Een beroemd overdekt stadion waar wielerwedstrijden werden gehouden. Duizenden Joodse gezinnen die daar dagenlang in erbarmelijke omstandigheden werden opgesloten. Vervolgens naar Auschwitz gestuurd. En vergast.'

Er begon wel een belletje te rinkelen. Maar zwakjes.

'Ja,' zei ik resoluut. 'Oké, wat is de bedoeling?'

Hij haalde zijn schouders op. 'Nou, je zou om te beginnen overlevenden of getuigen van het Vel d'Hiv' kunnen opsporen. En dan gaan uitzoeken hoe het precies zit met de herdenking, wie het organiseert, waar, wanneer. En ten slotte: feiten. Wat er precies gebeurd is. Je zult het voorzichtig moeten aanpakken, weet je. De Fransen hebben het niet graag over Vichy, Pétain, al die dingen. Geen onderwerp waar ze al te trots op zijn.'

'Er is een man die je zou kunnen helpen,' zei Alessandra iets minder uit de hoogte. 'Franck Lévy. Hij is de oprichter van een van de grootste organisaties die Joodse mensen na de holocaust hielp hun familieleden op te sporen.'

'Ik heb weleens van hem gehoord,' zei ik, terwijl ik zijn naam neerkrabbelde. Dat was waar. Franck Lévy was een bekende persoon. Hij gaf lezingen en schreef artikelen over gestolen Joodse goederen en over de gruwelen van de deportaties.

Joshua dronk met grote teugen nog een kop koffie. 'Geen slap verhaaltje,' zei hij. 'Geen sentimenteel gedoe. Feiten. Getuigenissen. En' – met een blik op Bamber – 'goeie, indringende foto's. Kijk ook in het oude materiaal. Er is niet veel beschikbaar, dat zul je wel zien, maar misschien kan die Lévy je helpen.'

'Ik ga allereerst eens een kijkje nemen in het Vel d'Hiv',' zei Bamber.

Joshua glimlachte zuur. 'Het Vel d'Hiv' bestaat niet meer. Ge-sloopt in '59.'

'Waar lag het?' vroeg ik, blij dat ik niet de enige onwetende was.

Weer antwoordde Alessandra. 'Rue Nélaton. In het vijftiende arrondissement.'

'We zouden er alsnog naartoe kunnen gaan,' zei ik met een blik op Bamber. 'Misschien wonen er nog mensen in de straat die zich herinneren wat er gebeurd is.'

Joshua haalde zijn schouders op. 'Je kunt het proberen,' zei hij. 'Maar ik denk niet dat je veel mensen bereid zult vinden met je te praten. Zoals ik al zei, is dit een zere plek voor de Fransen, dit onderwerp ligt bijzonder gevoelig. Vergeet niet dat het de Franse politie was die al die Joodse gezinnen arresteerde. Niet de nazi's.'

Terwijl ik naar Joshua zat te luisteren, drong het tot me door hoe weinig ik wist over wat er in Parijs was voorgevallen in juli 1942. Ik had er niets over gehoord op school, in Boston. En sinds ik vijfentwintig jaar geleden naar Parijs was gekomen, had ik er niet veel over gelezen. Het was een soort geheim. Iets wat in het verleden lag begraven. Iets waar niemand ooit over sprak. Ik popelde om achter mijn pc te gaan zitten en een zoektocht te starten op internet.

Zodra de vergadering was afgelopen, ging ik naar mijn knusse kantoorhokje met uitzicht op de lawaaierige rue Marbeuf. Het kantoor was erg krap, maar daar was ik aan gewend. Het stoorde me niet. Thuis had ik geen plaats om te schrijven. Bertrand had beloofd dat ik in het nieuwe appartement een grote kamer voor mezelf zou krijgen. Mijn privékantoor. Eindelijk. Het leek te mooi om waar te zijn. Het soort luxe waar ik even aan zou moeten wennen.

Ik zette de computer aan en zocht op internet naar 'vélodrome d'hiver Vel d'Hiv'. Er waren heel veel treffers. De meeste waren in het Frans. Een groot aantal was zeer gedetailleerd.

Ik bracht de hele middag door met lezen. Het enige wat ik deed was lezen en informatie opslaan en zoeken naar boeken over de bezetting en de razzia's. Het viel me op dat veel van de boeken niet meer in druk waren. Ik vroeg me af waarom niet. Omdat niemand wilde lezen over het Vel d'Hiv'? Omdat het niemand meer iets kon schelen? Ik belde een paar boekhandels op. Ik kreeg te horen dat het moeilijk zou worden aan de boeken te komen. 'Probeert u het alstublieft,' zei ik.

Toen ik de computer uitzette, voelde ik me totaal afgemat. Mijn ogen deden pijn. Mijn hoofd en hart voelden zwaar van alles wat ik had ontdekt.

Er hadden meer dan vierduizend Joodse kinderen van tussen de twee en twaalf jaar opgesloten gezeten in het Vel d'Hiv'. De meesten van hen waren Frans, geboren in Frankrijk.

Geen enkel kind keerde terug uit Auschwitz.

De dag sleepte zich voort, eindeloos, ondraaglijk. Het meisje zat tegen haar moeder aan gekropen en keek toe hoe de gezinnen rond haar langzaam hun verstand verloren. Er was niets te drinken, niets te eten. De hitte was verstikkend. De lucht was vol droog, vederlicht stof dat prikte in haar ogen en haar keel.

De grote poorten van het stadion waren gesloten. Langs elke muur bedreigden nors uitziende politieagenten hen stilzwijgend met hun geweren. Er was geen uitweg. Niets te doen. Behalve hier zitten en wachten. Wachten waarop? Wat zou er gebeuren met hen, met haar familie, met al deze mensen?

Samen met haar vader had ze geprobeerd de wc te vinden aan de andere kant van de arena. Een onvoorstelbare stank kwam hen tegemoet. Er waren te weinig toiletten voor zo'n menigte, en de aanwezige wc's waren algauw buiten werking. Het meisje moest voor de muur hurken om zich te ontlasten, terwijl ze met haar hand tegen haar mond gedrukt vocht tegen de overweldigende aandrang om te braken. Mensen zaten te plassen en te poepen waar ze maar konden, beschaamd, gebroken, in elkaar gedoken op de vieze vloer als dieren. Ze zag een statige oude dame die zich achter de jas van haar man verborg. Een andere vrouw hapte vol afgrijzen naar lucht, terwijl ze haar handen tegen haar neus en mond drukte en haar hoofd schudde.

Het meisje volgde haar vader door de menigte, terug naar waar ze de moeder hadden achtergelaten. Ze moesten hun weg zoeken door het gedrang. De tribunes waren volgestouwd met bundels, tassen, matrassen, wiegjes, de arena zag zwart van de mensen. Hoeveel mensen, vroeg ze zich af, hoeveel mensen waren hier?

Kinderen renden door de gangpaden, verfomfaaid, vuil, schreeuwend om water. Een zwangere vrouw, verzwakt door hitte en dorst, gilde uit volle borst dat ze doodging, dat ze nú doodging. Een oude man zakte plotseling in elkaar en viel languit op de stoffige vloer. Zijn blauwe gezicht vertrok en verkrampte. Niemand deed iets.

Het meisje ging naast haar moeder zitten. De vrouw was stilgevallen. Ze zei nauwelijks nog iets. Het meisje pakte haar hand en kneep erin; haar moeder reageerde niet. De vader stond op om een politieagent om water te gaan vragen, voor zijn kind en zijn vrouw. De man antwoordde kortaf dat er op het moment geen water was. De vader zei dat dat een schande was, dat ze niet als honden konden worden behandeld. De politieagent draaide zich om.

Het meisje zag Léon weer, de jongen die ze in de garage had gezien. Hij dwaalde door de menigte, zijn blik gericht op de grote poorten. Ze merkte op dat hij zijn gele ster niet droeg. Hij was afgescheurd. Ze stond op en ging naar hem toe. Zijn gezicht was groezelig. Er zat een schaafwond op zijn linkerwang, en nog een op zijn sleutelbeen. Ze vroeg zich af of zij er ook zo uitzag, moe en gehavend.

'Ik ga ervandoor,' zei hij met zachte stem. 'Mijn ouders hebben gezegd dat ik dat moet doen. Nu.'

'Maar hoe?' vroeg ze. 'De politie laat je nooit gaan.'

De jongen keek haar aan. Hij was net zo oud als zij, tien, maar zag er veel ouder uit. Hij had niets jongensachtigs meer.

'Ik bedenk wel iets,' zei hij. 'Mijn ouders hebben gezegd dat ik weg moest gaan. Ze hebben de ster eraf getrokken. Dat is de enige manier. Anders is het afgelopen. Afgelopen voor ons allemaal.'

Opnieuw voelde ze hoe de kille angst door haar heen golfde. Afgelopen? Had die jongen gelijk? Was het echt afgelopen?

Hij staarde haar wat geringschattend aan. 'Je gelooft me niet, hè? Je moet met me meegaan. Trek je ster eraf, kom met me mee. We verstoppen ons. Ik zal op je passen. Ik weet wat ik moet doen.'

Ze dacht aan haar broertje die zat te wachten in de kast. Ze ging met haar vingers over de gladde sleutel in haar zak. Ze zou met deze snelle, slimme jongen mee kunnen gaan. Ze zou haar broertje kunnen redden, en zichzelf.

Maar ze voelde zich te klein, te kwetsbaar om iets dergelijks alleen te doen. Ze was te bang. En haar ouders... Haar moeder, haar vader... Wat zou er met hen gebeuren? Sprak deze jongen de waarheid? Kon ze hem vertrouwen?

Hij legde een hand op haar arm, want hij merkte hoe opgelaten ze zich voelde. 'Kom met me mee,' drong hij aan.

'Ik weet het niet,' mompelde ze.

Hij stapte achteruit. 'Ik heb mijn besluit genomen. Ik ga. Dag.'

Ze keek hoe hij langzaam in de richting van de ingang schuifelde. De politie liet meer mensen binnen: oude mannen op brancards, in rolstoelen, eindeloze rijen snotterende kinderen, huilende vrouwen. Ze keek hoe Léon door de menigte glipte, wachtend op het juiste moment.

Op een bepaald ogenblik greep een politieagent hem bij zijn kraag en sleurde hem terug. Lenig en snel kwam hij weer overeind en schuifelde terug naar de poorten, als een zwemmer die behendig tegen de stroming in gaat. Het meisje keek gefascineerd toe.

Een groep moeders bestormde de ingang en eiste boos water voor de kinderen. Even leek de politie in verwarring gebracht, niet te weten wat ze moesten doen. Het meisje zag hoe de jongen door het tumult heen glipte, gemakkelijk, snel als de bliksem. Toen was hij weg.

Ze ging terug naar haar ouders. Het begon langzaam avond te worden, en tegelijk met het donker voelde het meisje dat haar wanhoop, en die van de duizenden mensen die hier samen met haar opgesloten zaten, begon uit te groeien tot iets monsterlijks, onbeheersbaars, een pure, absolute wanhoop die haar met paniek vervulde.

Ze probeerde haar ogen, haar neus, haar oren dicht te houden, de geur, het stof, de hitte, de angstkreten, de aanblik van huilende volwassenen, van jengelende kinderen buiten te sluiten, maar ze kon het niet.

Ze kon alleen maar kijken, wanhopig, stil. Helemaal bovenaan, bij de dakkoepel, waar mensen in kleine groepjes bijeenzaten, merkte ze plotseling tumult op. Een hartverscheurende schreeuw, gefladder van kleren die over de balustraden naar beneden vielen, en een dreun op de harde grond van de arena. Toen een ingehouden kreet van ontzetting uit de menigte.

'Papa, wat was dat?' vroeg ze.

Haar vader probeerde haar gezicht weg te draaien. 'Niets, lieverd, niets. Alleen maar wat kleren die naar beneden zijn gevallen.'

Maar ze had het gezien. Ze wist wat het was. Een jonge vrouw – van haar moeders leeftijd – en een klein kind. De vrouw was met haar kind tegen zich aangeklemd vanaf de hoogste reling gesprongen.

Vanaf de plaats waar het meisje zat, kon ze het ontwrichte lichaam van de vrouw zien, de bloederige schedel van het kind, opengespleten als een rijpe tomaat.

Het meisje boog haar hoofd en huilde.

Toen ik een klein meisje was en op Hyslop Road nummer 49 in Brookline, Massachusetts woonde, had ik geen idee dat ik op een dag naar Frankrijk zou verhuizen en een Fransman zou trouwen. Ik stelde me zo voor dat ik mijn hele leven in de vs zou blijven. Op mijn elfde was ik verliefd op Evan Frost, de buurjongen. Een sproetig Rockwell-achtig joch met een beugel, wiens hond Inky graag door mijn vaders prachtige bloembedden heen denderde.

Mijn vader, Sean Jarmond, gaf les aan het Instituut voor Technologie van Massachusetts. Hij behoorde tot het type 'verstrooide professor', met een verwarde haardos en een uilenbril. Hij was populair, de leerlingen mochten hem graag. Mijn moeder, Heather Carter Jarmond, was een voormalig tenniskampioene uit Miami, het type sportieve, gebruinde, slanke vrouw dat nooit oud schijnt te worden. Ze deed aan yoga en zwoer bij natuurvoeding.

Op zondag hielden mijn vader en de buurman, meneer Frost, eindeloze schreeuwpartijen over de heg over het feit dat Inky mijn vaders tulpen vernielde, terwijl mijn moeder in de keuken cakejes met zemelen en honing bakte en zuchtte. Ze had een hekel aan ruzie. Zonder zich aan het kabaal te storen zat mijn zusje Charla dan in de tv-kamer *Gilligans Island* of *Speed Racer* te kijken terwijl ze meters rode dropveter verzwolg. Boven zaten mijn beste vriendin Katy Lacy en ik van achter mijn gordijnen naar die geweldige Evan Frost te gluren, die aan het stoeien was met het onderwerp van mijn vaders woede: een gitzwarte labrador.

Het was een gelukkige, beschermde jeugd. Geen uitbarstingen, geen scènes. De Runkle-school aan het eind van de straat. Rustige Thanksgivings. Gezellige Kerstmissen. Lange luie zomers in Nahant. Vredige weken die vervloeiden in vredige maanden. Het enige wat me de stuipen op het lijf joeg was toen mijn onderwijzeres van de vijfde klas, de vlasblonde juffrouw Sebold, *The Tell-Tale Heart* van Edgar Allan Poe voorlas. Dankzij haar had ik jarenlang last van nachtmerries.

Tijdens mijn puberteit welden de eerste verlangens naar Frankrijk in me op, een sluipende fascinatie die in de loop der tijd sterker werd. Waarom Frankrijk? Waarom Parijs? De Franse taal had me altijd al aangetrokken. Ik vond die zachter, sensueler dan Duits, Spaans of Italiaans. Ik gaf altijd uitstekende imitaties ten beste van Pepé le Pew, het Franse stinkdier uit *Looney Tunes*. Maar diep in mijn hart wist ik dat mijn almaar groeiende hartstocht voor Parijs niets te maken had met de typisch Amerikaanse clichés van romantiek, verfijning en sexappeal. Het ging verder dan dat.

Toen ik Parijs leerde kennen, werd ik al snel aangetrokken tot de verschillende contrasten van de stad: de kitscherige, ruige buurten spraken me evenzeer aan als de Haussmanniaanse, majestueuze. Ik hunkerde naar de paradoxen, de geheimen, de verrassingen. Het kostte me vijfentwintig jaar om in te burgeren, maar ik kreeg het voor elkaar. Ik leerde omgaan met ongeduldige obers en onbeschofte taxichauffeurs. Ik leerde rond de Place d'Etoile te rijden, ongevoelig voor de beledigingen die me werden toegeroepen door vertoornde buschauffeurs en door – ietwat verrassender – elegante blondines in zwartglanzende Mini's. Ik leerde hoe je arrogante conciërges, snobistische verkoopsters, blasé telefonistes en opgeblazen artsen moest africhten. Ik leerde dat Parijzenaars denken dat ze superieur zijn aan de rest van de wereld, en in het bijzonder aan alle andere Franse burgers van Nice tot Nancy, met een uitgesproken dedain voor de bewoners van de voorsteden van de lichtstad. Ik leerde hoe de rest van Frankrijk de Parijzenaars de bijnaam 'hondenkoppen' had toebedeeld: *Parisiens Têtes de Chien*, en niet al te dol op hen was. Niemand hield méér van Parijs dan de ware Parijzenaar. Niemand was trotser op zijn stad dan de ware Parijzenaar. Niemand was half zo arrogant, zo hooghartig, zo verwaand, maar ook zo onweerstaanbaar. Waarom hield ik zo van Parijs, vroeg ik me af. Misschien omdat de stad zich nooit aan me overgaf. Ze zweefde rond me, verlokkelijk dichtbij, maar liet me wel weten wat mijn plaats was. De Amerikaanse. Ik zou altijd de Amerikaanse blijven. *L'Américaine.*

Toen ik Zoë's leeftijd had, wist ik dat ik journaliste wilde worden. Ik begon voor het schoolblad te schrijven en ben sindsdien niet meer gestopt. Ik kwam in Parijs toen ik begin twintig was, na te zijn afgestudeerd aan de universiteit van Boston, met als hoofdvak Engels. Mijn eerste baan was junior-assistent bij een Amerikaans modemagazine, waar ik al snel de brui aan gaf. Ik zocht onderwerpen met iets meer inhoud dan roklengtes of lentekleuren.

Ik nam het eerste baantje dat zich aandiende. Het herschrijven van persberichten voor een Amerikaanse tv-omroep. Het werd niet geweldig betaald, maar het was genoeg om te kunnen blijven wonen in het achttiende arrondissement, waar ik een appartement deelde met twee Franse homo's, Hervé en Christophe, die goede vrienden van me werden.

Die week had ik een eetafspraak met hen aan de rue Berthe, waar ik woonde voor ik Bertrand ontmoette. Bertrand ging zelden met me mee. Ik vroeg me soms af waarom hij zo ongeïnteresseerd was in Hervé en Christophe. 'Omdat je geliefde echtgenoot, zoals de meeste welgestelde Franse bourgeois heren, liever vrouwen dan homo's heeft, *cocotte!*' Ik kon de lijzige stem van mijn vriendin Isabelle, haar plagerige lachje bijna horen. Ja, ze had gelijk. Bertrand was absoluut gericht op vrouwen. En niet zo'n beetje ook, zoals Charla zou zeggen.

Hervé en Christophe woonden nog steeds in het appartement dat ik in het verleden met hen had gedeeld. Alleen was mijn slaapkamer nu een inloopkast geworden. Christophe was een fashion victim en hij was er trots op. Ik ging graag naar hun dineetjes; er kwamen altijd allerlei interessante mensen: een beroemd fotomodel of zanger, een controversiële schrijver, een knappe, homoseksuele buur, nog een Amerikaanse of Canadese journalist of een jonge redacteur die net begon. Hervé was als advocaat in dienst bij een internationale firma en Christophe was yogaleraar.

Zij waren mijn echte, dierbare vrienden. Ik had wel andere vrienden hier, Amerikaanse expats – Holly, Susannah en Jan – die ik had leren kennen via het tijdschrift of de Amerikaanse universiteit waar ik vaak naartoe ging om advertenties op te hangen voor een oppas. Ik had zelfs een paar hechte Franse vriendinnen, zoals Isabelle, opgedaan via Zoë's balletles in de Salle Pleyel, maar Hervé en Christophe waren degenen die ik om één uur 's ochtends belde als Bertrand weer eens niet te harden was geweest. Degenen die naar het ziekenhuis kwamen toen Zoë bij een val van haar step haar enkel had gebroken. Degenen die nooit mijn verjaardag vergaten. Degenen die wisten welke films je moest zien, welke cd's je moest kopen. Hun maaltijden waren altijd heerlijk, met kaarslicht en verfijnde gerechten.

Ik had een gekoelde fles champagne meegenomen. Christophe stond nog onder de douche, lichtte Hervé toe terwijl hij me bij de deur begroette. Hervé, midden veertig, was slank, hartelijk en droeg een snor. Hij rookte als een schoorsteen. Het was onmogelijk hem daarvan af te brengen, dus we hadden het maar opgegeven.

'Wat een leuk jasje,' merkte hij op, terwijl hij zijn sigaret neerlegde om de champagnefles te ontkurken.

Hervé en Christophe hadden altijd oog voor mijn kleding; een nieuw parfum, nieuwe make-up of een nieuw kapsel: niets ontging hun. Als ik bij hen was, voelde ik me nooit l'*Américaine* die wanhopige pogingen deed om de Parijse chic bij te benen. Ik kon mezelf zijn. En daarom mocht ik hen zo graag.

'Dat blauwgroen staat je goed, het combineert prachtig met je ogen. Waar heb je het gekocht?'

'Bij H&M, op de rue de Rennes.'

'Je ziet er fantastisch uit. En, hoe gaat het met het appartement?' vroeg hij en hij overhandigde me een glas en wat warme toast besmeerd met roze tarama.

'Er moet ontzettend veel aan gebeuren,' zuchtte ik. 'Het gaat maanden duren.'

'En ik neem aan dat uw echtgenoot de architect helemaal opgewonden is over dit alles?'

Ik trok een gezicht. 'Onvermoeibaar zul je bedoelen.'

'Ach,' zei Hervé. 'Dus een totale ramp voor jou.'

'Jij snapt het,' zei ik en ik nam een slokje van mijn champagne.

Hervé keek me nauwlettend aan door zijn kleine, montuurloze bril. Hij had lichtgrijze ogen en waanzinnig lange wimpers. 'Zeg eens, Juju,' zei hij, 'alles goed met jou?'

Ik lachte vrolijk. 'Ja, hoor, alles oké.'

Maar ik voelde me verre van oké. Mijn pas verworven kennis over de gebeurtenissen van juli 1942 had een kwetsbaarheid in me wakker gemaakt, iets dieps, onuitgesprokens opgerakeld dat me obsedeerde en zwaar op me drukte. Ik zeulde die last al de hele week met me mee, sinds ik begonnen was met mijn onderzoek naar de razzia van het Vel d'Hiv'.

'Je ziet eruit alsof je niet lekker in je vel zit,' zei Hervé bezorgd. Hij kwam naast me zitten en legde zijn smalle, witte hand op mijn knie. 'Ik ken dat gezicht, Julia. Dat is je droevige gezicht. Vertel me nou maar wat er aan de hand is.'

Ze kon de verschrikking om haar heen alleen maar buitensluiten door haar hoofd tussen haar puntige knieën te stoppen en haar handen over haar oren te leggen. Ze schommelde naar voren en naar achteren, met haar gezicht tegen haar benen gedrukt. Denk aan leuke dingen, denk aan alle dingen die je fijn vindt, aan alle dingen die je blij maken, aan al die speciale, fantastische momenten die je je herinnert. Haar moeder die haar meenam naar de kapper en de complimentjes van iedereen voor haar dikke, honingblonde haar – later zul je trots zijn op die prachtige bos haar, ma petite!

Haar vaders handen die in de werkplaats bezig waren met het leer, hoe sterk en vlug die handen waren, hoe ze zijn vakmanschap bewonderde. Haar tiende verjaardag en het nieuwe horloge, het mooie blauwe doosje, het leren bandje dat haar vader had gemaakt, de doordringende, bedwelmende geur ervan, en het discrete getik van het horloge dat haar fascineerde. Ze was er zo trots op geweest. Maar maman had haar gezegd het niet naar school om te doen. Het zou kapot kunnen gaan, of ze zou het kwijt kunnen raken. Alleen haar beste vriendin Armelle had het gezien. En wat was ze jaloers geweest!

Waar was Armelle nu? Ze woonde een stukje verderop in hun straat, ze gingen naar dezelfde school. Maar Armelle was aan het begin van de grote vakantie vertrokken uit de stad. Ze was ergens naartoe gegaan met haar ouders, ergens in het zuiden. Er was één brief gekomen, daarna niets meer. Armelle was klein, had rood haar en was heel slim. Ze kende alle tafels van vermenigvuldiging uit haar hoofd en ze beheerste zelfs de lastigste grammatica.

Armelle was nooit bang, dat bewonderde het meisje aan haar. Zelfs als de sirenes midden onder de les begonnen te janken als razende wolven en iedereen de stuipen op het lijf joegen, bleef Armelle rustig, beheerst; dan pakte ze het meisje bij de hand en nam haar mee naar de muffe schoolkelder, zonder acht te slaan op het angstige gefluister van alle andere kinderen en de bibberige bevelen van mademoiselle Dixsaut. En dan zaten ze tegen elkaar aangekropen, schouder aan schouder in de donkere, vochtige ruimte, terwijl het kaarslicht op bleke gezichten flakkerde, urenlang leek het, en ze luisterden naar het vliegtuiggeronk ver boven hun hoofd, terwijl mademoiselle Dixsaut uit Jean de la Fontaine of Molière voorlas en probeerde haar trillende handen te bedwingen. Kijk haar handen, giechelde Armelle dan, ze is bang, ze kan nauwelijks lezen, kijk. En het meisje keek dan verwonderd naar Armelle en fluisterde: Ben jij dan niet bang? Ook niet een beetje? Een minachtend schudden van glanzende rode krullen. Nee hoor, ik niet. Ik ben niet bang. En soms, als de trilling van de bommen dwars door de smerige vloer heen drong zodat mademoiselle Dixsauts stem haperde en stokte, pakte Armelle de hand van het meisje en hield die stevig vast.

Ze miste Armelle, ze wou dat Armelle nu hier was om haar hand vast te houden en haar te zeggen dat ze niet bang hoefde te zijn. Ze miste Armelles sproeten, haar ondeugende groene ogen en haar brutale grijns. Denk aan de dingen waar je van houdt, de dingen die je gelukkig maken.

Afgelopen zomer, of was het twee zomers geleden, dat wist ze niet meer, had papa hen een paar dagen meegenomen naar het platteland, aan de oever van een rivier. Ze kon zich de naam van die rivier niet herinneren. Maar het water had zo zacht en verrukkelijk aangevoeld op haar huid. Haar vader had geprobeerd haar te leren zwemmen. Na een paar dagen had ze zich een onelegante hondjesslag eigen gemaakt waar iedereen om moest lachen. Haar broertje op de oever van de rivier was dol van blijdschap en opwinding geweest. Hij was nog klein, een hummeltje nog. Ze had de hele dag achter hem aan gerend terwijl hij krijsend van pret uitgleed op het modderige strandje. En maman en papa hadden er zo voldaan, jong en verliefd uitgezien, haar moeders hoofd tegen haar vaders schouder. Ze herinnerde zich het hotelletje aan de waterkant, waar ze eenvoudige maar smakelijke maaltijden hadden gegeten onder het koele, lommerrijke prieel, en hoe de patronne haar had gevraagd achter de toonbank te helpen en ze zomaar koffie mocht serveren en zich heel groot en trots voelde, tot ze koffie op iemands voet morste, maar de patronne had er heel aardig op gereageerd.

Het meisje keek op en zag dat haar moeder in gesprek was met Eva, een jonge vrouw die vlak bij hen woonde. Eva had vier jonge kinderen, een troep onbesuisde jongens waar het meisje niet al te dol op was. Eva's gezicht zag er, net als dat van haar moeder, afgepeigerd en oud uit. Hoe kwam het dat ze er van het ene op het andere moment zoveel ouder uitzagen, vroeg ze zich af. Eva was ook Pools. Haar Frans was, net als dat van haar moeder, niet goed. Evenals de vader en moeder van het meisje had Eva familie achtergelaten in Polen, haar ouders, tantes en ooms. Het meisje herinnerde zich de vreselijke dag, wanneer was het ook alweer, niet zo lang geleden, toen Eva een brief had gekregen uit Polen. Ze was met een betraand gezicht in hun appartement verschenen en was haar moeder snikkend in de armen gevallen. Haar moeder had geprobeerd haar te troosten, maar het meisje zag wel dat zij ook aangeslagen was. Niemand wilde het meisje vertellen wat er precies was gebeurd, maar het meisje begreep het, ze klampte zich vast aan ieder Jiddisch woord dat ze tussen de snikken door kon onderscheiden. Iets vreselijks, ver weg in Polen, hele families waren vermoord, huizen waren in vlammen opgegaan, alleen as en ruïnes waren overgebleven. Ze had haar vader gevraagd of haar grootouders in veiligheid waren. Haar moeders ouders, van wie er een zwart-witfoto op de marmeren schouw in de woonkamer stond. Haar vader had haar gezegd dat hij het niet wist. Er was heel slecht nieuws uit Polen gekomen. Maar wat dat nieuws was, wilde hij haar niet vertellen.

Terwijl ze naar Eva en haar moeder keek, vroeg het meisje zich af of haar ouders er goed aan hadden gedaan om haar overal voor af te schermen, of ze er goed aan hadden gedaan om verontrustend, slecht nieuws voor haar verborgen te houden. Of ze er goed aan hadden gedaan haar niet uit te leggen waarom er zoveel voor hen was veranderd sinds het begin van de oorlog. Zoals de reden waarom Eva's man vorig jaar niet was teruggekomen. Hij was verdwenen. Waarheen? Niemand wilde het haar vertellen. Niemand wilde het uitleggen. Ze had er een hekel aan als een klein kind te worden behandeld. Een hekel aan de gesprekken die op fluistertoon verdergingen als zij de kamer binnenkwam.

Als ze het haar hadden verteld, als ze haar alles hadden verteld wat ze wisten, zou dat deze dag dan niet gemakkelijker hebben gemaakt?

'Er is niets aan de hand, ik ben alleen wat moe. En wie komen er vanavond nog meer eten?'

Voordat Hervé kon antwoorden, kwam Christophe binnen, het toonbeeld van Parijse chic in kaki en crème en een wolk kostbaar herenparfum. Christophe was iets jonger dan Hervé, het hele jaar door was hij bruin en hij droeg zijn lange peper-en-zoutkleurige haar in een paardenstaart, à la Lagerfeld.

Vrijwel op hetzelfde moment ging de deurbel.

'Ah,' zei Christophe, terwijl hij me een kus toeblies, 'dat moet Guillaume zijn.'

Hij haastte zich naar de deur.

'Guillaume?' mimede ik naar Hervé.

'Een nieuw vriendje van ons. Doet iets in reclame. Gescheiden. Intelligente jongen. Je mag hem vast. Hij is onze enige gast. De rest is de stad uit vanwege het lange weekend.'

De man die de kamer binnen kwam was lang, donker en achter in de dertig. Hij had een in papier gewikkelde geurkaars en rozen bij zich.

'Dit is Julia Jarmond,' zei Christophe. 'Journaliste en een zeer dierbare vriendin die we al heel, heel lang kennen, uit de tijd dat we nog jong waren.'

'En dat was nog maar gisteren...' mompelde Guillaume op de galante manier die Fransen eigen is.

Ik probeerde ontspannen te blijven glimlachen, me bewust van de onderzoekende blikken waarmee Hervé me af en toe opnam. Het was vreemd, normaal gesproken zou ik hem in vertrouwen hebben genomen. Ik zou hem hebben verteld hoe eigenaardig ik me de afgelopen week had gevoeld. En over dat gedoe met Bertrand. Ik had Bertrands provocerende, soms naargeestige gevoel voor humor altijd geslikt. Het had me nooit gekwetst. Het had me nooit gestoord. Tot nu toe. Ik had altijd bewondering gehad voor zijn geestigheid, zijn sarcasme. Daardoor hield ik nog meer van hem.

Mensen lachten om zijn grappen. Ze waren zelfs een beetje bang voor hem. Achter die onweerstaanbare lach, die twinkelende blauwgrijze ogen, die innemende glimlach school een harde, veeleisende man die eraan gewend was te krijgen wat hij wilde. Ik had het geslikt, omdat hij wanneer hij besefte dat hij me had gekwetst, het altijd goedmaakte met talloze cadeautjes, bloemen en hartstochtelijke seks. Het bed was waarschijnlijk de enige plaats waar Bertrand en ik echt communiceerden, de enige plek waar geen van ons domineerde. Ik herinnerde me dat Charla, nadat ze getuige was geweest van een bijzonder scherpe uitval van mijn echtgenoot, een keer vroeg: 'Is die rotzak ook weleens aardig tegen je?' En toen ze me langzaam rood zag worden: 'O, jee. Ik snap het al. In bed. Daden zeggen meer dan woorden.' En ze had diep gezucht en me een klopje op mijn hand gegeven. Waarom was ik vanavond niet open geweest tegen Hervé? Iets weerhield me ervan. Iets maakte dat ik mijn mond hield.

Toen we rond de achthoekige marmeren tafel zaten, vroeg Guillaume voor welke krant ik werkte. Toen ik het vertelde, zag ik geen enkele reactie op zijn gezicht. Dat verbaasde me niet. Fransen hadden nooit gehoord van *Seine Scenes*. Het werd voornamelijk gelezen door Amerikanen die in Parijs woonden. Dat stoorde me niet; ik was er nooit op uit geweest beroemd te worden. Ik was tevreden met een goedbetaalde baan waarin ik nog redelijk wat vrije tijd overhield, ondanks Joshua's tirannieke gedrag nu en dan.

'En waar schrijf je op dit moment over?' vroeg Guillaume beleefd, terwijl hij groene pasta om zijn vork wikkelde.

'Het Vel d'Hiv',' zei ik. 'De zestigste herdenking nadert.'

'Bedoel je die razzia tijdens de oorlog?' vroeg Christophe met volle mond.

Ik wilde net antwoord geven toen ik zag dat Guillaumes vork halverwege zijn bord en zijn mond was blijven steken.

'Ja, die grote razzia in het Vélodrome d'Hiver,' zei ik.

'Was dat niet ergens buiten Parijs?' vervolgde Christophe al kauwend.

Guillaume had beheerst zijn vork neergelegd. Op de een of andere manier hield zijn blik me gevangen. Hij had donkere ogen en een gevoelige, fijne mond.

'Het waren de nazi's, dacht ik,' zei Hervé, terwijl hij nog wat chardonnay inschonk. Geen van hen scheen de gespannen trek op Guillaumes gezicht te hebben opgemerkt. 'De nazi's die Joden oppakten tijdens de bezetting.'

'Het waren eerlijk gezegd niet de Duitsers...' begon ik.

'Het was de Franse politie,' viel Guillaume me in de rede. 'En het gebeurde midden in Parijs. In een stadion waar beroemde wielerwedstrijden werden gehouden.'

'Echt waar?' vroeg Hervé. 'Ik dacht dat de nazi's daar achter zaten, in de buitenwijken.'

'Ik heb afgelopen week onderzoek gedaan,' zei ik. 'Het gebeurde op bevel van de Duitsers, dat wel, maar het was een actie van de Franse politie. Hebben jullie dat niet op school gehad?'

'Ik kan het me niet herinneren. Ik denk het niet,' erkende Christophe.

Guillaumes ogen, die me weer aankeken alsof hij iets uit me wilde trekken, me wilden peilen. Ik voelde me verward.

'Je gelooft bijna niet,' zei Guillaume met een spottend lachje, 'hoeveel Fransen nog steeds niet weten wat er is gebeurd. En de Amerikanen? Wist jij er iets van, Julia?'

Ik wendde mijn blik niet af. 'Nee, ik wist het niet en ik heb er in Boston op school, in de jaren zeventig nooit iets over gehoord. Maar nu weet ik er het een en ander van. En ik sta versteld van wat ik heb ontdekt.'

Hervé en Christophe zwegen. Ze leken er niet goed raad mee te weten. Uiteindelijk begon Guillaume. 'In juli 1995 was Jacques Chirac de eerste president die aandacht heeft besteed aan de rol die de Franse overheid tijdens de bezetting heeft gespeeld. En aan deze razzia in het bijzonder. Zijn toespraak haalde de voorpagina's. Weten jullie dat nog?'

Ik had Chiracs toespraak gelezen voor mijn onderzoek. Hij was de enige die dat gevoelige onderwerp durfde aan te roeren. Maar ik was het vergeten, al moest ik het zes jaar geleden wel op het nieuws hebben gehoord. En de jongens – ik kon er niets aan doen dat ik ze nog steeds zo noemde – hadden de toespraak van Chirac kennelijk niet gelezen. Of waren ze dat vergeten? Ze keken Guillaume beschaamd aan. Hervé rookte de ene sigaret na de andere en Christophe beet op zijn nagels, wat hij altijd deed als hij nerveus was of zich niet op zijn gemak voelde.

Er viel een stilte. Dat was vreemd, stilte in deze kamer. Er waren hier zoveel gezellige, luidruchtige feestjes geweest, schaterlachende mensen, eindeloos veel grappen, harde muziek. Zoveel spelletjes, verjaardagstoespraakjes, dansen tot in de vroege ochtend, ondanks boze benedenburen die met een bezem tegen het plafond bonkten.

De stilte was zwaar en pijnlijk. Toen Guillaume weer het woord nam, was zijn stem veranderd. Zijn gezicht was ook veranderd. Hij zag bleek en hij kon ons niet langer aankijken. Hij staarde naar zijn bord met pasta, die hij nauwelijks had aangeraakt.

'Mijn grootmoeder was vijftien op de dag van de razzia. Ze zeiden dat zij niet mee hoefde, omdat ze alleen kleine kinderen tussen de twee en twaalf meenamen, met hun ouders. Zij bleef achter. En alle anderen namen ze mee. Haar broertjes, haar zusje, haar moeder, haar vader, haar tante, haar oom. Haar grootouders. Ze heeft hen daarna nooit meer gezien. Niet een van hen is teruggekomen. Niet één.'

De ogen van het meisje waren nog troebel van de afschrikwekkende nacht. In de kleine uurtjes was de zwangere vrouw voortijdig bevallen van een doodgeboren kind. Het meisje was getuige geweest van de kreten, de tranen. Ze zag het hoofdje van de baby, bevlekt met bloed, tussen de benen van de vrouw naar buiten komen. Ze wist dat ze de andere kant op moest kijken, maar ze kon er niets aan doen dat ze toch keek, verbijsterd, geboeid. Ze zag de dode baby, grijs en wasachtig, als een gekrompen pop, die meteen onder een vuil laken werd weggeborgen. De vrouw jammerde aan één stuk door. Niemand kon haar tot zwijgen brengen.

Bij zonsopgang had haar vader de sleutel van de geheime kast uit de zak van het meisje gehaald. Daarmee liep hij naar een politieman. Hij zwaaide met de sleutel. Hij legde de situatie uit. Hij deed zijn best om kalm te blijven, dat kon het meisje wel zien, maar hij kon het nauwelijks volhouden. Hij moest naar zijn vierjarige zoontje, zei hij tegen de man. Hij zou weer terugkomen, dat beloofde hij. Hij zou zijn zoon halen en direct weer terugkeren. Maar de politieman lachte hem vierkant uit en zei gniffelend: 'Denk je dat ik dat geloof, arme stakker?' De vader drong erop aan dat de man met hem meeging, hem zou begeleiden, hij wilde alleen maar de jongen gaan halen en dan onmiddellijk terugkomen. De politieman beval hem weg te gaan. De vader keerde terug naar zijn plaats, met neerhangende schouders. Hij huilde.

Het meisje pakte de sleutel uit zijn trillende hand en stopte hem weer in haar zak. Hoe lang zou haar broer het volhouden? dacht ze. Hij wachtte waarschijnlijk nog steeds op haar. Hij vertrouwde haar; hij vertrouwde haar onvoorwaardelijk.

Ze moest er niet aan denken dat hij daar in het donker zat te wachten. Hij moest wel honger hebben, dorst ook. Zijn water was nu waarschijnlijk op. En de batterij van de lantaarn zou ook wel leeg zijn. Maar alles was beter dan hier zijn, dacht ze. Alles was beter dan deze hel, de stank, de hitte, het stof, de schreeuwende mensen, de stervende mensen.

Ze keek naar haar moeder, die in elkaar gedoken zat en de laatste paar uur geen woord meer had gezegd. Ze keek naar haar vader, met zijn afgetobde gezicht en zijn holle ogen. Ze keek om zich heen, naar Eva en haar uitgeputte, zielige jongetjes, naar alle andere gezinnen, naar al die onbekende mensen die, net als zij, een gele ster op hun borst droegen. Ze keek naar de duizenden kinderen die daar liepen met honger en dorst, de kleintjes die het niet konden begrijpen, die dachten dat dit een of ander raar spel was dat te lang duurde, en die naar huis wilden, naar hun bedje, hun teddybeer.

Ze probeerde wat te rusten en legde haar puntige kin op haar knieën. Het werd alweer heet nu de zon opkwam. Ze wist niet hoe ze weer zo'n dag hier moest door-komen. Ze voelde zich verzwakt, moe. Haar keel was kurkdroog. Haar lege maag deed pijn.

Na een poosje dutte ze in. Ze droomde dat ze weer thuis was, terug in haar kleine kamer die uitkeek op straat, terug in de woonkamer waar de zon altijd door de ramen scheen en patronen vormde op de haard en op de foto van haar Poolse grootmoeder. Ze luisterde dan altijd naar de vioolleraar die voor haar speelde aan de andere kant van de lommerrijke binnenplaats. Sur le pont d'Avig-non, on y danse, on y danse, sur le pont d'Avignon, on y danse tout en rond. Haar moeder kookte en zong mee, les beaux messieurs font comme ça, et puis encore comme ça. Haar broertje speelde met zijn rode treintje in de lange gang, waar hij hem met gerammel en gedreun over de donke-re vloerplanken schoof. Ze hoorde haar vader die haar moeder voorlas. Ze waren veilig. Ze waren gelukkig.

Ze voelde een koele hand op haar voorhoofd. Toen ze opkeek zag ze een jonge vrouw met een blauwe sluier waarop een kruis stond.

De jonge vrouw lachte naar haar, gaf haar een mok vers water die ze gretig leegdronk. Toen gaf de zuster haar een flinterdun biscuitje en wat vis uit blik.

'Je moet dapper zijn,' mompelde de jonge verpleegster.

Maar het meisje zag dat ook zij, net als haar vader, tranen in haar ogen had.

'Ik wil hier weg,' fluisterde het meisje. Ze wilde weer terug naar die droom, naar die veilige rust die ze had ervaren.

De zuster knikte. Ze glimlachte, een droef klein lachje. 'Dat begrijp ik. Ik kan niets voor je doen. Het spijt me heel erg.'

Ze stond op en liep naar een ander gezin. Het meisje hield haar tegen door haar bij haar mouw te pakken.

'Zegt u alstublieft wanneer we weggaan?' vroeg ze.

De zuster schudde haar hoofd. Ze streelde zacht over de wang van het meisje. Toen liep ze door, naar het volgende gezin.

Het meisje dacht dat ze gek zou worden. Ze wilde schreeuwen, en schoppen en gillen, ze wilde weg van deze afschuwelijke, verschrikkelijke plek. Ze wilde terug naar huis, terug naar haar leven zoals het was geweest vóór die gele ster, voordat de mannen op hun deur hadden gebonsd.

Waarom overkwam haar dit? Wat had ze gedaan, of wat hadden haar ouders gedaan, om zoiets te verdienen? Waarom was het zo vreselijk om Joods te zijn? Waarom werden Joden op deze manier behandeld?

Ze dacht aan de eerste dag dat ze haar ster naar school had gedragen. Het moment waarop ze de klas in was gelopen en alle ogen ernaartoe getrokken waren. Een grote, gele ster, zo groot als haar vaders handpalm, op haar kleine borst. En toen zag ze dat er nog meer meisjes in de klas waren met zo'n ster. Armelle droeg er ook een. Daardoor had ze zich een beetje beter gevoeld.

In het speelkwartier waren alle meisjes met een ster bij elkaar gaan staan. Er werd naar hen gewezen door de andere leerlingen, door al die kinderen die eerst met hen bevriend geweest waren. Mademoiselle Dixsaut had er de nadruk op gelegd dat er niets zou veranderen door die sterren. Alle leerlingen zouden net als daarvoor hetzelfde worden behandeld, ster of geen ster.

Maar het praatje van mademoiselle Dixsaut had niet geholpen. Vanaf die dag praatten de meeste meisjes niet langer met de kinderen die een ster droegen. Of erger nog, ze staarden naar hen met minachting in hun ogen. Zij kon die minachting niet verdragen. En die jongen, Daniel, die haar en Armelle vlak voor school met een wreed vertrokken mond had toegefluisterd: 'Jullie ouders zijn smerige Joden, jullie zijn smerige Joden.' Waarom smerig? Waarom was het smerig om een Jood te zijn? Ze voelde zich erdoor beschaamd, bedroefd. Ze kon er wel om huilen. Armelle had niets gezegd en op haar lip gebeten tot die bloedde. Het was voor het eerst dat ze gezien had dat Armelle bang was.

Het meisje wilde haar ster van haar kleren scheuren, ze zei tegen haar ouders dat ze weigerde er weer mee naar school te gaan. Maar haar moeder had dat niet goedgevonden, ze had gezegd dat ze er trots op moest zijn, dat ze trots moest zijn op haar ster. Haar broertje had een driftbui gekregen omdat hij ook zo'n ster wilde. Maar hij was nog geen zes, legde zijn moeder geduldig uit. Hij moest nog een paar jaar wachten. Hij had de hele middag gedreind.

Ze dacht aan haar broertje in die diepe, donkere kast. Ze wilde zijn warme lijfje in haar armen nemen, zijn blonde krullen kussen, zijn mollige nekje. Ze drukte de sleutel in haar zak zo stevig mogelijk in haar hand.

'Het kan me niet schelen wat ze zeggen,' zei ze zacht in zichzelf. 'Ik verzin wel een manier om terug te gaan om hem te redden. Ik verzin wel wat.'

Na het eten bood Hervé ons een glaasje *limoncello* aan, een ijskoude Italiaanse likeur, gemaakt van citroenen. Hij had een prachtige gele kleur. Guillaume dronk langzaam. Hij had tijdens het eten niet veel gezegd. Hij leek in zichzelf gekeerd. Ik durfde niet meer over het Vel d'Hiv' te beginnen. Hij was degene die míj aansprak terwijl de anderen toeluisterden.

'Mijn grootmoeder is nu oud,' zei hij. 'Ze wil er niet meer over praten. Maar ze heeft me alles verteld wat ik moest weten, ze heeft me alles over die dag verteld. Ik denk dat het voor haar het ergst was om zonder de anderen te leven. Verder te moeten zonder hen. Haar hele familie.'

Ik wist hier niets op te zeggen. De jongens zwegen.

'Na de oorlog ging mijn grootmoeder elke dag naar hotel Lutétia op de boulevard Raspail,' vervolgde Guillaume. 'Daar kon je zien of er iemand uit de kampen was teruggekeerd. Er waren lijsten met namen en organisaties die je kon raadplegen. Ze ging daar elke dag naartoe, en wachtte. Maar na een poosje ging ze niet meer. Ze hoorde steeds meer verhalen over de kampen. Ze begon te begrijpen dat ze allemaal dood waren. Dat geen van hen terug zou komen. Niemand wist dat tot dat moment echt. Maar toen de overlevenden terugkwamen en vertelden wat hun was overkomen, wist iedereen het.'

Weer stilte.

'Weet je wat ik het schokkendste vind aan het Vel d'Hiv'?' zei Guillaume. 'De codenaam.'

Die kende ik, door alles wat ik erover had gelezen. 'Operatie Lentebries,' mompelde ik.

'Een mooie naam, voor zoiets afschuwelijks,' zei hij. 'De Gestapo had de Franse politie gevraagd een bepaald aantal Joden tussen de zestien en de vijftig jaar te "leveren". De politie was er zo fel op het maximale aantal Joden te deporteren dat ze besloten het bevel nog beter uit te voeren. Dus arresteerden ze al die kleine kinderen, die geboren waren in Frankrijk. Franse kinderen.'

'Had de Gestapo dan niet om die kinderen gevraagd?' vroeg ik.

'Nee,' antwoordde hij. 'Aanvankelijk niet. Met het deporteren van kinderen zou de waarheid aan het licht gekomen zijn: dan was het voor iedereen duidelijk geworden dat Joden niet naar werkkampen, maar hun dood tegemoet werden gestuurd.'

'Maar waarom werden die kinderen dan gearresteerd?' vroeg ik.

Guillaume nam een slokje van zijn limoncello.

'De politie beschouwde kinderen van Joden, ook al waren ze geboren in Frankrijk, waarschijnlijk nog steeds als Joden. Uiteindelijk stuurde Frankrijk bijna tachtigduizend Joden naar de dodenkampen. Slechts een paar duizend zijn teruggekomen. En vrijwel geen kinderen.'

Op weg naar huis zag ik aldoor Guillaumes droevige donkere ogen voor me. Hij had me foto's laten zien van zijn grootmoeder en haar familieleden, en ik had hem mijn telefoonnummer gegeven. Hij had beloofd me binnenkort te bellen.

Bertrand zat tv te kijken toen ik binnenkwam. Hij lag languit op de bank met een arm onder zijn hoofd. 'En,' zei hij, terwijl hij nauwelijks zijn blik van het scherm haalde, 'hoe was het met de jongens? Nog steeds alles even fijntjes?'

'Heerlijk gegeten. Er was een interessante man. Guillaume.'

'Aha,' zei Bertrand, terwijl hij me met een geamuseerde blik aankeek. 'Homo?'

'Nee, dat denk ik niet. Maar dat zie ik sowieso nooit.'

'En wat was er zo interessant aan die Guillaume?'

'Hij vertelde me over zijn grootmoeder, die in 1942 is ontsnapt aan de razzia van het Vel d'Hiv'.'

'Hmm,' deed hij, en hij zapte naar een ander kanaal.

'Bertrand,' zei ik, 'heb jij toen je vroeger op school zat gehoord over het Vel d'Hiv'?'

'Geen idee, *chérie*.'

'Ik ben daar nu mee bezig, voor het tijdschrift. Binnenkort is het zestig jaar geleden.'

Bertrand pakte een van mijn blote voeten en begon die te masseren met vaste, warme vingers.

'Denk je dat de lezers interesse hebben voor het Vel d'Hiv'?' vroeg hij. 'Dat is verleden tijd. Het is niet iets waar mensen over willen lezen.'

'Omdat de Fransen zich schamen, bedoel je?' zei ik. 'Dus moeten we het dan maar vergeten en verdergaan, net als zij?'

Hij legde mijn voet van zijn knie en die flonkering verscheen weer in zijn ogen. Ik zette me schrap.

'Kijk eens aan,' zei hij met een duivelse grijns, 'weer een kans om je landgenoten te laten zien hoe gemeen die fransozen zijn, dat ze heulden met de nazi's en die arme, onschuldige gezinnetjes de dood in hebben gejaagd. Miss Nahant onthult de waarheid! Wat ben je van plan, *amour*, ons er met onze neus in te duwen? Het kan niemand nog wat schelen. Niemand herinnert het zich nog. Schrijf over iets anders. Iets grappigs, iets leuks. Je weet best hoe je dat moet doen. Zeg maar tegen Joshua dat dat Vel d'Hiv' een vergissing is. Dat leest niemand. Ze zullen uit verveling de bladzijde omslaan.'

Ik stond geërgerd op. 'Ik denk dat je het mis hebt,' zei ik woedend. 'Ik denk dat mensen er niet genoeg van weten. Zelfs Christophe wist er niet veel van, en hij is een Fransman.'

Bertrand snoof verachtelijk. 'O, Christophe, die kan amper lezen! De enige woorden die hij kan ontcijferen zijn Gucci en Prada.'

Ik verliet de kamer zonder iets te zeggen, ging naar de badkamer en liet het bad vollopen. Waarom had ik niet gezegd dat hij naar de pomp kon lopen? Waarom pikte ik het steeds maar weer van hem? Omdat je gek op hem bent, of niet soms? Al zolang je hem kent, zelfs als hij zo bazig, grof en egoïstisch is. Hij is intelligent, hij is knap, hij kan heel grappig zijn, hij is zo'n geweldige minnaar, toch? Herinneringen aan eindeloze, erotische nachten, kussen en strelingen, verkreukte lakens, zijn prachtige lichaam, warme mond, schalkse glimlach. Bertrand. Zo charmant. Zo onweerstaanbaar. Zo gepassioneerd. Daarom slik je alles van hem. Toch? Maar hoe lang nog? Ik moest denken aan een gesprek dat ik pas met Isabelle had gevoerd. Julia, pik jij alles van Bertrand omdat je bang bent dat je hem kwijtraakt? We zaten in een klein café bij de Salle Pleyel, terwijl onze dochters naar balletles waren, en Isabelle had haar zoveelste sigaret opgestoken en keek me recht aan. Nee, had ik gezegd. Ik hou van hem. Ik hou echt van hem. Ik hou van hem zoals hij is. Ze had gefloten, onder de indruk, maar vol spot. Nou, heeft hij even geluk. Maar zeg het in godsnaam tegen hem als hij te ver gaat. Zeg het gewoon.

Terwijl ik in bad lag, dacht ik aan de eerste keer dat ik Bertrand had ontmoet. In een vreemdsoortige discothèque in Courchevel. Hij was met een groepje luidruchtige vrienden die een slok op hadden. Ik was met mijn vriendje Henry, die ik een paar maanden daarvoor had leren kennen bij het televisiestation waar ik voor werkte. We hadden een vluchtige, zorgeloze relatie. Geen van ons beiden was bijzonder verliefd. We waren gewoon twee Amerikanen in Frankrijk die het ervan namen.

Bertrand had me ten dans gevraagd. Het leek hem helemaal niets uit te maken dat ik met een man was. Geërgerd had ik geweigerd. Hij was zeer vasthoudend geweest. 'Eén dansje maar, miss. Maar één dans. Maar wel een geweldige dans, dat beloof ik je.' Ik had even naar Henry gekeken. Henry had zijn schouders opgehaald. 'Ga je gang,' had hij met een knipoog gezegd. Dus stond ik op en danste met de vrijpostige Fransman.

Ik mocht er best wezen op mijn zevenentwintigste. En inderdaad, op mijn zeventiende was ik 'miss Nahant' geweest. Mijn diadeem van bergkristallen lag nog ergens in huis. Zoë speelde er graag mee toen ze klein was. Ik ben nooit ijdel geweest wat betreft mijn uiterlijk. Maar sinds ik in Parijs woonde, was het me opgevallen dat ik hier veel meer aandacht trok dan aan de andere kant van de Atlantische Oceaan. Ik kwam er ook achter dat Franse mannen veel meer lef hebben, openlijker flirten. En ik begreep ook dat mijn New Englandse charme, ook al had ik niets van de mondaine Parijse vrouw – te lang, te blond, te grote tanden – hier heel goed viel. De eerste paar maanden dat ik in Parijs woonde, had ik me verbaasd over de manier waarop Franse mannen – en vrouwen – elkaar openlijk bekeken. Ze namen elkaar voortdurend op. Ze bekeken je figuur, kleren, accessoires. Ik herinner me mijn eerste lente in Parijs, toen ik over de boulevard Saint Michel liep met Susannah uit Oregon en Jan uit Virginia. We waren niet eens gekleed om uit te gaan, we liepen in een spijkerbroek, T-shirt en op slippers. Maar we waren alle drie lang, atletisch gebouwd, blond en overduidelijk Amerikaans. Mannen spraken ons voortdurend aan. *Bonjour mesdemoiselles, vous êtes Américaines, mesdemoiselles?* Jonge mannen, oudere mannen, studenten, zakenmannen, eindeloos veel mannen die ons telefoonnummer wilden hebben, vroegen of we iets met hen gingen eten of drinken, smekend, grappen makend, sommige charmant, andere minder charmant. Dat gebeurde thuis niet. Amerikanen gingen op straat niet achter meisjes aan om hun het hof te maken. Jan, Susannah en ik hadden onbeholpen staan giechelen, zowel gevleid als ontsteld.

Bertrand beweert dat hij tijdens die eerste dans in die nachtclub in Courchevel verliefd op me is geworden. Op dat moment. Dat geloof ik niet. Ik denk dat het bij hem iets later is gebeurd. Misschien de volgende ochtend, toen hij me meenam om te gaan skiën. *Merde alors,* zo skiën Franse meisjes niet, had hij zuchtend uitgeroepen, terwijl hij me met schaamteloze bewondering aankeek. Hoe dan? had ik gevraagd. Ze gaan niet half zo snel, had hij lachend gezegd, en daarna had hij me hartstochtelijk gezoend. Maar ík was wel meteen op hém gevallen. Zo erg dat ik Henry nauwelijks meer een blik waardig had gekeurd toen ik aan Bertrands arm de discothèque had verlaten.

Bertrand begon al heel snel over trouwen. Voor mij had dat nog niet zo gehoeven, ik vond het best om voorlopig alleen zijn vriendin te zijn. Maar hij had erop aangedrongen, op zo'n charmante, beminnelijke manier dat ik uiteindelijk ja zei. Ik geloof dat hij dacht dat ik de perfecte echtgenote, de perfecte moeder zou zijn. Ik was intelligent, beschaafd, goed opgeleid (summa cum laude, Boston University) en welgemanierd – voor een Amerikaanse, kon ik hem bijna horen denken. Ik was gezond van lijf en leden, en sterk. Ik rookte niet, gebruikte geen drugs, dronk nauwelijks en geloofde in God. En zo kwam het dat ik in Parijs kennismaakte met de familie Tézac. Wat was ik zenuwachtig, die eerste keer. Dat smetteloze, klassiek ingerichte appartement aan de rue de l'Université. Edouards koele blauwe ogen, zijn ironische glimlach. Colette met haar zorgvuldig opgemaakte gezicht en haar onberispelijke kleding, die haar best deed vriendelijk te zijn en me met spitse, gemanicuurde vingers koffie en suiker aanreikte. En zijn twee zussen. De een mager, blond en bleek: Laure. De ander met roodbruin haar, rode wangen, mollig: Cécile. Laures fiancé Thierry was er ook. Hij had nauwelijks een woord tegen me gezegd. De zusjes hadden me met openlijke belangstelling bekeken, verbijsterd door het feit dat hun casanova-achtige broer zo'n weinig mondaine Amerikaanse had uitgekozen, terwijl *tout Paris* aan zijn voeten lag.

Ik wist dat Bertrand – en zijn familie – van me verwachtte dat ik snel achter elkaar drie of vier kinderen zou krijgen. Maar meteen na onze bruiloft kregen we daar problemen mee. Eindeloos veel problemen die we niet hadden verwacht. Na een aantal miskramen was ik radeloos.

Na zes zware jaren slaagde ik erin Zoë ter wereld te brengen. Bertrand hoopte heel lang op een tweede kind. Ik ook. Maar we spraken er nooit meer over.

En toen kwam Amélie.

Maar ik wilde deze avond absoluut niet aan Amélie denken. Dat had ik in het verleden al genoeg gedaan.

Het badwater was lauw geworden, dus stapte ik er rillend uit. Bertrand zat nog steeds tv te kijken. Meestal ging ik dan naar hem terug, dan stak hij zijn armen naar me uit terwijl hij lieve woordjes murmelde, en dan kuste hij me en ik zou hebben gezegd dat hij gewoon vreselijk was, maar ik zou het hebben gezegd met mijn kleinemeisjesstemmetje, en met een kleinemeisjespruillip. En we zouden elkaar hebben gekust en hij zou met me naar onze kamer zijn gegaan en de liefde met me hebben bedreven.

Maar deze avond ging ik niet naar hem toe. Ik stapte in bed en las nog een stukje over de kinderen van het Vel d'Hiv'.

En het laatste wat ik zag voordat ik het licht uitdeed, was Guillaumes gezicht toen hij ons over zijn grootmoeder vertelde.

Hoe lang waren ze er al? Het meisje wist het niet meer. Ze voelde zich ver- doofd, verlamd. De dagen en nachten liepen door elkaar. Op een gegeven moment was ze misselijk geworden en had ze gal gespuwd, kreunend van de pijn. Ze had haar vaders troostende hand op haar hoofd gevoeld. Het enige waar ze aan dacht was haar broertje. Ze moest aldoor aan hem denken. Dikwijls haalde ze de sleutel uit haar zak en drukte er vurig een kus op, alsof ze zijn mollige wan- getjes, zijn krullenbos kuste.

Een paar mensen waren de afgelopen dagen doodgegaan, en het meisje had het allemaal gezien. Ze had vrouwen en mannen gezien die gek werden in die ver- stikkende, stinkende hitte, en dat ze werden neergeslagen en vastgebonden op brancards. Ze had hartaanvallen, zelfmoorden en hoge koorts gezien. Het meisje had toegekeken wanneer de lichamen weggedragen werden. Ze had nog nooit zo- veel gruwelen gezien. Haar moeder was net een getemd dier geworden. Ze zei nauwelijks een woord. Ze huilde in stilte. Ze bad.

Op een ochtend werden er door luidsprekers korte bevelen geschreeuwd. Ze moesten met hun bezittingen naar de ingang lopen. In stilte. Ze stond op, duize- lig en wee. Haar benen waren slap, ze konden haar nauwelijks dragen. Ze hielp haar vader om haar moeder overeind te trekken. Ze pakten hun bagage bijeen. De menigte liep langzaam schuifelend naar de deuren. Het meisje zag iedereen zich langzaam en moeizaam voortbewegen. Zelfs de kinderen sjokten voort als oude mensen, met hun rug gebogen en hun hoofd omlaag. Het meisje vroeg zich af waar ze naartoe zouden gaan. Ze wilde het aan haar vader vragen, maar zijn gesloten, magere gezicht maakte haar duidelijk dat ze nu geen antwoord zou krijgen. Zouden ze nu eindelijk naar huis gaan? Was dit het einde? Was het voorbij? Zou ze naar huis kunnen, haar broertje bevrijden?

Ze liepen de nauwe straat door, terwijl de politie hun beval door te lopen. Het meisje keek naar de vreemde mensen die achter ramen, vanaf balkons, vanuit deuren, op de stoep naar hen keken. De meeste toonden geen enkel medeleven. Ze bleven kijken, zonder een woord te zeggen. Het kan hun niets schelen, dacht het meisje. Het kan hun niets schelen wat er met ons gebeurt, waar we naartoe gebracht worden. Een man wees lachend naar hen. Hij had een kind aan zijn hand. Het kind lachte ook. Waarom, dacht het meisje, waarom? Zien we er zo grappig uit, met onze stinkende, gehavende kleren? Lachen ze daarom? Wat is er zo grappig aan? Hoe kunnen ze daar om lachen, hoe kunnen ze zo wreed zijn? Ze wilde naar hen spugen, naar hen schreeuwen.

Een vrouw van middelbare leeftijd stak de straat over en propte snel iets in haar hand. Het was een klein, zacht broodje. De vrouw werd weggejaagd door een politieman. Het meisje kon nog net zien dat ze naar de overkant terugliep. De vrouw had gezegd: 'Arm ding. Moge God meelij met je hebben.' Wat deed God? dacht het meisje somber. Liet Hij hen in de steek? Strafte Hij hen voor iets waar ze geen weet van had? Haar ouders waren niet vroom, maar ze wist dat ze wel in God geloofden. Ze hadden haar niet grootgebracht op traditionele wijze, zoals Armelle, wier ouders alle geloofsrituelen respecteerden. Het meisje vroeg zich af of dit misschien hun straf was. Hun straf omdat ze niet godsdienstig genoeg waren geweest.

Ze gaf het broodje aan haar vader. Hij zei dat ze het moest opeten. Ze verslond het, te snel. Ze stikte er bijna in.

In gewone stadsbussen werden ze naar een spoorwegstation gebracht dat uitkeek over de rivier. Ze wist niet welk station het was. Ze was er nooit eerder geweest. Met haar tien jaar was ze nog maar zelden Parijs uit geweest. Toen ze de trein zag, werd ze gegrepen door paniek. Nee, ze kon hier niet weg, ze moest blijven, ze moest blijven voor haar broertje, ze had beloofd dat ze terug zou komen om hem eruit te halen. Ze trok haar vader aan zijn mouw en fluisterde de naam van haar broertje. Haar vader keek op haar neer. 'We kunnen niets doen,' zei hij met een machteloze beslistheid. 'Niets.'

Ze dacht aan de slimme jongen die was ontsnapt, die ervandoor was gegaan.

Ze werd overspoeld door woede. Waarom was haar vader zo slap, zo laf? Gaf hij niet om zijn zoon? Gaf hij niet om zijn kleine jongen? Waarom had hij niet de moed om weg te lopen? Hoe kon hij daar blijven staan en zich als een mak schaap een trein in laten duwen? Hoe kon hij daar gewoon maar staan zonder weg te rennen, terug naar hun huis, naar de jongen en naar de vrijheid? Waarom pakte hij de sleutel niet van haar af en rende hij niet weg?

Haar vader keek haar aan en ze wist dat hij haar gedachten kon lezen. Hij zei heel kalm dat ze in groot gevaar verkeerden. Hij wist niet waar ze naartoe gebracht werden. Hij wist niet wat er met hen zou gaan gebeuren. Maar hij wist wel dat hij, als hij zou proberen om te ontsnappen, gedood zou worden. Neergeschoten, onmiddellijk, voor haar ogen, voor de ogen van haar moeder. En als dat gebeurde, was het afgelopen. Dan waren zij en haar moeder alleen. Hij moest bij hen blijven om hen te beschermen.

Het meisje luisterde. Hij had nog nooit op deze toon tegen haar gesproken. Het was de toon die ze ook had gehoord in die verontrustende, geheime gesprekken. Ze probeerde het te begrijpen. Ze probeerde haar angst niet te laten zien. Maar haar broertje... Het was haar schuld! Zij had tegen hem gezegd dat hij in de kast moest blijven. Het was allemaal haar schuld. Hij had nu bij hen kunnen zijn. Hij had daar kunnen zijn, met zijn hand in de hare, als zij dat niet tegen hem had gezegd.

Ze begon te huilen, hete tranen die brandden in haar ogen en op haar wangen. 'Ik wist het niet!' zei ze snikkend. 'Papa, ik wist het niet, ik dacht dat we terug zouden komen, ik dacht dat hij daar veilig zat.' Toen keek ze naar hem op, er klonk woede en pijn in haar stem en met haar kleine vuisten trommelde ze tegen zijn borst. 'Je hebt me nooit iets verteld, papa, je hebt het nooit uitgelegd, je hebt me nooit verteld over het gevaar, nooit! Waarom niet? Je dacht zeker dat ik te klein was om het te begrijpen? Wilde je me beschermen? Was dat het?'

Het gezicht van haar vader. Ze kon er niet langer naar kijken. Hij keek haar aan met zo'n wanhoop, zo'n droefheid. Haar tranen spoelden het beeld van zijn gezicht weg. Ze huilde in haar handen, alleen. Haar vader raakte haar niet aan. Op die afschuwelijke, eenzame ogenblikken drong het tot het meisje door. Ze was geen gelukkig meisje van tien meer. Ze was veel ouder. Niets zou ooit meer hetzelfde zijn. Voor haar. Voor haar ouders. Voor haar broertje.

Voor de laatste keer liet ze zich gaan en met een heftigheid die nieuw voor haar was trok ze aan haar vaders mouw. 'Hij gaat dood! Hij gaat dood!'

'We zijn allemaal in gevaar,' zei hij ten slotte. 'Jij en ik, je moeder, je broertje, Eva en haar zoons, en al deze mensen. Iedereen hier. Ik ben hier, bij jou. En we zijn ook bij je broertje. Hij is in onze gebeden, in ons hart.'

Voordat ze iets kon zeggen, werden ze een trein in geduwd, een trein zonder zitplaatsen, niet meer dan kale wagons. Een trein voor veetransport. Er hing een scherpe, smerige lucht. Het meisje stond vlak bij de deur en ze keek uit op het grauwe, stoffige station.

Op een nabijgelegen perron stond een gezin op een andere trein te wachten. Vader, moeder, en twee kinderen. De moeder zag er mooi uit, met een modieuze haarwrong. Ze waren waarschijnlijk op vakantie. Er was een meisje van haar leeftijd bij. Ze had een mooi lila jurkje aan. Haar haren waren schoon, haar schoenen glommen.

De twee meisjes keken elkaar over het perron heen aan. De knappe moeder met het fraaie kapsel keek ook. Het meisje in de trein wist dat haar betraande gezicht zwart was van het vuil en dat haar haren vet waren. Maar ze boog niet beschaamd het hoofd. Ze stond fier rechtop, met haar kin in de lucht. Ze veegde de tranen weg.

En toen de deuren dichtgetrokken werden, toen de trein met een schok in beweging kwam met krijsende, kreunende wielen, tuurde ze naar buiten door een piepklein gaatje in het metaal. Ze bleef kijken naar dat kleine meisje. Ze keek tot het figuurtje in de lila jurk helemaal uit het zicht was verdwenen.

Ik was nooit dol geweest op het vijftiende arrondissement. Waarschijnlijk vanwege de monsterlijk hoge moderne bouwwerken die de oevers van de Seine, vlak naast de Eiffeltoren, verminkten, en waaraan ik nooit had kunnen wennen, al waren ze al begin jaren zeventig gebouwd, lang voordat ik in Parijs kwam. Maar toen ik met Bamber de rue Nélaton insloeg, waar het Vélodrome d'Hiver ooit had gestaan, dacht ik bij mezelf dat deze wijk van Parijs me nog minder aanstond.

'Wat een rotstraat,' mompelde Bamber. Hij maakte een paar opnamen.

De rue Nélaton was donker en stil. Er kwam nooit veel zon, dat was duidelijk. Aan de ene kant stonden stenen middenstandshuizen uit het einde van de negentiende eeuw. Aan de andere kant, waar het Vélodrome d'Hiver had gestaan, verrees een groot, bruinachtig bouwwerk, typisch begin jaren zestig, zowel afschuwelijk van kleur als van proporties. MINISTÈRE DE L'INTÉRIEUR stond er op het bordje boven de glazen draaideuren.

'Vreemde plaats om regeringsgebouwen neer te zetten,' vond Bamber. 'Vind je niet?'

Bamber had maar een paar bestaande foto's van het Vel d'Hiver gevonden. Ik hield er een in mijn hand. In grote zwarte letters stond er VEL D'HIV' op een lichte gevel. Een enorme deur. Een stel bussen langs de stoep geparkeerd, en de bovenkant van hoofden van mensen. Waarschijnlijk genomen vanuit een raam aan de andere kant van de straat, op de ochtend van de razzia.

We zochten naar een plaquette, iets waarop vermeld stond wat hier was gebeurd, maar we konden er geen vinden.

'Ik kan niet geloven dat er niets is,' zei ik.

Ten slotte vonden we hem op de boulevard de Grenelle, vlak om de hoek. Een tamelijk klein bord. Bescheiden. Ik vroeg me af of iemand hem ooit zag.

OP 16 EN 17 JULI 1942 WERDEN ER IN PARIJS EN IN DE VOORSTEDEN 13.152 JODEN GEARRESTEERD, VERVOERD EN OMGEBRACHT IN AUSCHWITZ. IN HET VÉLODROME D'HIVER, DAT OP DEZE PLEK STOND, WERDEN DOOR DE POLITIE VAN VICHY, OP BEVEL VAN DE NAZI'S, 1129 MANNEN, 2916 VROUWEN EN 4115 KINDEREN BIJEENGEBRACHT IN ONMENSELIJKE OMSTANDIGHEDEN. LOF VOOR DEGENEN DIE HEBBEN GEPROBEERD HEN TE REDDEN. VOORBIJGANGERS, VERGEET DIT NOOIT!

'Interessant...' zei Bamber peinzend. 'Waarom zoveel vrouwen en kinderen, en zo weinig mannen?'

'Er waren geruchten geweest dat er een grote razzia op handen was,' legde ik uit. 'Er waren er al een paar geweest, met name in augustus 1941. Maar daarbij waren alleen mannen gearresteerd. En ze waren niet zo omvangrijk, zo zorgvuldig gepland als deze. Daarom is deze zo berucht. De nacht van de zestiende juli doken de meeste mannen onder in de veronderstelling dat de vrouwen en kinderen veilig zouden zijn. Dat was een misrekening.'

'Hoe lang was dat voorbereid?'

'Maanden,' zei ik. 'De Franse regering was vanaf april 1942 intensief bezig geweest met het maken van lijsten van de Joden die gearresteerd moesten worden. Meer dan zesduizend Parijse politieagenten kregen de opdracht dit uit te voeren. Eerst was als datum 14 juli gekozen. Maar dat is hier een nationale *fête*. Dus werd het iets later gepland.'

We liepen naar de *métro*. Het was een naargeestige straat. Naargeestig en triest.

'En toen?' vroeg Bamber. 'Waar zijn al die gezinnen naartoe gebracht?'

'Ze werden een paar dagen opgesloten in het Vel d'Hiv'. Uiteindelijk werd er een stel verpleegsters en artsen bij hen gelaten. Zij hebben allemaal de chaos en de wanhoop beschreven. Daarna werden de gezinnen naar station Austerlitz gebracht, en vervolgens naar de kampen rond Parijs. En toen rechtstreeks naar Polen.'

Bamber trok een wenkbrauw op. 'Kampen? Je bedoelt concentratiekampen in Frankrijk?'

'Kampen die beschouwd worden als de Franse wachtkamers van Auschwitz. Drancy – het dichtst bij Parijs – Pithiviers en Beaune-la-Rolande.'

'Ik vraag me af hoe die er tegenwoordig uitzien,' zei Bamber. 'Daar zouden we eens moeten gaan kijken.'

'Dat doen we ook,' zei ik.

Op de hoek van de rue Nélaton gingen we een kop koffie drinken. Ik keek op mijn horloge. Ik had beloofd vandaag naar Mamé te gaan. Ik wist dat ik het niet zou redden. Morgen dan. Het was nooit een opgave voor me. Zij was de oma die ik nooit had gehad. De mijne waren allebei al gestorven toen ik nog klein was. Ik wilde alleen dat Bertrand meer moeite voor haar deed, vooral als je bedacht hoe dol ze op hem was.

Bamber leidde mijn gedachten weer terug naar het Vel d'Hiv'.

'Nou, ik ben blij dat ik geen Fransman ben,' zei hij.

Toen schoot het hem te binnen.

'Oeps, sorry. Jíj wel, hè, tegenwoordig?'

'Ja,' zei ik. 'Door mijn huwelijk. Ik heb twee nationaliteiten.'

'Ik meende het niet,' zei hij en hij kuchte. Hij keek beschaamd.

'Geeft niets,' zei ik met een lachje. 'Weet je, zelfs na al die jaren noemt mijn schoonfamilie me nog steeds "de Amerikaanse".'

Bamber grinnikte. 'Vind je dat vervelend?'

Ik haalde mijn schouders op. 'Soms. Ik woon hier al meer dan de helft van mijn leven. Ik heb echt het gevoel dat ik hier hoor.'

'Hoe lang ben je al getrouwd?'

'Binnenkort zestien jaar. Maar ik woon hier al vijfentwintig jaar.'

'Heb je zo'n chique Franse bruiloft gehad?'

Ik lachte.

'Nee, heel eenvoudig. In Bourgondië, waar mijn schoonouders een huis hebben, vlak bij Sens.'

Die dag trok even aan mijn geestesoog voorbij. Er waren niet veel woorden gewisseld tussen Sean en Heather Jarmond enerzijds en Edouard en Colette Tézac anderzijds. Het leek alsof de hele Franse kant van de familie hun Engels was verleerd. Maar het had me niets gedaan. Ik was zo gelukkig. Een stralende zon. Het rustige, landelijke kerkje. Mijn eenvoudige, ivoorwitte jurk die mijn schoonmoeders goedkeuring had weggedragen. Bertrand, schitterend in zijn grijze jacquet. Het diner bij de Tézacs, prachtig verzorgd. Champagne, kaarsen en rozenblaadjes. Charla die een grappig toespraakje hield in haar verschrikkelijke Frans, waar ik als enige om had gelachen. Laure en Cécile, onnozel glimlachend. Mijn moeder in haar lichtrode pakje, hoe ze in mijn oor fluisterde: 'Ik hoop dat je gelukkig wordt, schattebout.' Mijn vader die met Colette met haar stramme rug walste. Het leek zo lang geleden.

'Mis je Amerika?' vroeg Bamber.

'Nee, ik mis mijn zus. Maar Amerika niet.'

Een jonge ober kwam onze koffie brengen. Hij wierp één blik op Bambers vlammend rode haar en meesmuilde. Toen zag hij de indrukwekkende hoeveelheid camera's en lenzen.

'U bent toerist?' vroeg hij. 'Mooie foto's nemen van Parijs?'

'Geen toeristen. We nemen alleen mooie foto's van wat er over is van het Vel d'Hiv',' zei Bamber in het Frans, met zijn slepende Britse accent.

De ober keek geschokt. 'Niemand vraagt nog naar het Vel d'Hiv',' zei hij. 'Wel naar de Eiffeltoren, maar niet naar het Vel d'Hiv'.'

'We zijn journalisten,' zei ik. 'We werken voor een Amerikaans tijdschrift.'

'Soms komen hier weleens Joodse families,' herinnerde de jongeman zich. 'Na een van de jaarlijkse herdenkingstoespraken aan de rivier.'

Ik kreeg een idee.

'Je kent zeker niemand, een buurtbewoner in deze straat bijvoorbeeld, die nog iets van die razzia weet, en die met ons zou willen praten?' vroeg ik. We hadden al met verschillende overlevenden gesproken; de meesten van hen hadden een boek geschreven over hun belevenissen, maar we misten getuigen. Parijzenaars die het allemaal hadden zien gebeuren.

Toen voelde ik me een stommeling – de jongeman was amper twintig. Zijn eigen vader was in 1942 waarschijnlijk nog niet eens geboren.

'Jazeker,' zei hij tot mijn verrassing. 'Als u de straat uit loopt, ziet u aan uw linkerhand een kiosk. De eigenaar, Xavier, kan u verder helpen. Zijn moeder weet het nog, zij woont hier haar hele leven al.'

We lieten een flinke fooi voor hem achter.

Vanaf het kleine station was het een eindeloze, stoffige wandeling geweest door een kleine stad, waar ook weer mensen naar hen hadden gestaard en gewezen. Haar voeten deden pijn. Waar gingen ze nu naartoe? Wat ging er met hen gebeuren? Waren ze ver van Parijs? De treinreis had niet lang geduurd, een paar uur maar. Zoals steeds dacht ze aan haar broertje. Met elke kilometer die ze aflegden raakte ze meer ontmoedigd. Hoe moest ze ooit nog thuiskomen? Hoe moest ze dat doen? Ze werd misselijk bij de gedachte dat hij waarschijnlijk dacht dat ze hem was vergeten. Dat geloofde hij, opgesloten in die donkere kast. Hij dacht dat ze hem in de steek had gelaten, dat het haar niets kon schelen, dat ze niet van hem hield. Hij had geen water, geen licht, en hij was bang. Ze had hem in de steek gelaten.

Waar waren ze? Ze had bij aankomst op het station geen tijd gehad om naar de naam te kijken. Maar ze had de dingen opgemerkt die een stadskind als eerste ziet: de welige akkers, de vlakke groene weiden, de goudgele velden. De prikkelende geur van frisse lucht en zomer. Het zoemen van een hommel. Vogels in de lucht. Donzige witte wolken. Na de stank en de hitte van de afgelopen paar dagen was dit hemels, vond ze. Misschien zou het toch wel niet zo erg worden.

Ze volgde haar ouders door prikkeldraadhekken, met aan weerszijden streng kijkende bewakers met hun geweer in de arm. En toen zag ze de rijen lange, donkere barakken, de naargeestige omgeving, en de moed zonk haar in de schoenen. Ze maakte zich klein en kroop tegen haar moeder aan. Politieagenten begonnen orders te schreeuwen. De vrouwen en kinderen moesten naar de gebouwen rechts, de mannen naar de gebouwen links. Terwijl ze zich hulpeloos aan haar moeder vastklemde, zag ze hoe haar vader samen met een groep mannen werd voortgeduwd. Ze was bang zonder hem naast haar. Maar ze kon niets doen. De geweren joegen haar angst aan. Haar moeder verroerde zich niet. Haar ogen stonden leeg. Doods. Haar gezicht zag er bleek en ongezond uit.

Het meisje pakte haar moeders hand toen ze naar de barakken werden gedreven. Binnen was het kaal en smerig. Planken en stro. Stank en vuil. De latrines waren buiten, houten planken boven een gat. Daar moesten ze in groepen gaan zitten, om ten overstaan van iedereen te plassen en zich te ontlasten, als beesten. Ze walgde ervan. Ze voelde dat ze het niet kon. Dit kon ze niet. Ze keek toe toen haar moeder wijdbeens boven een van de gaten ging staan. Ze boog vol schaamte haar hoofd. Maar uiteindelijk deed ze wat haar werd opgedragen, in elkaar gekropen en hopend dat niemand naar haar keek.

Vlak boven het prikkeldraad kon het meisje een glimp van het dorp zien. De zwarte toren van een kerk. Een watertoren. Daken en schoorstenen. Bomen. Daar, dacht ze, in die huizen vlakbij, hadden mensen een bed, lakens, dekens, eten en water. Ze waren schoon. Ze hadden schone kleren. Niemand schreeuwde naar hen. Niemand behandelde hen als beesten. Daar waren ze, aan de andere kant van het hek. In het schone dorpje waar ze de kerkklokken kon horen beieren.

Er waren daar kinderen op vakantie, dacht ze. Kinderen die gingen picnicken, kinderen die verstoppertje speelden. Blije kinderen, ook al was het oorlog en hadden ze niet zoveel te eten als anders, en misschien was hun vader weggeroepen om te vechten. Blije, goedverzorgde kinderen van wie gehouden werd. Ze kon zich niet voorstellen waarom er zo'n verschil was tussen die kinderen en haar. Ze kon zich niet voorstellen waarom zij en al die mensen hier op deze manier behandeld moesten worden. Wie had dat besloten, en waarom?

Ze kregen lauwe koolsoep te eten. Hij was waterig en er zat zand in. Verder kregen ze niets. Daarna keek ze hoe rijen vrouwen al hun kleren uittrokken en elkaar verdrongen voor een miezerig straaltje water in roestige, metalen wasbakken om het vuil van hun lichaam te wassen. Ze vond hen lelijk, grotesk. Ze haatte de uitgezakte lichamen, de magere, de oude, de jonge; ze vond het afschuwelijk om hun naaktheid te zien. Ze wilde niet naar hen kijken. Ze vond het afschuwelijk dat ze naar hen moest kijken.

Ze kroop tegen haar moeders warme lichaam en probeerde niet aan haar broertje te denken. Ze had jeuk op heel haar lichaam, ook op haar hoofd. Ze wilde een bad, haar bed, haar broertje. Een maaltijd. Ze vroeg zich af of er iets erger kon zijn dan wat haar de afgelopen paar dagen was overkomen. Ze dacht aan haar vriendinnen, aan de andere meisjes bij haar op school die ook een ster droegen. Dominique, Sophie, Agnès. Wat was er met hen gebeurd? Hadden er een paar kunnen ontsnappen? Waren er een paar in veiligheid, hadden ze zich verstopt? Was Armelle ondergedoken bij haar familie? Zou ze haar ooit terugzien, en haar andere vriendinnetjes? Zou ze in september weer naar school gaan?

Die avond kon ze niet slapen; ze miste haar vaders geruststellende aanraking. Haar buik deed pijn, ze had kramp. Ze wist dat ze de barakken 's nachts niet mochten verlaten. Ze klemde haar kiezen op elkaar en sloeg haar armen om haar buik. Maar de pijn werd erger. Langzaam stond ze op en ze liep op haar tenen tussen de rijen slapende vrouwen en kinderen door naar de latrines buiten.

Felle lampen beschenen het kamp toen ze boven de planken hurkte. Het meisje tuurde naar beneden en zag dikke bleke wormen in de donkere massa krioelen. Ze was bang dat een politieman boven in een van de uitkijktorens haar achterwerk zou zien en ze trok haar rok eroverheen. Snel liep ze terug naar de barak.

Binnen hing een bedompte, smerige lucht. Een paar kinderen jammerden in hun slaap. Ze hoorde een vrouw snikken. Ze draaide zich om naar haar moeder en tuurde naar het ingevallen, bleke gezicht.

Verdwenen was de gelukkige, liefdevolle vrouw. Verdwenen was de moeder die haar altijd in haar armen trok en lieve woordjes, Jiddische koosnaampjes, fluisterde. De vrouw met de glanzende honingblonde haren en het weelderige figuur, die door alle buren, alle winkeliers werd begroet met haar voornaam. De vrouw die zo warm, troostrijk en moederlijk rook: naar heerlijk eten, verse soep, schoon linnen. De vrouw met de aanstekelijke lach. De vrouw die zei dat ze het, ook al was het oorlog, zouden redden omdat ze een sterk, goed gezin waren, een gezin vol liefde.

Die vrouw was stukje bij beetje verdwenen. Ze was mager en bleek geworden, en ze lachte of schaterde nooit meer. Ze rook zurig, bitter. Haar haren waren broos en dor geworden, doorweven met grijze lokken.

Het meisje had het gevoel dat haar moeder al dood was.

De oude vrouw keek Bamber en mij met troebele ogen aan. Ze liep al zeker tegen de honderd, dacht ik. Ze glimlachte tandeloos, als een baby. Vergeleken bij haar was Mamé een tiener. Ze woonde boven de winkel van haar zoon, de kiosk aan de rue Nélaton. Een hokkerig appartement vol stoffige meubels, door de motten aangevreten tapijten en verwelkte planten. De oude dame zat in een uitgezakte fauteuil bij het raam. Ze bleef zitten toen we binnenkwamen en ons aan haar voorstelden. Ze leek het prettig te vinden om onverwacht bezoek te krijgen.

'Dus jullie zijn Amerikaanse journalisten,' zei ze met bevende stem, terwijl ze ons opnam.

'Amerikaans en Brits,' corrigeerde Bamber.

'Journalisten met belangstelling voor het Vel d'Hiv'?' vroeg ze.

Ik haalde mijn pen en papier uit mijn tas en liet ze op mijn knie balanceren.

'Weet u zich nog iets te herinneren van de razzia, madame?' vroeg ik. 'Kunt u er iets over vertellen, al is het maar het kleinste detail?'

Ze liet een kakelende lach horen.

'Je denkt zeker dat ik het me niet meer herinner, jongedame? Je denkt dat ik het misschien ben vergeten?'

'Nou ja,' zei ik, 'het is wel een tijd geleden.'

'Hoe oud ben je?' vroeg ze botweg.

Ik voelde dat mijn wangen rood werden. Bamber verborg een lach achter zijn camera.

'Vijfenveertig,' zei ik.

'Ik word binnenkort vijfennegentig,' zei ze, en ze lachte zonder gêne haar tandvlees bloot. 'Op 16 juli 1942 was ik vijfendertig. Tien jaar jonger dan jij nu bent. En ik herinner het me nog. Ik herinner me alles nog.'

Ze zweeg even. Haar troebele ogen keken naar buiten, naar de straat.

'Ik weet nog dat ik 's ochtends heel vroeg wakker werd van dreunende bussen. Bussen, vlak voor mijn raam. Ik keek naar buiten en zag de bussen aankomen. Steeds meer bussen. Onze eigen stadsbussen, de bussen waar ik elke dag in meereed. Groen met wit. Zoveel. Ik vroeg me af wat die daar in 's hemelsnaam deden. Toen zag ik de mensen eruit komen. En al die kinderen. Zoveel kinderen. Weet je, de kinderen, die vergeet je niet gauw.'

Ik schreef door terwijl Bamber rustig zijn camera liet klikken.

'Na een poosje kleedde ik me aan en ging ik met mijn jongens, die toen nog klein waren, naar beneden. We wilden weten wat er aan de hand was, we waren nieuwsgierig. Onze buren kwamen ook naar buiten, evenals de conciërge. Toen zagen we de gele sterren, en we begrepen het. De Joden. Ze waren bezig de Joden weg te halen.'

'Had u enig idee wat er met die mensen ging gebeuren?' vroeg ik.

Ze haalde haar oude schouders op.

'Nee,' zei ze. 'We hadden geen idee. Hoe kon dat ook? Daar kwamen we pas na de oorlog achter. Wij dachten dat ze ergens aan het werk gezet werden. We dachten niet dat er iets ernstigs aan de hand was. Ik weet nog dat iemand zei: "Het is de Franse politie, niemand zal hen kwaad doen." Dus maakten we ons geen zorgen. En de volgende dag stond er, zelfs terwijl het midden in Parijs gebeurde, niets over in de krant en er was niets over te horen op de radio. Het leek niemand bezig te houden. Dus ons ook niet. Totdat ik die kinderen zag.'

Ze zweeg.

'Die kinderen?' herhaalde ik.

'Een paar dagen later werden de Joden weer met bussen weggehaald,' vervolgde ze. 'Ik stond op de stoep en ik zag de gezinnen uit het *vélodrome* komen, al die vieze, huilende kinderen. Ze zagen er angstig en smerig uit. Ik was verbijsterd. Ik besefte dat ze in het vélodrome niet veel te eten of te drinken hadden gehad. Ik voelde me machteloos en kwaad. Ik probeerde hun brood en fruit te geven, maar dat mocht niet van de politie.'

Ze zweeg weer, een lange tijd. Ze leek plotseling vermoeid, uitgeput. Bamber legde rustig zijn camera weg. We wachtten. We verroerden ons niet. Ik vroeg me af of ze nog iets zou zeggen.

'Na al die jaren,' zei ze ten slotte op zachte toon, bijna fluisterend, 'na al die jaren zie ik die kinderen nog voor me, weet je. Ik zie ze in die bussen stappen en wegrijden. Ik wist niet waar ze naartoe gingen, maar ik had er een bepaald gevoel bij. Een afschuwelijk gevoel. De meeste mensen om me heen kon het niets schelen. Ze vonden het normaal. Het was normaal voor hen dat de Joden werden weggehaald.'

'Waarom vonden ze dat volgens u?' vroeg ik.

Weer een kakelend lachje.

'Jarenlang was ons, Fransen, wijsgemaakt dat Joden de vijanden van ons land waren. Daarom! In 1941 en '42 was er een tentoonstelling in het Palais Berlitz, aan de boulevard des Italiens, als ik het me goed herinner, getiteld "De Joden en Frankrijk". De Duitsers zorgden ervoor dat die maandenlang bleef. Een groot succes bij de Parijse bevolking. En wat was het? Een schokkend vertoon van antisemitisme.'

Haar knoestige oude vingers streken haar rok glad.

'Ik herinner me de politieagenten nog, weet je. Onze eigen goede Parijse politieagenten. Onze eigen goede rechtschapen *gendarmes*. Die die kinderen in de bussen duwden. Schreeuwden. Met hun *bâtons* zwaaiden.'

Ze liet haar kin op haar borst zakken. Ze mompelde iets dat ik niet kon verstaan. Het klonk als: 'Schande dat we dat niet hebben tegengehouden.'

'U wist het niet,' zei ik zachtjes, geroerd door haar plotselinge tranen. 'Wat had u eraan kunnen doen?'

'Niemand herinnert zich nog de kinderen van het Vel d'Hiv', weet je. Niemand kan het iets schelen.'

'Misschien dit jaar wel,' zei ik. 'Misschien is het dit jaar anders.'

Ze kneep haar dun geworden lippen op elkaar.

'Nee. Dat zul je zien. Er is niets veranderd. Niemand herinnert zich iets. Waarom zouden ze? Het was de zwartste tijd voor ons land.'

Ze vroeg zich af waar haar vader was. Ergens in hetzelfde kamp, in een van die barakken, zeker, maar ze zag hem maar één of twee keer. Ze had geen idee hoeveel dagen er voorbijgingen. Het enige waar ze aan dacht was haar broertje. Ze werd 's nachts trillend wakker en dacht aan hem in de kast. Ze haalde de sleutel tevoorschijn en tuurde er met pijn en afschuw naar. Misschien was hij nu dood. Misschien was hij omgekomen van de dorst, of van de honger. Ze probeerde de dagen te tellen vanaf die zwarte donderdag dat de mannen hen hadden opgehaald. Een week? Tien dagen? Ze wist het niet. Ze voelde zich verloren, verward. Het was een maalstroom van angst, honger en dood geweest. Er waren nog meer kinderen overleden in het kamp. De lichaampjes waren weggehaald onder tranen en kreten.

Op een ochtend zag ze een stel vrouwen geagiteerd met elkaar praten. Ze leken ongerust, van streek. Ze vroeg haar moeder wat er aan de hand was, maar die zei dat ze het niet wist. Het meisje liet zich niet afschrikken en vroeg het aan een vrouw die een zoontje had van haar broertjes leeftijd, en die de afgelopen paar dagen naast hen had geslapen. De vrouw zag rood, alsof ze koorts had. Ze zei dat er geruchten waren, geruchten die rondgingen in het kamp. De ouders zouden in het oosten aan het werk gezet worden. Ze moesten daar de komst van de kinderen afwachten, die later, na een paar dagen zouden volgen. Het meisje luisterde geschokt. Ze herhaalde het gesprek tegenover haar moeder. Haar moeders ogen leken ineens open te vliegen. Ze schudde heftig haar hoofd. Ze zei nee, dat kon toch niet gebeuren. Dat konden ze onmogelijk doen. Ze konden de kinderen niet van de ouders scheiden.

In dat beschermde, fijne leven dat heel ver weg leek, zou het meisje haar moeder hebben geloofd. Ze geloofde toen altijd alles wat haar moeder zei. Maar in deze harde, nieuwe wereld had het meisje het gevoel dat ze volwassen geworden was. Ze voelde zich ouder dan haar moeder. Ze wist dat wat de andere vrouwen zeiden, waar was. Ze wist dat de geruchten waar waren. Ze wist niet hoe ze dit aan haar moeder moest uitleggen. Haar moeder was als een kind geworden.

Toen de mannen de barakken in kwamen, was ze niet bang. Ze had het gevoel dat ze gehard was. Dat er een dikke muur om haar heen was opgerezen. Ze nam haar moeders hand en hield die stevig vast. Ze wilde dat haar moeder dapper was, dat ze sterk was. Ze werden naar buiten gedirigeerd. Ze moesten met kleine groepen tegelijk een andere barak in lopen. Ze wachtte geduldig in de rij met haar moeder. Ze keek steeds om zich heen of ze een glimp kon opvangen van haar vader. Hij was nergens te zien.

Toen zij aan de beurt waren om de barak in te gaan, zag ze een stel agenten achter een tafel zitten. Er stonden twee vrouwen naast hen in gewone kleren. Vrouwen uit het dorp, die met een kille, harde blik naar de rijen mensen keken. Ze hoorde dat ze de oude vrouw voor haar in de rij opdroegen haar geld en sieraden af te geven. Ze zag dat de oude vrouw haar trouwring, haar horloge afdeed. Een meisje van een jaar of zes stond naast haar, trillend van angst. Een agent wees op de gouden ringetjes die het meisje in haar oren droeg. Ze was te bang om ze zelf uit te kunnen doen. De grootmoeder boog zich naar haar toe om ze los te maken. De politieman slaakte een zucht van ergernis. Dit ging veel te langzaam. Op deze manier zouden ze er de hele nacht staan.

Een van de dorpsvrouwen liep naar het kleine meisje toe, en met een snel gebaar rukte ze de ringetjes uit haar oren, zodat ze de lelletjes verwondde. Het meisje schreeuwde en haar handen kropen naar haar bebloede hals. De oude vrouw schreeuwde ook. Een agent sloeg haar in het gezicht. Ze werden naar buiten gesleurd. Een angstig gemompel ging door de rij. De politieagenten zwaaiden met hun geweer. Het werd stil.

Het meisje en de moeder hadden niets af te geven. Alleen de trouwring van de moeder. Een blozende vrouw uit het dorp scheurde de jurk van de moeder van de kraag tot de navel open, waardoor haar bleke huid en verschoten ondergoed te zien waren. Ze graaide in de plooien van de jurk, naar de onderkleding en de openingen van haar moeders lichaam. De moeder kromp ineen, maar zei niets. Het meisje keek toe, angst welde in haar op. Ze haatte de manier waarop de mannen hun blik over haar moeders lichaam lieten gaan, ze haatte de manier waarop de dorpsvrouw haar aanraakte, haar behandelde alsof ze een stuk vlees was. Gingen ze dat ook met haar doen? vroeg ze zich af. Zouden ze haar kleren ook openscheuren? Misschien namen ze haar de sleutel wel af. Ze klemde haar hand er met al haar kracht omheen in haar zak. Nee, dat zou hun niet lukken. Dat liet ze niet gebeuren. Ze zou zich de sleutel van de geheime kast niet laten afnemen. Nooit.

Maar de politieman had geen belangstelling voor wat er in haar zakken zat. Voordat zij en haar moeder opzij stapten, wierp ze nog een laatste blik op de groeiende stapels op het bureau: kettingen, armbanden, broches, ringen, horloges, geld. Wat gingen ze daar allemaal mee doen? dacht ze. Verkopen? Gebruiken? Waarvoor hadden ze die dingen nodig?

Buiten moesten ze weer in de rij gaan staan. Het was een warme, stoffige dag. Het meisje had dorst, haar keel deed pijn en was droog. Ze stonden daar een hele tijd, onder de dreigende blikken van de zwijgende politieman. Wat was er aan de hand? Waar was haar vader? Waarom stonden ze hier allemaal? Het meisje hoorde voortdurend gefluister achter zich. Niemand wist het. Niemand kon er antwoord op geven. Maar zij wist het. Ze voelde het. En toen het gebeurde, verwachtte ze het.

De politiemannen vielen op hen aan als een zwerm grote, donkere vogels. Ze sleurden de vrouwen naar de ene kant van het kamp, de kinderen naar de andere. Zelfs de allerkleinsten werden van hun moeder gescheiden. Het meisje zag het allemaal gebeuren alsof ze in een andere wereld was. Ze hoorde de kreten, de gillen, ze zag hoe de vrouwen zich op de grond wierpen terwijl ze hun kinderen aan hun kleren, aan hun haren vastgrepen. Ze keek toe terwijl de agenten hun knuppels lieten neerkomen op de hoofden, de gezichten van de vrouwen. Ze zag een vrouw in elkaar zakken, haar neus een bloederige massa.

Haar moeder stond naast haar, als aan de grond genageld. Ze hoorde de vrouw met korte stoten ademen. Ze hield haar moeders koude hand stevig vast. Ze voelde dat de agenten hen uit elkaar trokken, ze hoorde haar moeder krijsen, en toen zag ze haar weer op haar af duiken, haar jurk openhangend, haar haar in de war, haar mond verwrongen terwijl ze de naam van haar dochter schreeuwde.

Ze probeerde haar moeders handen te pakken, maar de mannen duwden haar weg zodat ze op haar knieën viel. Haar moeder vocht als een bezetene en was de agenten heel even de baas, en juist op dat moment zag het meisje weer een glimp van haar echte moeder, de sterke, vurige vrouw die ze miste en bewonderde. Ze voelde haar moeders armen nog één keer om zich heen, ze voelde het dikke haar dat haar gezicht streelde. Ineens werd ze verblind door een plens koud water. Proestend en snakkend naar adem deed ze haar ogen open en zag dat de mannen haar moeder wegsleepten aan de kraag van haar doorweekte jurk.

Ze had het idee dat het uren duurde. Huilende, verloren kinderen. Emmers water die hen in het gezicht werden gegooid. Vechtende, gebroken vrouwen. Harde dreunen die werden uitgedeeld. Maar ze wist dat het heel snel was gebeurd.

Stilte. Het was voorbij. Ten slotte stonden alle kinderen aan de ene en de vrouwen aan de andere kant. Tussen hen in een flinke rij agenten. De agenten herhaalden steeds dat de moeders en de kinderen boven de twaalf de anderen voorgingen en dat de kleinsten de week daarna zouden volgen. De vaders waren al vertrokken, werd hun verteld. Iedereen moest meewerken en gehoorzamen.

Ze zag haar moeder bij de andere vrouwen staan. Haar moeder keek haar aan met een klein, dapper lachje. Het was alsof ze zei: 'Zie je, schat, het komt wel goed, de politie heeft het gezegd. Je komt over een paar dagen bij ons. Maak je geen zorgen, lieverdje.'

Het meisje keek om zich heen naar de menigte kinderen. Zoveel kinderen. Ze keek naar de kleuters met hun gezichtjes verkrampt van verdriet en angst. Ze zag het kleine meisje met de bloedende oorlelletjes, haar handen uitgestrekt naar haar moeder. Wat zou er met al deze kinderen, met haar, gaan gebeuren? dacht ze. Waar werden hun ouders naartoe gebracht?

De vrouwen werden weggevoerd door de hekken van het kamp. Ze zag haar moeder de lange weg op lopen die door het dorp naar het station voerde. Haar moeder draaide zich nog een laatste keer naar haar om.

Toen was ze verdwenen.

'Vandaag is een van onze "goede" dagen, madame Tézac,' zei Véronique, terwijl ze me stralend aankeek in de zonnige, witte kamer. Ze maakte deel uit van het personeel dat voor Mamé zorgde in het schone, vrolijke verzorgingshuis in het zeventiende arrondissement, niet ver van Parc Monceau.

'Je moet haar geen madame Tézac noemen,' voer Bertrands grootmoeder tegen haar uit. 'Dat haat ze. Zeg liever "miss Jarmond".'

Ik kon het niet helpen dat ik moest lachen. Véronique keek beteuterd.

'En trouwens, madame Tézac, dat ben ík,' zei de oude dame een tikje uit de hoogte en met algehele verachting voor die andere madame Tézac, haar schoondochter Colette, Bertrands moeder. Typisch Mamé, dacht ik. Zo opvliegend, zelfs op haar leeftijd nog. Haar voornaam was Marcelle. Ze vond het een walgelijke naam. Niemand noemde haar ooit Marcelle.

'Het spijt me,' zei Véronique kleintjes.

Ik legde een hand op haar arm. 'Zit er alsjeblieft niet over in,' zei ik. 'Ik gebruik de naam van mijn man niet.'

'Dat is een Amerikaanse gewoonte,' zei Mamé. 'Miss Jarmond is Amerikaanse.'

'Ja, dat was me al opgevallen,' zei Véronique iets opgewekter.

Opgevallen, waaraan? wilde ik het liefst vragen. Aan mijn accent, mijn kleren, mijn schoenen?

'Dus u hebt een goede dag, Mamé?' Ik ging naast haar zitten en legde mijn hand op de hare.

Vergeleken met de oude dame in de rue Nélaton zag Mamé er fris uit. Ze had nog nauwelijks rimpels. Haar grijze ogen stonden helder. Maar de oude dame in de rue Nélaton was, ook al was ze lichamelijk óp, nog wel helder, en Mamé had Alzheimer. Er waren dagen waarop ze domweg niet meer wist wie ze was.

Bertrands ouders hadden besloten haar te laten opnemen in het verzorgingshuis toen ze beseften dat ze niet langer in staat was om alleen te wonen. Ze liet soms het gas de hele dag branden. Ze liet het bad overlopen. Of ze sloot zichzelf regelmatig buiten en werd dan ergens in de rue de Saintonge in haar ochtendjas aangetroffen. Natuurlijk had ze zich verzet. Ze had helemaal niet naar het verzorgingshuis gewild. Maar ze had zich er toch heel aardig in geschikt, ondanks zo nu en dan een woede-uitbarsting.

'Ik heb een "goede" dag,' zei ze grinnikend toen Véronique ons alleen had gelaten.

'Juist, ja,' zei ik, 'dus je terroriseert de boel hier zoals altijd?'

'Zoals altijd,' zei ze. Toen draaide ze zich naar me toe. Haar grijze ogen gleden vol genegenheid over mijn gezicht. 'Waar is die lapzwans van een man van je? Hij komt nooit, weet je. En ga me nu niet vertellen dat hij het zo druk heeft.'

Ik zuchtte.

'Nou ja, jij bent er in elk geval,' zei ze gemelijk. 'Je ziet er moe uit. Is alles goed?'

'Prima,' zei ik.

Ik wist dat ik er moe uitzag. Ik kon er niet veel aan doen. Op vakantie gaan misschien. Maar dan moest ik wachten tot de zomer.

'En het appartement?'

Ik was er net langs geweest voordat ik naar het verzorgingshuis was gegaan. Een bijenkorf leek het er. Bertrand hield op zijn gebruikelijke energieke manier toezicht op alles. Antoine zag er uitgeput uit.

'Dat wordt prachtig,' zei ik. 'Als het klaar is.'

'Ik mis het,' zei Mamé. 'Ik mis het wonen daar.'

'Dat begrijp ik,' zei ik.

Ze haalde haar schouders op. 'Je gaat aan huizen hechten, weet je. Net als aan mensen, denk ik. Ik vraag me af of André het nooit mist.'

André was haar overleden echtgenoot. Ik had hem nooit gekend. Hij was overleden toen Bertrand een tiener was. Ik was eraan gewend dat Mamé over hem sprak in de tegenwoordige tijd. Ik corrigeerde haar niet, herinnerde haar er nooit aan dat hij jaren geleden aan longkanker was overleden. Ze praatte graag over hem. Toen ik haar leerde kennen, lang voordat ze haar geheugen begon kwijt te raken, liet ze me vaak haar fotoalbums zien als ik haar in de rue de Saintonge kwam opzoeken. Ik had het gevoel dat ik het gezicht van André Tézac kon uittekenen. Dezelfde grijsblauwe ogen als Edouard. Een rondere neus. Een hartelijkere glimlach misschien.

Mamé had me uitvoerig verteld hoe ze elkaar hadden leren kennen, hoe ze verliefd waren geworden en hoe moeilijk alles was geworden tijdens de oorlog. De Tézacs kwamen eigenlijk uit Bourgondië, maar toen André de wijnhandel van zijn vader had geërfd, was het hem niet gelukt het hoofd boven water te houden. Dus was hij naar Parijs verhuisd om daar een kleine antiekwinkel te beginnen aan de rue de Turenne, vlak bij de Place des Vosges. Het had een poosje geduurd voordat hij naam had gemaakt, voordat de zaak begon te bloeien. Edouard had na de dood van zijn vader de leiding overgenomen en verplaatste de winkel naar de rue du Bac in het zevende arrondissement, waar de meest prestigieuze antiekzaken van Parijs te vinden waren. Cécile, Bertrands jongere zus, was nu eigenaar van die winkel en deed het heel goed.

Mamés arts – de sombere doch efficiënte dokter Roche – vertel-

de me eens dat het heel heilzaam voor Mamé was om over het verleden te praten. Volgens hem had ze een scherper beeld van wat er
dertig jaar geleden was gebeurd dan de afgelopen ochtend.

Het was een soort spelletje. Tijdens mijn bezoekjes stelde ik
haar vragen. Dat deed ik op een natuurlijke manier, ik maakte er
niet iets bijzonders van. Ze wist heel goed waar ik op uit was, maar
ze deed alsof ze dat niet doorhad.

Het was leuk geweest om te horen hoe Bertrand als kleine jongen was geweest. Mamé kwam met de interessantste verhalen. Hij
was een klungelige adolescent geweest, niet de relaxte knaap
waarover ik had gehoord. Hij was een onwillige leerling geweest,
niet de briljante student die zijn ouders zo graag hadden gezien.
Op zijn veertiende had er een gedenkwaardige ruzie plaatsgevonden met zijn vader over de dochter van de buren, een promiscue
geblondeerde die marihuana rookte.

Maar soms was het niet zo plezierig om in Mamés gemankeer-
de geheugen te spitten. Vaak waren er sombere, lange lacunes. Ze
kon zich niet alles herinneren. Op 'slechte' dagen was ze zo gesloten als een oester. Dan keek ze met een kwade blik naar de televisie
met haar mond in een positie waardoor haar kin naar voren stak.

Op een ochtend wist ze niet wie Zoë was. Ze vroeg aldoor: 'Wie
is dat kind? Wat doet ze hier?' Zoë had er, zoals altijd, volwassen
op gereageerd. Maar later die avond hoorde ik haar in bed huilen.
Toen ik haar voorzichtig vroeg wat er aan de hand was, gaf ze toe
dat ze het moeilijk vond om haar overgrootmoeder oud te zien
worden.

'Mamé,' zei ik, 'wanneer ben je met André in het huis aan de
rue de Saintonge getrokken?'

Ik verwachtte dat ze haar gezicht zou fronsen, als een wijze oude aap, en dan zou zeggen: 'O, daar kan ik me helemaal niets van
herinneren...'

Maar het antwoord kwam als een zweepslag.

'In juli 1942.'

Ik schoot recht overeind en keek haar aan.

'Juli 1942?' herhaalde ik.

'Dat klopt,' zei ze.

'En hoe kwamen jullie aan dat appartement? Het was toen oorlog. Dat moet dan toch moeilijk geweest zijn?'

'Helemaal niet,' zei ze opgewekt. 'Het stond ineens leeg. We hoorden het van de conciërge, madame Royer, die bevriend was met onze oude conciërge. We woonden altijd aan de rue de Turenne, boven de winkel van André, een benauwd, krap appartementje met maar één slaapkamer. Dus trokken we daarin, met Edouard, die toen tien of twaalf was. We vonden het heerlijk om groter te gaan wonen. En de huur was laag, dat weet ik nog. In die tijd was dat *quartier* niet half zo gewild als nu.'

Ik nam haar aandachtig op en schraapte mijn keel. 'Mamé, weet je nog of dat begin juli was? Of eind?'

Ze glimlachte, blij dat ze het zo goed wist. 'Dat weet ik nog precies. Het was eind juli.'

'En weet je nog waarom dat huis plotseling leeg was komen te staan?'

Weer een stralende glimlach. 'Natuurlijk. Er had een grote razzia plaatsgevonden. Er werden mensen gearresteerd, weet je. Er kwamen ineens heel wat huizen leeg te staan.'

Ik staarde haar aan. Ze keek terug. Haar blik versomberde toen ze de uitdrukking op mijn gezicht zag.

'Maar hoe is dat gebeurd? Hoe kwamen jullie daar?'

Ze friemelde aan haar mouwen en trok met haar mond. 'Madame Royer vertelde aan onze conciërge dat er een driekamerappartement leegstond aan de rue de Saintonge. Zo is het gegaan. Dat was alles.'

Stilte. Ze hield op met frunniken en legde haar handen gevouwen op haar schoot.

'Maar Mamé,' fluisterde ik, 'kwam het niet bij jullie op dat die mensen weer terug konden komen?'

Ze keek nu ernstig en er was een gespannen, pijnlijke trek rond haar lippen verschenen.

'We wisten niets,' zei ze ten slotte. 'Helemaal niets.'

Ze keek weer naar haar handen en zei niets meer.

D it was de ergste nacht. De ergste van alle nachten, voor alle kinderen en ook voor haar, dacht het meisje. De barakken waren helemaal leeggeplunderd. Er was niets achtergebleven, geen kleren, geen dekens, niets. Dekbedden waren in tweeën gescheurd, witte veertjes bedekten de grond als een laag kunstsneeuw.

. Kinderen die huilden, kinderen die schreeuwden, kinderen die hikten van doodsangst. De kleintjes konden het niet begrijpen en bleven jammeren om hun moeder. Ze plasten hun kleren onder, rolden over de grond, krijsten van wanhoop. De ouderen, zoals zij, zaten op de vieze vloer met hun hoofd in hun handen.

Niemand keek naar hen om. Niemand zorgde voor hen. Ze kregen nauwelijks te eten. Ze hadden zo'n honger dat ze op droog gras knabbelden, op strootjes. Niemand troostte hen. Het meisje vroeg zich af: die politieagenten... hadden die geen familie? Hadden die geen kinderen? Kinderen die thuis op hen wachtten? Hoe konden ze kinderen zo behandelen? Was dat hun opgedragen, of gedroegen ze zich van nature zo? Waren het eigenlijk machines en geen mensen? Ze bekeek hen nauwlettend. Ze leken van vlees en bloed. Het waren mannen. Ze kon het niet begrijpen.

De volgende dag merkte het meisje een handvol mensen op die door het hek naar hen keken. Vrouwen met pakjes en voedsel. Ze probeerden het voedsel door de afrastering te duwen. Maar de politiemannen bevalen hun weg te gaan. Niemand kwam meer naar hen kijken.

Het meisje had het gevoel dat ze iemand anders was geworden. Een hard, ruw, wild iemand. Soms vocht ze met de oudere kinderen, degenen die het stuk oudbakken brood dat ze had gevonden, van haar probeerden af te pakken. Ze schold hen de huid vol. Ze sloeg hen. Ze voelde zich gevaarlijk, woest.

Eerst had ze niet naar de kleinere kinderen gekeken. Ze herinnerden haar te zeer aan haar broertje. Maar nu kreeg ze het gevoel dat ze hen moest helpen. Ze waren kwetsbaar, klein. Zo zielig. Zo vuil. Een heleboel van hen hadden diarree. Hun kleren waren aaneengekoekt van de stront. Er was niemand om hen te wassen, om hen te voeden.

Beetje bij beetje kwam ze hun namen en leeftijden aan de weet, maar sommigen waren zo klein dat ze haar nauwelijks antwoord konden geven. Ze waren dankbaar voor een warme stem, een glimlach, een kus, en ze volgden haar bij tientallen door het kamp, achter haar aan lopend als een stoet sjofele musjes.

Ze vertelde hun de verhaaltjes die ze haar broertje altijd had verteld voor het slapengaan. 's Avonds, als ze op het van luizen vergeven stro lagen, waar ratten ritselden, fluisterde ze de verhalen en maakte ze ze nog langer dan ze anders waren. De oudere kinderen kwamen er ook bij zitten. Sommige deden alsof ze niet luisterden, maar ze wist dat dat wel zo was.

Er was een meisje van elf, een lang, zwartharig kind genaamd Rachel, dat haar vaak met een zekere minachting aankeek. Maar avond aan avond luisterde ze naar de verhalen en kroop dichter naar het meisje toe zodat ze geen woord miste. En op een dag, toen de meeste kleine kinderen eindelijk in slaap waren gevallen, praatte ze tegen het meisje. Ze zei met een lage, hese stem: 'We moeten weggaan. We moeten ontsnappen.'

Het meisje schudde haar hoofd. 'Er is geen uitweg. De politie is gewapend. We kunnen niet ontsnappen.'

Rachel haalde haar knokige schouders op. 'Ik ga ontsnappen.'

'En je moeder dan? Die zit op je te wachten in het andere kamp, net als de mijne.'

Rachel glimlachte. 'Geloofde je dat allemaal? Geloofde je wat ze zeiden?'

Het meisje verafschuwde Rachels veelbetekenende glimlach. 'Nee,' zei ze resoluut. 'Ik geloofde hen niet. Ik geloof niets meer.'

'Ik ook niet,' zei Rachel. 'Ik heb gezien wat ze deden. Ze schreven de namen van de kleine kinderen niet eens fatsoenlijk op. Ze bonden hen die naamkaartjes om, die door elkaar raakten toen de meeste kinderen ze er weer aftrokken. Het maakt hun niets uit. Ze hebben ons allemaal voorgelogen. Ons en onze moeders.'

En tot verbazing van het meisje stak Rachel haar hand uit en pakte de hare. Ze hield hem stevig vast, net zoals Armelle altijd deed. Toen stond ze op en verdween.

De volgende morgen werden ze heel vroeg gewekt. De politiemannen kwamen de barakken in en porden hen met hun wapenstokken. De kleinere kinderen, die nog maar nauwelijks wakker waren, begonnen te gillen. Het meisje probeerde de kinderen die het dichtst bij haar waren te kalmeren, maar ze waren doodsbang. Ze werden een schuur binnengevoerd. Het meisje hield twee peuters bij de hand. Ze zag een politieagent met een instrument in zijn hand. Het had een vreemde vorm. Ze wist niet wat het was. De peuters hapten naar adem van angst en deinsden terug. Ze werden door de agenten geslagen en geschopt, en vervolgens naar de man met het instrument gesleept. Het meisje keek vol afgrijzen toe. Toen begreep ze het. Hun haar werd afgeschoren. Alle kinderen moesten worden kaalgeschoren.

Ze keek hoe Rachels dikke, zwarte haar op de grond viel. Haar naakte schedel was wit en spits, als een ei. Rachel staarde vol haat en verachting naar de mannen. Ze spuugde op hun schoenen. Een van de gendarmes sloeg haar meedogenloos opzij.

De kleintjes waren helemaal over hun toeren. Ze moesten door twee of drie man worden vastgehouden. Toen het haar beurt was, stribbelde het meisje niet tegen. Ze boog haar hoofd. Ze voelde de koude druk van het apparaat en sloot haar ogen, omdat ze de aanblik van de lange, gouden lokken die aan haar voeten vielen niet kon verdragen. Haar haar. Haar prachtige haar dat iedereen bewonderde. Ze voelde snikken opwellen in haar keel, maar ze dwong zichzelf niet te huilen. Nooit huilen waar deze mannen bij waren. Nooit huilen. Nooit. Het is maar haar. Haar groeit weer aan.

Het was bijna voorbij. Ze deed haar ogen weer open. De politieman die haar vasthield had dikke, roze handen. Ze keek naar hem op terwijl de andere man de laatste lokken afschoor.

Het was de roodharige, vriendelijke politieagent uit haar buurt. Degene met wie haar moeder vaak een praatje maakte. Degene die altijd naar haar knipoogde als ze op weg was naar school. Degene naar wie ze had gezwaaid op de dag van de razzia en die had weggekeken. Hij was nu te dichtbij om weg te kijken.

Ze hield zijn blik vast, zonder ook maar één keer haar ogen neer te slaan. Zijn ogen hadden een vreemde, gelige kleur, als goud. Zijn gezicht was rood van schaamte, en ze dacht dat ze hem voelde trillen. Ze zei niets en staarde hem aan met alle verachting die ze kon opbrengen.

Hij kon alleen maar terugkijken, roerloos. Het meisje glimlachte, een verbitterd glimlachje voor een kind van tien, en duwde zijn zware handen weg.

Ik verliet het verpleeghuis in een soort verdoofde staat. Ik moest weer naar kantoor, waar Bamber op me zat te wachten, maar merkte dat ik terug naar de rue de Saintonge ging. Er tolden zoveel vragen door mijn hoofd dat ik me erdoor overstelpt voelde. Sprak Mamé de waarheid of haalde ze door haar ziekte dingen door elkaar? Had hier echt een Joods gezin gewoond? Hoe konden de Tézacs er zijn ingetrokken zonder van iets te weten, zoals Mamé had beweerd?

Ik liep langzaam over de binnenplaats. De loge van de conciërge moest waarschijnlijk hier zijn geweest, bedacht ik. Hij was jaren geleden verbouwd tot een klein appartement. Een rij metalen brievenbussen hing in de hal, er was geen conciërge meer die dagelijks deur aan deur ging met de post. Madame Royer, dat was haar naam, had Mamé gezegd. Ik had veel gelezen over conciërges en hun bijzondere rol tijdens de arrestaties. De meesten van hen hadden gehoor gegeven aan de verordeningen van de politie, en sommigen waren zelfs nog verder gegaan en hadden de politie laten zien waar bepaalde Joodse gezinnen waren ondergedoken. Anderen hadden direct na de razzia leegstaande appartementen geplunderd en goederen ingepikt. Slechts een paar, las ik, hadden de Joodse gezinnen zo veel mogelijk proberen te beschermen. Ik vroeg me af wat voor rol madame Royer had gespeeld. Mijn gedachten gingen vluchtig naar mijn conciërge aan de boulevard du Montparnasse: zij was van mijn leeftijd en kwam uit Portugal, ze had de oorlog niet meegemaakt.

Ik liet de lift links liggen en liep de vier verdiepingen naar boven. De werklieden hadden lunchpauze. Het gebouw was stil. Terwijl ik de voordeur openmaakte, werd ik overspoeld door een vreemd gevoel, een ongekende wanhoop en leegte. Ik liep naar het oudere gedeelte van het appartement, het stuk dat Bertrand ons laatst had laten zien. Hier was het gebeurd. Hier hadden de mannen aangeklopt op die warme julimorgen, vlak voor de dageraad.

Het kwam me voor dat alles wat ik de afgelopen weken had gelezen, alles wat ik had ontdekt over het Vel d'Hiv', zich hier concentreerde, precies in de woning waar ik zou komen wonen. Alle getuigenissen die ik had doorgespit, alle boeken die ik had bestudeerd, alle overlevenden en getuigen die ik had geïnterviewd maakten me duidelijk, lieten me met een bijna irreële helderheid zien wat er was gebeurd binnen de muren die ik nu aanraakte.

Het artikel waaraan ik een paar dagen geleden was begonnen, was bijna af. Mijn deadline naderde. Ik moest nog in de Loiretkampen buiten Parijs en in Drancy gaan kijken, en ik had een afspraak met Franck Lévy, wiens stichting de meeste activiteiten ter gelegenheid van de zestigste herdenking van de razzia organiseerde. Binnenkort was mijn onderzoek afgerond en zou ik over iets anders aan het schrijven zijn.

Maar nu ik wist wat hier was gebeurd, zo dicht bij mij, zo intiem met mij en mijn leven verbonden, had ik het gevoel dat ik meer te weten moest zien te komen. Mijn zoektocht was nog niet afgerond. Ik had het gevoel dat ik alles moest weten. Wat was er gebeurd met het Joodse gezin dat hier had gewoond? Wat was hun naam? Waren er kinderen? Was er iemand teruggekomen uit de vernietigingskampen? Was iedereen dood?

Ik dwaalde door het lege appartement. In één kamer werd de muur gesloopt. Te midden van het puin ontdekte ik een lange, diepe opening, slim verborgen achter een paneel. Het was nu gedeeltelijk zichtbaar. Dat zou een goede verstopplaats zijn geweest. Als deze muren konden praten... Maar ze hoefden niet tegen me te praten. Ik wist wat hier was gebeurd. Ik kon het zien. De overlevenden hadden me verteld over de warme, stille nacht, het gebons op de deur, de gesnauwde bevelen, de busrit door Parijs. Ze hadden me verteld over de stinkende hel van het Vel d'Hiv'. Degenen die het me hadden verteld, waren degenen die nog leefden. Degenen die waren ontkomen. Degenen die hun ster hadden afgerukt en waren ontsnapt.

Ik vroeg me ineens af of ik deze wetenschap kon verdragen, of ik hier zou kunnen wonen, terwijl ik wist dat in mijn appartement een gezin was gearresteerd van wie de leden hun vermoedelijke dood tegemoet waren gestuurd. Hoe hadden de Tézacs daarmee kunnen leven? vroeg ik me af.

Ik haalde mijn mobiele telefoon tevoorschijn en belde Bertrand. Toen hij mijn nummer zag, mompelde hij: 'Vergadering.' Dat was ons codewoord voor: 'Ik ben bezig.'

'Het is dringend,' zei ik.

Ik hoorde hem iets mompelen, en toen kwam zijn stem helder door. 'Wat is er, *amour*?' vroeg hij. 'Hou het kort, er zit iemand op me te wachten.'

Ik haalde diep adem. 'Bertrand,' zei ik, 'weet jij hoe je grootouders aan het appartement in de rue de Saintonge zijn gekomen?'

'Nee,' zei hij, 'hoezo?'

'Ik ben net bij Mamé geweest. Ze vertelde me dat ze er in juli 1942 zijn ingetrokken. Ze zei dat de woning leegstond omdat er een Joodse familie was gearresteerd tijdens de razzia van het Vel d'Hiv'.'

Stilte.

'Nou en?' vroeg Bertrand ten slotte.

Ik voelde hoe het bloed naar mijn hoofd steeg. Mijn stem weergalmde in het lege appartement. 'Kan het je dan niets schelen dat je familie erin is getrokken terwijl ze wisten dat de Joodse bewoners waren gearresteerd? Hebben ze jou daar nooit over verteld?'

Ik kon hem bijna hóren schouderophalen op die typisch Franse manier, de mondhoeken naar beneden, de wenkbrauwen opgetrokken.

'Nee, daar zit ik niet mee. Ik wist het niet, ze hebben het me nooit verteld, maar ik zit er evengoed niet mee. Ik ben ervan overtuigd dat een heleboel Parijzenaars in juli 1942, na de razzia, in lege appartementen zijn getrokken. Dat maakt mijn familie nog niet tot collaborateurs, of wel soms?'

Zijn lach deed pijn in mijn oren. 'Dat heb ik ook niet gezegd, Bertrand.'

'Je windt je te veel op over die dingen, Julia,' zei hij op vriendelijkere toon. 'Dit is zestig jaar geleden gebeurd, weet je. Er was een wereldoorlog aan de gang, bedenk dat wel. Een moeilijke tijd voor iedereen.'

Ik zuchtte. 'Ik wil alleen maar weten hoe het is gebeurd, ik begrijp het gewoon niet.'

'Heel simpel, *mon ange*. Mijn grootouders hadden het niet gemakkelijk tijdens de oorlog. De antiekwinkel liep niet goed. Ze waren waarschijnlijk allang blij dat ze naar een ruimere, betere woning konden verhuizen. Tenslotte hadden ze een kind. Ze waren jong. Ze waren blij een dak boven hun hoofd te vinden. Waarschijnlijk hebben ze niet stilgestaan bij dat Joodse gezin.'

'O, Bertrand,' fluisterde ik. 'Hoe konden ze níét stilstaan bij dat gezin? Hoe kónden ze?'

Hij blies me kusjes toe door de telefoon. 'Ze wisten het niet, lijkt me zo. Ik moet ervandoor, *amour*. Ik zie je vanavond.'

En hij hing op.

Ik bleef nog een tijdje in het appartement; ik liep door de lange hal, bleef staan in de woonkamer, ging met mijn hand over de gladde marmeren schoorsteenmantel en probeerde het te begrijpen, probeerde me niet door mijn emoties te laten meeslepen.

Samen met Rachel had ze een besluit genomen. Ze zouden vluchten. Ze zouden weggaan van deze plek. Het was dat, of sterven. Ze wist het. Ze wist dat als ze bij de andere kinderen bleef, dat het einde zou zijn. Veel van de kinderen waren ziek. Zes waren er al doodgegaan. Een keer had ze een verpleegster gezien, net zoals die in het stadion, een vrouw met een blauwe sluier. Eén verpleegster voor zoveel zieke, verhongerende kinderen.

De vlucht was hun geheim. Ze hadden het geen van de andere kinderen verteld. Niemand mocht iets vermoeden. Ze zouden op klaarlichte dag ontsnappen. Het was hun opgevallen dat de politieagenten overdag het grootste deel van de tijd nauwelijks op hen letten. Het zou gemakkelijk en snel kunnen gaan. Een eind achter de schuren, in de richting van de watertoren, waar de dorpsvrouwen hadden geprobeerd voedsel door het prikkeldraad te schuiven, hadden ze een klein gat in de rollen prikkeldraad gevonden. Klein, maar misschien net groot genoeg voor een kind om erdoorheen te kruipen.

Sommige kinderen hadden het kamp al verlaten, omringd door politieagenten. Ze had hen weg zien gaan: broze, magere wezentjes met hun kaalgeschoren hoofden en haveloze kleren. Waar werden ze naartoe gebracht? Naar de moeders en vaders? Dat geloofde ze niet. Rachel ook niet. Als ze allemaal naar dezelfde plaats zouden worden gebracht, waarom had de politie dan überhaupt de ouders van de kinderen gescheiden? Waarom zoveel pijn, zoveel leed? dacht het meisje. 'Omdat ze ons haten,' had Rachel met haar lage, hese stem gezegd. 'Ze haten Joden.' Wat een haat, dacht het meisje. Waarom zo'n haat? Zij had nog nooit van haar leven iemand gehaat, behalve misschien een lerares, ooit. Een lerares die haar zwaar had gestraft omdat ze haar les niet had geleerd. Had ze die vrouw ooit dood gewenst? peinsde ze. Ja, dat had ze. Dus misschien werkte het wel zo. Had het allemaal zo kunnen gebeuren. Mensen zo erg haten dat je hen wilde doodmaken. Hen haten omdat ze een gele ster droegen. Het bezorgde haar koude rillingen. Ze kreeg het gevoel dat al het kwaad, alle haat ter wereld hier was geconcentreerd, overal om haar heen opgeslagen, in de harde gezichten van de politiemannen, in hun onverschilligheid, hun minachting. En buiten het kamp, werden de Joden daar ook door iedereen gehaat? Zou haar leven er van nu af aan zo uitzien?

Ze herinnerde zich dat ze afgelopen juni op weg van school naar huis had opgevangen wat een paar buren in het trapportaal zeiden. Vrouwenstemmen, tot een fluistertoon gedempt. Ze was op de trap blijven staan met haar oren gespitst als die van een puppy. 'En weet je, zijn jasje ging open, en daar zat-ie, de ster. Ik had nooit gedacht dat hij een Jood was.' Ze hoorde hoe de andere vrouw naar lucht hapte. 'Hij, een Jood! Zo'n nette man nog wel. Ongelooflijk.'

Ze had haar moeder gevraagd waarom sommigen van hun buren iets tegen Joodse mensen hadden. Haar moeder had haar schouders opgehaald, gezucht en zich weer over haar strijkwerk gebogen. Maar ze had het meisje geen antwoord gegeven. Dus was het meisje naar haar vader toe gegaan. Wat was er mis mee een Jood te zijn? Waarom hadden sommige mensen een hekel aan Joden? Haar vader had op zijn hoofd gekrabd en met een raadselachtig glimlachje op haar neergekeken. Aarzelend had hij gezegd: 'Omdat ze denken dat we anders zijn. Dus zijn ze bang voor ons.' Maar wat was anders? dacht het meisje. Wat was er zo anders?

Haar moeder. Haar vader. Haar broertje. Ze miste hen zo erg dat ze zich lichamelijk ziek voelde. Ze voelde zich alsof ze in een bodemloze put was gevallen. Ontsnappen was de enige manier waarop ze een soort grip op haar leven kon krijgen, op dit nieuwe leven dat ze niet kon begrijpen. Misschien hadden haar ouders ook weten te ontkomen? Misschien slaagden ze er allemaal in naar huis te komen? Misschien... Misschien...

Ze dacht aan het lege appartement, de onopgemaakte bedden, het voedsel dat langzaam stond weg te rotten in de keuken. En haar broertje in die stilte. In de doodse stilte van dat huis.

Rachel raakte haar arm aan, waardoor ze opschrok.

'Nu,' fluisterde ze. 'Laten we het proberen, nu.'

Het kamp lag er stil bij, bijna verlaten. Ze hadden gemerkt dat er minder politieagenten waren sinds de volwassenen waren weggehaald. En de agenten spraken nauwelijks tegen de kinderen. Ze lieten hen met rust.

De hitte teisterde de schuren, ondraaglijk. Binnen lagen zwakke, zieke kinderen op vochtig stro. De meisjes konden in de verte mannen horen praten en lachen. Ze zaten waarschijnlijk in een van de barakken, uit de zon.

De enige politieagent die ze konden zien zat in de schaduw, zijn geweer aan zijn voeten. Zijn hoofd leunde achterover tegen de muur en hij leek in diepe slaap, zijn mond hing open. Als snelle diertjes kropen ze naar de omheining toe. Vóór zich zagen ze uitgestrekte groene weiden en velden.

Stilte, nog steeds. Hitte en stilte. Had iemand hen gezien? Ze kropen met bonzend hart door het gras. Ze wierpen af en toe een blik over hun schouders. Geen beweging. Geen geluid. Was het zo gemakkelijk? dacht het meisje. Nee, dat kon niet. Niets was ooit gemakkelijk, niet meer.

Rachel hield een bundeltje kleren in haar armen geklemd. Ze spoorde het meisje aan ze aan te trekken: de extra lagen zouden hun huid beschermen tegen het prikkeldraad, zei ze. Het meisje huiverde terwijl ze zich in een vieze, gescheurde trui en een strakke, aan flarden gescheurde broek wurmde. Van wie waren deze kleren geweest? vroeg ze zich af, van een of ander arm dood kind wiens moeder weg was en die hier achtergelaten in zijn eentje was omgekomen?

Nog steeds op hun hurken kropen ze naar de kleine opening in de rollen prikkeldraad. Een beetje verderop stond een politieagent. Ze konden zijn gezicht niet goed zien, alleen de scherpe contouren van zijn hoge ronde pet. Rachel wees naar het gat in de afrastering. Ze moesten nu opschieten. Geen seconde verspillen. Ze gingen op hun buik liggen en zigzagden als slangen naar het gat. Het leek zo klein, dacht het meisje. Hoe konden ze zich daar ooit doorheen wringen zonder zich open te halen aan het prikkeldraad, ondanks de extra kleren? Hoe dachten ze dat ooit voor elkaar te krijgen? Dat niemand hen zou zien? Dat het hun zou lukken? Ze waren gek, dacht ze. Knettergek.

Het gras prikte in haar neus. Het rook verrukkelijk. Ze wilde haar gezicht erin drukken en de groene, kruidige geur inademen. Ze zag dat Rachel al bij het gat was en voorzichtig haar hoofd erdoorheen stak.

Plotseling hoorde het meisje een zwaar gedreun op het gras. Haar hart stond stil. Ze keek op naar een enorme gestalte die zich boven haar aftekende. Een politieagent. Hij sleurde haar aan het versleten kraagje van haar blouse overeind en rammelde haar door elkaar. Ze voelde zich verslappen van angst.

'Waar ben jij goddomme mee bezig?' Zijn stem siste in haar oor.

Rachel was halverwege de rollen prikkeldraad. De man hield het meisje nog steeds bij haar nekvel vast, bukte zich en greep Rachel bij haar enkel. Ze stribbelde tegen en probeerde zich los te trappen, maar hij was te sterk en trok haar terug door het prikkeldraad; haar gezicht en haar handen bloedden.

Ze stonden voor hem, Rachel snikkend en het meisje met rechte rug en opgeheven kin. Vanbinnen trilde ze, maar ze had besloten dat ze haar angst niet zou laten zien. Tenminste, dat zou ze proberen.

Toen keek ze naar hem op, en haar adem stokte.

Het was de roodharige politieman. Hij herkende haar onmiddellijk. Ze zag zijn adamsappel op en neer gaan, en voelde hoe de dikke hand op haar kraag beefde.

'Jullie kunnen niet ontsnappen,' zei hij bruusk. 'Jullie moeten hier blijven, begrepen?'

Hij was jong, begin twintig, fors en met een roze huid. Het meisje merkte dat hij zweette onder het dikke, donkere uniform. Zijn voorhoofd glom van het vocht, en zijn bovenlip ook. Zijn ogen knipperden, hij bracht zijn gewicht van het ene naar het andere been.

Ze besefte dat ze niet bang voor hem was. Ze voelde een vreemd soort medelijden met hem dat haar verbaasde. Ze legde haar hand op zijn arm. Hij keek er verrast en verward naar. Ze zei: 'U kent me nog wel, toch.'

Het was geen vraag. Het was een constatering.

Hij knikte en bette het natte plekje onder zijn neus. Ze haalde de sleutel uit haar zak en liet hem zien. Haar hand beefde niet.

'U herinnert zich mijn kleine broertje nog wel,' zei ze. 'Dat jongetje met de blonde krullen?'

Hij knikte opnieuw.

'U moet me laten gaan, monsieur. Mijn kleine broertje, monsieur. Hij is in Parijs. Alleen. Ik heb hem opgesloten in de kast, omdat ik dacht...' Haar stem brak. 'Ik dacht dat hij daar veilig zou zijn! Ik moet terug! Laat me door dit gat gaan. U kunt doen alsof u me niet hebt gezien, monsieur.'

De man wierp een blik achterom naar de barakken, alsof hij bang was dat er iemand aan zou komen, dat iemand hen zou zien of horen.

Hij legde een vinger tegen zijn lippen. Hij keek weer naar het meisje. Hij trok zijn voorhoofd in een frons, schudde zijn hoofd. 'Dat kan ik niet doen,' zei hij op zachte toon. 'Ik heb mijn orders.'

Ze drukte haar hand tegen zijn borst. 'Alstublieft, monsieur,' zei ze rustig.

Naast haar stond Rachel te snuffen, haar gezicht besmeurd met bloed en tranen. De man keek nogmaals snel achterom. Hij leek totaal in de war. Opnieuw merkte ze die vreemde uitdrukking op zijn gezicht op, waar ze een glimp van had opgevangen op de dag van de razzia. Een mengeling van medelijden, schaamte en woede.

Het meisje voelde de minuten verstrijken, beklemmend en zwaar. Eindeloos. Ze voelde de snikken, de tranen opnieuw in haar opwellen, de paniek. Wat moest ze doen als hij haar en Rachel terugstuurde naar de barakken? Hoe moest ze verdergaan? Hoe? Ze zou weer proberen te ontsnappen, dacht ze fel, ja, ze zou het keer op keer opnieuw proberen. Keer op keer.

Plotseling zei hij haar naam. Hij pakte haar hand. Zijn handpalm voelde heet en klam aan.

'Ga maar,' zei hij tussen zijn opeengeklemde tanden door, terwijl het zweet langs beide zijden van zijn papperige gezicht naar beneden droop. 'Ga, nu! Snel.'

Verbijsterd keek ze omhoog in de goudkleurige ogen. Hij gaf haar een zetje in de richting van het gat en duwde haar met zijn hand naar beneden. Hij hield het prikkeldraad omhoog en schoof haar er met kracht doorheen. Het prikkeldraad prikte in haar voorhoofd. Toen was het voorbij. Ze krabbelde snel overeind. Ze was vrij, ze stond aan de andere kant.

Rachel staarde roerloos voor zich uit. 'Ik wil ook weg,' zei ze.

De politieman hield haar nek stevig vast. 'Nee, jij blijft,' zei hij.

Rachel jammerde. 'Dat is niet eerlijk! Waarom zij wel en ik niet? Waarom?'

Hij legde haar het zwijgen op door zijn andere hand te heffen. Achter de afrastering stond het meisje als aan de grond genageld. Waarom mocht Rachel niet met haar mee? Waarom moest Rachel blijven?

'Laat haar alstublieft gaan,' zei het meisje. 'Alstublieft, monsieur.' Ze sprak met kalme, zachte stem. De stem van een jonge vrouw.

De man leek slecht op zijn gemak, rusteloos. Maar hij aarzelde niet lang. 'Ga dan maar,' zei hij en hij duwde Rachel van zich af. 'Gauw.'

Hij hield het prikkeldraad omhoog terwijl Rachel erdoor kroop. Ze stond nu buiten adem naast het meisje.

De man voelde in zijn zakken, trok er iets uit en overhandigde het door de afrastering aan het meisje. 'Hier, pak aan,' beval hij.

Het meisje keek naar de dikke prop geld in haar hand. Ze stopte hem in haar zak, bij de sleutel.

De man keek over zijn schouder naar de barakken en fronste zijn wenkbrauwen. 'Rennen, in godsnaam! Rennen, en snel, allebei. Als ze jullie zien... Haal je ster eraf. Zoek hulp. Wees voorzichtig. Succes!'

Ze wilde hem bedanken voor zijn hulp, voor het geld, ze wilde haar hand naar hem uitsteken, maar Rachel greep haar bij haar arm en zette het op een lopen, ze holden zo snel als ze konden door het hoge gouden graan, rechtdoor, met longen die bijna uit elkaar barstten, wild zwaaiende armen en benen, ver weg van het kamp, zo ver mogelijk.

Toen ik thuiskwam realiseerde ik me dat ik al een paar dagen misselijk was. Ik had er geen aandacht aan besteed omdat ik werd opgeslokt door de research voor het Vel d'Hiv'-artikel. En toen was er, verleden week, die onthulling geweest over Mamés appartement. Maar de zeurende pijn en de gevoeligheid van mijn borsten maakten me bewust van mijn misselijkheid. Ik keek na wanneer ik ongesteld had moeten worden. Ja, ik was over tijd. Maar dat was de afgelopen jaren wel vaker gebeurd. Ten slotte ging ik naar de apotheek op de boulevard om een zwangerschapstest te kopen. Voor alle zekerheid.

En daar was het. Een dun blauw lijntje. Ik was zwanger. Zwanger. Ik kon het niet geloven.

Ik ging in de keuken zitten en durfde nauwelijks adem te halen.

De laatste zwangerschap, vijf jaar geleden, na twee miskramen, was een nachtmerrie geweest. Pijn en bloedingen, en toen de ontdekking dat het eitje zich buiten de baarmoeder had genesteld, in een van mijn eileiders. Er was een zware operatie gevolgd. En een akelige nasleep. Zowel mentaal als fysiek. Het had lang geduurd voor ik eroverheen was. Een van mijn eierstokken was verwijderd. De chirurg had gezegd dat hij zijn twijfels had over een volgende zwangerschap. En tegen die tijd was ik al veertig. De teleurstelling, het verdriet in Bertrands gezicht. Hij had het er nooit over, maar ik voelde het. Ik wist het. Het feit dat hij niet over zijn gevoelens wilde praten, nooit, maakte het nog erger. Hij sloot zich af, hield mij erbuiten. De woorden die nooit werden uitgesproken groeiden als iets tastbaars tussen ons in. Ik had het er alleen over gehad met mijn psychiater. En met mijn intiemste vrienden.

Ik moest denken aan een weekend niet lang geleden in Bourgondië, toen we Isabelle en haar man en kinderen hadden uitgenodigd. Hun dochter Mathilde was net zo oud als Zoë, en dan had je nog de kleine Matthieu. En de manier waarop Bertrand naar dat kleine jongetje had gekeken, een heerlijk jochie van een jaar of vier. Bertrands ogen die hem volgden, Bertrand die met hem speelde, met hem op zijn schouders rondliep, glimlachend, maar met iets droevigs en weemoedigs in zijn blik. Het was ondraaglijk voor me geweest. Isabelle had me in mijn eentje huilend in de keuken aangetroffen terwijl iedereen buiten aan de quiche lorraine zat. Ze had me stevig omhelsd, vervolgens een flink glas wijn voor me ingeschonken en oorverdovende Diana Ross-hits uit de cd-speler laten knallen. 'Het is niet jouw schuld, *ma cocotte*, het is niet jouw schuld. Vergeet dat niet.'

Lange tijd had ik het gevoel gehad dat ik tekortschoot. De familie Tézac was vriendelijk en discreet geweest over het onderwerp, maar toch kon ik me niet aan de indruk onttrekken dat ik niet in staat was geweest Bertrand te geven waar hij het meest naar verlangde: een tweede kind. En belangrijker: een zoon. Bertrand had twee zussen en geen broers. De familienaam zou uitsterven als er geen erfgenaam kwam om hem voort te zetten. Ik had me niet gerealiseerd hoe belangrijk dat was voor deze familie.

Toen ik te kennen had gegeven dat ik, al was ik Bertrands vrouw, toch 'Julia Jarmond' genoemd wilde worden, werd dat nieuws met verbaasde stilte ontvangen. Mijn schoonmoeder, Colette, had me met een starre glimlach uitgelegd dat dat soort opvattingen in Frankrijk modern was. Té modern. Een feministische manier van doen waar men hier echt niet op zat te wachten. Een Franse vrouw hoorde bekend te staan onder de naam van haar man. Ik hoorde voor de rest van mijn leven 'madame Bertrand Tézac' te zijn. Ik weet nog dat ik haar als antwoord mijn stralende tandpastaglimlach toewierp en haar nonchalant meedeelde dat ik het toch maar bij 'Jarmond' wilde houden. Ze had niets gezegd, en vanaf dat moment stelden zij en Edouard, mijn schoonvader, me altijd aan anderen voor als 'Bertrands vrouw'.

Ik keek naar het blauwe lijntje. Een baby. Een baby! Een gevoel van blijdschap, van puur geluk, kwam over me. Ik kreeg een baby. Ik keek om me heen in de o zo vertrouwde keuken. Ik ging bij het raam staan en keek uit over de donkere, groezelige binnenplaats waar de keuken op uitkwam. Een jongen of een meisje, het maakte niets uit. Ik wist dat Bertrand zou hopen dat het een zoon was. Maar hij zou ook van een meisje houden, dat wist ik. Een tweede kind. Het kind waar we op hadden gewacht, zo lang al. Waar we niet meer op durfden te hopen. Het broertje of zusje waar Zoë het nooit meer over had. Waar Mamé niet meer nieuwsgierig naar vroeg.

Hoe moest ik het Bertrand vertellen? Ik kon hem niet gewoon opbellen en het plompverloren door de telefoon zeggen. We moesten bij elkaar zijn, alleen wij tweetjes. Privacy, intimiteit moest er zijn. En daarna moesten we voorzichtig zijn, het niemand laten weten voor ik op z'n minst drie maanden zwanger was. Ik verlangde ernaar Hervé en Christophe te bellen, Isabelle, mijn zus, mijn ouders, maar ik hield me in. Mijn man moest het als eerste horen. En dan mijn dochter. Ik kreeg een idee.

Ik pakte de telefoon en belde Elsa, de oppas. Ik vroeg haar of ze vanavond op Zoë kon komen passen. Dat kon. Toen reserveerde ik een tafeltje in ons favoriete restaurant, een brasserie in de rue Saint Dominique waar we sinds het begin van ons huwelijk regelmatig kwamen. Ten slotte belde ik Bertrand, kreeg zijn voicemail en sprak in dat ik hem om negen uur stipt verwachtte in Thoumieux.

Ik hoorde de klik van Zoë's sleutel in de voordeur. De deur viel met een klap dicht. Ze liep de keuken in, haar zware rugzak in haar hand.

'Hoi mam,' zei ze. 'Fijne dag gehad?'

Ik glimlachte. Net als altijd, werkelijk iedere keer dat ik Zoë voor me zag, werd ik getroffen door haar schoonheid, haar lange, ranke gestalte, haar heldere bruine ogen.

'Kom eens hier, jij,' zei ik, en ik sloot haar in een wolvenomhelzing.

Ze deed een stapje naar achteren en staarde me aan. 'Jij hebt echt een fijne dag gehad, hè?' vroeg ze. 'Ik voel het aan de manier waarop je me knuffelt.'

'Je hebt gelijk,' zei ik, ernaar hunkerend het haar te vertellen. 'Het is een heel fijne dag.'

Ze keek me aan. 'Daar ben ik blij om. De laatste tijd deed je zo raar. Ik dacht dat het kwam door die kinderen.'

'Die kinderen?' vroeg ik terwijl ik haar sluike bruine haar uit haar gezicht streek.

'Je weet wel, die kinderen,' zei ze. 'De kinderen van het Vel d'Hiv'. Die nooit meer thuisgekomen zijn.'

'Je hebt gelijk,' zei ik. 'Het maakte me verdrietig. Nog steeds.'

Zoë nam mijn handen in de hare en liet mijn trouwring rondjes draaien om mijn vinger, een hebbelijkheidje dat ze als kind al had.

'En ik hoorde je ook aan de telefoon verleden week,' zei ze zonder me aan te kijken.

'Hm?'

'Je dacht dat ik sliep.'

'O,' zei ik.

'Maar dat was niet zo. Het was laat. Je had Hervé aan de lijn, denk ik. Je had het over wat Mamé je had verteld.'

'Over het appartement?' vroeg ik.

'Ja,' zei ze, en ze keek me eindelijk aan. 'Over het gezin dat daar woonde. En wat er met dat gezin was gebeurd. En hoe Mamé daar al die jaren had gewoond zonder dat het haar veel kon schelen.'

'Dat heb je allemaal gehoord,' zei ik.

Ze knikte. 'Weet je iets over dat gezin, mam? Weet je wie ze waren? Wat er is gebeurd?'

Ik schudde mijn hoofd. 'Nee, lieverd.'

'Is het waar dat het Mamé niets kon schelen?'

Ik moest voorzichtig zijn. 'Liefje, ik weet zeker dat het haar wel kon schelen. Ik denk niet dat ze echt wist wat er was gebeurd.'

Zoë draaide de ring weer rond, sneller dit keer.

'Mam, ga je het uitzoeken?'

Ik pakte de nerveuze vingers die aan mijn ring trokken. 'Ja, Zoë. Dat is precies wat ik ga doen,' zei ik.

'Dat zal papa niet fijn vinden,' zei ze. 'Ik hoorde papa zeggen dat je er niet meer aan moest denken. Je er niet meer druk over moest maken. Hij klonk boos.'

Ik trok haar tegen me aan en legde mijn kin op haar schouder. Ik dacht aan het mooie geheim dat ik in me droeg. Ik dacht aan vanavond, bij Thoumieux. Bertrands ongelovige gezicht, zijn ademloze blijdschap.

'Liefje,' zei ik, 'papa zal het niet erg vinden, dat beloof ik je.'

Toen ze uitgeput raakten, stopten de kinderen eindelijk met rennen en doken weg achter een grote struik. Ze hadden dorst en waren buiten adem. Het meisje voelde een stekende pijn in haar zij. Kon ze maar wat water drinken. Even uitrusten. Op krachten komen. Maar ze wist dat ze hier niet kon blijven. Ze moest verder, ze moest terug naar Parijs. Hoe dan ook.

'Haal de ster eraf,' had de man gezegd. Ze wurmden zich uit de extra kleren, aan flarden gereten door het prikkeldraad. Het meisje keek omlaag naar haar borst. Daar was hij, de ster, op haar blouse. Ze trok eraan. Rachel volgde haar blik en pulkte met haar nagels aan haar eigen ster. De hare kwam gemakkelijk los. Maar die van het meisje was te stevig vastgenaaid. Ze trok de blouse uit en hield de ster voor haar gezicht. Kleine, perfecte steekjes. Ze herinnerde zich hoe haar moeder, over de stapel handwerk gebogen, ster voor ster geduldig op de kleren had genaaid. De herinnering bracht tranen in haar ogen. Ze huilde in de blouse, met een wanhoop die ze nooit eerder had gevoeld.

Ze voelde hoe Rachel haar armen om haar heen sloeg, hoe haar bloederige handen haar streelden, haar tegen zich aan hielden. Rachel zei: 'Is dat waar, van je kleine broertje? Zit hij echt in de kast?' Het meisje knikte. Rachel drukte haar nog steviger tegen zich aan, streelde onhandig haar hoofd. Waar was haar moeder nu, vroeg het meisje zich af. En haar vader? Waar waren ze naartoe gebracht? Waren ze samen? Waren ze in veiligheid? Als ze haar op dit moment konden zien... Als ze haar huilend achter de struik konden zien zitten, smerig, verloren, hongerig...

119

Ze hees zich overeind, terwijl ze haar best deed om tussen haar natte wimpers door naar Rachel te glimlachen. Ja, misschien wel smerig, verloren en hongerig, maar niet bang. Ze veegde met groezelige vingers haar tranen weg. Ze was nu te groot geworden om nog bang te zijn. Ze was niet langer een klein kind. Haar ouders zouden trots op haar zijn. Dat wilde ze. Trots omdat ze uit dat kamp was ontsnapt. Trots omdat ze naar Parijs zou gaan om haar broertje te redden. Trots omdat ze niet bang was.

Ze viel met haar tanden op de ster aan en knaagde aan het minutieuze stiksel van haar moeder. Ten slotte viel het gele lapje stof van de blouse af. Ze keek ernaar. Grote zwarte letters. JOOD. Ze rolde het op in haar hand.

'Ziet het er ineens niet klein uit?' zei ze tegen Rachel.

'Wat gaan we ermee doen?' vroeg Rachel. 'Als we ze in onze zakken houden en als we dan doorzocht worden, is het met ons afgelopen.'

Ze besloten hun sterren onder de struik te begraven, samen met de kleren die ze hadden gebruikt voor hun ontsnapping. De grond was zacht en droog. Rachel groef een gat, stopte de sterren en kleren erin en bedekte ze met de bruine aarde.

'Zo,' zei ze triomfantelijk. 'Ik begraaf de sterren. Ze zijn dood. In hun graf. Voor altijd en eeuwig.'

Het meisje lachte met Rachel mee. Toen voelde ze zich beschaamd. Haar moeder had haar gezegd trots te zijn op haar ster. Trots dat ze Joods was.

Ze wilde nu niet aan dat alles denken. De dingen waren anders. Alles was anders. Ze moesten water, voedsel en een schuilplaats vinden, en ze moest naar huis zien te komen. Hoe? Ze wist het niet. Ze wist niet eens waar ze waren. Maar ze had geld. Het geld van de man. Per slot van rekening was hij toch niet zó slecht geweest. Misschien betekende dat dat er nog meer goede mensen waren die hen ook konden helpen. Mensen die geen hekel aan hen hadden. Mensen die niet dachten dat ze 'anders' waren.

Ze waren niet ver van het dorp. Vanachter de struik konden ze een wegwijzer zien.

'Beaune-la-Rolande,' las Rachel hardop.

Hun instinct zei hun niet het dorp in te gaan. Daar zouden ze geen hulp vinden. De dorpelingen wisten van het kamp, maar toch was niemand hun te hulp gekomen, behalve die vrouwen, eenmaal. En bovendien lag het dorp te dicht bij het kamp. Ze zouden iemand kunnen tegenkomen die hen regelrecht terug zou sturen. Ze keerden Beaune-la-Rolande de rug toe en liepen weg, dicht langs het hoge gras aan de wegkant. Hadden ze maar iets te drinken, dacht het meisje. Ze voelde zich slap van de dorst, van de honger.

Ze liepen lange tijd, af en toe stopten ze en verborgen ze zich als ze een auto hoorden of een boer die zijn koeien naar huis bracht. Gingen ze de goede kant op? Naar Parijs? Ze wist het niet. Maar in elk geval wist ze dat ze steeds verder van het kamp af raakten. Ze keek naar haar schoenen. Ze begonnen uit elkaar te vallen. Ja, dit was haar op een na beste paar geweest, haar schoenen voor speciale gelegenheden, zoals verjaardagen en de bioscoop en bezoekjes aan vrienden. Ze had ze verleden jaar met haar moeder gekocht, vlak bij het Place de la République. Dat leek zo lang geleden. Als een ander leven. De schoenen waren nu te klein, ze knelden haar tenen af.

Laat in de middag kwamen ze bij een bos, een lang, koel stuk met veel groen gebladerte. Het rook er zoet en vochtig. Ze gingen van de weg af in de hoop dat ze wilde aardbeien zouden vinden, of bosbessen. Na een tijdje stuitten ze op een bosje vruchtenstruiken. Rachel slaakte een kreet van verrukking. Ze gingen zitten en begonnen te schrokken. Het meisje moest eraan denken hoe ze vruchten ging plukken met haar vader, toen ze die heerlijke dagen bij de rivier hadden doorgebracht, zo lang geleden.

Haar maag, die zo'n overvloed ontwend was, speelde op. Met haar handen om haar buik geklemd kokhalsde ze. Ze braakte een massa onverteerd fruit uit. Ze had een vieze smaak in haar mond. Ze zei tegen Rachel dat ze water moesten zien te vinden. Met moeite kwam ze overeind en ze gingen dieper het bos in, een geheimzinnige, smaragdgroene wereld bespikkeld met gouden zonlicht. Ze zag een ree bedaard door de varens lopen en hield haar adem in van ontzag. Ze was niet aan de natuur gewend, ze was een echt stadskind.

Ze kwamen bij een helder meertje verderop in het bos. Het voelde koel en fris aan hun handen. Het meisje dronk langdurig, spoelde haar mond, waste de bosbessenvlekken weg en liet haar benen in het roerloze water glijden. Ze had niet gezwommen sinds dat uitstapje naar de rivier, en durfde het water niet helemaal in. Rachel wist dat, en spoorde haar aan erin te komen, zij zou haar vasthouden. Het meisje liet zich in het water glijden en greep Rachels schouders. Rachel hield haar onder haar buik en haar kin vast, net zoals haar vader altijd deed. Het water voelde heerlijk aan haar huid, een kalmerende, fluwelige streling. Ze dompelde haar kaalgeschoren hoofd onder, waarop het haar weer was begonnen aan te groeien, goudkleurige stekeltjes, ruw als de stoppels op haar vaders kin.

Plotseling voelde het meisje zich uitgeput. Ze wilde op het zachte groene mos gaan liggen en slapen. Eventjes maar. Eventjes uitrusten. Rachel stemde ermee in. Ze konden een korte rustpauze houden. Het was hier veilig.

Ze kropen dicht tegen elkaar aan en genoten van de frisse mosgeur, zo anders dan het stinkende stro van de barakken.

Het meisje viel snel in slaap. Het was een diepe, ongestoorde slaap, zoals ze die in lange tijd niet had gehad.

Het was ons tafeltje. In de hoek rechts als je binnenkwam, voorbij de ouderwetse gegalvaniseerde bar en zijn getinte spiegels. De met rood velours beklede bank had een L-vorm. Ik ging zitten en keek naar de bedrijvige obers in hun lange witte schort. Een van hen bracht me een kir royal. Een drukke avond. Bertrand had me hierheen meegenomen op ons eerste afspraakje, jaren geleden. Sindsdien was er niets veranderd. Hetzelfde lage plafond, dezelfde ivoorkleurige wanden, matte lichtbollen, gesteven tafelkleden. Dezelfde stevige gerechten uit Corrèze en Gascoigne die bij Bertrand favoriet waren. Toen ik hem leerde kennen, woonde hij in de nabijgelegen rue Malar, in een eigenaardig zolderappartement waar het voor mij 's zomers niet te harden was. Als Amerikaanse, opgegroeid met permanente airconditioning, had ik me afgevraagd hoe hij het er uithield. In die tijd woonde ik nog bij de jongens in de rue Berthe, en in mijn donkere, koele kamer was het hemels tijdens de stoffige Parijse zomers. Bertrand en zijn zussen waren in deze buurt van Parijs opgegroeid, het chique en aristocratische zevende arrondissement, waar zijn ouders jarenlang in de lange, kronkelige rue de l'Université hadden gewoond en waar de antiekwinkel van de familie floreerde aan de rue du Bac.

Ons tafeltje. Hier hadden we gezeten toen Bertrand me ten huwelijk vroeg. Hier had ik hem verteld dat ik zwanger was van Zoë. Hier had ik hem laten weten dat ik zijn affaire met Amélie had ontdekt.

Amélie.

Niet vanavond. Niet nu. Amélie was verleden tijd. Maar was dat wel zo? Echt? Ik moest bekennen dat ik het niet zeker wist. Maar op dit moment wilde ik het niet weten ook. Ik wilde het niet zien. Er was een nieuwe baby op komst; daar kon Amélie niet tegenop. Ik glimlachte een beetje bitter, met mijn ogen dicht. Was dat niet die typisch Franse mentaliteit: 'je ogen sluiten' voor de dwalingen van je man? Was ik daartoe in staat? vroeg ik me af.

Ik had een scène gemaakt toen ik erachter was gekomen dat hij voor het eerst ontrouw was geweest, tien jaar geleden. We hadden precies hier gezeten, mijmerde ik. En ik had besloten het hem ter plekke te vertellen. Hij had niets ontkend. Hij was kalm en on-aangedaan blijven zitten en had naar me geluisterd met zijn vingers onder zijn kin gevouwen. Creditcard-bonnetjes. Hôtel de la Perle, rue des Canettes. Hôtel Lenox, rue Delambre. Le Relais Christine, rue Christine. Het ene na het andere hotelreçu.

Hij was niet bepaald voorzichtig geweest. Niet wat betreft de reçu's, noch wat betreft haar parfum dat om hem heen hing, dat in zijn kleren, zijn haren, de gordel van de passagiersstoel van zijn Audi stationcar zat en de eerste aanwijzing, het eerste teken was, herinnerde ik me. *L'Heure Bleue*. Het zwaarste, doordringendste, meest weeïge parfum van Guerlain. Het was niet moeilijk te ach-terhalen wie ze was. In feite kende ik haar al. Hij had me aan haar voorgesteld vlak nadat we waren getrouwd.

Gescheiden. Drie puberkinderen. Ergens in de veertig, met zil-verig bruin haar. Het toonbeeld van Parijse perfectie. Klein, slank, perfect gekleed. Het juiste tasje, de juiste schoenen. Een uitste-kende baan. Een ruim appartement met uitzicht op het Trocadé-ro. Een luisterrijke, oude Franse familienaam die klonk als een be-roemde wijn. Een zegelring aan haar linkerhand.

Amélie. Bertrands vroegere vriendinnetje van het Victor Duruy-lyceum, van al die jaren geleden. Die hij altijd was blijven zien. Die hij altijd was blijven neuken, ongeacht huwelijken, kinderen en verstrijkende jaren. 'We zijn nu vrienden,' had hij beloofd. 'Gewoon vrienden. Goede vrienden.'

Na het eten, in de auto, had ik mezelf in een leeuwin getransformeerd, hoektanden ontbloot, klauwen uitgeslagen. Hij was gevleid, vermoed ik. Hij had beloftes gedaan, hij had me trouw gezworen. Ik was de ware voor hem, en ik alleen. Zij was niet van belang, ze was alleen maar een *passade*, iets voorbijgaands. En lange tijd had ik hem geloofd.

Maar onlangs waren er vragen bij me opgekomen. Zeldzame, voorbijflitsende twijfels. Niets concreets, alleen maar twijfels. Geloofde ik hem nog wel?

'Je bent gek als je hem gelooft,' zei Hervé, zei Christophe. 'Misschien moet je het hem ronduit vragen,' zei Isabelle. 'Je bent niet wijs als je hem gelooft,' zei Charla, zei mijn moeder, zeiden Holly, Susannah, Jan.

Vanavond geen Amélie, besloot ik ferm. Alleen Bertrand en ik, en het fantastische nieuws. Ik hield mijn glas stevig vast. De obers lachten me toe. Ik voelde me goed. Ik voelde me sterk. Amélie kon naar de hel lopen. Bertrand was míjn man. Ik kreeg zíjn kind.

Het restaurant zat vol. Ik keek rond naar de drukbezette tafeltjes. Een oud echtpaar, zij aan zij, elk met een glaasje wijn, aandachtig over hun maaltijd gebogen. Een groep vrouwen van rond de dertig die dubbel lagen van hun onophoudelijke gegiechel, terwijl een grimmige vrouw in hun buurt, die in haar eentje zat te eten, fronsend toekeek. Zakenmannen in hun grijze pakken die sigaren opstaken. Amerikaanse toeristen die probeerden wijs te worden uit het menu. Een gezin met pubers. Het geluidsniveau was hoog. Het rookniveau eveneens. Maar mij stoorde het niet. Ik was eraan gewend.

Bertrand zou wel te laat komen, zoals altijd. Het maakte niet uit. Ik had de tijd gehad me om te kleden, mijn haar te laten doen. Ik droeg mijn chocoladebruine broek, waarvan ik wist dat hij hem mooi vond, en een eenvoudig, nauwsluitend mauve topje. Pareloorbellen van Agatha en mijn Hermès-polshorloge. Ik wierp een blik in de spiegel links van mij. Mijn ogen leken groter, blauwer dan gewoonlijk, mijn huid straalde. Ik zag er verdomd goed uit voor een zwangere vrouw van middelbare leeftijd, dacht ik. En de stralende glimlach van de obers gaf me de indruk dat zij er ook zo over dachten.

Ik haalde mijn agenda uit mijn tas. Morgenochtend moest ik allereerst mijn gynaecoloog bellen. Snel een afspraak maken. Waarschijnlijk moest ik tests ondergaan. Een vruchtwaterpunctie, ongetwijfeld. Ik was geen 'jonge' moeder meer. De geboorte van Zoë leek zo ver weg.

Plotseling werd ik bevangen door paniek. Zou ik in staat zijn dit alles te doorstaan, elf jaar later? De zwangerschap, de geboorte, de slapeloze nachten, de flesjes, het gehuil, de luiers? Ach, natuurlijk wel, lachte ik het weg. Ik had hier de afgelopen tien jaar naar verlangd. Natuurlijk was ik er klaar voor. En Bertrand ook.

Maar terwijl ik op hem zat te wachten, groeide mijn ongerustheid. Ik probeerde die te negeren. Ik sloeg mijn notitieboekje open en las de Vel d'Hiv'- aantekeningen die ik pas had gemaakt. Al snel ging ik op in mijn werk. Ik hoorde het geroezemoes van het restaurant rondom me niet langer, mensen die lachten, obers die handig tussen de tafeltjes door laveerden, stoelpoten die over de vloer krasten.

Ik keek op en zag dat mijn man tegenover me zat en me aandachtig bekeek.

'Hé, hoe lang zit jij daar al?' vroeg ik.

Hij glimlachte. Hij legde zijn handen op de mijne. 'Lang genoeg. Je ziet er prachtig uit.'

Hij droeg zijn donkerblauwe corduroy jasje en een kraakhelder wit overhemd.

'Anders jij wel,' zei ik.

Bijna flapte ik het er ter plekke uit. Maar nee, dit was te gauw. Te snel. Met moeite hield ik me in. De ober bracht een kir royal voor Bertrand.

'En?' zei hij. 'Waarom zijn we hier, *amour*? Iets speciaals? Een verrassing?'

'Ja,' zei ik en ik hief mijn glas. 'Een heel bijzondere. Op de verrassing!'

We klonken.

'Moet ik raden wat het is?' vroeg hij.

Ik voelde me ondeugend, als een klein meisje. 'Je raadt het nooit! Nooit.'

Hij lachte geamuseerd. 'Je ziet eruit als Zoë! Weet zij wat de speciale verrassing is?'

Ik schudde mijn hoofd en voelde me steeds opgewondener. 'Nee. Niemand weet ervan. Niemand behalve... ik.'

Ik strekte mijn arm uit en nam een van zijn handen in de mijne. Gladde, gebruinde huid.

'Bertrand...' zei ik.

De ober verscheen. We besloten te bestellen. Het was binnen een minuut gebeurd, *confit de canard* voor mij en *cassoulet* voor Bertrand. Asperges als voorgerecht.

Ik keek de ober na die terug naar de keuken liep, en zei het toen. Heel vlug.

'Ik ben zwanger.'

Ik nam nauwlettend zijn gezicht op. Ik wachtte tot de mondhoeken omhooggingen, de ogen groot werden van blijdschap. Maar geen enkel spiertje van zijn gezicht bewoog, het was als een masker. Zijn ogen flitsten terug naar mij.

'Zwanger?' echode hij.

Ik kneep in zijn hand. 'Is het niet geweldig? Bertrand, is het niet geweldig?'

Hij zei niets. Ik begreep het niet.

'Hoe lang ben je al zwanger?' vroeg hij ten slotte.

'Ik ben er net achter gekomen,' mompelde ik, verontrust door zijn ijzigheid.

Hij wreef in zijn ogen, iets wat hij altijd deed als hij moe of van streek was. Hij zei niets, en ik ook niet.

De stilte strekte zich tussen ons uit als een nevel. Ik kon hem bijna met mijn vingers aanraken.

De ober kwam met het voorgerecht. Geen van ons beiden nam een hap van de asperges.

'Wat is er aan de hand?' zei ik, omdat ik het niet langer kon verdragen.

Hij zuchtte, schudde zijn hoofd, wreef opnieuw in zijn ogen.

'Ik dacht dat je blij zou zijn... uitzinnig...' ging ik verder, terwijl de tranen opwelden.

Hij liet zijn kin op zijn handen rusten en keek me aan. 'Julia, ik had de hoop al opgegeven.'

'Ik toch ook! Totaal opgegeven!'

Zijn ogen stonden ernstig. De beslistheid die erin lag, beviel me niet.

'Wat bedoel je,' zei ik. 'Alleen maar omdat je de hoop had opgegeven, kun je niet...?'

'Julia, over drie jaar ben ik vijftig.'

'Nou en?' zei ik met gloeiende wangen.

'Ik wil geen oude vader zijn,' zei hij rustig.

'Kom op, zeg,' zei ik.

Stilte.

'We kunnen deze baby niet houden, Julia,' zei hij zacht. 'We hebben nu een ander leven. Zoë begint binnenkort te puberen. Jij bent vijfenveertig. Ons leven is niet meer zoals vroeger. Een baby zou niet in ons leven passen.'

Nu kwamen de tranen, ze stroomden over mijn wangen en spatten in mijn eten.

'Wil je me zeggen,' zei ik naar adem snakkend, 'wil je me zeggen dat ik het moet laten weghalen?'

Het gezin aan de tafel naast ons staarde ons ongegeneerd aan. Het kon me geen moer schelen.

Zoals gewoonlijk in tijden van crisis was ik teruggevallen op mijn moedertaal. Op een moment als dit schoot het Frans tekort. 'Een abortus, na drie miskramen?' zei ik bevend.

Zijn gezicht was bedroefd. Teder en bedroefd. Ik wilde het slaan, schoppen.

Maar dat kon ik niet. Ik kon alleen maar huilen in mijn servet. Hij streelde mijn haar, mompelde keer op keer dat hij van me hield.

Ik sloot me af voor zijn stem.

*T*oen de kinderen wakker werden, was de avond gevallen. Het bos was niet langer de vredige, lommerrijke plaats waar ze die middag door hadden gedwaald. Het was groot, grimmig, vol vreemde geluiden. Langzaam baanden ze zich een weg door de varens, hand in hand, terwijl ze stopten bij elk geluid. Het kwam hun voor dat de nacht zwarter en zwarter werd. Dieper en dieper. Ze liepen door. Het meisje dacht dat ze zou omvallen van uitputting. Maar Rachels warme hand bemoedigde haar.

Ten slotte kwamen ze bij een breed pad dat zich door vlakke weiden slingerde. Het bos tekende zich af in de verte. Ze keken op naar een donkere, maanloze lucht.

'Kijk,' zei Rachel terwijl ze recht vooruit wees. 'Een auto.'

Ze zagen koplampen die door de nacht schenen. Koplampen die waren verduisterd met zwarte verf, waar maar een streepje licht doorheen kon. Ze hoorden de lawaaierige motor naderen.

'Wat doen we?' vroeg Rachel. 'Houden we hem aan?'

Het meisje zag nog een paar overschaduwde koplampen, en toen nog een paar. Het was een lange rij auto's die naderbij kwam.

'Liggen,' fluisterde ze en ze trok aan Rachels rok. 'Snel!'

Er waren geen struiken waar ze zich achter konden verbergen. Ze lag plat op haar buik, haar kin in het zand.

'Waarom? Wat doe je?' vroeg Rachel.

Toen begreep ze het.

Soldaten. Duitse soldaten. Op patrouille in de nacht.

Rachel gooide zich naast het meisje op de grond.

De auto's kwamen dichterbij, krachtige, ronkende motoren. Het meisje kon de glanzende ronde helmen van de mannen onderscheiden in het gedempte schijnsel van de koplampen. Ze zien ons, dacht het meisje. We kunnen ons niet verstoppen. Er is geen plaats om ons te verstoppen, ze zien ons.

De eerste jeep reed voorbij, gevolgd door de andere. Dik wit stof waaide de meisjes in de ogen. Ze probeerden niet te hoesten, zich niet te bewegen. Het meisje lag met haar gezicht plat in het zand, haar handen over haar oren. De rij auto's leek eindeloos. Zouden de mannen hun donkere silhouet langs de zandweg zien? Ze zette zich schrap voor het gebrul, de stoppende auto's, deuren die dichtgeslagen werden, snelle voetstappen en ruwe handen op hun schouders.

Maar de laatste auto's reden voorbij, ze denderden de nacht in. De stilte keerde terug. Ze keken op. De zandweg was leeg, op de opstijgende witte stofwolken na. Ze wachtten even en kropen toen in tegengestelde richting verder over het pad. Een licht schemerde tussen bomen door. Een wit, lokkend licht. Ze kwamen dichterbij, zonder zich ver van de wegkant te wagen. Ze maakten een hek open en liepen stilletjes naar een huis toe. Het zag eruit als een boerderij, dacht het meisje. Door het open raam zagen ze een vrouw die zat te lezen bij de haard, een man die een pijp rookte. Een heerlijke etensgeur kwam langs hun neusgaten drijven.

Zonder aarzelen klopte Rachel op de deur. Een katoenen gordijntje werd opzij getrokken. De vrouw die hen door het raam aankeek had een lang, benig gezicht. Ze staarde de meisjes aan en trok het gordijntje weer terug. Ze maakte de deur niet open. Rachel klopte opnieuw.

'Alstublieft, madame, we zouden graag iets willen eten, wat water...'

Het gordijntje bewoog niet. De meisjes gingen voor het open raam staan. De man met de pijp kwam uit zijn stoel.

'Ga weg,' zei hij met een zware, dreigende stem. 'Ga weg hier.'

Achter hem bleef de vrouw met het benige gezicht zwijgend staan kijken.

'Alstublieft, wat water...' zei het meisje.

Het raam werd dichtgesmeten.

Het meisje kreeg zin om te huilen. Hoe konden die boeren zo wreed zijn? Er lag brood op tafel, ze had het zien liggen. Er stond ook een kan water. Rachel trok haar mee. Ze gingen terug naar de kronkelige zandweg. Er kwamen meer boerderijen. Elke keer gebeurde hetzelfde. Ze werden weggestuurd. Elke keer vluchtten ze.

Het was laat. Ze waren moe, hongerig, ze konden nauwelijks nog lopen. Ze kwamen bij een groot oud huis, een beetje van de weg af, dat werd verlicht door een hoge straatlantaarn die op hen neerscheen. De voorgevel was overdekt met klimop. Ze durfden niet aan te kloppen. Voor het huis zagen ze een groot leeg hondenhok. Ze kropen erin. Het was schoon en warm. Er hing een geruststellende hondengeur. Er stond een kom water en er lag een oud bot. Ze slurpten om en om het water op. Het meisje was bang dat de hond terug zou komen en hen zou bijten. Dat fluisterde ze tegen Rachel. Maar Rachel was al in slaap gevallen, opgekruld als een diertje. Het meisje keek naar haar uitgeputte gezicht, de ingevallen wangen, de holle oogkassen. Rachel zag eruit als een oude vrouw.

Tegen Rachel aan geleund viel het meisje in een onrustige slaap. Ze kreeg een vreemde, gruwelijke droom. Ze droomde over haar broertje, dood in de kast. Ze droomde over haar ouders die door de politie werden geslagen. Ze kreunde in haar slaap.

Woest geblaf schrikte haar op. Ze gaf Rachel een harde por. Ze hoorden een mannenstem, naderende voetstappen. Het grind knerpte. Het was te laat om naar buiten te glippen. Ze konden elkaar alleen maar wanhopig vastgrijpen. Nu zijn we er geweest, dacht het meisje. Nu gaan we eraan.

De hond werd tegengehouden door zijn baasje. Ze voelde hoe een tastende hand naar binnen kwam en haar arm, Rachels arm vastgreep. Ze werden naar buiten gesleurd.

De man was klein, gerimpeld, met een kaal hoofd en een zilvergrijze snor.

'Wat krijgen we nou?' mompelde hij terwijl hij in het schijnsel van de lantaarnpaal naar hen tuurde.

Het meisje voelde hoe Rachel verstijfde en vermoedde dat ze ervandoor wilde gaan, snel als een konijn.

'Zijn jullie verdwaald?' vroeg de oude man. Zijn stem klonk bezorgd.

De kinderen waren verbijsterd. Ze hadden dreigementen verwacht, klappen, alles behalve vriendelijkheid.

'Alstublieft, meneer, we hebben erge honger,' zei Rachel.

De man knikte. 'Dat kan ik wel zien.'

Hij boog zich voorover om de blaffende hond stil te krijgen. Toen zei hij: 'Kom mee naar binnen, kinderen. Volg mij maar.'

Geen van beide meisjes bewoog. Konden ze deze oude man vertrouwen?

'Hier zal niemand jullie iets doen,' zei hij.

Ze kropen tegen elkaar aan, nog steeds bang.

De man glimlachte, een aardige, zachtmoedige glimlach. 'Geneviève!' riep hij terwijl hij zich omdraaide naar het huis.

Een bejaarde vrouw in een blauwe ochtendjas verscheen in de brede deuropening.

'Waar loopt die stomme hond van je nu weer naar te blaffen, Jules?' vroeg ze geërgerd. Toen zag ze de kinderen. Haar handen gingen in een zenuwachtige beweging naar haar wangen. 'Hemeltjelief,' mompelde ze.

Ze kwam dichterbij. Ze had een kalm, rond gezicht en een dikke witte vlecht. Vol medelijden en ontzetting staarde ze de kinderen aan.

Het hart van het meisje maakte een sprongetje. De oude dame deed haar denken aan de foto van haar grootmoeder in Polen. Dezelfde lichtgekleurde ogen, witte haren, dezelfde geruststellende molligheid.

'Jules,' fluisterde de bejaarde dame, 'zijn dat...'

De oude man knikte. 'Ja, dat denk ik wel.'

De oude dame zei vastberaden: 'Ze moeten naar binnen. We moeten ze verbergen, onmiddellijk.'

Met schommelende tred liep ze naar de zandweg en keek beide kanten op. 'Snel, kinderen, kom mee,' zei ze terwijl ze hun haar handen toestak. 'Hier zijn jullie veilig. Jullie zijn veilig bij ons.'

Het was een afschuwelijke nacht geweest. Ik werd wakker met een opgezwollen gezicht van het slaapgebrek. Ik was blij dat Zoë al naar school was. Ik zou het vreselijk hebben gevonden als ze me nu zag. Bertrand was aardig, lief. Hij zei dat we het er wat uitgebreider over moesten hebben. Dat zouden we die avond kunnen doen als Zoë sliep. Hij zei dat volkomen kalm, heel teder. Ik kon wel zien dat hij zijn besluit genomen had. Niets of niemand kon hem ertoe brengen dit kind te willen.

Ik kon het niet opbrengen het al aan mijn vrienden of mijn zus te vertellen. Bertrands keuze had me zodanig van slag gebracht dat ik het liever voor me hield, tenminste voorlopig.

Het was vanochtend moeilijk om op gang te komen. Alles wat ik deed voelde als een zware inspanning. Elke beweging kostte me moeite. Ik kreeg steeds flashbacks van gisteravond. Van wat hij had gezegd. Er was geen andere oplossing dan me op mijn werk te storten. Die middag zou ik Franck Lévy ontmoeten, in zijn kantoor. Het Vel d'Hiv' leek ineens ver weg. Ik had een gevoel alsof ik van de ene op de andere dag oud was geworden. Niets leek er nog toe te doen, niets behalve het kind dat ik in me droeg en dat mijn man niet wilde.

Ik was op weg naar kantoor toen mijn mobiele telefoon ging. Het was Guillaume. Hij had bij zijn oma thuis een paar van die niet meer verkrijgbare boeken over het Vel d'Hiv' gevonden die ik nodig had. Ik kon ze van hem lenen. Of ik later op de dag, of die avond, ergens iets met hem zou willen drinken. Zijn stem klonk vrolijk, vriendelijk. Ik zei meteen ja. We spraken om zes uur af in café Select op de boulevard du Montparnasse, twee minuten van mijn huis. We zeiden gedag, en toen ging mijn mobiel opnieuw.

Dit keer was het mijn schoonvader. Ik was verbaasd. Edouard belde me zelden. We konden het redelijk met elkaar vinden, op die beleefde Franse manier. Beiden blonken we uit in oppervlakkig gebabbel over koetjes en kalfjes. Maar ik voelde me nooit helemaal op mijn gemak bij hem. Ik had altijd het gevoel dat hij iets achterhield, nooit zijn gevoelens liet zien, noch aan mij, noch aan iemand anders.

Het soort man naar wie wordt geluisterd. Het soort man naar wie wordt opgekeken. Ik kon me niet voorstellen dat hij ooit een andere emotie zou laten zien dan boosheid, trots en zelfingenomenheid. Ik zag Edouard nooit in een spijkerbroek, zelfs niet tijdens die weekendjes in Bourgondië, die hij zittend in de tuin doorbracht, onder de eikenboom met een boek van Rousseau. Ik geloof ook niet dat ik hem ooit zonder stropdas heb gezien. Ik moest denken aan de eerste keer dat ik hem ontmoette. In de afgelopen zeventien jaar was hij niet veel veranderd. Dezelfde majesteitelijke houding, zilvergrijs haar, staalkleurige ogen. Mijn schoonvader was gek op koken en joeg Colette voortdurend weg uit de keuken, waar hij eenvoudige, verrukkelijke maaltijden bereidde: *pot au feu*, uiensoep, een heerlijke ratatouille of een truffelomelet. De enige persoon die hij in de keuken duldde was Zoë. Hoewel Cécile en Laure allebei jongens hadden gekregen, Arnaud en Louis, had hij een zwak voor Zoë. Hij aanbad mijn dochter. Ik had geen idee wat ze tijdens hun kooksessies bespraken. Achter de gesloten deur hoorde ik Zoë's gegiechel, het fijnhakken van groenten, het borrelen van kokend water, vet dat siste in een pan, en af en toe Edouards diepe, zware lachje.

Edouard vroeg hoe het met Zoë ging en of het appartement al opschoot. En toen kwam hij ter zake. Hij was gisteren bij Mamé geweest. Het was een 'slechte' dag geweest, voegde hij eraan toe. Mamé had weer eens een chagrijnige bui gehad. Hij had op het punt gestaan haar pruilend voor de tv achter te laten, toen ze ineens, zonder enige aanleiding, iets over mij had gezegd.

'Wat dan?' vroeg ik nieuwsgierig.

Edouard schraapte zijn keel. 'Mijn moeder zei dat je haar allerlei vragen had gesteld over het appartement in de rue de Saintonge.'

Ik ademde diep in. 'Tja, dat is waar, dat heb ik gedaan,' gaf ik toe. Ik vroeg me af waar hij naartoe wilde.

Stilte.

'Julia, ik heb liever niet dat je Mamé vraagt naar de rue de Saintonge.'

Ineens sprak hij in het Engels, alsof hij er absoluut zeker van wilde zijn dat ik hem begreep.

Geprikkeld antwoordde ik in het Frans. 'Sorry, Edouard. Het komt gewoon doordat ik op het moment research aan het doen ben over de Vel d'Hiv'-razzia, voor een artikel. Ik was verbaasd over de toevallige overeenkomst.'

Nog een stilte.

'De toevallige overeenkomst?' herhaalde hij, weer in het Frans.

'Nou, ja,' zei ik, 'over het Joodse gezin dat daar woonde vlak voordat jullie gezin daarheen verhuisde, en dat werd opgepakt tijdens de razzia. Ik geloof dat Mamé van streek was toen ze me erover vertelde. Dus heb ik haar verder geen vragen meer gesteld.'

'Dank je, Julia,' zei hij. 'Mamé raakt er inderdáád van streek van. Begin er alsjeblieft niet meer over tegen haar.'

Ik bleef midden op het trottoir staan. 'Oké, dat zal ik niet doen,' zei ik. 'Maar ik bedoelde er niets mee, ik wilde alleen maar weten hoe jullie gezin in dat appartement was terechtgekomen, en of Mamé iets wist over het Joodse gezin. En jij, Edouard? Weet jij iets?'

'Sorry, ik heb je niet verstaan,' antwoordde hij effen. 'Ik moet ervandoor. Dag Julia.'

De verbinding werd verbroken.

Ik was zo perplex dat ik heel even niet meer aan Bertrand en aan gisteravond dacht. Had Mamé zich echt tegen Edouard beklaagd over mijn vragen aan haar? Ik herinnerde me dat ze me die dag geen antwoord meer had willen geven. Hoe ze abrupt had gezwegen en haar mond niet één keer meer had opengedaan, totdat ik verbouwereerd was weggegaan. Waarom was Mamé zo van streek geweest? Waarom waren Mamé en Edouard er zo op gebrand dat ik geen vragen stelde over het appartement? Wat wilden ze voor me verborgen houden?

Opnieuw drukten Bertrand en de baby loodzwaar op mijn schouders. Plotseling moest ik er niet aan denken om naar kantoor te gaan. Alessandra's nieuwsgierige blik. Ze zou zoals gewoonlijk onderzoekende vragen stellen. Proberen aardig te zijn, maar daar niet in slagen. Bamber en Joshua zouden steelse blikken werpen op mijn opgezwollen gezicht. Bamber, een ware gentleman, zou er met geen woord over reppen, maar discreet even in mijn schouder knijpen. En dan Joshua. Die zou het ergste zijn. 'Hé, schat, wat is er mis? *Ies ze French husband* weer bezig?' Ik kon bijna de sardonische grijns al voor me zien waarmee hij me een kop koffie in mijn hand zou drukken. Er was geen sprake van dat ik vanochtend naar kantoor zou kunnen.

Ik koerste terug naar de Arc de Triomphe, ongeduldig maar behendig mijn weg zoekend tussen de horden toeristen door die met trage pas voortslenterden, opkeken naar de Arc en bleven staan om foto's te nemen. Ik haalde mijn adresboekje tevoorschijn en belde de stichting van Franck Lévy. Ik vroeg of ik nu zou kunnen komen in plaats van vanmiddag. Ik kreeg te horen dat dat geen probleem was. Nu was prima. Het was niet ver weg, vlak bij de avenue Hoche. Binnen tien minuten was ik er. Als je eenmaal de verstopte verkeersslagader had verlaten die Champs-Elysées heette, bleken de andere avenues die op de Place de l'Etoile uitkwamen verbazend leeg.

Franck Lévy was midden zestig, gokte ik. Zijn gezicht had iets diepzinnigs, edels en vermoeids. We gingen zijn kantoor in, een kamer met een hoog plafond gevuld met boeken, mappen, computers en foto's. Ik liet mijn ogen over de zwart-witfoto's gaan die aan de muur hingen. Baby's. Peuters. Kinderen die de ster droegen.

'Veel van deze kinderen zijn van het Vel d'Hiv',' zei hij, terwijl hij mijn blik volgde. 'Maar er zijn ook anderen. Allemaal maken ze deel uit van de elfduizend kinderen die uit Frankrijk zijn gedeporteerd.'

We gingen aan zijn bureau zitten. Ik had hem voorafgaand aan ons interview enkele vragen gemaild.

'U wilde meer weten over de Loiret-kampen?' vroeg hij.

'Ja,' zei ik. 'Beaune-la-Rolande en Pithiviers. Er is veel meer informatie beschikbaar over Drancy, dat dichter bij Parijs lag. Veel minder over de andere twee.'

Franck Lévy zuchtte. 'U hebt gelijk. Vergeleken met Drancy is er niet veel te vinden over de Loiret-kampen. En als u erheen gaat, zult u merken dat er nauwelijks informatie is over wat daar is gebeurd. De mensen die er wonen willen het zich ook niet herinneren. Ze willen er niet over praten. Bovendien waren er maar weinig overlevenden.'

Ik keek opnieuw naar de foto's, naar de rijen kleine, kwetsbare gezichtjes. 'Wat waren dat oorspronkelijk voor kampen?' vroeg ik.

'Het waren gewone militaire kampen, in 1939 gebouwd om Duitse soldaten in gevangen te zetten. Maar onder de Vichy-regering werden er vanaf 1941 Joden heen gestuurd. In '42 vertrokken de eerste directe treinen uit Beaune en Pithiviers naar Auschwitz.'

'Waarom werden de Vel d'Hiv'-families niet naar Drancy gestuurd, in de buitenwijken van Parijs?'

Franck Lévy glimlachte somber. 'De Joden zonder kinderen werden na de razzia naar Drancy gestuurd. Drancy ligt dicht bij Parijs. De andere kampen lagen meer dan een uur van de stad, midden op het rustige platteland van de Loiret. Daar scheidde de Franse politie in het geniep de kinderen van hun ouders. Dat hadden ze in Parijs niet zo gemakkelijk kunnen doen. Ik neem aan dat u gelezen hebt over hun wrede praktijken?'

'Er valt niet veel over te lezen.'

Het sombere glimlachje vervaagde. 'U hebt gelijk. Niet veel over te lezen. Maar we weten hoe het is gebeurd. Ik heb een paar boeken die u wel van me mag lenen. De kinderen werden uit de armen van hun moeder gesleurd. Ze werden neergeknuppeld, geslagen, kregen koud water over zich heen gegooid.'

Mijn ogen dwaalden opnieuw over de gezichtjes op de foto's. Ik dacht aan Zoë, alleen, losgerukt van mij en Bertrand. Alleen en hongerig en vuil. Ik huiverde.

'De Franse autoriteiten zaten zwaar in hun maag met die vierduizend Vel d'Hiv'-kinderen,' zei Franck Lévy. 'De nazi's hadden gevraagd om onmiddellijke deportatie van de volwassenen. Niet van de kinderen. Het strikte schema van de treinen mocht niet worden veranderd. Vandaar die wrede scheiding van hun moeders, begin augustus.'

'En toen? Wat gebeurde er met die kinderen?' vroeg ik.

'Hun ouders werden uit de Loiret-kampen regelrecht naar Auschwitz gebracht. De kinderen werden praktisch aan zichzelf overgelaten, in gruwelijke sanitaire omstandigheden. Midden augustus kwam de beslissing van Berlijn door. De kinderen moesten ook worden gedeporteerd. Maar om geen stof te doen opwaaien moesten de kinderen eerst naar Drancy worden gestuurd en van daaruit, samen met onbekende volwassenen uit het kamp van Drancy, naar Polen, zodat de mensen zouden denken dat deze kinderen niet alleen waren maar met hun familie naar het oosten gingen, naar een of ander werkkamp voor Joden.'

Franck Lévy zweeg even en keek net als ik naar de foto's aan de muur. 'Toen die kinderen in Auschwitz aankwamen, was er voor hen geen "selectie". Ze hoefden niet in de rij te gaan staan met de mannen en de vrouwen. Er werd niet gekeken wie er sterk was, wie ziek was, wie kon werken en wie niet. Ze werden direct naar de gaskamer gestuurd.'

'Door de Franse overheid, met Franse bussen, in Franse treinen,' voegde ik eraan toe.

Misschien kwam het doordat ik zwanger was, doordat mijn hormonen van slag waren of doordat ik niet had geslapen, maar ineens was ik er kapot van.

Verslagen keek ik naar de foto's.

Franck Lévy keek me zwijgend aan. Toen stond hij op en legde zijn hand op mijn schouder.

Het meisje viel aan op het eten dat voor haar was neergezet, ze propte het in haar mond met slurpende geluiden die haar moeder zou hebben verafschuwd. Het was hemels. Het leek alsof ze nog nooit zo'n smakelijke, verrukkelijke soep had gegeten. Zulk vers, zacht brood. Romige, volle brie. Sappige, fluwelige perziken. Rachel at langzamer. Toen ze een blik op haar wierp, zag het meisje dat Rachel bleek was. Haar handen trilden, haar ogen stonden koortsig.

Het bejaarde echtpaar was bedrijvig in de weer in de keuken, ze schepten meer soep op en vulden glazen met fris water. Het meisje hoorde hun zachte, vriendelijke vragen, maar kon zich er niet toe brengen die te beantwoorden. Pas later, toen Geneviève haar en Rachel mee naar boven nam voor een bad, begon ze te praten. Ze vertelde haar over het grote gebouw waar ze allemaal naartoe waren gebracht en waarin ze dagenlang opgesloten hadden gezeten, vrijwel zonder water en voedsel. Daarna de treinrit over het platteland, het kamp en de afschuwelijke scheiding van haar ouders. En ten slotte de ontsnapping.

De oude dame luisterde, knikte, terwijl ze de glazig uit haar ogen kijkende Rachel behendig uitkleedde. Het meisje keek toe terwijl het magere lichaam tevoorschijn kwam, vol ontstoken rode blaren. De oude dame schudde ontzet haar hoofd. 'Wat hebben ze met jou gedaan?' mompelde ze.

Rachel knipperde nauwelijks met haar ogen. De oude vrouw hielp Rachel in het warme sop. Ze waste haar zoals de moeder van het meisje haar kleine broertje altijd in bad deed.

Toen werd Rachel in een grote handdoek gewikkeld en naar een bed vlakbij gedragen.

'Nu ben jij aan de beurt,' zei Geneviève terwijl ze het bad opnieuw liet vollopen. 'Wat is je naam, kleintje? Dat heb je me nog niet eens verteld.'

'Sirka,' zei het meisje.

'Wat een mooie naam!' zei Geneviève terwijl ze haar een schone spons en de zeep aanreikte. Ze merkte dat het meisje verlegen werd nu ze haar kleren uit moest doen, dus ze draaide zich om zodat het meisje zich kon uitkleden en in het water kon glijden. Ze waste zich grondig en genoot van het warme water. Toen klom ze behendig uit de badkuip en hulde zich in een heerlijk zachte handdoek die naar lavendel rook.

Geneviève was bezig de vuile kleren van het meisje te wassen in de grote emaillen gootsteen. Het meisje keek een poosje toe en legde toen schuchter haar hand op de mollige, ronde arm van de oude vrouw.

'Madame, kunt u me helpen terug te gaan naar Parijs?'

De oude vrouw draaide zich verbaasd om en keek haar aan. 'Wil je terug naar Parijs, petite?'

Het meisje begon van top tot teen te beven. De oude vrouw staarde haar bezorgd aan. Ze liet het wasgoed in de gootsteen liggen en droogde haar handen met een handdoek.

'Wat is er, Sirka?'

De lippen van het meisje begonnen te trillen. 'Mijn broertje Michel. Hij is nog in het appartement. In Parijs. Hij zit opgesloten in de kast, in onze speciale verstopplaats. Daar zit hij al sinds de dag dat de politie ons kwam halen. Ik dacht dat hij daar veilig zou zijn. Ik heb beloofd dat ik zou terugkomen om hem te redden.'

Geneviève keek bezorgd op haar neer, en probeerde haar tot bedaren te brengen door haar handen op de magere schoudertjes te leggen. 'Sirka, hoe lang zit je broertje al in die kast?'

'Ik weet het niet,' fluisterde het meisje mat. 'Ik weet het niet meer. Ik weet het niet meer!'

Opeens was het laatste beetje hoop dat ze nog in zich had, vervlogen. In de ogen van de oude vrouw las ze wat ze het meest vreesde. Michel was dood. Dood in de kast. Ze wist het. Het was te laat. Ze had te lang gewacht. Hij had het niet overleefd. Hij had het niet gered. Hij was daar doodgegaan, helemaal alleen in het donker, zonder eten en zonder water, met alleen maar de beer en het verhalenboek, en hij had haar vertrouwd, hij had gewacht, hij had haar waarschijnlijk geroepen, haar naam geroepen, keer op keer, Sirka, Sirka, waar ben je! Waar ben je? Hij was dood, Michel was dood. Hij was vier jaar, en hij was dood, door haar. Als zij hem die dag niet had opgesloten, had hij hier kunnen zijn, nu, ze had hem op ditzelfde moment in bad kunnen doen. Ze had op hem moeten passen, ze had hem hier in veiligheid moeten brengen. Het was haar schuld. Het was allemaal haar schuld.

Het meisje kromp ineen op de grond, een gebroken wezen. De ene na de andere golf van wanhoop spoelde over haar heen. Nog nooit in haar korte leven had ze zo'n heftige pijn gevoeld. Ze voelde hoe Geneviève haar tegen zich aan trok, haar kaalgeschoren hoofd streelde, woorden van troost mompelde. Ze liet zich gaan en gaf zich helemaal over aan de vriendelijke oude armen die haar omsloten. Toen voelde ze de heerlijke sensatie van een zacht matras en schone lakens om haar heen. Ze viel in een vreemde, onrustige slaap.

Ze werd vroeg wakker met een gedesoriënteerd, verward gevoel. Ze kon zich niet herinneren waar ze was. Het was vreemd geweest om na al die nachten in de barakken in een echt bed te slapen. Ze liep naar het raam. De luiken stonden op een klein kiertje, waardoor een grote, zoet geurende tuin zichtbaar werd. Kippen scharrelden rond over het gras, achternagezeten door de speelse hond. Op een smeedijzeren bankje zat een dikke rode kat loom zijn pootjes schoon te likken. Het meisje hoorde vogels die zongen, een haan die kraaide. Een koe in de buurt die loeide. Het was een zonnige, frisse ochtend. Het meisje dacht dat ze nog nooit zo'n aangenaam, vredig oord had gezien. De oorlog, de haat, de verschrikkingen leken ver weg. De tuin en de bloemen, de bomen en alle dieren, niets van deze dingen kon ooit worden aangetast door het kwaad waar ze de afgelopen weken getuige van was geweest.

Ze bekeek de kleren die ze aanhad eens goed. Een wit nachthemd, een tikkeltje te lang voor haar. Ze vroeg zich af van wie dat was. Misschien had het bejaarde echtpaar kinderen, of kleinkinderen. Ze keek rond in de ruime kamer. Hij was eenvoudig maar comfortabel. Er hing een boekenplank naast de deur. Ze ging kijken. Daar stonden haar favorieten: Jules Verne, de comtesse de Ségur. Op de schutbladen, in een kinderlijk, schools handschrift: Nicolas Dufaure. Ze vroeg zich af wie dat was.

Ze daalde de krakende houten trap af, op zoek naar het geroezemoes dat ze uit de keuken hoorde komen. Het huis was rustig en gezellig op een sobere, ongedwongen manier. Haar voeten schuifelden over wijnrode vierkante tegels. Ze wierp een blik in een zonnige huiskamer die naar bijenwas en lavendel rook. Een grote staande klok tikte plechtig.

Op haar tenen liep ze in de richting van de keuken en gluurde door het kiertje van de deur. Daar zag ze het oude echtpaar aan de lange tafel zitten; ze dronken uit ronde blauwe kommen. Ze leken ongerust.

'Ik maak me zorgen om Rachel,' zei Geneviève. 'Ze heeft hoge koorts en kan niets binnenhouden. En die uitslag. Het ziet er lelijk uit. Heel lelijk.' Ze slaakte een diepe zucht. 'Hoe die kinderen eraan toe zijn, Jules. Een van hen had zelfs luizen in haar oogwimpers.'

Aarzelend kwam het meisje het vertrek binnen. 'Ik vroeg me af...' begon ze.

Het oude echtpaar keek naar haar op en glimlachte.

'Nou,' zei de oude man stralend. 'Jij ziet er vanochtend uit als een heel ander mens, dametje. Ik zie wat rood in die wangen.'

'Er zat iets in mijn zakken...' zei het meisje.

Geneviève stond op. Ze wees naar een plank. 'Een sleutel en wat geld. Hier ligt het.'

Het meisje pakte de voorwerpen, ze hield ze tegen zich aan.

'Dit is de sleutel van de kast,' zei ze met zachte stem. 'De kast waar Michel in zit. Onze speciale verstopplaats.'

Jules en Geneviève wisselden een blik.

'Ik weet dat u denkt dat hij dood is,' zei het meisje hortend. 'Maar ik ga terug. Ik móét het weten. Misschien heeft iemand hem kunnen helpen, zoals u mij hebt geholpen! Misschien zit hij op me te wachten. Ik moet het weten, ik moet erachter zien te komen! Ik kan het geld gebruiken dat de agent me heeft gegeven.'

'Maar hoe wil je in Parijs komen, petite?' vroeg Jules.

'Ik neem de trein. Parijs is toch niet ver van hier?'

Weer een wisseling van blikken.

'Sirka, wij wonen ten zuiden van Orléans. Je bent heel ver gelopen met Rachel. Maar jullie zijn verder van Parijs af geraakt.'

Het meisje rechtte haar rug. Ze zou teruggaan naar Parijs, teruggaan naar

Michel, om te zien wat er was gebeurd, ongeacht wat haar daar wachtte.

'Ik moet gaan,' zei ze vastberaden. 'Er zijn vast wel treinen van Orléans naar Parijs. Ik vertrek vandaag.'

Geneviève kwam naar haar toe en pakte haar handen beet. 'Sirka, hier ben je veilig. Je kunt een poosje bij ons blijven. Aangezien dit een boerderij is hebben we melk, vlees en eieren, wij hebben geen rantsoenbonnen nodig. Je kunt uitrusten, eten en beter worden.'

'Dank u wel,' zei het meisje, 'maar ik ben alweer beter. Ik moet terug naar Parijs. U hoeft niet met me mee te gaan. Ik red het wel in m'n eentje. Vertelt u me alleen hoe ik bij het station moet komen.'

Voor de oude vrouw kon antwoorden kwam er van boven een lange jammerklacht. Rachel. Ze haastten zich de trap op naar haar kamer. Rachel draaide en kronkelde van de pijn. Haar lakens waren doordrenkt van iets donkers en stinkends.

'Daar was ik al bang voor,' fluisterde Geneviève. 'Dysenterie. Ze heeft een dokter nodig. Snel.'

Jules stommelde de trap weer af. 'Ik ga naar het dorp, kijken of dokter Thévenin in de buurt is,' riep hij over zijn schouder.

Een uur later was hij terug, hijgend en puffend op zijn fiets. Het meisje keek naar hem door het keukenraam.

'Onze oude dokter is weg,' zei hij tegen zijn vrouw. 'Het huis is leeg. Niemand kon me iets vertellen. Dus ik ben verder gegaan, richting Orléans. Ik heb een redelijk jonge vent gevonden en hem overgehaald om langs te komen, maar hij was nogal arrogant, zei dat hij eerst nog een paar belangrijkere dingen te doen had.'

Geneviève beet op haar lip. 'Ik hoop dat hij komt. En gauw.'

De arts kwam pas later die middag. Het meisje had niet opnieuw over Parijs durven beginnen. Ze begreep dat Rachel erg ziek was. Jules en Geneviève waren te bezorgd over Rachel om zich op haar te concentreren.

Toen ze de arts hoorden arriveren, aangekondigd door het geblaf van de hond, wendde Geneviève zich tot het meisje en zei haar dat ze zich moest verstoppen, snel, in de kelder. Ze kenden deze dokter niet, legde ze vlug uit, hij was niet hun eigen huisarts. Ze moesten het zekere voor het onzekere nemen.

Het meisje glipte langs de trapdeur naar beneden. Ze zat in het donker te luisteren naar elk woord van boven. Ze kon het gezicht van de dokter niet zien, maar zijn stem stond haar niet aan: die was schel, nasaal. Hij bleef maar vragen waar Rachel vandaan kwam. Waar hadden ze haar gevonden? Hij was vasthoudend, hardnekkig. Jules bleef kalm. Het meisje was de dochter van een van hun buren, die voor enkele dagen naar Parijs was gegaan.

Maar het meisje kon aan de intonatie van de arts horen dat hij geen woord geloofde van wat Jules zei. Hij had een gemene lach. Hij bleef maar praten over het wettelijk gezag. Over Maréchal Pétain en een nieuwe visie op Frankrijk. Over wat de Kommandantur zou denken van dit donkere, magere meisje.

Ten slotte hoorde ze de voordeur met een klap dichtslaan.

Toen hoorde ze Jules' stem weer. Hij klonk ontzet. 'Geneviève,' zei hij, 'wat hebben we gedaan?'

'Ik wilde u iets vragen, monsieur Lévy. Iets wat niets te maken heeft met mijn artikel.'

Hij keek me aan en ging weer op zijn stoel zitten. 'Dat mag. Zegt u het maar.'

Ik boog me over de tafel heen. 'Als ik u een exact adres geef, kunt u me dan helpen een gezin op te sporen? Een gezin dat op 16 juli 1942 in Parijs werd opgepakt?'

'Een Vel d'Hiv'-gezin,' zei hij.

'Ja,' zei ik. 'Het is belangrijk.'

Hij keek naar mijn vermoeide gezicht. Mijn opgezwollen ogen. Ik had het gevoel dat hij kon zien wat er in me omging, het nieuwe verdriet dat ik met me meedroeg, de dingen die ik had ontdekt over het appartement. Alsof hij alles kon zien wat ik die ochtend voelde, terwijl ik tegenover hem zat.

'Mevrouw Jarmond, de afgelopen veertig jaar heb ik iedere Joodse persoon opgespoord die tussen 1941 en 1944 uit dit land op transport is gezet. Een lang en pijnlijk proces. Maar een noodzakelijk proces. Ja, ik kan u de naam van dat gezin geven. Het zit allemaal in deze computer hier. We hebben die naam in een paar seconden gevonden. Maar kunt u me vertellen waarom u wilt weten wat er met dat specifieke gezin is gebeurd? Is dit louter journalistieke nieuwsgierigheid of iets anders?'

Ik voelde hoe het bloed naar mijn wangen steeg. 'Het is iets persoonlijks,' zei ik. 'En niet eenvoudig uit te leggen.'

'Doe eens een poging,' zei hij.

Aanvankelijk aarzelend vertelde ik hem over het appartement in de rue de Saintonge. Over wat Mamé had gezegd. Over wat mijn schoonvader had gezegd. Ten slotte vertelde ik hem wat vlotter dat ik steeds moest denken aan dat Joodse gezin. Aan wie ze waren en wat er met hen was gebeurd.

Hij luisterde naar me en knikte af en toe. Toen zei hij: 'Mevrouw Jarmond, soms is het niet gemakkelijk het verleden boven te halen. Er zijn onaangename verrassingen. De waarheid is moeilijker dan onwetendheid.'

Ik knikte. 'Dat besef ik wel,' zei ik. 'Maar ik moet het weten.'

Hij keek me strak aan. 'Ik zal u de naam geven. Aan u, aan u persoonlijk. Niet voor uw tijdschrift. Mag ik uw woord?'

'Ja,' antwoordde ik, getroffen door zijn ernst.

Hij keerde zich naar de computer. 'Het adres alstublieft.'

Ik gehoorzaamde.

Zijn vingers vlogen over het toetsenbord. De computer liet een licht gebrom horen. Ik voelde hoe mijn hart bonsde. Toen begon de printer te jengelen en spuugde een wit vel papier uit. Franck Lévy overhandigde het me zonder een woord. Ik las:

26 rue de Saintonge, 75003 Parijs

STARZINSKI

Vladislav, geboren te Warschau, 1910. Opgepakt 16 juli 1942. Garage rue de Bretagne. Vel d'Hiv'. Beaune-la-Rolande. Konvooi nummer 15, 5 augustus 1942.

Rivka, geboren te Okuniew, 1912. Opgepakt 16 juli 1942. Garage rue de Bretagne. Vel d'Hiv'. Beaune-la-Rolande. Konvooi nummer 15, 5 augustus 1942.

Sarah, geboren te Parijs, 12e arrondissement, 1932. Opgepakt 16 juli 1942. Garage rue de Bretagne. Vel d'Hiv'. Beaune-la-Rolande.

De printer stootte weer een gejengel uit.

'Een foto,' zei Franck Lévy. Hij keek ernaar voor hij hem aan mij gaf.

Er stond een meisje van een jaar of tien op. Ik las het onderschrift. Juni 1942. Genomen in de school aan de rue des Blancs-Manteaux. Vlak bij de rue de Saintonge.

Het meisje had lichte, amandelvormige ogen. Waarschijnlijk blauw of groen, vermoedde ik. Licht, schouderlang haar met een slag erin, een beetje golvend. Een prachtige, verlegen glimlach. Een hartvormig gezichtje. Ze zat aan haar lessenaar, een opengeslagen boek voor haar. Op haar borst, de davidster.

Sarah Starzinski. Een jaar jonger dan Zoë.

Ik keek weer op de lijst met namen. Ik hoefde Franck Lévy niet te vragen waar konvooi nummer 15 vanuit Beaune-la-Rolande naartoe was gegaan. Ik wist dat het Auschwitz was.

'Hoe zit het met die garage in de rue de Bretagne?' vroeg ik.

'Daar werden de meeste Joden uit het derde arrondissement bijeengebracht voordat ze naar de rue Nélaton en het Vélodrome werden gebracht.'

Ik merkte op dat er bij Sarahs naam geen konvooi stond. Ik wees Franck Lévy daarop.

'Dat betekent dat ze niet in een van de treinen naar Polen zat. Voor zover we weten.'

'Zou ze kunnen zijn ontsnapt?'

'Moeilijk te zeggen. Een stuk of wat kinderen zijn inderdaad uit Beaune-la-Rolande ontsnapt en gered door Franse boeren die in de omgeving woonden. Andere kinderen, die veel jonger waren dan Sarah, werden gedeporteerd zonder dat hun identiteit duidelijk was. In dat geval stonden ze bijvoorbeeld geregistreerd als: "Een jongen, Pithiviers". Ik kan u helaas niet vertellen wat er met Sarah Starzinski is gebeurd, mevrouw Jarmond. Het enige wat ik u kan vertellen is dat ze kennelijk nooit met de andere kinderen uit Beaune-la-Rolande en Pithiviers in Drancy is aangekomen. Ze staat niet in de registers van Drancy.'

Ik keek naar het mooie, onschuldige gezicht. 'Wat zou er met haar gebeurd kunnen zijn?' mompelde ik.

'Het laatste spoor dat we van haar hebben is in Beaune. Ze kan zijn gered door een familie in die buurt, ze kan tijdens de oorlog ondergedoken hebben gezeten onder een andere naam.'

'Kwam dat vaak voor?'

'Ja. Veel Joodse kinderen hebben de oorlog overleefd dankzij de hulp en de ruimhartigheid van Franse families of religieuze instellingen.'

Ik keek hem aan. 'Denkt u dat Sarah Starzinski is gered? Dat ze het heeft overleefd?'

Hij keek naar de foto van het schattige, glimlachende kind. 'Ik hoop het. Maar u weet nu wat u wilde weten. U weet wie er in uw appartement heeft gewoond.'

'Ja,' zei ik. 'Ja, dank u wel. Maar ik vraag me nog steeds af hoe de familie van mijn man daar heeft kunnen wonen nadat de Starzinski's waren gearresteerd. Ik kan dat niet begrijpen.'

'U moet niet zo streng over hen oordelen,' waarschuwde Franck Lévy. 'Er was onder de Parijzenaars inderdaad een behoorlijke mate van onverschilligheid, maar vergeet niet dat Parijs bezet was. Mensen vreesden voor hun leven. Het waren heel andere tijden.'

Toen ik het kantoor van Franck Lévy verliet, voelde ik me ineens breekbaar, op de rand van een huilbui. Het was een uitputtende, belastende dag geweest. Mijn wereldje kwam van alle kanten op me af en drukte zwaar op me. Bertrand. De baby. De onmogelijke beslissing die ik moest nemen. Het gesprek dat ik vanavond met mijn man zou hebben.

En dan, het mysterie rond het appartement in de rue de Saintonge. De familie Tézac die erin trok, zo kort nadat de Starzinski's waren opgepakt. Mamé en Edouard die er niet over wilden praten. Waarom niet? Wat was er gebeurd? Wat mocht ik niet weten?

Terwijl ik in de richting van de rue Marbeuf liep, had ik het gevoel dat ik werd overspoeld door iets gigantisch, iets wat ik niet aankon.

's Avonds trof ik Guillaume in café Select. We zaten bij de bar, uit de buurt van het lawaaierige terras. Hij had een stel boeken bij zich. Ik was dolblij: het waren precies de boeken die ik maar niet te pakken kon krijgen. Met name een over de Loiret-kampen. Ik bedankte hem hartelijk.

Ik was niet van plan geweest iets te zeggen over hetgeen ik die middag te weten was gekomen, maar het kwam er allemaal gewoon uitgerold. Guillaume luisterde aandachtig naar elk woord. Toen ik uitgesproken was, zei hij dat zijn grootmoeder hem had verteld over de plundering van Joodse appartementen vlak na de razzia. Van andere appartementen waren de deuren door de politie verzegeld; maanden of jaren later, toen het duidelijk was dat er niemand terugkwam, werden die zegels verbroken. Volgens Guillaumes grootmoeder werkte de politie vaak nauw samen met de conciërges, die via via al snel nieuwe huurders konden vinden. Zo was het waarschijnlijk ook bij mijn schoonfamilie gegaan.

'Waarom is dit zo belangrijk voor je, Julia?' vroeg Guillaume ten slotte.

'Ik wil weten wat er met dat meisje is gebeurd.'

Hij keek naar me met donkere, zoekende ogen. 'Ik begrijp het. Maar wees voorzichtig met het ondervragen van de familie van je man.'

'Ik weet dat ze iets voor me achterhouden. Ik wil weten wat het is.'

'Wees voorzichtig, Julia,' antwoordde hij. Hij glimlachte, maar zijn ogen bleven ernstig. 'Je speelt met de doos van pandora. Soms is het beter die niet open te maken. Soms is het beter om niet te weten.'

Franck Lévy had hetzelfde gezegd, die ochtend.

*T*ien minuten lang hadden Jules en Geneviève als gekken door het huis gerend, zonder iets te zeggen, handenwringend. Ze leken ten einde raad. Ze
probeerden Rachel te verplaatsen, haar de trap af te dragen, maar ze was te zwak.
Uiteindelijk hadden ze haar in bed laten liggen. Jules deed zijn best om Geneviève te kalmeren, zonder veel succes; ze liet zich aldoor op de eerste de beste bank of
stoel vallen en barstte dan in tranen uit.

Het meisje liep als een angstig hondje achter hen aan. Ze beantwoordden
geen van haar vragen. Ze zag dat Jules steeds weer naar de deur keek en door het
raam naar het hek tuurde. Het meisje voelde angst om haar hart.

Bij het vallen van de avond zaten Jules en Geneviève tegenover elkaar voor de
haard. Ze leken weer zichzelf. Ze kwamen kalm en bedaard over. Maar het meisje zag dat Genevièves handen trilden. Ze waren allebei bleek, ze keken onophou-
delijk op de klok.

Op een gegeven moment wendde Jules zich tot het meisje. Hij sprak kalm. Hij
zei dat ze weer de kelder in moest gaan. Daar stonden grote zakken aardappelen.
Ze moest in een ervan klimmen en zich daar zo goed mogelijk in verstoppen. Begreep ze dat? Het was heel belangrijk. Als iemand de kelder in kwam, zou ze onzichtbaar moeten zijn.

Het meisje verstarde. Ze zei: 'De Duitsers komen eraan!'

Voordat Jules of Geneviève iets kon zeggen, blafte de hond zodat ze allemaal
opsprongen. Jules gebaarde naar het meisje en wees op het kelderluik. Ze gehoorzaamde onmiddellijk en ging snel de donkere, muf ruikende kelder in. Ze kon

niets zien, maar ze wist de aardappelzakken achterin te vinden, voelde de ruwe stof met haar handen. Verscheidene grote zakken stonden boven op elkaar. Snel zette ze ze naast elkaar en wurmde zich ertussen. Terwijl ze dat deed, scheurde een van de zakken open en de aardappelen ploften luidruchtig roffelend naast haar op de grond. Haastig raapte ze ze op en legde ze om haar heen en op haar hoofd.

Toen hoorde ze de voetstappen. Hard en ritmisch. Ze had die stappen al eerder gehoord, in Parijs, 's avonds laat, na de avondklok. Ze wist wat dat betekende. Ze had uit het raam gekeken en de mannen voorbij zien marcheren in de schaars verlichte straat, met hun ronde helm en hun afgemeten bewegingen.

Mannen die marcheerden. Ze kwamen op het huis af gemarcheerd. De voetstappen van een man of tien. Ze hoorde een mannenstem, gedempt maar toch duidelijk verstaanbaar. Hij sprak Duits.

De Duitsers waren hier. De Duitsers waren hierheen gekomen om Rachel en haar mee te nemen. Ze voelde dat haar blaas leegliep.

Voetstappen vlak boven haar hoofd. Een flard van een gesprek dat ze niet kon verstaan. Toen hoorde ze Jules: 'Ja, luitenant, er is een ziek kind hier in huis.'

'Een ziek arisch kind, meneer?' vroeg de buitenlander met zijn harde stemgeluid.

'Een kind dat ziek is, luitenant.'

'Waar is het kind?'

'Boven.' Jules' stem, behoedzaam nu.

Ze hoorde de zware stappen die het plafond lieten deinen. Daarna Rachels iele kreet helemaal van boven in het huis. Rachel die uit het bed werd gesleurd door de Duitsers. Rachel die kreunde, te zwak om zich te verzetten.

Het meisje legde haar handen op haar oren. Ze wilde het niet horen. Ze kon het niet horen. Ze voelde zich beschermd door de plotselinge stilte die ze had gecreëerd.

Terwijl ze daar onder de aardappelen lag, zag ze een zwakke lichtstraal die het duister doorboorde. Iemand had het luik geopend. Iemand kwam de keldertrap af. Ze haalde haar handen van haar oren.

'Hier beneden is niemand,' hoorde ze Jules zeggen. 'Het meisje was alleen. We hebben haar in het hondenhok gevonden.'

153

Het meisje hoorde dat Geneviève haar neus snoot. Daarna haar stem, jammerend, uitgeput.

'Toe, neemt u het meisje niet mee! Ze is veel te ziek.'

Het antwoord van de harde stem klonk spottend. 'Madame, dat kind is Joods. Waarschijnlijk ontsnapt uit een van de nabijgelegen kampen. Ze heeft geen enkele reden om bij u in huis te zijn.'

Het meisje zag het oranje schijnsel van een zaklamp over de stenen keldermuren bewegen, dichterbij komen, en daarna zag ze tot haar grote schrik de veel te grote zwarte schaduw van een soldaat, als een uitgeknipte stripfiguur. Hij kwam voor haar. Hij zou haar te pakken krijgen. Ze probeerde zich zo klein mogelijk te maken, ze hield haar adem in. Ze had het gevoel dat haar hart niet langer klopte.

Nee, hij zou haar niet vinden! Het zou verschrikkelijk oneerlijk zijn, zo afschuwelijk, als hij haar vond. Ze hadden die arme Rachel al. Was dat niet genoeg? Waar hadden ze Rachel naartoe gebracht? Was ze buiten, in een vrachtwagen, bij de soldaten? Was ze flauwgevallen? Waar brachten ze haar naartoe, vroeg ze zich af, naar een ziekenhuis? Of terug naar het kamp? Die bloeddorstige monsters. Monsters! Ze haatte hen. Ze wilde dat ze allemaal dood waren. Die klootzakken. Ze gebruikte in gedachten alle vloekwoorden die ze kende, alle woorden die ze van haar moeder nooit had mogen zeggen. Die smerige klootzakken. Ze schreeuwde de lelijke woorden in gedachten uit, zo hard ze maar kon, terwijl ze haar ogen stijf dichtkneep, weg van die oranje lichtbundel die dichterbij kwam en over de bovenkant van de zakken scheen waar zij in verstopt zat. Hij zou haar niet vinden. Nooit. Klootzakken, smerige klootzakken.

Jules' stem weer.

'Er is hier niemand, luitenant. Dat meisje was alleen. Ze kon nauwelijks op haar benen staan. We moesten voor haar zorgen.'

De stem van de luitenant klonk dreunend in de oren van het meisje: 'We controleren alleen. We nemen een kijkje in uw kelder, daarna gaat u met ons mee naar de Kommandantur.'

Het meisje probeerde zich niet te verroeren, niet te zuchten, niet te ademen terwijl de lichtbundel boven haar hoofd dwaalde.

'Met u mee?' Jules klonk geschokt. 'Maar waarom?'

Een korte lach. 'U heeft een Jood in huis en vraagt nog waarom?'

Toen volgde de stem van Geneviève, verbazend kalm. Ze klonk alsof ze niet meer huilde.

'U hebt gezien dat we haar niet verborgen hielden, luitenant. We hebben haar geholpen omdat ze ziek was. Dat was alles. We wisten niet hoe ze heette. Ze kon niet praten.'

'Ja,' vervolgde Jules, 'we hebben zelfs een dokter gebeld. We hebben haar helemaal niet willen verbergen.'

Er viel een stilte. Het meisje hoorde de luitenant hoesten.

'Dat heeft Guillemin ons inderdaad verteld. U hebt het meisje niet verborgen gehouden. Dat heeft hij verteld, de brave Herr Doktor.'

Het meisje voelde dat er aardappelen boven haar hoofd verschoven. Ze bleef roerloos zitten zonder adem te halen. Haar neus kriebelde en ze wilde niezen.

Ze hoorde Geneviève weer, kalm, helder, bijna hard. Een toon waarop ze haar niet eerder had horen praten.

'Willen de heren misschien een glas wijn?'

De aardappelen werden met rust gelaten.

Boven liet de luitenant een vette lach horen. 'Wijn? Jawohl!'

'En misschien een stukje paté?' zei Geneviève weer op die heldere toon.

Voetstappen gingen de trap op en het kelderluik werd dichtgegooid. Het meisje was wee van opluchting. Ze sloeg haar armen om haar lichaam terwijl de tranen over haar wangen stroomden. Hoe lang bleven ze daarboven, met rinkelende glazen, schuifelende voeten, hard schaterlach? Het duurde eindeloos. Ze had het idee dat de luitenant steeds luidruchtiger werd. Ze hoorde hem zelfs een vette boer laten. Van Jules en Geneviève hoorde ze niets. Waren ze nog boven? Wat gebeurde er? Ze wilde het heel graag weten. Maar ze wist dat ze hier moest blijven zitten totdat Jules of Geneviève haar kwam halen. Haar ledematen waren verstijfd, maar ze durfde zich nog niet te verroeren.

Ten slotte werd het stil in huis. De hond blafte één keer, daarna niet meer. Het meisje luisterde. Hadden de Duitsers Jules en Geneviève meegenomen? Was ze helemaal alleen in huis? Toen hoorde ze onderdrukte snikken. Het kelderluik ging kreunend open en Jules' stem zweefde naar haar toe. 'Sirka! Sirka!'

Toen ze weer boven kwam, met pijnlijke benen, rode ogen van het stof en natte, vuile wangen, zag ze dat Geneviève was ingestort en met het hoofd in haar handen zat. Jules probeerde haar te troosten. Het meisje keek hulpeloos toe. De oude vrouw keek even naar haar op. Haar gezicht was ouder geworden, ingevallen. Het meisje werd er bang van.

'Dat kind,' fluisterde ze, 'weggehaald om te sterven. Ik weet niet waar of hoe, maar ik weet dat ze zal sterven. Ze wilden niet luisteren. We hebben geprobeerd hen dronken te voeren, maar ze hielden het hoofd koel. Ons lieten ze met rust, maar Rachel hebben ze meegenomen.'

Genevièves tranen stroomden over haar gerimpelde wangen. Ze schudde radeloos haar hoofd, greep Jules' hand en hield die dicht tegen zich aan. 'Mijn god, wat moet er van ons land worden?'

Geneviève wenkte het meisje dichterbij en met haar hand, oud en verweerd, greep ze die van haar stevig vast. Ze hebben me gered, dacht het meisje aldoor. Ze hebben me gered. Ze hebben mijn leven gered. Misschien heeft iemand zoals zij Michel gered, papa en maman gered. Misschien is er nog hoop.

'Kleine Sirka!' zei Geneviève met een zucht, en ze kneep even in haar vingers. 'Je was zo dapper beneden.'

Het meisje glimlachte. Een prachtige, moedige glimlach die het oude echtpaar in hun hart raakte.

'Noemt u me alstublieft geen Sirka meer,' zei ze. 'Dat is mijn kindernaam.'

'Hoe moeten we je dan noemen?' vroeg Jules.

Het meisje rechtte haar rug en hief haar kin.

'Mijn naam is Sarah Starzinski.'

Op de terugweg van het appartement, waar ik met Antoine was gaan kijken hoe het werk vorderde, ging ik langs in de rue de Bretagne. De garage was er nog. En ook een plaque, die de voorbijganger eraan herinnerde dat de Joodse gezinnen uit het derde arrondissement daar bijeengebracht waren op de ochtend van de 16e juli 1942, voordat ze naar het Vel d'Hiv' waren gebracht en naar de doodskampen waren gedeporteerd. Hier is Sarahs odyssee begonnen, dacht ik. Waar was hij geëindigd?

Terwijl ik daar stond, zonder acht te slaan op het verkeer, had ik het gevoel dat ik Sarah op die hete ochtend in juli kon zien aankomen vanuit de rue de Saintonge, met haar moeder en haar vader en de agenten. Ja, ik zag het allemaal voor me, ik zag dat ze de garage in werden geduwd, precies op de plek waar ik nu stond. Ik zag het lieve hartvormige gezichtje voor me, het onbegrip, de angst. Het steile haar, met een strik naar achteren gebonden, de amandelvormige blauwgroene ogen. Sarah Starzinski. Leefde ze nog? Ze zou nu zeventig jaar zijn, dacht ik. Nee, ze kon niet meer in leven zijn. Ze was van de aardbodem verdwenen, samen met de andere kinderen van het Vel d'Hiv'. Ze was nooit teruggekeerd uit Auschwitz. Ze was een handvol stof.

Ik ging weg uit de rue de Bretagne en liep terug naar mijn auto. Als echte Amerikaanse had ik nooit met een versnellingspook overweg gekund. Mijn auto was een kleine Japanse automaat, waar Bertrand altijd de spot mee dreef. Ik reed er nooit mee in Parijs. De bus en de metro voldeden uitstekend. Ik had geen auto nodig om de stad in te gaan. Ook daar dreef Bertrand altijd de spot mee.

Bamber en ik zouden die middag naar Beaune-la-Rolande gaan. Een uur rijden vanaf Parijs. Ik was vanochtend met Guillaume naar Drancy geweest. Het lag heel dicht bij Parijs, ingeklemd tussen de grauwe, armoedige wijken Bobigny en Pantin. Meer dan zestig treinen waren er tijdens de oorlog vanuit Drancy, dat in het hart van het Franse spoorwegnet lag, naar Polen vertrokken. Tot we langs een groot, modern monument liepen had ik niet beseft dat het kamp inmiddels bewoond werd. Vrouwen wandelden langs met kinderwagens en honden, kinderen holden en schreeuwden, gordijnen waaiden in de wind op, planten stonden in de vensterbanken. Ik was stomverbaasd. Hoe kon iemand tussen deze muren wonen? Ik vroeg Guillaume of hij dit had geweten. Hij knikte. Ik kon aan zijn gezicht zien dat hij aangedaan was. Zijn hele familie was hier op transport gezet. Het viel voor hem niet mee om hiernaartoe te komen. Maar hij had met me mee gewild, hij had erop gestaan.

De curator van het Drancy Memorial-museum was een vermoeid uitziende man van middelbare leeftijd die Menetzki heette. Hij stond buiten op ons te wachten voor het piepkleine museum dat alleen op afspraak bezocht kon worden. We slenterden rond in de kleine, sobere kamer en tuurden naar foto's, artikelen, kaarten. Er lagen een paar gele sterren achter een glazen paneel. Het was de eerste keer dat ik er een zag. Het raakte me en ik werd er akelig van.

Het kamp was de afgelopen zestig jaar nauwelijks veranderd. In het enorme U-vormige betonnen bouwwerk, dat eind jaren dertig gebouwd was als een vernieuwend woonproject en in 1941 door de Vichy-regering was gevorderd voor de deportatie van Jo-

den, woonden nu vierhonderd gezinnen in piepkleine appartementen, al vanaf 1947. Drancy kende de laagste huren van de omgeving.

Ik vroeg de droef kijkende meneer Menetzki of de bewoners
van de Cité de la Muette – de naam van het woonproject, wat
vreemd genoeg 'Stad der stommen' betekent – er enig idee van
hadden in wat voor gebouw ze woonden. Hij schudde zijn hoofd.
De meeste bewoners waren jong. Ze wisten het niet en het kon
hun volgens hem niets schelen. Toen vroeg ik of er veel bezoekers
naar dit monument kwamen. Scholen bezochten het af en toe
met leerlingen, antwoordde hij, en soms kwamen er toeristen. We
bladerden het gastenboek door. '*Voor Paulette, mijn moeder. Ik hou van
je en ik zal je nooit vergeten. Elk jaar zal ik hier komen om jou te gedenken. Vanaf
deze plek ben je in 1944 naar Auschwitz vertrokken en nooit teruggekeerd. Je
dochter Danielle.*' Ik voelde tranen achter mijn ogen.

Daarna bekeken we de veewagon die midden op het grasveld
stond, vlak voor het museum. Hij zat op slot, maar de curator had
de sleutel. Guillaume hielp me erin en we stonden allebei stil in
de kleine, kale ruimte. Ik probeerde me voor te stellen dat de wagon volgestouwd was met mensen, tegen elkaar aan gepropt, kleine kinderen, grootouders, ouders van middelbare leeftijd, adoles-
centen, hun dood tegemoet. Guillaume was bleek geworden. Hij
vertelde me later dat hij nooit eerder in de wagon was geweest. Hij
had het nooit gedurfd. Ik vroeg hem of het wel ging. Hij knikte,
maar ik zag wat het met hem deed.

Toen we van het gebouw wegliepen, waarbij ik een stapel bro-
chures en boeken onder mijn arm hield die ik van de curator had
meegekregen, kon ik alleen maar denken aan wat ik over Drancy
wist. De onmenselijke toestanden tijdens die angstige jaren. On-
eindig veel treinen met Joden die rechtstreeks naar Polen gingen.

Ik kon alleen maar denken aan de hartverscheurende beschrij-
vingen van de vierduizend Vel d'Hiv'-kinderen die hier aan het
einde van de zomer van '42 aankwamen, zonder ouders, stinkend,

ziek en uitgehongerd. Was Sarah daarbij geweest? Was ze toch vanuit Drancy naar Auschwitz gegaan, doodsbang en eenzaam in een veewagon vol vreemden? Bamber stond voor ons kantoor op me te wachten. Nadat hij zijn fotospullen achterin had gelegd, dook hij met zijn slungelachtige lijf naast me. Toen keek hij me aan. Ik kon zien dat hij zich zorgen maakte. Hij legde zachtjes een hand op mijn onderarm.

'Eh, Julia, gaat het wel?'

De zonnebril hielp niet, vermoedde ik. De rampzalige nacht was van mijn gezicht af te lezen. Het gesprek met Bertrand tot in de kleine uurtjes. Hoe meer hij had gezegd, hoe onbuigzamer hij was geworden. Nee, hij wilde dit kind niet. Het was voor hem op dit moment nog niet eens een kind. Het was zelfs geen menselijk wezen. Het was een zaadje. Het was niets. Hij wilde het niet. Hij kon er niets mee. Het was hem te veel. Tot mijn stomme verbazing brak zijn stem. Hij zag er verschrikkelijk slecht uit, oud. Waar was mijn onbekommerde, zelfverzekerde, vrijmoedige echtgenoot gebleven? Ik had hem verbijsterd aangekeken. En als ik besloot het tegen zijn wil te houden, had hij met schorre stem gezegd, zou dat het einde betekenen. Het einde waarvan? Geschokt had ik hem aangestaard. Het einde van ons, had hij gezegd met die verschrikkelijke gebroken stem die ik niet herkende. Het einde van ons huwelijk. Daarna waren we stilzwijgend tegenover elkaar aan de keukentafel blijven zitten. Ik had hem gevraagd waarom de baby hem zo verschrikkelijk tegenstond. Hij had zijn blik afgewend, een zucht geslaakt en in zijn ogen gewreven. Hij werd ouder, had hij gezegd. Hij liep tegen de vijftig. Dat was op zich al verschrikkelijk. Oud worden. De druk die hij in zijn werk voelde om de jongere garde bij te houden. En zijn aftakeling te moeten zien. Het gezicht in de spiegel waar hij maar niet aan kon wennen. Ik had nooit eerder een dergelijk gesprek met Bertrand gevoerd. Ik had nooit kunnen vermoeden dat ouder worden zo'n probleem voor hem was. 'Ik wil geen zeventig zijn als dit kind twintig is,' sputterde hij steeds. 'Ik kan het niet. Ik wil het niet. Julia, laat dat goed tot je doordringen. Als jij dit kind krijgt, wordt dat mijn dood. Hoor je dat? Dat wordt mijn dood.'

Ik haalde diep adem. Wat moest ik tegen Bamber zeggen? Waar moest ik in 's hemelsnaam beginnen? Wat zou hij ervan begrijpen, hij was nog zo jong, zo anders. Toch waardeerde ik zijn medeleven, zijn bezorgdheid. Ik rechtte mijn rug.

'Nou, ik zal het niet voor je verzwijgen, Bamber,' zei ik zonder hem aan te kijken, en ik greep stevig het stuur vast. 'Ik heb een verschrikkelijke nacht achter de rug.'

'Je man?' vroeg hij aarzelend.

'Inderdaad, mijn man,' zei ik schimpend.

Hij knikte. Toen draaide hij zich naar me toe.

'Als je erover wilt praten, Julia, ik ben er voor je,' zei hij, op dezelfde ernstige, krachtige toon waarop Churchill zei: 'We zullen ons nóóit overgeven.'

Ik kon een glimlach niet onderdrukken. 'Dank je, Bamber. Je bent een kanjer.'

Hij grinnikte. 'Eh, hoe was het in Drancy?'

Ik kreunde. 'O god, verschrikkelijk. Een deprimerender plek kun je je niet voorstellen. Er wonen mensen in dat gebouw, niet te geloven, hè? Ik ging erheen met een vriend wiens familieleden van daaraf zijn gedeporteerd. Je zult geen plezier beleven aan het fotograferen van Drancy, geloof mij maar. Het is tien keer erger dan de rue Nélaton.'

Ik reed Parijs uit, de A6 op. Gelukkig was er op dit moment van de dag niet veel verkeer op de snelweg. We reden in stilte. Ik besefte dat ik snel met iemand moest praten over wat er aan de hand was. Over de baby. Ik kon het niet voor mezelf houden. Charla. Te vroeg om haar te bellen. Het was in New York nog geen zes uur, hoewel zij als geharde, succesvolle advocaat nu wel ongeveer aan haar werkdag begon. Ze had twee kleine kinderen die sprekend op haar ex-man Ben leken. En nu was er een nieuwe echtgenoot,

Barry, een charmante man die iets met computers deed, maar die ik nog niet zo goed kende.

Ik verlangde ernaar Charla's stem te horen, de zachte, warme manier waarop ze 'Hoi!' zei als ze mij aan de lijn kreeg. Charla had nooit goed met Bertrand kunnen opschieten. Ze tolereerden elkaar min of meer. Zo was het vanaf het begin al geweest. Ik wist wat hij van haar vond. *Mooie, briljante, arrogante Amerikaanse feministe.* En zij van hem: *chauvinistische, innemende, ijdele fransoos.* Ik miste Charla. Haar opgewektheid, haar lach, haar eerlijkheid. Toen ik Boston had verruild voor Parijs, al die jaren geleden, was ze nog een tiener. In het begin had ik haar niet zo gemist. Ze was gewoon mijn jongere zusje. Maar nu wel. Ik miste haar ontzettend.

'Eh,' klonk Bamber zacht, 'was dat niet onze afslag?'

Inderdaad.

'Shit!' zei ik.

'Geeft niets,' zei Bamber, en hij keek op de kaart. 'De volgende is ook goed.'

'Sorry,' mompelde ik. 'Ik ben een beetje moe.'

Hij glimlachte begripvol. En zweeg. Dat mocht ik wel van Bamber.

Beaune-la-Rolande kwam in zicht, een saai stadje ergens tussen de tarwevelden. We parkeerden in het centrum bij de kerk en het stadhuis. We liepen wat rond, Bamber nam af en toe een foto. Er waren weinig mensen, zag ik. Het was een triest, leeg plaatsje.

Ik had gelezen dat het kamp in het noordoostelijke deel lag, en dat er in de jaren zestig een technische school op het terrein was gebouwd. Het kamp lag een paar kilometer van het station, precies aan de andere kant, wat betekende dat de gedeporteerden dwars door het stadje hadden moeten lopen. Er moesten nog mensen zijn die zich dat herinnerden, zei ik tegen Bamber. Mensen die vanachter hun raam, vanuit hun deuropening de eindeloze rijen voorbij hadden zien sjokken.

Het treinstation was niet meer in gebruik. Het was gereno-

veerd en verbouwd tot een kinderdagverblijf. Dat had iets ironisch, vond ik toen ik door de ramen naar de kleurige tekeningen
en knuffelbeesten keek. Een groep kleine kinderen speelde in een
afgesloten binnenplaats rechts van het gebouw.

Een vrouw van eind twintig kwam met een kleuter in haar armen naar buiten om te vragen of ze iets voor me kon doen. Ik antwoordde dat ik een journalist was die informatie wilde over het
oude interneringskamp dat hier in de jaren veertig gevestigd was.
Ze had nog nooit gehoord dat er een kamp in deze streek was geweest. Ik wees op het bord dat vlak boven de deur van het kinderdagverblijf was bevestigd.

TER NAGEDACHTENIS AAN DE DUIZENDEN JOODSE KINDEREN, VROUWEN
EN MANNEN DIE TUSSEN MEI 1941 EN AUGUSTUS 1943 VIA DIT STATION
EN HET INTERNERINGSKAMP IN BEAUNE-LA-ROLANDE ZIJN GEDEPOR-
TEERD NAAR AUSCHWITZ, HET CONCENTRATIEKAMP WAAR ZE ZIJN OM-
GEBRACHT. LATEN WE DIT NOOIT VERGETEN.

Ze haalde haar schouders op en glimlachte verontschuldigend. Ze
wist het niet. Ze was sowieso te jong. Dit was lang voor haar tijd
gebeurd. Ik vroeg of er weleens mensen naar het station kwamen
om het bordje te bekijken. Ze antwoordde dat het haar niet was
opgevallen sinds ze hier vorig jaar in dienst was gekomen.

Bamber maakte volop opnamen terwijl ik om het lage witte gebouw heen liep. De naam van het stadje stond in zwarte letters
aan weerszijden van het station. Ik gluurde over het hek.

De oude rails waren overwoekerd met onkruid en gras, maar ze
lagen er nog wel, met hun oude houten bielzen en roestige staal.
Op deze vervallen spoorweg waren vele treinen rechtstreeks naar
Auschwitz vertrokken. Ik voelde mijn hart ineens krimpen toen
ik naar die bielzen keek. Plotseling had ik moeite met ademhalen.

Konvooi nummer 15 had de ouders van Sarah Starzinski op 5
augustus 1942 regelrecht naar hun dood gevoerd.

Sarah sliep die nacht slecht. Ze hoorde Rachel aldoor schreeuwen, steeds weer. Waar was Rachel nu? Was ze veilig? Zorgde er iemand voor haar, was er iemand die probeerde haar beter te maken? Waar waren al die Joodse gezinnen naartoe gebracht? En haar moeder en vader? En de kinderen in het kamp in Beaune?

Sarah lag op haar rug in bed te luisteren naar de stilte in het oude huis. Zoveel vragen. En geen antwoorden. Haar vader had vroeger altijd antwoord op al haar vragen gegeven. Waarom was de hemel blauw? Waar waren wolken van gemaakt? Hoe kwamen baby's op de wereld? Waarom kende de zee getijden, hoe groeiden bloemen en waarom werden mensen verliefd? Hij had altijd de tijd genomen om haar geduldig en rustig antwoord te geven, met heldere, eenvoudige bewoordingen en gebaren. Hij had haar nooit gezegd dat hij het te druk had. Hij vond het fijn dat ze zoveel vragen stelde. Hij zei altijd dat ze zo'n pienter meisje was.

Maar de laatste tijd had haar vader haar vragen niet meer beantwoord zoals vroeger, herinnerde ze zich. Haar vragen over de gele ster, waarom ze niet naar de bioscoop, naar het openbare zwembad mocht. Over de avondklok. Over die man in Duitsland, die Joden haatte en wiens naam haar rillingen bezorgde. Nee, hij had haar vragen niet goed beantwoord. Hij was vaag gebleven, stil. En toen ze hem nog eens had gevraagd, voor de tweede of de derde keer, vlak voordat de mannen hen die zwarte donderdag kwamen halen, waarom Joden nu eigenlijk zo gehaat werden – het kon toch niet waar zijn dat ze bang waren voor Joden omdat

Joden 'anders' waren – had hij de andere kant uit gekeken alsof hij haar niet had gehoord. Maar ze wist dat hij haar wel had gehoord.

Ze wilde niet aan haar vader denken. Het deed te veel pijn. Ze kon zich zelfs niet meer herinneren wanneer ze hem voor het laatst had gezien. In het kamp... Maar wanneer precies? Ze wist het niet. Haar moeder had ze voor het laatst gezien toen die zich omdraaide toen ze met die andere snikkende vrouwen over die lange, stoffige weg naar het station liep. Dat beeld stond haar duidelijk voor de geest, als een foto. Haar moeders bleke gezicht, het opvallende blauw van haar ogen. De zweem van een glimlach.

Maar met haar vader was er geen laatste keer geweest. Geen laatste beeld waar ze zich aan kon vastklampen, dat ze terug kon halen. Dus probeerde ze zich te herinneren hoe hij eruitzag, zijn magere, donkere gezicht, zijn opgejaagde blik. De witte tanden in het donkere gezicht. Ze had altijd gehoord dat ze op haar moeder leek, net als Michel. Zij hadden haar blonde, Slavische trekken, de hoge, brede jukbeenderen, de amandelvormige ogen. Haar vader klaagde altijd dat geen van zijn kinderen op hem leek. Ze drong de gedachte aan haar vaders glimlach weg. Het was te pijnlijk. Te heftig.

Morgen moest ze naar Parijs. Ze moest naar huis. Ze moest erachter komen wat er met Michel was gebeurd. Misschien was hij ook in veiligheid, net als zij nu. Misschien hadden goede, edelmoedige mensen de deur van zijn schuilplaats open gekregen en hem kunnen bevrijden. Maar wie, vroeg ze zich af? Wie had hem kunnen helpen? Madame Royer, de conciërge, had ze nooit vertrouwd. Die achterbakse blik, die halfslachtige glimlach. Nee, zij niet. Misschien die aardige vioolleraar, die op die zwarte donderdagochtend had geroepen: 'Waar brengen jullie hen naartoe, het zijn eerlijke, brave mensen, dit kunnen jullie niet doen!' Ja, misschien had hij Michel kunnen redden, misschien was Michel veilig bij de man thuis en speelde de man Poolse wijsjes voor hem op zijn viool. Michels lach, zijn rozige wangetjes, Michel die in zijn handjes klapte en in het rond danste. Misschien wachtte Michel op haar, misschien zei hij elke ochtend tegen de vioolleraar: komt Sirka vandaag, wanneer komt Sirka? Ze heeft beloofd dat ze me zou komen halen, ze heeft het beloofd!

Toen ze bij het ochtendgloren wakker werd van hanengekraai, merkte ze dat haar kussen nat was, doorweekt van haar tranen. Ze trok snel de kleren aan die

Geneviève voor haar had klaargelegd. Schone, degelijke, ouderwetse jongenskleren. Ze vroeg zich af van wie ze waren. Van Nicolas Dufaure, die zo nauwgezet zijn naam in al die boeken had geschreven? Ze stopte de sleutel en het geld in haar zak.

Beneden was er niemand in de grote, koele keuken. Het was nog vroeg. De kat bleef, opgekruld op een stoel, slapen. Het meisje at een stukje zacht brood en dronk wat melk. Ze tastte steeds in haar zak naar het bundeltje geld en de sleutel om zich ervan te vergewissen dat ze nog veilig op hun plek zaten.

Het was een warme, grijze ochtend. Vanavond zou noodweer volgen, wist ze. Zo'n harde, angstaanjagende storm waar Michel altijd zo bang van was. Ze vroeg zich af hoe ze bij het station moest komen. Was Orléans ver? Ze had geen idee. Hoe moest ze dit aanpakken? Hoe moest ze de weg vinden? Ik ben nu al zo ver gekomen, zei ze steeds, ik ben al zo ver gekomen, nu kan ik het niet opgeven, ik vind wel een manier, ik vind wel een manier. En ze kon niet weggaan zonder afscheid te nemen van Jules en Geneviève. Dus wachtte ze terwijl ze vanuit de keukendeur kruimels naar de kippen en de kuikens gooide.

Geneviève kwam een halfuur later beneden. Haar gezicht vertoonde nog de sporen van de gebeurtenissen van de vorige avond. Een paar minuten later verscheen Jules, die vol genegenheid een kus op Sarahs stekeltjeshaar drukte. Het meisje keek hoe ze het ontbijt klaarmaakten, met langzame, zorgvuldige bewegingen. Ze was erg op hen gesteld geraakt, bedacht ze. Meer dan dat. Hoe moest ze hun vertellen dat ze vandaag wegging? Ze zouden diepbedroefd zijn, daar was ze van overtuigd. Maar ze had geen keus. Ze moest terug naar Parijs.

Ze vertelde het toen ze klaar waren met eten en bezig waren de boel af te ruimen.

'O, maar dat kun je niet doen,' bracht de oude dame hijgend uit, en ze liet bijna de kop vallen die ze stond af te drogen. 'De wegen worden gecontroleerd, de treinen worden in de gaten gehouden. Je hebt niet eens een legitimatie. Je zult worden aangehouden, en teruggestuurd naar het kamp.'

'Ik heb geld,' zei Sarah.

'Maar dat zal de Duitsers er niet van weerhouden om –'

Jules legde zijn vrouw met een opgestoken hand het zwijgen op. Hij probeerde Sarah ertoe over te halen wat langer te blijven. Hij sprak haar rustig en vastberaden toe, zoals haar vader altijd deed, dacht ze. Ze luisterde en knikte afwezig. Maar ze moest het hen laten inzien. Hoe kon ze hun duidelijk maken dat ze naar huis moest? Hoe kon ze net zo rustig en vastberaden blijven als Jules?

Inderhaast struikelde ze over haar woorden. Ze had genoeg van haar pogingen om volwassen te doen. Ze stampte geërgerd met haar voet. 'Als u probeert me tegen te houden...' zei ze dreigend, 'als u me tegenhoudt, loop ik weg.'

Ze stond op en liep naar de deur. Ze hadden zich niet verroerd, ontsteld keken ze haar aan.

'Wacht!' zei Jules ten slotte. 'Wacht heel even.'

'Nee, ik wacht niet. Ik ga naar het station,' zei Sarah met haar hand op de deurknop.

'Je weet niet eens waar het station is,' zei Jules.

'Daar kom ik wel achter. Ik vind het wel.'

Ze deed de deur open.

'Tot ziens,' zei ze tegen het oude echtpaar. 'Tot ziens en dank u wel.'

Ze draaide zich om en liep naar het hek. Het was eenvoudig geweest. Het was gemakkelijk geweest. Maar toen ze door het hek liep en intussen de hond aaide, besefte ze plotseling wat ze had gedaan. Ze was nu alleen. Helemaal op zichzelf aangewezen. Ze herinnerde zich Rachels schrille kreten. De harde, vastberaden voetstappen. De ijzingwekkende lach van de luitenant. De moed zonk haar in de schoenen. Tegen haar wil draaide ze zich om naar het huis.

Jules en Geneviève stonden haar nog steeds door het raam na te kijken, alsof ze versteend waren. Toen ze in beweging kwamen, deden ze dat op precies hetzelfde moment. Jules greep zijn pet en Geneviève haar tas. Ze haastten zich naar buiten, deden de voordeur op slot. Toen ze haar inhaalden, legde Jules een hand op haar schouder.

'Hou me alstublieft niet tegen,' mompelde Sarah blozend. Ze was zowel blij als boos dat ze haar achternagekomen waren.

'Jou tegenhouden?' zei Jules glimlachend. 'We houden je niet tegen, dwaas, koppig meisje. We gaan met je mee.'

Onder een fel brandende zon liepen we naar de begraafplaats. Ik werd ineens misselijk. Ik moest blijven staan om diep adem te halen. Bamber was bezorgd. Ik zei dat dat nergens voor nodig was, ik had gewoon te weinig geslapen. Weer keek hij weifelend, maar hij zei niets.

Het kerkhof was klein, maar het duurde lang voordat we iets vonden. We hadden het bijna opgegeven toen Bamber kiezelstenen op een van de graven zag liggen. Een Joodse traditie. We liepen ernaartoe. Op de platte witte steen stond:

DE GEDEPORTEERDE JOODSE VETERANEN HEBBEN DIT MONUMENT TIEN JAAR NA HUN INTERNERING OPGERICHT OM DE HERINNERING LEVEND TE HOUDEN AAN HUN MARTELAARS, SLACHTOFFERS VAN HITLERS WREDE BEWIND. MEI 1941-MEI 1951.

'Hitlers wrede bewind!' merkte Bamber droog op. 'Dat klinkt alsof de Fransen niets met dit alles te maken hebben gehad.'

Er stonden verschillende namen en data aan de zijkant van de grafsteen. Ik boog me naar voren om ze beter te kunnen lezen. Kinderen. Amper twee of drie jaar oud. Kinderen die in het kamp waren omgekomen in juli en augustus 1942. Kinderen van het Vel d'Hiv'.

Ik was me er altijd terdege van bewust geweest dat alles wat ik over de razzia had gelezen echt gebeurd was. En toch raakte het me op die warme voorjaarsdag toen ik naar het graf stond te kijken. De realiteit van dit alles raakte me.

En ik wist dat ik geen rust, geen vrede meer zou hebben zolang ik niet wist wat er precies met Sarah Starzinski was gebeurd. En wat de Tézacs voor me verzwegen.

Op de terugweg naar het centrum zagen we een oude man met een tas groente schuifelen. Hij moest al in de tachtig zijn, met een rond, rood gezicht en wit haar. Ik vroeg hem of hij wist waar het Joodse kamp vroeger was geweest. Hij keek me wantrouwig aan.

'Het kamp?' vroeg hij. 'Wilt u weten waar het kamp was?'

We knikten.

'Niemand vraagt naar het kamp,' mompelde hij. Hij plukte aan de prei in zijn mand en ontweek onze blik.

'Weet u waar het was?' drong ik aan.

Hij kuchte. 'Natuurlijk weet ik dat. Ik woon hier al mijn hele leven. Toen ik jong was, wist ik niet wat voor kamp het was. Niemand sprak erover. We deden alsof het er niet was. We wisten dat het iets te maken had met Joden, maar we vroegen niets. We waren te bang. Dus bemoeiden we ons alleen met onze eigen zaken.'

'Is u nog iets bijgebleven van het kamp?' vroeg ik.

'Ik was ongeveer vijftien,' zei hij. 'Ik herinner me de zomer van '42, massa's Joden die van het station door deze straat liepen. Op deze plek.' Zijn gekromde vinger wees naar de lange straat waar we nu in stonden. 'Avenue de la Gare. Horden Joden. En op een dag klonk er een geluid. Een afschuwelijk geluid. Toch woonden mijn ouders op enige afstand van het kamp. Maar evengoed hoorden we het. Een gejammer dat door de hele stad heen ging. Het ging de hele dag door. Ik hoorde mijn ouders erover praten met de buren. Ze zeiden dat de moeders werden gescheiden van de kinderen, daar in het kamp. Waarom? Dat wisten we niet. Ik zag een groep Joodse vrouwen naar het station lopen. Nee, ze liepen niet. Ze strompelden over de weg, huilend, voortgejaagd door de agenten.'

Hij tuurde weer over de straat, terug in de tijd. Toen pakte hij met een grom zijn mand op. 'Op een dag,' zei hij, 'was het kamp leeg. Ik dacht: de Joden zijn weg. Ik wist niet waarheen. Ik hield me er niet meer mee bezig. Niemand van ons. We praten er niet over. We willen er niet meer aan denken. Sommigen hier weten er niet eens iets van.'

Hij draaide zich om en liep weg. Ik schreef alles op en voelde mijn maag weer in opstand komen. Maar deze keer wist ik niet zeker of het door de zwangerschap kwam of door wat ik in de ogen van de oude man had gezien: zijn onverschilligheid, zijn verachting.

We reden vanaf de Place du Marché naar de rue Roland en parkeerden daar voor de school. Bamber wees erop dat de straat 'rue des Déportés' heette, 'straat van de gedeporteerden'. Dat deed me goed. Ik geloof dat ik het niet had kunnen verdragen als hij 'avenue de la République' had geheten.

De technische school was een somber, modern gebouw, waar een oude watertoren bovenuit stak. Het was moeilijk je het kamp hier voor te stellen, met de dikke laag beton en de parkeerplaatsen. Studenten stonden bij de ingang te roken. Ze hadden lunchpauze. Op een onverzorgd stuk gras voor de school zagen we vreemde, gewelfde sculpturen waar figuren in uitgesneden waren. Op een ervan stond: ZIJ BEHOREN ZICH JEGENS ELKANDER IN EEN GEEST VAN BROEDERSCHAP TE GEDRAGEN. Dat was alles. Bamber en ik keken elkaar verward aan.

Ik vroeg een van de studenten of de sculpturen iets met het kamp te maken hadden. Hij vroeg: 'Het kamp?' Een medestudent begon te giechelen. Ik legde uit om wat voor kamp het ging. Daardoor leek hij wat serieuzer te worden. Het meisje zei dat er wel een soort plaque was, iets verderop langs de weg naar het dorp. We hadden hem niet opgemerkt toen we erlangs reden. Ik vroeg het meisje of het een herdenkingsmonument was. Ze dacht van wel.

Het monument was van zwart marmer, met vervaagde goud-kleurige letters. Het was in 1965 opgericht door de burgemeester van Beaune-la-Rolande. Een gouden davidster stond bovenin geëtst. En er stonden namen. Eindeloos veel namen. Twee namen sprongen eruit die me pijnlijk vertrouwd waren geworden: STAR-ZINSKI, VLADISLAV. STARZINSKI, RIVKA.

Onder aan de marmeren paal zag ik een kleine, vierkante urn staan. HIERIN BEVINDT ZICH DE AS VAN ONZE MARTELAARS VAN AUSCHWITZ-BIRKENAU. Iets daarboven, onder de lijst na-men, stond nog een zin: VOOR DE 3500 JOODSE KINDEREN DIE AAN HUN OUDERS ZIJN ONTRUKT, GEÏNTERNEERD IN BEAU-NE-LA-ROLANDE EN PITHIVIERS, GEDEPORTEERD EN OMGE-BRACHT IN AUSCHWITZ. Daarna las Bamber hardop, met zijn verfijnde Britse accent: 'Slachtoffers van de nazi's, begraven in Beaune-La-Rolande.' Daaronder stonden dezelfde namen als op de steen op de begraafplaats. Van de kinderen van het Vel d'Hiv' die in het kamp omgekomen waren.

'Alweer "slachtoffers van de nazi's",' zei Bamber. 'Volgens mij is hier duidelijk sprake van geheugenverlies.'

Hij en ik bleven zwijgend staan kijken. Bamber had een paar foto's genomen, maar nu zat zijn camera weer in zijn tas. Op het zwarte marmer stond niets over het feit dat alleen de Franse poli-tie verantwoordelijk was geweest voor dit kamp en voor wat er achter het prikkeldraad was gebeurd.

Ik keek om naar het dorp, de onheilspellende donkere toren-spits van de kerk aan mijn linkerhand.

Sarah Starzinski was over die weg gestrompeld. Ze had langs de plek gelopen waar ik nu stond, en ze was linksaf geslagen, het kamp in. Enkele dagen later waren haar ouders er weer uitgeko-men om naar het station gebracht te worden, hun dood tege-moet. De kinderen waren wekenlang alleen gelaten en daarna naar Drancy gestuurd. En vervolgens naar hun eenzame einde, na de lange reis naar Polen.

Wat was er met Sarah gebeurd? Was ze hier omgekomen? Haar naam stond niet op de grafsteen, niet op het monument. Was ze ontsnapt? Ik keek langs de watertoren aan de rand van het dorp in noordelijke richting. Leefde ze nog?

Mijn mobieltje ging, waardoor we allebei opschrokken. Het was mijn zus Charla.

'Alles goed met je?' vroeg ze, en haar stem klonk opvallend helder. Het was alsof ze naast me stond en niet duizenden kilometers ver aan de andere kant van de Atlantische Oceaan. 'Je hebt vanochtend een droevig berichtje achtergelaten.'

Mijn gedachten voerden me van Sarah Starzinski naar het kind dat ik in me droeg. Naar wat Bertrand gisteravond had gezegd: 'Het einde voor ons.'

Opnieuw voelde ik hoe zwaar de wereld om me heen woog.

Het station van Orléans was druk en lawaaierig, een mierenhoop waar het krioelde van de grijze uniformen. Sarah drukte zich tegen het oude echtpaar aan. Ze wilde niet laten zien hoe bang ze was. Dat ze het helemaal tot hier had gered betekende dat er nog hoop was. Hoop om weer in Parijs te komen. Ze moest dapper zijn, ze moest sterk zijn.

'Als iemand iets vraagt,' fluisterde Jules toen ze in de rij stonden om kaartjes voor Parijs te kopen, 'ben jij onze kleindochter Stéphanie Dufaure. Je haar is eraf omdat je luizen hebt opgedaan op school.'

Geneviève trok Sarahs kraagje recht. 'Zo,' zei ze met een glimlach. 'Nu zie je er aardig en fris uit. En knap. Net als onze kleindochter!'

'Hebt u echt een kleindochter?' vroeg Sarah. 'Zijn deze kleren van haar?'

Geneviève moest lachen. 'We hebben alleen maar een paar wilde kleinzoons, Gaspard en Nicolas. En een zoon, Alain. Hij is in de veertig. Hij woont in Orléans met Henriette, zijn vrouw. Dat zijn Nicolas' kleren, hij is iets ouder dan jij. Hij kan heel lastig zijn!'

Sarah bewonderde de manier waarop het oude echtpaar deed alsof ze op hun gemak waren, naar haar glimlachten, deden alsof dit een volstrekt normale ochtend was, een volstrekt normaal tochtje naar Parijs. Maar ze zag de manier waarop hun ogen voortdurend heen en weer schoten, steeds op hun hoede, steeds alert. Haar nervositeit nam toe toen ze zag dat soldaten alle passagiers die in de trein stapten controleerden. Ze rekte haar nek uit om hen te kunnen zien. Duitsers? Nee, Fransen. Franse soldaten. Ze had geen legitimatie. Niets. Niets behal-

ve de sleutel en het geld. Zonder een woord te zeggen gaf ze de bundel bankbiljetten onopvallend aan Jules. Verbaasd keek hij haar aan. Ze wees met haar kin in de richting van de soldaten die de ingang van de trein versperden.

'Wat wil je dat ik hiermee doe, Sarah?' fluisterde hij, zich niet goed raad wetend.

'Ze zullen u naar mijn legitimatie vragen. Die heb ik niet. Misschien helpt dit.'

Jules keek naar de rij mannen die voor de trein stonden. Hij werd zenuwachtig. Geneviève gaf hem een lichte por met haar elleboog. 'Jules!' siste ze. 'Misschien werkt het. We moeten het proberen. We hebben geen andere keus.'

De oude man rechtte zijn rug. Hij knikte naar zijn vrouw. Hij leek zijn zelfbeheersing weer te hebben gevonden. Ze kochten kaartjes, daarna liepen ze naar de trein.

Het perron was stampvol. Passagiers omstuwden hen aan alle kanten, vrouwen met krijsende baby's, oude mannen met strakke gezichten, ongeduldige zakenlieden in pak. Sarah wist wat ze moest doen. Ze dacht terug aan de jongen die uit het stadion was ontsnapt, die gebruik had gemaakt van de chaotische toestand. Dat moest zij nu ook doen. Haar voordeel doen met het geduw en gekibbel, van de soldaten die bevelen schreeuwden, van de jachtige menigte.

Ze liet Jules' hand los en dook weg. Het was alsof ze onder water was, dacht ze. Een opeengepakte massa rokken en broeken, schoenen en enkels. Ze baande zich er met haar vuisten een weg doorheen, en toen was daar de trein, recht voor haar neus.

Toen ze erin klom, greep iemand haar schouder. Ze trok onmiddellijk haar gezicht in de plooi en liet een lachje om haar mond verschijnen. De glimlach van een gewoon meisje. Een gewoon meisje dat de trein naar Parijs nam. Een gewoon meisje, zoals dat in het lila jurkje, dat ze op het perron had zien staan toen ze naar het kamp waren gebracht op de dag die nu zo lang geleden leek.

'Ik ben met mijn oma hier,' zei ze, en ze lachte onschuldig terwijl ze naar het rijtuig wees. Met een knikje liet de soldaat haar los. Buiten adem wurmde ze zich door de trein en tuurde uit het raam. Haar hart bonsde. Daar doemden Jules en Geneviève uit de menigte op, die verbaasd naar haar opkeken. Ze zwaaide triomfantelijk naar hen. Ze was trots op zichzelf. Ze was helemaal alleen de trein in gekomen en de soldaten hadden haar niet eens tegengehouden.

Haar glimlach verdween toen ze een aantal Duitse officieren in zag stappen. Hun stemmen klonken hard en ruw terwijl ze zich een weg baanden door de volle gang. Mensen wendden hun gezicht af, keken naar beneden, maakten zich zo klein mogelijk.

Sarah stond in de hoek van het rijtuig, half verborgen achter Jules en Geneviève. Het enige wat er van haar te zien was, was haar gezicht tussen de schouders van het oude echtpaar. Ze zag de Duitsers dichterbij komen, en gefascineerd staarde ze naar hen. Ze kon haar ogen niet van hen afhouden. Jules fluisterde dat ze weg moest kijken. Maar ze kon het niet.

Er was één man die haar vooral afstootte: lang, mager, met een wit, hoekig gezicht. Zijn ogen waren zo lichtblauw dat ze onder zijn dikke roze oogleden doorzichtig leken. Toen de groep officieren hen passeerde, stak de lange, magere man een eindeloos lange, in grijze stof gehulde arm uit en greep Sarah bij haar oor. Ze huiverde van schrik.

'Zo, jongen,' grinnikte de officier, 'je hoeft niet bang voor me te zijn. Op een dag word jij toch ook soldaat?'

Jules en Geneviève hadden een glimlach op hun gezicht geplakt die er niet vanaf week. Ze bleven Sarah losjes vasthouden, maar ze voelde hun handen trillen.

'Aardige kleinzoon hebt u daar,' zei de officier grinnikend, terwijl hij zijn enorme hand over Sarahs korte stekeltjes liet gaan. 'Blauwe ogen, blond haar, net als de kinderen thuis!'

Zijn lichte ogen onder de zware oogleden namen haar nog één keer waarderend op, toen draaide hij zich om en volgde de andere mannen. Hij dacht dat ik een jongen was, dacht Sarah. En hij zag me niet aan voor een Jood. Was Jood-zijn iets dat je meteen aan iemand kon zien? Ze wist het niet. Ze had het een keer aan Armelle gevraagd. Armelle had gezegd dat zij er niet Joods uitzag vanwege haar blonde haar, haar blauwe ogen. Dus mijn haar en mijn ogen hebben me vandaag gered, dacht ze.

Het grootste deel van de tocht koesterde ze zich in de warme hartelijkheid van het oude echtpaar. Niemand zei iets tegen hen, niemand vroeg hun iets. Ze staarde uit het raam en dacht aan Parijs dat elke minuut dichterbij kwam en haar dichter bij Michel bracht. Ze zag hoe de laaghangende grijze wolken zich samenpakten, de eerste dikke regendruppels tegen het glas spetterden en omlaag dropen, geplet door de wind.

De trein stopte op het station van Austerlitz. Het station waar ze met haar ouders was vertrokken op die hete, stoffige dag. Het meisje volgde het oude paar de trein uit en liep het perron van de metro op.

Jules hield zijn pas in. Ze keken op. Recht voor hen zagen ze rijen agenten in hun marineblauwe uniform die passagiers aanhielden en om hun legitimatie vroegen. Geneviève zei niets, maar duwde hen zachtjes verder. Ze liep met ferme stap, haar ronde kin geheven. Jules volgde en greep Sarahs hand.

Terwijl ze in de rij stonden, bekeek Sarah het gezicht van de agent. Een man van in de veertig, met een trouwring om, een brede gouden. Hij keek lusteloos. Maar ze zag wel dat zijn ogen heen en weer schoten van het papier in zijn hand naar de persoon die voor hem stond. Hij deed zijn werk grondig.

Sarah probeerde nergens aan te denken. Ze wilde niet denken aan wat er zou kunnen gebeuren. Ze was niet sterk genoeg om het voor zich te zien. Ze liet haar gedachten dwalen. Ze dacht aan de kat die ze vroeger hadden, een kat waardoor ze moest niezen. Hoe heette die kat ook alweer? Ze wist het niet meer. Een malle naam, zoiets als Bonbon of Réglisse. Ze hadden hem weggegeven omdat ze er een kriebelneus en rode, gezwollen ogen van kreeg. Ze was bedroefd geweest en Michel had de hele dag gehuild. Michel had gezegd dat het allemaal haar schuld was.

De man stak verveeld een hand uit. Jules gaf hem de legitimatiekaarten in een envelop. De man keek omlaag en bekeek de kaarten terwijl hij zijn blik eerst op Jules, toen op Geneviève vestigde. Toen zei hij: 'Het kind?'

Jules wees op de envelop. 'De kaart van het kind zit daarin, monsieur. Bij die van ons.'

De man maakte vaardig met zijn duim de envelop iets verder open. Een groot bankbiljet, in drieën gevouwen, verscheen onder in de envelop. De man gaf geen krimp.

Hij keek nog eens naar het geld, toen naar Sarah. Ze keek terug. Ze maakte zich niet klein, ze keek niet smekend. Ze keek hem gewoon aan.

Het moment leek eindeloos te duren, net als die keer toen de man haar ten slotte uit het kamp had laten vertrekken.

De man knikte heel even. Hij gaf de kaarten terug aan Jules en stak in een vloeiende beweging de envelop in zijn zak. Toen deed hij een stap opzij om hen door te laten.

'Dank u, monsieur,' zei hij. 'Volgende alstublieft.'

Charla's stem klonk nog in mijn oor.

'Julia, meen je dat echt? Dat kan hij niet gezegd hebben. Hij kan je niet in die situatie brengen. Daar heeft hij het recht niet toe.'

Het was de stem van de jurist die ik nu hoorde, de harde, doortastende jurist uit Manhattan die voor niets en niemand bang was.

'Hij heeft het gezegd,' antwoordde ik lusteloos. 'Hij zei dat dat het "einde voor ons" zou zijn. Hij zei dat hij bij me weggaat als ik de baby houd. Hij zei dat hij zich oud voelt, dat hij niet nog een kind aankan, dat hij gewoon geen oude vader wil zijn.'

Het was even stil.

'Heeft dit iets te maken met die vrouw met wie hij die verhouding heeft gehad?' vroeg Charla. 'Ik weet haar naam niet meer.'

'Nee. Bertrand heeft haar niet één keer genoemd.'

'Laat je niet door hem onder druk zetten, Julia. Dit is ook jouw kind. Vergeet dat nooit, lieverd.'

De hele dag al speelde dat zinnetje door mijn hoofd. 'Dit is ook jouw kind.' Ik had met mijn arts gesproken. Ze was niet verbaasd geweest over Bertrands beslissing. Ze had geopperd dat hij misschien last had van een midlifecrisis. Dat de verantwoordelijkheid voor nog een kind te zwaar voor hem was. Dat hij zwak was. Het overkwam zoveel mannen die de vijftig naderden.

Verkeerde Bertrand echt in een crisis? Als dat het geval was, had ik het niet zien aankomen. Hoe was dat mogelijk? Ik dacht gewoon dat hij egoïstisch was, dat hij alleen aan zichzelf dacht, zoals altijd. Dat had ik tegen hem gezegd tijdens ons gesprek. Ik had alles gezegd wat ik op mijn hart had. Hoe kon hij een abortus eisen na de talloze miskramen die ik had gehad, na de pijn, de vervlogen hoop, de radeloosheid? Hield hij wel van me, had ik wanhopig gevraagd. Hield hij echt van me? Hij had me hoofdschuddend aangekeken. Natuurlijk hield hij van me. Hoe kon ik zo stom zijn, had hij gezegd. Hij hield van me. En zijn gebroken stem kwam weer in mijn gedachten, de stroeve manier waarop hij had toegegeven dat hij bang was om oud te worden. Een midlifecrisis. Misschien had de dokter toch gelijk. En misschien had ik het niet beseft omdat ik de afgelopen maanden zoveel aan mijn hoofd had gehad. Ik voelde me volkomen verloren. Niet in staat om Bertrand en zijn angst aan te kunnen.

Mijn arts had me verteld dat ik niet veel tijd had om na te denken. Ik was al zes weken zwanger. Als ik een abortus wilde, zou ik die binnen twee weken moeten laten doen. Er moesten tests worden uitgevoerd, er moest een kliniek worden gevonden. Ze stelde voor dat Bertrand en ik een huwelijkstherapeut zouden raadplegen. We moesten erover praten, alles op tafel leggen. 'Als je tegen je wil een abortus laat doen,' had mijn arts te berde gebracht, 'zul je het hem nooit vergeven. En als je het niet doet, is de situatie voor hem onverdraagbaar, zoals hij je heeft gezegd. Dit moet allemaal opgelost worden, en snel.'

Ze had gelijk. Maar ik kon mezelf er niet toe brengen er vaart achter te zetten. Elke minuut die ik won, betekenden zestig seconden meer voor dit kind. Een kind van wie ik al hield. Het was nog niet eens groter dan een limaboon en ik hield er al evenveel van als van Zoë.

Ik ging naar Isabelle. Ze woonde in een kleine, kleurrijke duplexwoning aan de rue de Tolbiac. Ik kon gewoon niet direct van kantoor naar huis om daar te wachten tot mijn man thuiskwam. Ik kon de confrontatie niet aan. Ik belde Elsa, de oppas, en vroeg of zij het kon overnemen. Isabelle maakte wat toast met *crottin de chavignol* voor me en draaide snel een smakelijke salade in elkaar. Haar man was op zakenreis. 'Oké, *cocotte*,' zei ze, terwijl ze voor me zat en de rook van haar sigaret van me vandaan blies, 'probeer je je leven voor te stellen zonder Bertrand. Stel het je voor. De scheiding. De advocaten. De nasleep. De gevolgen voor Zoë. Hoe je leven eruit zal zien. Aparte huizen. Aparte levens. Zoë die van jou naar hem gaat. Van hem naar jou. Geen echt gezin meer. Geen ontbijt, kerst en vakanties samen. Kun je dat? Kun je je dat voorstellen?'

Ik staarde haar aan. Het leek onvoorstelbaar. Onmogelijk. En toch, het gebeurde zo vaak. Zoë was vrijwel de enige in haar klas met ouders die vijftien jaar getrouwd waren. Ik zei tegen Isabelle dat ik er niet meer over kon praten. Ze bood me wat chocolademousse aan en we keken naar *Les Demoiselles de Rochefort* op dvd. Toen ik thuiskwam, stond Bertrand onder de douche en was Zoë in dromenland. Ik kroop in bed. Mijn man ging tv kijken in de woonkamer. Tegen de tijd dat hij in bed stapte, lag ik diep te slapen.

Vandaag was het 'Mamé-dag'. Voor de eerste keer belde ik bijna af. Ik was uitgeput. Ik wilde in bed blijven en de hele ochtend slapen. Maar ik wist dat ze op me zou wachten. Ik wist dat ze haar mooiste grijsblauwe jurk zou hebben aangetrokken, haar robijnrode lipstick en haar Shalimarparfum zou dragen. Ik kon haar niet laten zitten. Toen ik even voor twaalven aankwam, zag ik de zilverkleurige Mercedes van mijn schoonvader op de binnenplaats van het verzorgingshuis staan. Het maakte me onrustig.

Hij was daar omdat hij mij wilde spreken. Hij kwam nooit op hetzelfde tijdstip bij zijn moeder op bezoek als ik. We hadden allemaal onze eigen speciale bezoektijden. Laure en Cécile in het weekeinde, Colette op maandagmiddag, Edouard op dinsdag en vrijdag, ik in het algemeen op woensdagmiddag met Zoë en op donderdagmiddag in mijn eentje. En we hielden ons allemaal aan die tijden.

En inderdaad, daar was hij, kaarsrecht op een stoel zat hij naar zijn moeder te luisteren. Ze had net de lunch achter de rug, die altijd belachelijk vroeg werd geserveerd. Ik was ineens nerveus, als een schuldbewust schoolmeisje. Wat wilde hij van me? Kon hij niet gewoon de telefoon pakken en me bellen als hij me wilde spreken? Waarom wachtte hij tot dit moment?

Ik verborg alle verontwaardiging en nervositeit achter een warme glimlach, kuste hem op beide wangen en ging naast Mamé zitten, terwijl ik, zoals altijd, haar hand pakte. Ik verwachtte al half dat hij zou opstappen, maar hij bleef met een minzame uitdrukking op zijn gezicht naar ons kijken. Het was onaangenaam. Ik had het gevoel dat er inbreuk werd gemaakt op mijn privacy, dat elk woord dat ik tegen Mamé zei werd gewikt en gewogen.

Na een halfuur stond hij met een blik op zijn horloge op. Hij schonk me een vreemdsoortig lachje. 'Ik wil graag even met je praten, Julia,' mompelde hij, op zo'n gedempte toon dat het Mamés oude oren niet zou bereiken. Ik merkte dat hij ineens zenuwachtig leek, met zijn voeten schuifelde, me ongeduldige blikken toewierp. Dus kuste ik Mamé gedag en volgde hem naar zijn auto. Hij gebaarde dat ik in kon stappen. Hij ging naast me zitten, friemelde aan de sleuteltjes, maar draaide ze niet om in het contact. Ik wachtte, verbaasd over zijn nerveuze friemelgebaren. De stilte liet zich voelen, gespannen en zwaar. Ik keek om me heen, naar de geplaveide binnenplaats, waar verpleegsters invalide ouderen in hun rolstoel naar binnen en naar buiten duwden.

Ten slotte begon hij. 'Hoe gaat het met je?' vroeg hij, met diezelfde geforceerde glimlach.

'Goed,' antwoordde ik. 'En met jou?'

'Uitstekend. En met Colette ook.'

Weer een stilte.

'Ik sprak gisteravond met Zoë toen jij niet thuis was,' zei hij zonder me aan te kijken.

Ik bekeek zijn profiel, de keizerlijke neus, de aristocratische kin.

'Ja?' zei ik voorzichtig.

'Ze heeft me verteld dat je bezig bent met een onderzoek...'

Hij zweeg en liet de sleuteltjes in zijn hand rinkelen.

'Een onderzoek naar het appartement,' zei hij, terwijl hij me ten slotte aankeek.

Ik knikte. 'Ja, ik ben erachter gekomen wie er heeft gewoond voordat jullie erin trokken. Dat heeft Zoë je waarschijnlijk verteld.'

Hij zuchtte en liet zijn kin op zijn borst zakken, zodat hij in kleine plooien over zijn kraag viel. 'Julia, ik had je toch gewaarschuwd?'

Mijn bloed begon sneller te stromen. 'Je hebt me gezegd dat ik Mamé geen vragen meer mocht stellen,' zei ik kortweg. 'En daar heb ik me aan gehouden.'

'Waarom blijf je dan in het verleden wroeten?' vroeg hij. Zijn gezicht was asgrauw geworden. Hij ademde moeizaam, alsof het hem pijn deed.

Dus dat was het. Nu wist ik waarom hij me vandaag had willen spreken.

'Ik ben erachter gekomen wie er heeft gewoond,' ging ik verhit verder, 'en meer niet. Ik moest weten wie het waren. Verder weet ik niets. Ik weet niet wat jullie familie met die hele toestand te maken heeft gehad –'

'Niets!' viel hij me in de rede, bijna schreeuwend. 'We hebben niets te maken gehad met de arrestatie van dat gezin!'

Ik bleef hem zwijgend aankijken. Hij trilde, maar ik kon niet zien of het van woede was of van iets anders.

'We hebben niets te maken gehad met de arrestatie van dat gezin,' herhaalde hij nadrukkelijk. 'Ze zijn opgepakt tijdens de razzia van het Vel d'Hiv'. We hebben hen niet verraden, niets van dien aard, is dat duidelijk?'

Ik keek hem geschokt aan. 'Edouard, zoiets was totaal niet bij me opgekomen! Totaal niet!'

Hij probeerde zijn zelfbeheersing terug te krijgen en streek met nerveuze vingers over zijn voorhoofd. 'Je hebt veel vragen gesteld, Julia. Je was heel nieuwsgierig. Laat me je vertellen hoe het is gebeurd. Luister. Er was een conciërge, madame Royer. Zij was bevriend met onze conciërge toen we aan de rue de Turenne woonden, niet ver van de rue de Saintonge. Madame Royer was dol op Mamé. Mamé was aardig voor haar. Zij was zelfs degene die mijn ouders heeft verteld dat het appartement leegstond. De huur was laag, goedkoop. De woning was groter dan de onze aan de rue de Turenne. Zo is het gegaan. Zo zijn we aan dat huis gekomen. Dat is alles!'

Ik keek hem nog steeds aan en hij trilde nog altijd. Ik had hem nog nooit zo radeloos gezien, zo verloren. Ik raakte aarzelend zijn mouw aan.

'Gaat het wel, Edouard?' vroeg ik. Zijn lichaam beefde onder mijn hand. Ik vroeg me af of hij ziek was.

'Ja, prima,' zei hij, maar hij klonk schor. Ik begreep niet waarom hij er zo geagiteerd, zo bleek uitzag.

'Mamé weet het niet,' ging hij op zachtere toon verder. 'Niemand weet ervan. Begrijp je? Ze mag het niet weten. Ze mag het nooit weten.'

Ik begreep het niet.

'Wat niet?' vroeg ik. 'Waar heb je het over, Edouard?'

'Julia,' zei hij, en hij keek me doordringend aan, 'je weet wie die familie was, je hebt hun naam gezien.'

'Ik begrijp het niet,' mompelde ik.

'Je hebt hun naam toch gezien?' viel hij uit, zodat ik schrok. 'Je weet wat er is gebeurd, toch?'

Ik moet heel verbaasd gekeken hebben, want hij zuchtte en sloeg zijn handen voor zijn gezicht.

Daar zat ik, sprakeloos. Waar had hij het in 's hemelsnaam

over? Wat was er gebeurd waar niemand iets van wist?

'Dat meisje...' zei hij uiteindelijk terwijl hij opkeek, zo zacht dat ik hem amper kon horen. 'Wat heb je ontdekt over dat meisje?'

'Wat bedoel je?' vroeg ik verbijsterd.

Er was iets aan zijn stem, aan zijn ogen dat me bang maakte.

'Dat meisje,' herhaalde hij op een vreemde, omfloerste toon, 'is teruggekomen. Een paar weken nadat we verhuisd waren. Ze kwam terug naar de rue de Saintonge. Ik was twaalf. Ik zal het nooit vergeten. Ik zal Sarah Starzinski nooit vergeten.'

Tot mijn afschuw verkrampte zijn gezicht. Tranen begonnen over zijn wangen te lopen. Ik kon niets uitbrengen. Ik kon alleen maar wachten en luisteren. Dit was niet meer mijn arrogante schoonvader.

Dit was iemand anders. Iemand met een geheim dat hij al jarenlang met zich meedroeg. Al zestig jaar.

De rit met de metro naar de rue de Saintonge was snel gegaan, het waren slechts een paar haltes en een keer overstappen bij Bastille. Toen ze de rue de Bretagne in liepen, begon Sarahs hart sneller te slaan. Ze ging naar huis. Over een paar minuten zou ze thuis zijn. Misschien was haar vader of haar moeder intussen wel teruggekomen en misschien wachtten ze wel allemaal, met Michel, in het appartement op haar terugkeer. Was ze gek dat ze dat dacht? Was ze niet bij zinnen? Mocht ze daar niet op hopen, was dat niet toegestaan? Ze was tien jaar oud en ze wilde hopen, ze wilde geloven, meer dan wat ook, meer dan het leven zelf.

Terwijl ze Jules aan zijn hand meetrok zodat hij sneller zou lopen, voelde ze de hoop groeien, als een wilde plant die ze niet meer kon bedwingen. Een kalme, ernstige stem binnen in haar zei: Sarah, niet hopen, niet geloven, probeer jezelf erop voor te bereiden, probeer je voor te stellen dat er niemand op je wacht, dat papa en maman er niet zijn, dat het appartement stoffig en smerig is, en dat Michel... Michel...

Nummer 26 doemde voor hen op. Er was niets veranderd in de straat, zag ze. Het was nog steeds dezelfde rustige, smalle straat die ze altijd had gekend. Hoe was het mogelijk dat levens totaal konden veranderen, konden worden vernietigd, terwijl straten en gebouwen hetzelfde bleven, vroeg ze zich af.

Jules duwde de zware deur open. De binnenplaats was nog precies hetzelfde, met zijn groene bladeren, zijn bedompte geur van stof en vocht. Toen ze over de binnenplaats liepen, deed madame Royer de deur van haar loge open en stak haar hoofd naar buiten. Sarah liet Jules' hand los en stoof het trapportaal in. Snel nu, ze moest snel zijn, ze was eindelijk thuis, er was geen tijd te verliezen.

Ze hoorde de conciërge nieuwsgierig 'Zoekt u iemand?' vragen, toen ze de eerste etage bereikte, al helemaal buiten adem. Jules' stem volgde haar op de trap: 'We zijn op zoek naar de familie Starzinski.' Sarah hoorde madame Royer lachen, een verontrustend, raspend geluid. 'Vertrokken, monsieur! Verdwenen! Hier zult u hen niet vinden, dat weet ik wel zeker.'

Sarah bleef op de overloop van de tweede verdieping staan en keek uit over de binnenplaats. Ze zag madame Royer daar staan, in haar vuile blauwe schort, met de kleine Suzanne op haar schouder. Vertrokken... Verdwenen... Wat bedoelde de conciërge? Verdwenen waarheen? Wanneer?

Geen tijd te verspillen, geen tijd om er nu over na te denken, dacht het meisje, nog twee trappen en ze zou thuis zijn. Maar de schrille stem van de conciërge volgde haar nog toen ze de trap verder opklom: 'De politie is hen komen halen, monsieur. Ze hebben alle Joden in de buurt opgehaald. Ze hebben hen in een grote bus weggevoerd. Heel wat lege kamers hier, monsieur. Zoekt u een huurwoning? Die van de Starzinski's is al verhuurd, maar misschien kan ik u helpen... Er is een heel aardige woning op de tweede etage, als u wilt. Ik kan hem u laten zien!'

Hijgend bereikte Sarah de vierde verdieping. Ze was zo buiten adem dat ze steun zocht tegen de muur en haar vuist tegen haar pijnlijke zij drukte.

Ze bonsde op de deur van het appartement van haar ouders, snelle, harde slagen met haar handpalmen. Geen reactie. Weer bonsde ze, harder, met haar vuisten.

Toen hoorde ze voetstappen achter de deur. Hij ging open.

Een jongen van een jaar of twaalf verscheen. 'Ja?' vroeg hij.

Wie was hij? Wat deed hij in haar huis?

'Ik kom mijn broertje halen,' zei ze hakkelend. 'Wie ben jij? Waar is Michel?'

'Je broertje?' zei de jongen langzaam. 'Hier is geen Michel.'

Ze duwde hem brutaalweg opzij en zag amper de nieuwe schilderijen aan de muur van de vestibule, een boekenplank die ze niet kende, een vreemd rood met groen tapijt. De stomverbaasde jongen schreeuwde, maar ze bleef niet staan, ze holde de lange, vertrouwde gang door en ging links haar slaapkamer in. Ze zag niet het nieuwe behang, het nieuwe bed, de boeken, de spullen die niets met haar te maken hadden.

De jongen riep om zijn vader en er klonken haastige voetstappen in de kamer ernaast.

Sarah haalde snel de sleutel uit haar zak en drukte met haar handpalm op het draaimechaniekje op de deur. Het geheime slot kwam met een zwaai tevoorschijn.

Ze hoorde de deurbel rinkelen, geroezemoes van geschrokken stemmen kwam dichterbij. De stemmen van Jules, van Geneviève, en van een onbekende man.

Snel nu, ze moest snel zijn. Voortdurend mompelde ze: Michel, Michel, Michel, ik ben het, Sirka... Haar vingers trilden zo erg dat ze de sleutel liet vallen.

Vlak achter haar was de jongen buiten adem aan komen rennen. 'Wat doe je?' zei hij ademloos. 'Wat doe je in mijn kamer?'

Ze reageerde niet, pakte de sleutel van de grond en probeerde hem in het slot te steken. Ze was te zenuwachtig, te ongeduldig. Het duurde even voordat het lukte. Eindelijk liet het slot een klik horen, en ze trok de geheime deur open.

Een stank van verrotting trof haar als een vuistslag. Ze deinsde achteruit. De jongen naast haar deed angstig een stap naar achteren. Sarah viel op haar knieën.

Een lange man met peper-en-zoutkleurig haar stormde de kamer in, gevolgd door Jules en Geneviève.

Sarah kon niets zeggen, ze kon alleen trillen, terwijl haar vingers haar ogen en haar neus bedekten om de stank niet te hoeven ruiken.

Jules kwam dichterbij, legde een hand op haar schouder en wierp een blik in de kast. Ze voelde dat hij zijn armen om haar heen sloeg, haar probeerde weg te halen.

Hij mompelde in haar oor: 'Kom, Sarah, kom mee...'

Ze verzette zich uit alle macht, ze krabde, schopte, ze gebruikte haar tanden en nagels tot het haar lukte de open kastdeur weer te bereiken.

Achter in de kast zag ze een glimp van een roerloos, opgekruld lichaam, daarna zag ze het dierbare gezichtje, zwart, onherkenbaar.

Weer liet ze zich op haar knieën vallen en ze schreeuwde zo hard als ze kon, ze schreeuwde om haar moeder, om haar vader, ze schreeuwde om Michel.

Edouard Tézac klemde het stuur vast tot zijn knokkels wit werden. Ik staarde hem als gehypnotiseerd aan.

'Ik hoor haar nog schreeuwen,' fluisterde hij. 'Ik kan het niet vergeten. Nooit.'

Ik was verbijsterd. Sarah Starzinski was ontsnapt uit Beaune-la-Rolande. Ze was teruggekeerd naar de rue de Saintonge. Ze had een gruwelijke ontdekking gedaan.

Ik kon niets zeggen. Ik kon alleen maar naar mijn schoonvader kijken. Hij praatte verder op hese, zachte toon. 'Er volgde een afschuwelijk moment toen mijn vader in de kast keek. Ik probeerde er ook in te kijken. Hij duwde me weg. Ik begreep niet wat er aan de hand was. Er hing een lucht... De lucht van verrotting, van iets wat was vergaan. Daarna trok mijn vader langzaam het lichaam van een dode jongen uit de kast. Een kind, niet veel ouder dan drie of vier jaar. Ik had nog nooit van mijn leven een dode gezien. Het was hartverscheurend om te zien. De jongen had golvend blond haar. Hij was verstijfd, opgekruld, zijn gezicht in zijn handen. Hij had een afschuwelijke groene kleur gekregen.'

Hij zweeg, de woorden bleven in zijn keel steken. Ik dacht dat hij zou kokhalzen. Ik raakte zijn elleboog aan, probeerde hem iets van mijn medeleven, mijn warmte over te brengen. Het was een onwerkelijke situatie, ik die mijn trotse, hooghartige schoonvader probeerde te troosten die was gereduceerd tot een huilende, bevende oude man. Hij depte zijn ogen met onzekere vingertoppen. Toen ging hij verder.

'We stonden daar allemaal vol afgrijzen te kijken. Het meisje raakte buiten bewustzijn. Ze viel gewoon op de grond. Mijn vader tilde haar op en legde haar op mijn bed. Ze kwam bij, zag zijn gezicht en kromp schreeuwend in elkaar. Ik begon het te begrijpen toen ik mijn vader hoorde praten met het echtpaar dat met haar was meegekomen. Het dode jongetje was haar broertje. Onze nieuwe woning was haar thuis geweest. De jongen was daar verstopt op de dag van de razzia van het Vel d'Hiv', op 16 juli. Het meisje had gedacht dat ze terug had kunnen komen om hem te bevrijden, maar ze was naar een kamp gebracht, buiten Parijs.'

Weer een stilte. Hij leek eindeloos te duren.

'En toen? Wat gebeurde er toen?' vroeg ik, toen ik eindelijk weer mijn stem vond.

'Het oude echtpaar kwam uit Orléans. Het meisje was ontsnapt uit een kamp in de buurt en bij hen terechtgekomen. Ze hadden besloten haar te helpen, haar terug te brengen naar Parijs, naar haar huis. Mijn vader vertelde hun dat wij er eind juli in getrokken waren. Hij wist niets van de kast die in mijn kamer was. Geen van ons wist ervan. Ik had wel een doordringende, smerige lucht geroken, mijn vader dacht dat er iets mis was met de afvoer, en we verwachtten die week de loodgieter.'

'En wat heeft je vader gedaan met... met het jongetje?'

'Ik weet het niet. Ik weet nog wel dat hij zei dat hij alles zou regelen. Hij was in shock, hij leed er verschrikkelijk onder. Ik denk dat het oude echtpaar het lichaam heeft meegenomen. Ik weet het niet zeker. Ik kan het me niet herinneren.'

'En daarna?' vroeg ik ademloos.

Hij wierp me een sardonische blik toe. 'En daarna wat? En daarna wat...!' Een bittere lach. 'Julia, kun je je voorstellen hoe we ons voelden toen dat meisje vertrok? Zoals ze naar ons keek. Ze haatte ons. Ze walgde van ons. In haar ogen waren wij verantwoordelijk. We waren misdadigers. Misdadigers van de ergste soort. We waren in haar huis getrokken. We hadden haar broertje laten doodgaan. Haar ogen... Zoveel haat, pijn, wanhoop. De ogen van een vrouw in het gezicht van een tienjarig meisje.'

Die ogen zag ik ook voor me. Ik huiverde.

Edouard zuchtte en wreef met zijn handen over zijn vermoeide, bleke gezicht. 'Nadat ze waren vertrokken, ging mijn vader zitten, met zijn hoofd in zijn handen. Hij huilde. Een hele tijd. Ik had hem nooit zien huilen. Daarna heb ik hem nooit meer zien huilen. Mijn vader was een sterke, harde kerel. Ik had geleerd dat de mannen van de familie Tézac nooit huilden. Nooit hun emoties lieten zien. Het was een verschrikkelijk moment. Hij zei dat er iets afschuwelijks was gebeurd. Iets wat hij en ik ons hele leven niet meer zouden vergeten. Toen begon hij me dingen te vertellen waar hij het nooit eerder over had gehad. Hij zei dat ik er nu oud genoeg voor was. Hij zei dat hij madame Royer niet had gevraagd wie er in het appartement hadden gewoond voordat wij erin trokken. Hij wist dat het een Joods gezin was en dat ze bij die grote razzia waren gearresteerd. Maar hij had zijn ogen ervoor gesloten. Hij had zijn ogen gesloten, zoals zo vele andere Parijzenaars in dat verschrikkelijke jaar 1942. Hij had zijn ogen gesloten op de dag van de razzia, toen hij gezien had dat al die mensen werden weggevoerd, in bussen gestouwd, god weet waarnaartoe. Hij had zelfs niet gevraagd waarom het appartement leegstond, wat er met de eigendommen van het gezin was gebeurd. Hij had precies zo gehandeld als iedere andere Parijse familie die een grotere, betere woning wilde. Hij had zijn ogen ervoor gesloten. En toen gebeurde dit. Het meisje kwam terug en het jongetje was dood. Hij was waarschijnlijk al dood toen we erin trokken. Mijn vader zei dat we het nooit meer zouden vergeten. Nooit meer. En hij had gelijk, Julia. Het is ons altijd bijgebleven. En mij ook, de afgelopen zestig jaar.'

Hij zweeg, zijn kin lag nog steeds op zijn borst. Ik probeerde me voor te stellen hoe het voor hem moest zijn geweest om dat geheim zo lang met zich mee te dragen.

'En Mamé?' vroeg ik, vastberaden om alles uit Edouard te trekken, het hele verhaal.

Hij schudde langzaam zijn hoofd. 'Mamé was er die middag niet. Mijn vader wilde niet dat ze te weten zou komen wat er was gebeurd. Hij werd overspoeld door schuldgevoel, hij had het idee dat het zijn schuld was, ook al was het dat natuurlijk niet. Hij moest er niet aan denken dat zij het te weten zou komen. En hem misschien zou veroordelen. Hij zei dat ik oud genoeg was om een geheim te kunnen bewaren. Maar zij mocht het nooit weten, zei hij. Hij was zo wanhopig, zo bedroefd. Dus beloofde ik dat ik het geheim zou houden.'

'En ze weet het nog steeds niet?' fluisterde ik.

Hij zuchtte weer diep. 'Ik weet het niet zeker, Julia. Ze wist wel van de razzia. We wisten allemaal van de razzia, het was vlak onder onze ogen gebeurd. Toen ze die avond thuiskwam, gedroegen mijn vader en ik ons vreemd, merkwaardig, dus ze voelde wel dat er iets was gebeurd. Die nacht, en nog vele nachten daarna, zag ik steeds dat dode jongetje voor me. Ik kreeg nachtmerries. Die bleef ik houden tot ik ver in de twintig was. Ik was opgelucht toen ik uit dat appartement weg kon. Ik denk dat mijn moeder het misschien wel wist. Misschien wist ze wat mijn vader doormaakte, hoe hij zich moet hebben gevoeld. Misschien heeft hij het haar uiteindelijk verteld, omdat het te zwaar voor hem was. Maar ze heeft het er nooit met me over gehad.'

'En Bertrand? En jullie dochters? En Colette?'

'Die weten van niets.'

'Waarom niet?' vroeg ik.

Hij legde zijn hand op mijn pols. Hij voelde als bevroren, zijn aanraking drong door mijn huid alsof het een ijsklomp was. 'Omdat ik mijn vader op zijn sterfbed heb beloofd dat ik het niet aan mijn kinderen en mijn vrouw zou vertellen. Hij heeft zijn schuldgevoel de rest van zijn leven met zich meegedragen. Hij kon het niet delen. Hij kon er met niemand over praten. En dat heb ik gerespecteerd. Begrijp je dat?'

Ik knikte. 'Natuurlijk.'

Ik wachtte even. 'Edouard, wat is er met Sarah gebeurd?'

Hij schudde zijn hoofd. 'Vanaf 1942 tot zijn sterfbed heeft mijn vader haar naam nooit meer genoemd. Sarah bleef een geheim. Een geheim waar ik altijd aan ben blijven denken. Ik denk niet dat mijn vader ooit heeft beseft hoe vaak ik aan haar dacht. Hoeveel last ik heb gehad van zijn stilzwijgen. Ik wilde zo graag weten wie ze was, waar ze was, wat er met haar was gebeurd. Maar elke keer dat ik hem ernaar vroeg, legde hij me het zwijgen op. Ik kon niet geloven dat het hem niets meer deed, dat hij ermee klaar was, dat ze niets meer voor hem betekende. Het leek erop dat hij het allemaal in het verleden had willen laten.'

'Heb je hem dat kwalijk genomen?'

Hij knikte. 'Ja. Dat heb ik hem kwalijk genomen. Mijn bewondering voor hem was voorgoed aangetast. Maar ik kon het hem niet zeggen. Dat heb ik nooit gedaan.'

We bleven een tijdje stilzwijgend zitten. De verpleegsters vroegen zich nu waarschijnlijk af waarom monsieur Tézac zo lang met zijn schoondochter in die auto zat.

'Edouard, wil je niet weten wat er van Sarah Starzinski is geworden?'

Voor het eerst glimlachte hij. 'Ik zou niet weten waar ik moest beginnen,' zei hij.

Ik glimlachte ook. 'Dat is toch mijn werk. Ik kan je helpen.'

Zijn gezicht leek minder gekweld, minder grauw. Zijn ogen waren plotseling helder, vervuld van een nieuw licht.

'Julia, er is nog één ding. Toen mijn vader bijna dertig jaar geleden overleed, heeft zijn notaris me verteld dat er een aantal vertrouwelijke papieren in de kluis lag.'

'Heb je ze gelezen?' vroeg ik, en ik voelde mijn hartslag toenemen.

Hij sloeg zijn ogen neer.

'Ik heb ze even doorgekeken, vlak na mijn vaders dood.'

'En?' vroeg ik ademloos.

'Alleen papieren over de winkel, gegevens over schilderijen, meubelen, zilver.'

'Meer niet?'

Hij glimlachte om mijn overduidelijke teleurstelling.

'Ik geloof het niet.'

'Wat bedoel je?' vroeg ik verward.

'Ik heb ze daarna nooit meer echt bekeken. Ik heb die stapel heel snel doorgenomen, ik weet nog dat ik razend was dat ik niets over Sarah vond. Dat maakte me nog kwader op mijn vader.'

Ik beet op mijn lip. 'Dus je wilt zeggen dat je niet zeker weet dat er niets over haar tussen zat.'

'Ja. En ik heb sindsdien niet meer gekeken.'

'Waarom niet?'

Hij kneep zijn lippen op elkaar. 'Omdat ik niet de zekerheid wilde hebben dat er niets over haar tussen zat.'

'En het je vader nog meer kwalijk nemen.'

'Ja,' gaf hij toe.

'Dus je weet niet precies wat voor papieren het zijn. Dat weet je al dertig jaar niet.'

'Nee,' zei hij.

We keken elkaar aan. Het duurde maar een paar seconden.

Hij startte de auto. Als een speer reed hij naar de plek waar, naar ik vermoedde, zijn bank zich bevond. Ik had Edouard nog nooit zo hard zien rijden. Automobilisten hieven kwaad hun vuist. Voetgangers sprongen geschrokken weg. We zeiden geen woord terwijl we over de weg vlogen, maar het was een aangename, opwindende stilte. Dit deelden we samen. Voor de eerste keer deelden we iets. We keken elkaar steeds aan en dan glimlachten we.

Tegen de tijd dat we een parkeerplekje hadden gevonden op de avenue Bosquet en naar de bank waren gehold, was die gesloten voor de lunch, ook zo'n typisch Franse gewoonte die me stoorde, vooral vandaag. Ik was zo teleurgesteld dat ik wel kon huilen.

Edouard kuste me op beide wangen en duwde me toen zachtjes weg.

'Ga maar, Julia. Ik kom hier terug om twee uur, als hij opengaat. Ik bel je als ik iets heb gevonden.'

Ik liep de avenue af en stapte in bus 92 die me rechtstreeks naar mijn kantoor zou brengen, aan de overkant van de Seine.

Toen de bus wegreed, draaide ik me om en zag ik Edouard voor de bank staan wachten, een eenzame, stijve gestalte in zijn donkergroene jas.

Ik vroeg me af hoe hij zich zou voelen als er niets over Sarah in de kluis te vinden zou zijn, alleen stapels papieren over oude meesterwerken en porselein.

En mijn hart ging naar hem uit.

'Weet u dit zeker, miss Jarmond?' vroeg mijn dokter. Ze keek me over haar halve brillenglazen aan.

'Nee,' antwoordde ik naar waarheid. 'Maar op dit ogenblik moet ik die afspraken alvast maken.'

Ze keek in mijn dossier. 'Ik wil met alle plezier die afspraken voor u maken, maar ik weet niet zeker of u wel gelukkig bent met uw besluit.'

Mijn gedachten gingen terug naar de vorige avond. Bertrand was uitzonderlijk teder en attent geweest. De hele nacht had hij me in zijn armen gehouden en me steeds opnieuw gezegd dat hij van me hield, dat hij me nodig had, maar dat hij er niet aan moest denken op zijn leeftijd nog een kind te krijgen. Hij had het gevoel dat het ouder worden ons dichter bij elkaar zou brengen, dat we vaker samen konden gaan reizen nu Zoë zelfstandiger werd. Hij zag ons als vijftigers al een tweede huwelijksreis maken.

Ik had naar hem geluisterd in het donker, terwijl de tranen over mijn wangen liepen. Wat een ironie. Nu zei hij alles, tot in detail, wat ik hem altijd had willen horen zeggen. Hij voldeed in elk opzicht: hij was lief, betrokken, ruimhartig. Maar het breekpunt was dat ik een baby in me droeg die hij niet wilde. Mijn laatste kans om nog één keer moeder te worden. Ik dacht aldoor aan wat Charla had gezegd: 'Dit is ook jouw kind.'

Jarenlang had ik ernaar verlangd Bertrand nog een kind te schenken. Om mezelf te bewijzen. Om die volmaakte vrouw te zijn waar de Tézacs trots op zouden zijn, waar ze zo hoog over zouden opgeven. Maar nu besefte ik dat ik dit kind voor mezelf wilde hebben. Mijn baby. Mijn laatste kind. Ik verlangde ernaar het in mijn armen te houden. Ik verlangde naar die melkzoete geur van zijn huidje. Mijn baby. Ja, Bertrand was de vader, maar dit was mijn kind. Mijn vlees. Mijn bloed. Ik verlangde naar de bevalling, naar de gewaarwording van dat kleine hoofdje dat zich door mijn lichaam naar buiten werkte, die onmiskenbare, pure, pijnlijke gewaarwording van het ter wereld brengen van een kind, ondanks de pijn, de tranen. Ik wilde die tranen, ik wilde die pijn. Ik wilde niet de pijn van leegte, de tranen om een dorre, geschonden baarmoeder.

Ik verliet de dokterspraktijk en ging op weg naar Saint-Germain, waar ik met Hervé en Christophe koffie zou drinken in café Flore. Ik was niet van plan geweest iets los te laten, maar na één blik op mijn gezicht waren ze een en al bezorgdheid. En dus deed ik mijn verhaal. Zoals gebruikelijk waren ze het totaal niet eens. Hervé vond dat ik een abortus moest plegen omdat mijn huwelijk het zwaarst telde. Christophe hield vol dat de baby het belangrijkst was. Het was uitgesloten dat ik dat kind niet zou krijgen. Ik zou er de rest van mijn leven spijt van hebben.

De gemoederen raakten zo verhit dat ze mijn aanwezigheid vergaten en ruzie begonnen te maken. Ik kon het niet aan. Ik onderbrak hen door met mijn vuist op tafel te slaan, zodat de glazen rinkelden. Verbaasd keken ze me aan. Dat was niets voor mij. Ik verontschuldigde me, zei dat ik te moe was om er nog langer over te praten, en vertrok. Verbijsterd gaapten ze me aan. Geeft niet, dacht ik, ik zou het een andere keer wel goedmaken. Ze waren mijn oudste vrienden. Ze begrepen het wel.

Ik wandelde naar huis door het Luxembourg. Sinds de vorige middag had ik niets meer van Edouard gehoord. Betekende dat dat hij zijn vaders kluis had doorzocht en niets over Sarah had gevonden? Ik kon me de verontwaardiging voorstellen, alle bitterheid die boven zou komen. De teleurstelling ook. Ik voelde me schuldig, alsof dit aan mij te wijten was. Zout wrijven in zijn oude wond.

Langzaam liep ik over de kronkelpaadjes langs de bloemen, ontweek joggers, wandelaars, ouderen, tuinlieden, toeristen, minnaars, tai chi-verslaafden, petanque-spelers, tieners, lezende mensen, zonaanbidders. De stroom mensen die je altijd in het Luxembourg tegenkwam. En zoveel baby's. En natuurlijk deed iedere baby die ik zag me denken aan het nietige wezentje dat ik in me droeg.

Eerder die dag, voor mijn afspraak bij de dokter, had ik met Isabelle gepraat. Ze was er zoals altijd weer helemaal voor me. De keuze was aan mij, had ze te berde gebracht, ongeacht hoeveel zielknijpers of vrienden ik sprak, vanuit wiens standpunt ik het ook bekeek, wiens mening ik ook nader onderzocht. Het was mijn keuze, punt uit, en dat maakte het juist allemaal nog pijnlijker.

Er was maar één ding dat ik zeker wist: Zoë moest hier buiten gehouden worden, tegen elke prijs. Over een paar dagen zou ze op vakantie gaan en een deel van de zomer doorbrengen met Charla's kinderen, Cooper en Alex, op Long Island, en daarna bij mijn ouders in Nahant. Op een bepaalde manier luchtte dat me op. Dit betekende dat de abortus zou plaatsvinden als zij weg was. Als ik uiteindelijk zou instemmen met een abortus.

Toen ik thuiskwam, lag er een grote beige envelop op mijn bureau. Zoë, die aan de telefoon zat met een vriendin, riep vanuit haar kamer dat de conciërge hem zojuist boven had gebracht.

Geen adres, alleen mijn initialen stonden er met blauwe inkt op gekrabbeld. Ik maakte hem open en haalde er een rode, verschoten map uit.

De naam 'Sarah' knalde ervan af.

Ik wist meteen wat het was. Dank je, Edouard, zei ik vurig in mezelf, dank je, dank je, dank je.

In de map zaten twaalf brieven, gedateerd vanaf september 1942 tot april 1952. Dun blauw papier. Een elegant, rond handschrift. Ik las ze zorgvuldig. Ze waren allemaal afkomstig van een zekere Jules Dufaure, die in de buurt van Orléans woonde. Elke brief ging over Sarah. Haar vorderingen. Haar opleidingen. Haar gezondheid. Beleefde, korte zinnen. *Sarah maakt het goed. Ze leert dit jaar Latijn. Afgelopen voorjaar heeft ze waterpokken gehad. Sarah is deze zomer met mijn kleinzoons naar Bretagne geweest, waar ze de Mont Saint Michel heeft bezocht.'*

Ik nam aan dat Jules Dufaure de heer op leeftijd was bij wie Sarah na haar ontsnapping uit Beaune mocht onderduiken en die haar had teruggebracht naar Parijs op de dag van die gruwelijke ontdekking in de kast. Maar waarom schreef Jules Dufaure over Sarah aan André Tézac? En zo gedetailleerd? Ik begreep het niet. Had André hem dat gevraagd?

Toen vond ik de verklaring. Een bankafschrift. Elke maand had André Tézac door zijn bank geld laten overmaken naar de familie Dufaure, voor Sarah. Een genereus bedrag, zag ik. Dit had hij tien jaar lang gedaan.

Tien jaar lang had Edouards vader geprobeerd Sarah op zijn eigen manier te helpen. Ik kon er niets aan doen dat ik moest denken aan Edouards enorme opluchting toen hij dit alles, opgeborgen in de kluis, had ontdekt. Ik stelde me voor dat hij die brieven had zitten lezen en zijn ontdekking deed. Hier was dan uiteindelijk toch de inlossing van zijn vaders schuld.

Ik zag dat de brieven van Jules Dufaure niet naar de rue de Saintonge waren gestuurd, maar naar Andrés oude winkel aan de rue de Turenne. Ik vroeg me af waarom. Waarschijnlijk vanwege Mamé, vermoedde ik. André had niet gewild dat zij het te weten kwam. En hij had ook niet gewild dat Sarah wist dat hij regelmatig geld voor haar overmaakte. In Jules Dufaures elegante handschrift stond te lezen: 'Op uw verzoek is Sarah niet op de hoogte gebracht van uw giften.'

Achter in het dossier vond ik een grote manilla envelop. Ik haalde er een paar foto's uit. De bekende amandelvormige ogen. Het blonde haar. Wat was ze veranderd sinds die schoolfoto uit juni 1942. Ze had duidelijk iets droevigs. De vreugde was uit haar gezicht verdwenen. Ze was niet langer een kind. Een lange, slanke jonge vrouw van een jaar of achttien. Dezelfde droeve blik, ondanks de glimlach. Een paar jongemannen van haar leeftijd zaten met haar op het strand. Ik keerde de foto om. In Jules' elegante handschrift stond: '1950, Trouville. Sarah met Gaspard en Nicolas Dufaure.'

Ik dacht aan alles wat ze had meegemaakt. Het Vel d'Hiv'. Beaune-la-Rolande. Haar ouders. Haar broertje. Te veel voor een kind.

Ik was zo in beslag genomen door Sarah Starzinski dat ik Zoë's hand niet over mijn schouder voelde strijken.

'Mama, wie is dat meisje?'

Haastig legde ik de envelop over de foto's terwijl ik iets mompelde over een strakke deadline.

'Nou, wie is het?' vroeg ze.

'Niet iemand die jij kent, liefje,' zei ik gehaast, terwijl ik deed alsof ik mijn bureau opruimde.

Ze zuchtte en zei toen op afgemeten, volwassen toon: 'Je doet de laatste tijd vreemd, mam. Je denkt dat ik niets weet, dat ik niets zie. Maar ik zie alles.'

Ze draaide zich om en liep weg. Ik werd door schuldgevoel overweldigd. Ik stond op en vond haar in haar slaapkamer.

'Je hebt gelijk, Zoë, ik gedraag me vreemd op het ogenblik. Het spijt me. Dat verdien je niet.'

Ik ging op haar bed zitten, ik kon haar wijze, kalme blik niet verdragen.

'Mam, waarom praat je niet gewoon met me? Vertel me gewoon wat er aan de hand is.'

Ik voelde hoofdpijn opkomen. Stevige hoofdpijn.

'Je denkt zeker dat ik het niet begrijp omdat ik pas elf ben?'

Ik knikte.

Ze haalde haar schouders op.

'Je vertrouwt me zeker niet?'

'Natuurlijk vertrouw ik je. Maar er zijn dingen die ik je niet kan vertellen omdat ze te triest zijn, te moeilijk. Ik wil niet dat je er net zoveel last van krijgt als ik.'

Ze raakte zacht mijn wang aan, haar ogen glansden. 'Ik wil er geen last van hebben. Je hebt gelijk, vertel het maar niet. Dan zou ik er niet van slapen. Maar beloof me dat je gauw weer de oude bent.'

Ik nam haar in mijn armen en hield haar stevig vast. Mijn prachtige, dappere meisje. Mijn prachtige dochter. Ik had zoveel geluk met haar. Zoveel. Ondanks de hoofdpijn gingen mijn gedachten ineens naar de baby. Zoë's zusje of broertje. Ze wist van niets. Niets van wat ik doormaakte. Ik beet op mijn lip om mijn tranen tegen te houden. Na een poosje maakte ze zich langzaam los en keek me aan.

'Vertel eens wie dat meisje is. Dat meisje op die zwart-witfoto's. Die je net probeerde te verstoppen.'

'Goed,' zei ik. 'Maar het is een geheim, oké? Je mag het tegen niemand vertellen. Beloofd?'

Ze knikte. 'Beloofd. Hand op mijn hart.'

'Weet je nog dat ik je verteld heb dat ik erachter was gekomen wie er in het appartement aan de rue de Saintonge woonde voordat Mamé erin trok?'

Ze knikte nogmaals. 'Een Poolse familie. Met een meisje van mijn leeftijd.'

'Haar naam is Sarah Starzinski. Dat waren foto's van haar.'

Zoë kneep haar ogen tot spleetjes terwijl ze me aankeek. 'Maar waarom is dat een geheim? Dat snap ik niet.'

'Het is een familiegeheim. Er is iets droevigs gebeurd. Je grootvader wil er niet over praten. En je vader weet niets van haar.'

'Is er iets droevigs gebeurd met Sarah?' zei ze voorzichtig.

'Ja,' antwoordde ik rustig. 'Iets heel droevigs.'

'Ga je haar proberen te vinden?' vroeg ze, ernstig geworden door mijn toon.

'Ja.'

'Waarom?'

'Ik wil haar vertellen dat onze familie niet zo is als zij denkt. Ik wil uitleggen wat er is gebeurd. Ik denk niet dat ze weet wat je overgrootvader heeft gedaan om haar te helpen. Tien jaar lang.'

'Hoe heeft hij haar dan geholpen?'

'Hij heeft haar geld gestuurd, elke maand. Maar hij wilde niet dat ze dat wist.'

Zoë was even stil. 'Hoe wil je haar gaan vinden?'

Ik zuchtte. 'Ik weet het niet, liefje. Ik hoop alleen dat het me lukt. Na 1952 is er helemaal niets meer over haar te vinden in dat dossier. Geen brieven meer, geen foto's, geen adres.'

Zoë ging op mijn knieën zitten en drukte haar slanke rug tegen me aan. Ik rook een vleugje van haar dikke, glanzende haar, de vertrouwde zoete Zoë-geur die me altijd deed denken aan de tijd dat ze nog een hummeltje was, en met mijn vlakke hand streek ik een paar weerbarstige lokken glad.

Ik dacht aan Sarah Starzinski, die zo oud als Zoë was geweest toen haar leven in een hel veranderde.

Ik sloot mijn ogen. Maar ik zag nog steeds agenten die de kinderen uit de handen rukten van hun moeder in Beaune-la-Rolande. Ik kon dat beeld niet van mijn netvlies krijgen.

Ik trok Zoë dicht tegen me aan, zo dicht dat ze naar adem snakte.

Gek is dat, met data. Ironisch bijna. Dinsdag 16 juli 2002. De herdenkingsdag van het Vel d'Hiv'. En precies de datum van de abortus. Hij zou plaatsvinden in een kliniek waar ik nooit eerder was geweest, ergens in het zeventiende arrondissement, vlak bij het verzorgingshuis waar Mamé woonde. Ik had om een andere dag gevraagd, omdat ik 16 juli te beladen vond, maar dat was niet mogelijk geweest.

Zoë, net klaar met school, stond op het punt om via New York naar Long Island te vertrekken met haar peettante Alison, een van mijn oude vriendinnen uit Boston, die vaak tussen Manhattan en Parijs heen en weer vloog. Ik zou me op de 27e bij mijn dochter en Charla's gezin voegen. Bertrand nam pas vakantie in augustus. We brachten meestal een paar weken door in Bourgondië, in het oude huis van de Tézacs. Ik had nooit zo genoten van die zomers. Mijn schoonouders waren allesbehalve ontspannen. Er waren vaste tijden waarop er gegeten werd, de gesprekken gingen nergens over, en de kinderen mocht je zien, maar niet horen. Ik vroeg me af waarom Bertrand er altijd op had gestaan dat we daarheen gingen in plaats van met z'n drietjes ergens naartoe. Gelukkig kon Zoë goed opschieten met de zonen van Laure en Cécile, en Bertrand speelde eindeloos tennis met zijn zwagers. En ik voelde me buitengesloten, zoals gebruikelijk. Laure en Cécile gedroegen zich afstandelijk, elk jaar weer. Ze nodigden hun gescheiden vriendinnen uit en brachten uren bij het zwembad door, waar ze er alles aan deden om bruin te worden. Het ging erom dat ze bruine borsten kregen. Zelfs na vijftien jaar kon ik er niet aan wennen. Ik ontblootte mijn borsten nooit. En ik had het gevoel dat ze me achter mijn rug uitlachten omdat ik die *prude Américaine* was. Dus bracht ik het grootste deel van mijn dagen daar door met wandeltochten met Zoë, uitputtende fietstochtjes tot ik het hele gebied kon dromen, en met het laten zien van mijn onberispelijke vlinderslag terwijl de andere dames loom met een sigaret lagen te bakken in hun minieme zwemkleding van Erès waarmee ze nooit het water in gingen.

'Het zijn gewoon jaloerse Franse krengen. Je ziet er geweldig uit in je bikini,' zei Christophe schimpend als ik over die vervelende zomers klaagde. 'Ze zouden wel met je praten als je cellulitis en spataderen had.' Hij maakte me wel aan het lachen, maar geloven kon ik hem niet. Maar ik hield wel van de schoonheid van die plek, het eeuwenoude rustige huis waar het altijd koel was, zelfs in de heetste zomer, en de grote wilde tuin vol oude eiken en het uitzicht op de bochtige rivier de Yonne. En het bos vlakbij, waar Zoë en ik lange wandelingen maakten, waar ze als peuter in vervoering raakte bij het tsjilpen van een vogel, het zien van een grillig gevormd takje of de donkere flonkering van een verborgen moeras.

Het appartement aan de rue de Saintonge zou volgens Bertrand en Antoine begin september klaar zijn. Bertrand en zijn ploeg hadden geweldig werk verricht. Maar ik kon me nog niet voorstellen dat ik daar zou gaan wonen. Daar wonen, nu ik wist wat er was gebeurd. De muur was gesloopt, maar ik dacht aan de geheime diepe kast. De kast waar kleine Michel had gewacht tot zijn zusje terugkwam. Tevergeefs.

Het verhaal achtervolgde me voortdurend. Ik moest toegeven dat ik er niet naar uitkeek om in dat appartement te gaan wonen.

Ik vreesde de nachten daar. Ik was bang dat ik het verleden zou oproepen, en ik had geen idee hoe ik dat kon voorkomen.

Het was moeilijk dat ik er niet met Bertrand over kon praten. Ik had zijn nuchtere kijk nodig, ik wilde hem horen zeggen dat we hier, hoe verschrikkelijk het ook was, overheen zouden komen, dat we een manier zouden vinden. Ik kon het hem niet vertellen. Ik had het zijn vader beloofd. Wat zou Bertrand van het hele verhaal vinden? vroeg ik me af. En zijn zusjes? Ik probeerde me hun reactie voor te stellen. En die van Mamé. Het was onmogelijk. De Fransen waren zo gesloten als oesters. Je mocht niets laten zien. Je mocht niets naar buiten brengen. Alles moest netjes op z'n plaats blijven liggen. Zo ging het. Zo was het altijd gegaan. En ik vond het steeds moeilijker om daarmee te leven.

Nu Zoë naar Amerika was, voelde het leeg in huis. Ik bracht meer tijd door op kantoor en werkte aan een gevat stuk over jonge Franse schrijvers en de literaire kringen van Parijs voor het septembernummer. Interessant en tijdrovend. Elke avond vond ik het moeilijk om het kantoor te verlaten, afgeschrikt door het vooruitzicht van de stille kamers die me wachtten. Ik koos de langste weg naar huis, genoot van wat Zoë 'mama's lange korte weggetjes' noemde en van de gloedvolle schoonheid van de stad bij zonsondergang. Parijs kreeg weer die heerlijke verlaten sfeer die er altijd vanaf half juli heerste. De winkels hadden hun metalen rolluiken neergelaten en bordjes opgehangen waarop stond: WEGENS VAKANTIE GESLOTEN TOT 1 SEPTEMBER. Ik moest dan hele einden lopen om een *pharmacie*, een groentewinkel, een *boulangerie* of een stomerij te vinden die open was. Parijzenaars gingen tijdens hun zomervakantie de stad uit en lieten die achter voor onvermoeibare toeristen. Toen ik op een van die zwoele juliavonden naar huis wandelde, vanaf de Champs-Elysées naar Montparnasse, had ik het gevoel dat Parijs zonder Parijzenaars eindelijk van mij was.

Ja, ik hield van Parijs, ik had er altijd van gehouden, maar toen ik in de schemering over de Pont Alexandre III wandelde, waar de gouden koepel van het Invalides schitterde als een gigantisch sieraad, was het gemis van de States zo schrijnend dat ik het tot diep in mijn binnenste voelde. Ik miste mijn thuis – wat ik mijn thuis moest noemen, ook al woonde ik al meer dan de helft van mijn leven in Frankrijk. Ik miste het informele, de vrijheid, de ruimte, het ongedwongene, de taal, de eenvoud tegen iedereen 'you' te kunnen zeggen, niet het ingewikkelde 'vous' en 'tu' dat ik nooit helemaal onder de knie had kunnen krijgen en dat me nog steeds van de wijs bracht. Ik moest het erkennen. Ik miste mijn zusje, mijn ouders, ik miste Amerika. Ik miste het meer dan wat ook.

Toen ik in de buurt van ons huis kwam, gewenkt door de hoge bruine, sombere Tour Montparnasse die Parijzenaars vol overgave haatten (maar waar ik dol op was omdat ik daardoor altijd weer de weg naar huis wist te vinden vanuit welk arrondissement dan ook), vroeg ik me plotseling af hoe Parijs eruit had gezien tijdens de bezetting. Sarahs Parijs. Grijsgroene uniformen en ronde helmen. De genadeloze avondklok en de *ausweiss*. Duitse borden met gotische letters. Enorme hakenkruisen op de statige stenen gebouwen.

En kinderen die de gele ster droegen.

De kliniek was luxueus en comfortabel, met stralende verpleegsters, overbeleefde receptionistes en verantwoorde bloemstukken. De abortus zou de volgende ochtend plaatsvinden, om zeven uur. Er was me verzocht de avond ervoor te komen, op 15 juli. Bertrand was naar Brussel om een belangrijke transactie te sluiten. Ik had er niet op aangedrongen dat hij erbij zou zijn. Ik voelde me eigenlijk beter zonder hem in de buurt. Het was gemakkelijker om alleen mijn intrek te nemen in de smaakvolle abrikooskleurige kamer. Op een ander tijdstip zou ik me hebben afgevraagd waarom Bertrands aanwezigheid overbodig leek. Verrassend, als je naging dat hij een essentieel onderdeel van mijn dagelijks leven vormde. Maar hier was ik dan, in de ernstigste crisis van mijn leven, zonder hem en opgelucht dat hij er niet was.

Ik bewoog me voort als een robot, vouwde werktuiglijk mijn kleren op, legde mijn tandenborstel op het planchet boven de wastafel, staarde door het raam naar de middenstandshuizen in de rustige straat. Wat doe je hier in godsnaam, fluisterde een stemmetje in mijn hoofd dat ik de hele dag had geprobeerd te negeren. Ben je gek, ga je hier echt mee door? Ik had niemand iets verteld over mijn uiteindelijke besluit. Helemaal niemand, behalve Bertrand. Ik wilde niet denken aan zijn verrukte glimlach toen ik hem vertelde dat ik het zou doen, aan de manier waarop hij me dicht tegen zich aan had getrokken en met ongeremde hef-tigheid een kus op mijn hoofd had gedrukt.

Ik ging op het smalle bed zitten en haalde het dossier over Sa-rah uit mijn tas. Sarah was de enige aan wie ik op dit ogenblik kon denken. Haar vinden voelde als een heilige missie, als de enige manier waarop ik me staande kon houden, de droefheid uit mijn leven kon bannen waarvan het doortrokken was geraakt. Haar vinden, ja, maar hoe? Er stond geen Sarah Dufaure of Sarah Star-zinski in het telefoonboek. Dat zou te gemakkelijk zijn geweest. Het adres op de brieven van Jules Dufaure bestond niet meer. Dus had ik besloten zijn kinderen, of kleinkinderen, op te sporen: de jongemannen op de foto in Trouville, Gaspard en Nicolas Dufau-re, die nu halverwege de zestig of begin zeventig waren, vermoed-de ik.

Helaas was Dufaure een veelvoorkomende naam. In de streek rond Orléans kwam hij honderden keren voor. Dat betekende dat ik die allemaal moest opbellen. Ik had er de afgelopen week hard aan gewerkt, uren op het internet doorgebracht, telefoonboeken bestudeerd, eindeloos veel telefoontjes gepleegd en uiteindelijk moeten erkennen dat ik op een teleurstellend dood spoor zat.

En toen, die bewuste ochtend, had ik gesproken met ene Na-thalie Dufaure, wier nummer in het telefoonboek van Parijs ver-meld stond. Een jonge, opgewekte stem had opgenomen. Ik draaide mijn verhaaltje af, herhaalde wat ik steeds weer tegen on-bekenden aan de andere kant van de lijn had gezegd: 'Mijn naam is Julia Jarmond, journaliste, en ik ben op zoek naar Sarah Dufau-re, geboren in 1932, en de enige namen die ik heb zijn Gaspard en Nicolas Dufaure –' Ze viel me in de rede: Ja, Gaspard Dufaure was haar grootvader. Hij woonde in Aschères-le-Marché, even buiten Orléans. Hij stond niet in het telefoonboek. Ik greep ademloos de hoorn vast. Ik vroeg Nathalie of ze iets wist van Sarah Dufaure. De jonge vrouw lachte. Het was een prettige lach. Ze legde uit dat ze in 1982 geboren was en niet veel wist over haar grootvaders kinderjaren. Nee, ze had nooit gehoord van Sarah Dufaure. Althans, ze kon zich er niets van herinneren. Ze kon wel haar grootvader bellen als ik dat wilde. Hij was een norse kerel, hij belde niet graag, maar ze wilde het wel doen en me dan later terugbellen. Ze vroeg mijn nummer. Toen zei ze: 'Bent u Amerikaanse? Ik vind uw accent zo leuk.'

Ik had de hele dag op haar telefoontje gewacht. Niets. Ik controleerde voortdurend mijn mobieltje, verzekerde me ervan dat hij opgeladen was, dat hij echt aan stond. Nog steeds niets. Misschien wilde Gaspard Dufaure niet met een journalist over Sarah praten. Misschien was ik niet overtuigend genoeg geweest. Misschien was ik te overtuigend geweest. Misschien had ik niet moeten zeggen dat ik journaliste was. Ik had moeten zeggen dat ik een vriendin van de familie was. Maar nee, dat kon ik niet zeggen. Dat was niet waar. Ik kon niet liegen. Dat wilde ik niet.

Aschères-le-Marché. Ik had het opgezocht op de kaart. Een klein dorp halverwege Orléans en Pithiviers, niet ver verwijderd van het tweelingkamp Beaune-la-Rolande. Het was niet het oude adres van Jules en Geneviève. Het was dus niet de plek waar Sarah tien jaar van haar leven had doorgebracht.

Ik werd ongeduldig. Zou ik Nathalie Dufaure terugbellen? Terwijl ik met dat idee speelde, ging mijn mobieltje. Ik greep het beet en zei ademloos: 'Allô?' Het was mijn man die vanuit Brussel belde. De teleurstelling deed een aanslag op mijn zenuwen.

Ik besefte dat ik niet met Bertrand wilde praten. Wat moest ik tegen hem zeggen?

De nacht was kort en onrustig geweest. Vroeg in de ochtend was er een matroneachtige verpleegster verschenen die een opgevouwen blauw papieren operatiehemd in haar armen hield. Dat had ik nodig voor 'de operatie', zei ze glimlachend. Er was ook een blauw papieren mutsje bij, en blauw papieren schoenen. Ze zou over een halfuur terugkomen, en dan werd ik meteen naar de operatiekamer gereden. Ze hielp me er nog aan herinneren, nog steeds met diezelfde hartelijke glimlach, dat ik niets mocht drinken of eten vanwege de narcose. Ze vertrok en deed zachtjes de deur dicht. Ik vroeg me af hoeveel vrouwen ze deze ochtend zou wekken met die glimlach, hoeveel zwangere vrouwen een baby uit hun baarmoeder zouden laten schrapen. Zoals ik.

Ik trok gehoorzaam het hemd aan. Het papier kriebelde op mijn huid. Ik kon alleen maar wachten. Ik zette de tv aan en zapte naar LCI, het kanaal met non-stopnieuws. Ik keek zonder dat er iets tot me doordrong. Ik voelde me als verdoofd. Wezenloos. Over een uurtje zou het achter de rug zijn. Was ik er klaar voor? Kon ik het aan? Was ik sterk genoeg? Ik voelde me niet in staat die vragen te beantwoorden. Ik kon daar alleen maar liggen in mijn papieren jurk en papieren muts, en wachten. Wachten tot ik de operatiekamer in gereden werd. Wachten tot ik onder narcose gebracht werd. Wachten tot de dokter zijn taak had volbracht. Ik wilde er niet aan denken welke handelingen hij precies in mijn lichaam zou uitvoeren, tussen mijn geopende dijen. Ik drong die gedachte snel weg en richtte al mijn aandacht op een slanke blondine die met verzorgde handen professionele veegbewegingen maakte over een kaart van Frankrijk waar allemaal zonnige ronde gezichtjes op te zien waren. Ik dacht aan de laatste sessie bij de huwelijkstherapeut, een week geleden. Bertrands hand op mijn knie: 'Nee, we willen dit kind niet. Daar zijn we het allebei over eens.' Ik had niets gezegd. De therapeut had me aangekeken. Had ik geknikt? Ik kon het me niet herinneren. Ik herinner me nog wel dat ik me verdoofd, gehypnotiseerd voelde. En daarna Bertrand in de auto: 'Dat was de juiste beslissing, *amour*. Dat zul je zien. Binnenkort is het voorbij.' En de manier waarop hij me had gekust, hartstochtelijk, vurig.

De blondine verdween uit beeld. Een nieuwslezer verscheen en het bekende riedeltje van de nieuwsuitzending klonk. 'Vandaag, 16 juli 2002, wordt de razzia van het Vélodrome d'Hiver zestig jaar geleden herdacht, waarbij duizenden Joodse gezinnen door de Franse politie werden gearresteerd. Een zwarte dag in de geschiedenis van Frankrijk.'

Snel zette ik het geluid harder. Terwijl de camera inzoomde op de rue Nélaton, dacht ik aan Sarah, waar ze op dit moment ook zou zijn. Ze zou het nog weten. Zij hoefde er niet aan herinnerd te worden. Nooit. Zij en al die gezinnen die hun dierbaren waren verloren, zouden 16 juli nooit meer vergeten en vooral deze speciale ochtend zouden ze gepijnigd hun ogen opendoen. Ik wilde het haar vertellen, hun vertellen, al die mensen vertellen – hoe? dacht ik, met een gevoel van hulpeloosheid, zinloosheid – ik wilde schreeuwen, haar en hen toeschreeuwen dat ik het wist, dat ik eraan dacht, en dat ik het niet kon vergeten.

Verscheidene overlevenden – van wie ik enkelen al had ontmoet en geïnterviewd – werden gefilmd voor de gedenkplaat van het Vel d'Hiv'. Ik besefte dat ik het nummer van *Seine Scenes* van deze week met mijn artikel nog niet had gezien. Vandaag zou het uitkomen. Ik besloot een boodschap in te spreken op Bambers telefoon met de vraag een exemplaar naar de kliniek te sturen. Ik zette mijn telefoon aan terwijl ik mijn blik op de televisie gericht hield. Het ernstige gezicht van Franck Lévy kwam in beeld. Hij sprak over de herdenking. Deze plechtigheid was belangrijker dan die van de vorige jaren, vond hij. Mijn mobiel gaf aan dat ik een paar voicemailberichten had. Een bericht was van Bertrand, van de vorige avond, om te vertellen dat hij van me hield.

Het andere was van Nathalie Dufaure. Het speet haar dat ze zo laat belde, het was niet eerder gelukt. Ze had goed nieuws: haar grootvader wilde me ontmoeten, hij had gezegd dat hij me alles kon vertellen over Sarah Dufaure. Hij had zo opgewonden geklonken dat Nathalies nieuwsgierigheid gewekt was. Haar levendige stemgeluid overstemde Franck Lévy's bedaarde toon: 'Als u wilt, kan ik morgen, dinsdag, met u naar Aschères rijden, geen probleem. Ik wil echt horen wat *Papy* te vertellen heeft. Belt u me alstublieft, zodat we ergens kunnen afspreken.'

Mijn hart ging tekeer, het deed bijna pijn. De nieuwslezer was weer in beeld met een ander onderwerp. Het was nog te vroeg om Nathalie Dufaure te bellen. Ik zou nog een paar uur moeten wachten. Van opwinding trappelden mijn voeten in de papieren slofjes. '... me alles kon vertellen over Sarah.' Wat had Gaspard Dufaure te vertellen? Wat zou ik te horen krijgen?

Ik schrok op van een tik op de deur. De blikkerige glimlach van de verpleegster bracht me met een schok terug in de realiteit.

'Het is tijd, madame,' zei ze opgewekt, een en al tanden en tandvlees.

Ik hoorde de rubberwieltjes van het wagentje achter de deur piepen.

Ineens was het helemaal duidelijk. Het was nog nooit zo duidelijk, zo gemakkelijk geweest. Ik stond op en keek haar aan. 'Het spijt me,' zei ik kalm. 'Ik ben van gedachten veranderd.'

Ik trok het papieren mutsje van mijn hoofd. Ze staarde me met grote ogen aan.

'Maar madame...' begon ze.

Ik scheurde het papieren operatiehemd open. De verpleegster wendde geschokt haar blik af bij de aanblik van mijn plotselinge naaktheid.

'De doktoren wachten,' zei ze.

'Dat kan me niet schelen,' zei ik beslist. 'Ik ga hier niet mee door. Ik wil dit kind houden.'

Haar mond trilde van verontwaardiging. 'Ik stuur onmiddellijk de dokter naar u toe.'

Ze draaide zich om en liep weg. Ik hoorde haar sandalen op het linoleum tikken, scherp van afkeuring. Ik schoot in een denim jurkje, stapte in mijn schoenen, greep mijn tas en verliet de kamer. Toen ik haastig de trap af liep, langs geschokte zusters met ontbijtbladen in hun handen, besefte ik dat ik mijn tandenborstel, handdoeken, shampoo, zeep, deodorant, make-uptas en gezichtscrème in de badkamer had laten liggen. Nou en, dacht ik, en ik haastte me door de keurig nette ingang naar buiten, nou en! Nou en!

De straat was leeg en bood die frisse, glanzende aanblik waar de Parijse stoepen 's ochtends vroeg op kunnen bogen. Ik hield een taxi aan en liet me naar huis rijden.

16 juli, 2002.

Mijn baby. Mijn baby zat veilig in me. Ik wilde tegelijk lachen en huilen. Ik deed het ook. De taxichauffeur keek een paar keer in zijn spiegeltje naar me, maar het kon me niet schelen. Ik zou deze baby krijgen.

R uw geschat telde ik meer dan tweeduizend mensen die waren samengekomen bij de Seine, langs de Bir-Hakeim-brug. De overlevenden. De families. Kinderen, kleinkinderen. Rabbi's. De burgemeester van de stad. De premier. De minister van Defensie. Talloze politici. Journalisten. Fotografen. Franck Lévy. Duizenden bloemen, een hoog oprijzende tent, een wit podium. Een indrukwekkende bijeenkomst. Guillaume stond naast me, zijn gezicht ernstig, zijn ogen neergeslagen.

Even moest ik denken aan de oude dame in de rue Nélaton. Wat had ze gezegd? *Niemand herinnert het zich. Waarom zouden ze? Dat waren de donkerste dagen van ons land.*

Plotseling wilde ik dat ze nu hier was en de honderden stille, geëmotioneerde gezichten rondom me kon zien. Op de verhoging stond een mooie vrouw van middelbare leeftijd met dik kastanjebruin haar te zingen. Haar heldere stem steeg uit boven het verkeersgeraas. Toen begon de premier zijn toespraak.

'Zestig jaar geleden begon hier in Parijs, maar ook overal elders in Frankrijk, de verbijsterende tragedie. De mars naar de verschrikking rukte op. De duistere schaduw van de shoah viel al over de onschuldige mensen die waren samengedreven in het Vélodrome d'Hiver. Dit jaar zijn wij, net als ieder jaar, op deze plaats bijeengekomen om hen te gedenken. Zodat we de vervolgingen, de klopjacht en het gefnuikte lot van al die Franse Joden niet vergeten.'

Een oude man links van mij haalde een zakdoek uit zijn zak en huilde geluidloos. Het raakte me diep. Om wie huilde hij, vroeg ik me af. Wie had hij verloren? Terwijl de premier sprak, dwaalde mijn blik over de menigte. Was hier iemand die Sarah Starzinski had gekend en zich haar herinnerde? Was ze zelf hier? Nu, op dit moment? Was ze hier met een man, een kind, een kleinkind? Achter me, voor me? Ik keek zoekend rond naar vrouwen van over de zeventig en speurde gerimpelde, ernstige gezichten af naar de amandelvormige blauwgroene ogen. Maar het gaf me een ongemakkelijk gevoel deze treurende vreemdelingen te bespieden. Ik sloeg mijn ogen neer. De stem van de premier leek aan te zwellen; met steeds meer kracht en helderheid donderde hij boven ons uit.

'Jawel: Vel d'Hiv', Drancy en alle doorgangskampen, die wachtkamers van de dood, werden georganiseerd, beheerd en bewaakt door Fransen. Jawel: de eerste akte van de shoah vond hier plaats, met medewerking van de Franse staat.'

De vele mensen om me heen leken sereen te luisteren naar de premier. Ik bekeek hen terwijl hij doorging met diezelfde krachtige stem. Maar op elk van die gezichten lag verdriet. Verdriet dat nooit kon worden uitgewist. De toespraak van de premier werd gevolgd door langdurig applaus. Ik zag dat mensen huilden en elkaar omhelsden.

Samen met Guillaume ging ik naar Franck Lévy, die een exemplaar van *Seine Scenes* onder zijn arm had. Hij begroette me hartelijk en stelde ons voor aan een paar journalisten. Even later vertrokken we. Ik vertelde Guillaume dat ik de naam van de vroegere bewoners van het Tézac-appartement had achterhaald, en dat me dat op de een of andere manier nader tot mijn schoonvader had gebracht, die meer dan zestig jaar lang een duister geheim had bewaard. En dat ik bezig was Sarah op te sporen, het kleine meisje dat was ontsnapt uit Beaune-la-Rolande.

Over een halfuur zou ik Nathalie Dufaure treffen voor metrostation Pasteur. Zij zou me een lift geven naar haar grootvader in Orléans. Guillaume omhelsde me en gaf me een hartelijke kus. Hij wenste me veel succes.

Terwijl ik de drukke avenue overstak, streelde ik mijn buik met mijn handpalm. Als ik vanochtend niet was weggegaan uit de kliniek, zou ik nu onder het waakzame oog van de stralende verpleegster bij bewustzijn komen in mijn gezellige abrikooskleurige kamertje. Een lekker ontbijtje – croissant, jam en *café au lait* – en dan zou ik 's middags in mijn eentje naar huis zijn gegaan, een beetje wankel, met een maandverband tussen mijn benen en een doffe pijn in mijn onderbuik. Een leeg gevoel in mijn hoofd en in mijn hart.

Ik had geen woord gehoord van Bertrand. Had de kliniek hem gebeld om hem te laten weten dat ik vóór de abortus was weggegaan? Ik wist het niet. Hij was nog in Brussel en zou vanavond terugkomen.

Ik vroeg me af hoe ik het hem moest vertellen. Hoe hij zou reageren.

Terwijl ik over de avenue Emile Zola liep en hoopte dat ik niet te laat kwam voor Nathalie Dufaure, vroeg ik me af of het me nog iets kon schelen wat Bertrand vond, wat Bertrand voelde. Die verontrustende gedachte maakte me bang.

Toen ik vroeg in de avond terugkwam uit Orléans, voelde het appartement warm en bedompt aan. Ik zette een raam open en keek, naar buiten geleund, uit over de boulevard du Montparnasse. Het was een vreemd idee dat we al snel zouden verhuizen naar de rustige rue de Saintonge. We hadden hier twaalf jaar doorgebracht. Zoë had nooit ergens anders gewoond. Dit was onze laatste zomer hier, schoot het door me heen. Ik was aan dit appartement gehecht geraakt, het zonlicht dat iedere middag in de grote, witte huiskamer binnenviel, de Jardin du Luxembourg vlakbij aan het eind van de rue Vavin, het gemak om in een van de levendigste arrondissementen van Parijs te wonen, een van de plekken waar je echt het hart van de stad voelde kloppen in haar snelle, opwindende ritme.

Ik schopte mijn sandalen uit en ging op de zachte beige bank liggen. Het gewicht van de dag drukte als lood op me. Ik deed mijn ogen dicht maar werd meteen daarop weer tot de werkelijkheid gebracht door de telefoon. Het was mijn zus, die belde vanuit haar kantoor dat uitzag op het Central Park. Ik stelde me voor hoe ze aan haar grote bureau zat met haar leesbril op het puntje van haar neus.

Ik vertelde haar in het kort dat ik de abortus had afgeblazen.

'O, god,' fluisterde Charla. 'Je hebt het niet laten doen.'

'Ik kon het niet,' zei ik. 'Het was onmogelijk.'

Ik kon haar door de telefoon horen glimlachen, die brede, on-weerstaanbare glimlach van haar.

'Dappere kanjer van me,' zei ze. 'Ik ben trots op je, lieverd.'

'Bertrand weet het nog niet,' zei ik. 'Hij komt pas later op de avond thuis. Waarschijnlijk denkt hij dat ik het heb laten doen.'

Een transatlantische stilte. 'Je gaat het hem toch wel vertellen, hè?'

'Natuurlijk. Ik zal vroeg of laat wel moeten.'

Na het gesprekje met mijn zus lag ik lange tijd op de bank, met mijn hand op mijn buik als een beschermend schild. Beetje bij beetje voelde ik mijn energie in me terugstromen.

Zoals altijd dacht ik aan Sarah Starzinski, en aan wat ik nu wist. Het was niet nodig geweest het verhaal van Gaspard Dufaure op te nemen. Of aantekeningen te maken. Het stond allemaal in mijn geheugen gegrift.

Een klein, keurig huisje in de buitenwijken van Orléans. Keurige bloemperken. Een oude, bedaarde hond die niet meer goed kon zien. Een klein oud dametje dat bij het aanrecht groente stond fijn te hakken en me groette toen ik binnenkwam.

De barse stem van Gaspard Dufaure. Zijn blauwgeaderde hand die op de gerimpelde kop van de hond klopte. En wat hij had verteld.

'Mijn broer en ik wisten dat er tijdens de oorlog iets akeligs was gebeurd. Maar we waren toen nog klein, en we herinnerden ons niet wat voor akeligs dat was. Pas na het overlijden van mijn grootouders kwam ik er via mijn vader achter dat Sarah Dufaure in werkelijkheid Starzinski heette, en dat ze Joods was. Mijn grootouders hadden haar al die jaren laten onderduiken. Er was iets droevigs aan Sarah, ze was geen vrolijk, spraakzaam meisje. Je kon geen hoogte van haar krijgen. Ze hadden ons verteld dat ze door mijn grootouders was geadopteerd omdat haar ouders in de oorlog waren omgekomen. Dat was alles wat wij wisten. Maar we merkten wel dat ze anders was. Als ze met ons meeging naar de kerk, bewogen haar lippen nooit tijdens het onzevader. Ze bad nooit. Ze ging nooit ter communie. Ze zat maar voor zich uit te staren met een ijzige gezichtsuitdrukking die me bang maakte. Mijn grootouders glimlachten dan resoluut naar ons en zeiden dat we haar met rust moesten laten. Mijn ouders deden hetzelfde. Beetje bij beetje werd Sarah een deel van ons leven, de oudere zus die we nooit hadden gehad. Ze groeide op en werd een knap, melancholiek meisje. Ze was heel serieus en volwassen voor haar leeftijd. Na de oorlog gingen we af en toe met mijn ouders naar Parijs, maar Sarah wilde nooit mee. Ze zei dat ze Parijs afschuwelijk vond en dat ze er nooit meer naartoe wilde.'

'Sprak ze weleens over haar broer? Haar ouders?' vroeg ik.

Gaspard schudde zijn hoofd. 'Nee, nooit. Ik hoorde pas veertig jaar geleden via mijn vader over haar broer en over alles wat er was gebeurd. Toen ik met haar onder één dak woonde, wist ik daar niets van.'

De heldere stem van Nathalie Dufaure weerklonk. 'Wat is er met haar broer gebeurd?' vroeg ze.

Gaspard Dufaure wierp een blik op zijn kleindochter, die gefascineerd aan zijn lippen hing. Toen keek hij naar zijn vrouw, die tijdens het hele gesprek geen mond open had gedaan, maar vriendelijk toekeek.

'Dat vertel ik je een andere keer, Natou. Het is een heel treurig verhaal.'

Er viel een lange stilte.

'Monsieur Dufaure,' zei ik, 'ik wil heel graag weten waar Sarah Starzinski nu is. Dat is de reden van mijn komst. Kunt u me helpen?'

Gaspard Dufaure krabde op zijn hoofd en wierp me een vorsende blik toe. 'Wat ík heel graag zou willen weten, mademoiselle Jarmond,' zei hij met een glimlach, 'is waarom dit voor u zo belangrijk is.'

De telefoon ging opnieuw. Het was Zoë vanuit Long Island. Ze had het uitstekend naar haar zin, het was heerlijk weer, ze was al bruin, had een nieuwe fiets gekregen, haar neefje Cooper vond ze leuk, maar ze miste me. Ik antwoordde dat ik haar ook miste, en dat ik over een kleine tien dagen bij haar zou zijn. Toen begon ze zachter te praten en vroeg of ik nog nieuws had over Sarah Starzinski. De ernst in haar stem was vertederend. Ik zei dat ik inderdaad vooruitgang had geboekt, en dat ik het haar binnenkort allemaal zou vertellen.

'O, mam, wat heb je dan ontdekt?' bracht ze uit. 'Ik moet het weten! Nu!'

'Oké dan,' zei ik, toegevend aan haar enthousiasme. 'Vandaag heb ik een man ontmoet die haar goed kende toen ze jong was. Hij vertelde me dat Sarah in 1952 uit Frankrijk is weggegaan om in New York te gaan wonen en daar als kindermeisje bij een Amerikaanse familie te gaan werken.'

Zoë stootte een verbaasd kreetje uit. 'Bedoel je dat ze in de vs is?'

'Ik denk het,' zei ik.

Korte stilte.

'Hoe ga je haar hier vinden, mam?' vroeg ze op een duidelijk minder vrolijke toon. 'Amerika is zoveel groter dan Frankrijk.'

'God mag het weten, lieverd,' zuchtte ik. Ik stuurde haar kusjes door de telefoon, zei dat ik van haar hield en hing op.

Wat ík heel graag zou willen weten, mademoiselle Jarmond, is waarom dit voor u zo belangrijk is. In een opwelling had ik besloten Gaspard Dufaure de waarheid te vertellen. Hoe Sarah Starzinski in mijn leven was gekomen. Hoe ik haar afschuwelijke geheim had ontdekt. En wat haar relatie met mijn schoonouders was. Hoe, nu ik wist wat er in de zomer van 1942 was gebeurd (de alom bekende gebeurtenissen: het Vel d'Hiv', Beaune-la-Rolande, maar ook de persoonlijke: de dood van de kleine Michel Starzinski in het appartement van de Tézacs), het opsporen van Sarah mijn doel was geworden, iets waar ik me uit alle macht voor inzette.

Gaspard Dufaure was verbaasd geweest over mijn vasthoudendheid. Waarom haar opsporen, met welk doel? had hij gevraagd terwijl hij zijn grijze hoofd schudde. Ik had geantwoord: om haar te vertellen dat het ons wel kan schelen, dat we het niet zijn vergeten. 'We', had hij met een glimlachje gevraagd, wie waren die 'we': mijn schoonfamilie, het Franse volk? En toen had ik, ietwat geïrriteerd door zijn gegrinnik, geantwoord: nee, ik, ik, ik wilde mijn spijt betuigen, ik wilde tegen haar zeggen dat ik steeds maar bleef denken aan de razzia, het kamp, de dood van Michel en de trein naar Auschwitz die haar ouders voor altijd had weggevoerd. Spijt waarvoor, had hij teruggekaatst, waarom zou ik, een Amerikaanse, spijt hebben? Hadden mijn landgenoten Frankrijk niet bevrijd in juni 1944? Ik hoefde nergens spijt van te hebben, lachte hij.

Ik had hem recht aangekeken. 'Spijt dat ik het niet wist. Spijt dat ik op mijn vijfenveertigste van niets wist.'

Eind 1952 had Sarah Frankrijk verlaten. Ze was naar Amerika gegaan.

'Waarom de vs?' vroeg ik.

'Ze zei tegen ons dat ze weg moest, naar een land dat niet direct door de holocaust was geraakt, zoals Frankrijk dat wel was. We waren er allemaal kapot van, vooral mijn grootouders. Die hielden van haar als de dochter die ze nooit hadden gehad. Maar niets kon haar op andere gedachten brengen. Ze ging. En ze is nooit meer teruggekomen. Althans niet voor zover ik weet.'

'En hoe is het verder met haar gegaan?' vroeg ik, en ik klonk net als Nathalie, even hartstochtelijk, even serieus.

Gaspard Dufaure haalde zijn schouders op en zuchtte diep. Hij was opgestaan, de blinde oude hond volgde zijn voorbeeld. Zijn vrouw had nog een kopje sterke, bittere koffie voor me gezet. Hun kleindochter zei niets meer, ze zat opgekruld in de fauteuil, terwijl haar ogen van hem naar mij gingen op een stille, vertederende manier. Zij zou dit onthouden, dacht ik. Zij zou dit allemaal onthouden.

Haar grootvader ging met een grom weer zitten en gaf me de koffie aan. Hij had om zich heen gekeken in het kamertje, naar de vergeelde foto's aan de muur, het oude meubilair. Hij had op zijn hoofd gekrabd en gezucht. Ik wachtte. Nathalie wachtte. Toen stak hij eindelijk van wal.

Ze hadden sinds 1955 nooit meer iets van Sarah gehoord.

'Ze schreef een paar brieven aan mijn ouders. En een jaar later stuurde ze een kaart waarin ze haar huwelijk aankondigde. Ik herinner me dat mijn vader ons vertelde dat Sarah ging trouwen met een yankee.' Gaspard glimlachte. 'We waren heel blij voor haar. Maar toen kwamen er geen telefoontjes meer, geen brieven. Nooit meer. Mijn grootouders probeerden haar op te sporen. Ze deden al het mogelijke om haar te vinden, ze belden naar New York, schreven brieven, stuurden telegrammen. Ze probeerden haar echtgenoot op te sporen. Niets. Sarah was verdwenen. Voor hen was het vreselijk. Ze wachtten en wachtten, jaar na jaar, op een teken van leven, een telefoontje, een kaart. Er kwam niets. Toen overleed mijn vader begin jaren zestig, een paar jaar later gevolgd door mijn grootmoeder. Ik denk dat hun hart gebroken was.'

'Weet u, uw grootouders zouden kunnen worden uitgeroepen tot "Rechtvaardigen onder de Volkeren",' zei ik.

'Wat is dat?' vroeg hij verbaasd.

'Het Yad Vashem-instituut in Jeruzalem reikt medailles uit aan niet-Joden die tijdens de oorlog Joden hebben gered. Die onderscheiding kan ook postuum worden verleend.'

Hij schraapte zijn keel en wendde zijn blik af.

'Zoek haar, dat is genoeg. Zoekt u haar alstublieft, mademoiselle Jarmond. Zeg tegen haar dat ik haar mis, en mijn broer Nicolas ook. Zeg tegen haar dat we veel van haar houden.'

Voor ik vertrok, overhandigde hij me een brief. 'Deze heeft mijn grootmoeder aan mijn vader geschreven, na de oorlog. Misschien wilt u hem. Als u hem gelezen hebt, kunt u hem teruggeven aan Nathalie.'

Later, alleen thuis, ontcijferde ik het ouderwetse handschrift. Tijdens het lezen moest ik huilen. Het lukte me weer tot kalmte te komen, ik veegde mijn tranen af en snoot mijn neus.

Toen belde ik Edouard en las hem de brief voor. Hij klonk alsof hij huilde, maar leek zijn uiterste best te doen dat niet te laten merken. Met een verstikte stem bedankte hij me en hing op.

8 september 1946

Alain, mijn lieve zoon,

Toen Sarah verleden week terugkwam van haar zomervakantie bij jou en Henriette, had ze roze wangen... en een glimlach op haar gezicht. Jules en ik konden het bijna niet geloven. Ze zal je zelf schrijven om je te bedanken, maar ik wilde je zeggen hoe dankbaar ik ben voor je hulp en je gastvrijheid. Het zijn vier akelige jaren geweest, zoals je weet. Vier jaren van gevangenschap, angst en ontbering. Voor ons allemaal, voor ons land. Vier jaren die hun tol hebben geëist, van Jules en mij, maar vooral van Sarah. Ik denk niet dat ze ooit van zich af heeft kunnen zetten wat er in de zomer van 1942 is gebeurd, toen we met haar teruggingen naar het appartement van haar familie in de Marais. Die dag is er iets in haar kapotgegaan. Iets in haar is gestorven.

Het is allemaal niet makkelijk geweest, en jouw steun was van onschatbare waarde. Sarah voor de vijand verbergen, haar al die tijd vanaf die zomer lang geleden tot de wapenstilstand te beschermen, was verschrikkelijk zwaar. Maar nu heeft Sarah een familie. Wij zijn haar familie. Je zonen, Gaspard en Nicolas, zijn haar broers. Ze is een Dufaure. Ze draagt onze naam.

Ik weet dat ze het nooit zal vergeten. Achter die rode wangen en die glimlach heeft ze iets hards. Ze zal nooit een normaal kind van veertien zijn. Ze is als een vrouw, een verbitterde vrouw. Soms lijkt ze ouder dan ik. Ze heeft het nooit over haar familie, over haar broertje. Maar ik weet dat ze hen met zich meedraagt, altijd. Ik weet dat ze elke week naar het kerkhof gaat, en soms nog vaker, om het graf van haar broer te bezoeken. Ze wil er alleen heen. Ze wil niet dat ik met haar meega. Soms volg ik haar, alleen maar om te kijken of het wel goed gaat. Ze zit dan roerloos voor de kleine grafsteen. Uren kan ze daar blijven zitten met in haar hand die koperen sleutel die ze altijd bij zich heeft. De sleutel van de kast waarin haar arme broertje is omgekomen. Als ze terugkomt is haar gezicht gesloten en koud. Het is moeilijk voor haar om te praten, om contact met me te maken. Ik probeer haar alle liefde te geven die ik heb, want zij is de dochter die ik nooit heb gekregen.

Ze praat nooit over Beaune-la-Rolande. Als we weleens in de buurt van het dorp komen, wordt ze lijkbleek. Ze draait haar hoofd weg en sluit haar ogen. Ik vraag me af of de wereld hier ooit van zal weten. Of ooit bekend wordt wat daar allemaal is gebeurd. Of dat het voor altijd een geheim blijft, begraven in een donker, troebel verleden.

In het afgelopen jaar, sinds het eind van de oorlog, is Jules vaak naar het Lutetia geweest, soms samen met Sarah, voor informatie over de mensen die uit de kampen terugkomen. Met hoop, altijd weer hoop. We zijn allemaal blijven hopen, uit alle macht. Maar nu weten we het. Haar ouders zullen nooit terugkomen. Ze zijn vermoord in Auschwitz, in die afgrijselijke zomer van 1942.

Ik vraag me soms af hoeveel kinderen zoals zij door de hel zijn gegaan en het hebben overleefd, en nu verder moeten zonder degenen van wie ze houden. Zoveel leed, zoveel pijn. Sarah heeft alles moeten opgeven wat ze was: haar familie, haar naam, haar geloof. We hebben het er nooit over, maar ik weet hoe diep de leegte is, hoe wreed haar verlies. Sarah zegt dat ze het land uit wil en ergens anders opnieuw wil beginnen, ver weg van alles wat ze heeft gekend, alles wat ze heeft meegemaakt. Ze is nu te klein, te kwetsbaar om weg te gaan van de boerderij, maar die dag zal komen. Jules en ik zullen haar moeten laten gaan.

Ja, de oorlog is voorbij, eindelijk voorbij, maar voor je vader en mij is niets meer zoals vroeger. Niets zal ooit meer zo zijn als vroeger. De vrede heeft een bittere bijsmaak. En de toekomst ziet er onheilspellend uit. Wat er allemaal is gebeurd heeft het aanzien van de wereld veranderd. En van Frankrijk. Frankrijk is nog bezig te herstellen van zijn donkerste jaren. Zal het ooit herstellen? vraag ik me af. Dit is niet langer het Frankrijk dat ik als meisje kende. Dit is een ander Frankrijk, dat ik niet herken. Ik ben nu oud, en ik weet dat mijn dagen geteld zijn. Maar Sarah, Gaspard en Nicolas zijn nog jong. Zij zullen in dit nieuwe Frankrijk moeten leven. Ik heb medelijden met hen en ik ben bang voor wat komen gaat.

Lieve jongen, dit was helemaal niet bedoeld als een sombere brief, maar helaas, het is er wel een geworden, en dat spijt me echt. De tuin moet worden gewied en de kippen gevoerd, dus ik ga afsluiten. Nogmaals bedankt voor alles wat jullie voor Sarah hebben gedaan. God zegene jullie beiden, voor jullie vrijgevigheid en jullie trouw, en God zegene jullie jongens.

Je liefhebbende moeder,
Geneviève

Weer een telefoontje. Mijn mobiel. Ik had hem uit moeten zetten. Het was Joshua. Ik was verbaasd hem te horen. Gewoonlijk belde hij nooit zo laat.

'Schat, ik heb je op het nieuws gezien,' teemde hij. 'Je zag eruit om door een ringetje te halen. Tikkeltje bleek, maar heel charmant.'

'Het nieuws?' Ik hapte naar adem. 'Wat voor nieuws?'

'Ik zet mijn tv aan voor het nieuws van acht uur op TF1, en daar staat mijn Julia, vlak onder de premier.'

'O,' zei ik, 'de Vel d'Hiv'-ceremonie.'

'Goeie speech, vond je niet?'

'Heel goed.'

Het was even stil. Ik hoorde de klik van zijn aansteker toen hij een Marlboro Mild opstak, zo een uit een zilverkleurig doosje, alleen verkrijgbaar in de vs. Ik vroeg me af wat hij me te zeggen had. Gewoonlijk kwam het er botweg uit. Al te botweg.

'Wat is er, Joshua?' vroeg ik op mijn hoede.

'Niks, eigenlijk. Ik belde je alleen om te zeggen dat je het goed gedaan hebt. Dat artikel van je over het Vel d'Hiv' heeft wat losgemaakt. Dat wou ik even zeggen. Bambers foto's zijn ook fantastisch. Goed gedaan met zijn tweeën.'

'O,' zei ik. 'Dank je wel.'

Maar ik kende hem langer dan vandaag.

'Verder nog iets?' vroeg ik voorzichtig.

'Eén dingetje.'

'Vertel op,' zei ik.

'Eén dingetje dat er naar mijn mening aan ontbreekt. Je hebt de overlevenden erin, de getuigen, die oude vent in Beaune et cetera, prima allemaal. Prima, prima. Maar een paar dingetjes ben je vergeten. De agenten. De Franse politieagenten.'

'Nou?' vroeg ik, terwijl ik een zekere irritatie voelde opkomen. 'Wat is er met die Franse politieagenten?'

'Het zou helemaal perfect zijn geweest als je die agenten van de razzia aan de praat had gekregen. Als je een paar van die kerels had kunnen opsporen, gewoon om hun kant van het verhaal te horen. Al zijn het nu oude mannen. Wat hebben die lui aan hun kinderen verteld? Hebben hun familieleden er ooit iets van geweten?'

Hij had natuurlijk gelijk. Dat was niet bij me opgekomen. Mijn irritatie zakte weer. Ik zweeg, verslagen.

'Hé, Julia, geeft niks hoor,' grinnikte Joshua. 'Je hebt goed werk geleverd. Trouwens, misschien hadden die agenten toch niet willen praten. Je bent in je research waarschijnlijk niet veel over hen tegengekomen, of wel?'

'Nee,' zei ik. 'Nu je het zegt, ik heb helemaal niets gelezen over hoe de Franse politie ertegenover stond. Ze deden gewoon hun werk.'

'Ja, hun werk,' echode Joshua. 'Maar ik had weleens willen weten hoe ze daarmee hebben kunnen leven. En nu we het er toch over hebben, hoe zit het met de gasten die die eindeloze treinen van Drancy naar Auschwitz bestuurden? Wisten die wat ze aan boord hadden? Dachten ze dat het vee was? Wisten ze waar ze die mensen naartoe brachten, wat er met hen zou gebeuren? En al die kerels die die bussen bestuurden? Wisten die iets?'

Hij had weer gelijk, natuurlijk. Ik zweeg. Een goede journalist zou diep zijn gaan graven in dat soort taboes. De Franse politie, de Franse spoorwegen, het Franse busvervoer.

Maar ik was helemaal in beslag genomen door de kinderen van het Vel d'Hiv'. En door één kind in het bijzonder.

'Alles oké, Julia?' klonk zijn stem.

'Helemaal top,' loog ik.

'Jij moet er even tussenuit,' verklaarde hij. 'Hoogste tijd om een vliegtuig te pakken en naar huis te gaan.'

'Dat is precies wat ik van plan ben.'

Het laatste telefoontje die avond kwam van Nathalie Dufaure. Ze klonk opgetogen. Ik zag voor me hoe haar ondeugende gezichtje straalde van opwinding en hoe haar bruine ogen fonkelden.

'Julia! Ik heb al opa's papieren doorgekeken en ik heb het gevonden. Ik heb Sarahs kaart gevonden!'

'Sarahs kaart?' herhaalde ik verbaasd.

'De kaart die ze stuurde om te zeggen dat ze ging trouwen, haar laatste kaart. Daarop staat de naam van haar echtgenoot.'

Ik pakte een pen en zocht op de tast naar een stukje papier. Geen papier. Ik hield de balpen klaar boven de rug van mijn hand.

'En de naam is...?'

'Ze schreef om te zeggen dat ze ging trouwen met Richard J. Rainsferd.' Ze spelde de naam. 'De kaart is gedateerd op 15 maart 1955. Geen adres. Verder niets. Alleen dat.'

'Richard J. Rainsferd,' herhaalde ik terwijl ik het in blokletters op mijn hand schreef.

Ik bedankte Nathalie, beloofde haar dat ik haar op de hoogte zou houden en toetste Charla's nummer in Manhattan in. Haar assistente Tina nam op en zette me even in de wacht. Toen klonk Charla's stem. 'Jij weer, liefie?'

Ik kwam meteen ter zake. 'Hoe spoor je iemand op in de vs, hoe krijg je iemand te pakken?'

'Het telefoonboek,' zei ze.

'Gaat dat zo gemakkelijk?'

'Er zijn andere manieren,' antwoordde ze cryptisch.

'En als het om iemand gaat die sinds 1955 verdwenen is?'

'Heb je een sofinummer, een nummerplaat, of op z'n minst een adres?'

'Nee, niets.'

Ze floot tussen haar tanden door. 'Dat wordt moeilijk. Ik weet niet of dat lukt. Maar ik ga het proberen, ik heb een paar kennissen die misschien kunnen helpen. Geef me de naam maar.'

Op dat moment hoorde ik de voordeur dichtslaan en het gekletter van sleutels die op tafel werden gesmeten.

Mijn man, terug uit Brussel.

'Ik bel je later,' fluisterde ik tegen mijn zus en ik hing op.

Bertrand liep de kamer in. Hij zag er gespannen en bleek uit, zijn gezicht was strak. Hij kwam naar me toe en sloeg zijn armen om me heen. Ik voelde zijn kin op mijn kruin.

Ik moest snel iets zeggen.

'Ik heb het niet gedaan,' zei ik.

Hij verroerde zich nauwelijks. 'Dat weet ik,' reageerde hij. 'De arts heeft me gebeld.'

Ik maakte me los.

'Ik kon het niet, Bertrand.'

Hij lachte, een vreemde, wanhopige glimlach. Hij liep naar het raam, waar de sterkedrank op een dienblad stond, en schonk zich een cognac in. Het viel me op hoe snel hij het glas leegdronk, waarbij hij zijn hoofd in zijn nek gooide. Het was een lelijke beweging en het verontrustte me.

'Dus wat nu?' zei hij terwijl hij het glas met een klap terugzette. 'Wat doen we nu?'

Ik probeerde te glimlachen, maar ik voelde dat het een vreugdeloze namaaklach was. Bertrand ging op de bank zitten en maakte de twee bovenste knoopjes van zijn hemd los. Toen zei hij: 'Ik kan de gedachte aan dit kind niet aan, Julia. Dat heb ik je al geprobeerd duidelijk te maken. Je wilde niet luisteren.'

Iets in zijn stem maakte dat ik beter naar hem keek. Hij zag er kwetsbaar, uitgeput uit. Een fractie van een seconde zag ik het vermoeide gezicht van Edouard Tézac, de uitdrukking op zijn gezicht in de auto toen hij me had verteld hoe Sarah was teruggekomen.

'Ik kan je er niet van weerhouden deze baby te krijgen. Maar je moet weten dat ik het gewoon niet aankan. Als we dit kind krijgen, ga ik kapot.'

Ik wilde mijn medelijden uiten – hij leek zo verloren en weerloos – maar in plaats daarvan overviel me een onverwachte wrevel.

'Kapot?' herhaalde ik.

Bertrand stond op en schonk zich nog eens in. Ik wendde mijn blik af toen hij het glas achteroversloeg.

'Weleens gehoord van een midlifecrisis, *amour*? Jullie Amerikanen zijn toch zo dol op die term? Jij gaat zo op in je baan, je vrienden, je dochter, je hebt niet eens gemerkt wat ik doormaak. Eigenlijk kan het je niet schelen ook. Waar of niet?'

Stomverbaasd keek ik hem aan.

Hij ging traag en voorzichtig op de bank liggen en staarde naar het plafond. Langzame, omzichtige bewegingen die ik hem nog nooit had zien maken. De huid van zijn gezicht leek gekreukt. Ineens keek ik naar een man die oud begon te worden. Weg was de jonge Bertrand. Hij was altijd uitbundig jong, bruisend en energiek geweest. Het soort man dat nooit stilzit, altijd onderweg, opgewekt, snel, gretig. De man naar wie ik keek was als een schim van zijn vroegere zelf. Wanneer had dit plaatsgevonden? Hoe was het mogelijk dat ik dit niet had gezien? Bertrand met zijn schallende lach. Zijn grapjes. Zijn lef. *Is dat jouw man?* fluisterden de mensen onder de indruk, vol bewondering. Bertrand tijdens dineetjes, altijd het hoogste woord, maar niemand vond dat erg, hij was zo interessant. De manier waarop Bertrand je aankeek, die machtige sprankeling van zijn blauwe ogen en dat scheve, duivelse glimlachje.

Vanavond was er niets sterks of stevigs aan hem. Hij leek het te hebben opgegeven. Daar zat hij, slap, lusteloos. Zijn ogen stonden triest, zijn oogleden hingen omlaag.

'Jij hebt nooit gemerkt wat ik doormaak, hè?'

Zijn stem was vlak en toonloos. Ik ging naast hem zitten en streelde zijn hand. Hoe kon ik ooit toegeven dat ik het niet had gemerkt? Hoe kon ik ooit uitleggen hoe schuldig ik me voelde?

'Waarom heb je het me niet verteld, Bertrand?'

Zijn mondhoeken gingen naar beneden. 'Dat heb ik geprobeerd. Het lukte me nooit.'

'Waarom niet?'

Toen werd zijn gezicht hard. Hij stootte een droog lachje uit. 'Jij luistert niet naar mij, Julia.'

En ik wist dat hij gelijk had. Die afschuwelijke avond, toen zijn stem zo schor had geklonken. Toen hij zijn grootste angst had geuit, de angst om oud te worden. Toen het tot me doordrong dat hij kwetsbaar was. Veel kwetsbaarder dan ik ooit had kunnen vermoeden. En ik had mijn blik afgewend. Het had me gestoord. Het had mijn weerzin gewekt. En dat had hij gemerkt. En hij had me niet durven zeggen hoezeer hem dat had gekwetst.

Zwijgend zat ik naast hem en hield zijn hand vast. De ironie van de situatie begon tot me door te dringen. Een depressieve echtgenoot. Een mislukt huwelijk. Een baby op komst.

'Waarom gaan we niet even ergens een hapje eten, bij de Select of de Rotonde?' zei ik vriendelijk. 'Dan kunnen we het erover hebben.'

Hij kwam half overeind. 'Een andere keer misschien. Ik ben moe.'

Ik besefte dat hij de afgelopen maanden vaak moe was geweest. Te moe om naar de film te gaan, te moe om een rondje door het Luxembourg te gaan joggen, te moe om op zondagmiddag met Zoë naar Versailles te gaan. Te moe om te vrijen. Vrijen... Wanneer was dat voor het laatst geweest? Weken geleden. Ik zag hoe hij met zware tred door de kamer liep. Hij was dikker geworden. Dat had ik ook niet in de gaten gehad. Bertrand besteedde zoveel aandacht aan zijn uiterlijk. *Jij gaat zo op in je baan, je vrienden, je dochter, je hebt niet eens gemerkt wat ik doormaak. Jij luistert niet naar mij, Julia.* Een gevoel van schaamte laaide in me op. Moest ik de waarheid niet eens onder ogen zien? Bertrand had de afgelopen weken geen deel uitgemaakt van mijn leven, ook al sliepen we in hetzelfde bed en woonden we onder hetzelfde dak. Ik had hem niets verteld over Sarah Starzinski. Over mijn nieuwe band met Edouard. Had ik Bertrand niet buiten alles gelaten wat belangrijk voor me was? Ik had hem buitengesloten, en het ironische was dat ik zijn kind in me droeg.

Vanuit de keuken klonk het geluid van de koelkast die werd opengemaakt, het geritsel van aluminiumfolie. Hij kwam terug de kamer in, een kippenbout in de ene hand en de folie in de andere.

'Eén ding, Julia.'

'Ja?' zei ik.

'Toen ik je zei dat ik dit kind niet aankon, meende ik dat. Jij hebt je besluit genomen. Prima. Maar dit is mijn besluit. Ik heb tijd nodig voor mezelf. Ik wil even weg van alles. Na de zomer verhuizen jij en Zoë naar de rue de Saintonge. Ik zoek een andere woning, ergens in de buurt. En dan zien we wel hoe het gaat. Misschien kan ik me tegen die tijd neerleggen bij deze zwangerschap. Zo niet, dan gaan we scheiden.'

Dat kwam niet onverwacht. Ik had het al de hele tijd zien aankomen. Ik stond op en streek mijn jurk glad. Rustig zei ik: 'Het enige wat nu telt is Zoë. Wat er ook gebeurt, we moeten met haar praten, jij en ik. We moeten haar voorbereiden. We moeten dit goed doen.'

Hij legde de kippenbout terug in de folie. 'Waarom ben je zo hard, Julia?' vroeg hij. In zijn toon lag geen enkel sarcasme, alleen maar verbittering. 'Je klinkt net als je zus.'

Ik gaf geen antwoord en liep de kamer uit. Ik ging naar de badkamer en zette de kraan open. Toen drong het tot me door: had ik mijn keuze niet al gemaakt? Ik had voor de baby gekozen in plaats van voor Bertrand. Ik was niet vermurwd door zijn standpunt, zijn diepe angst; het vooruitzicht dat hij een paar maanden of voorgoed uit huis ging, had me niet afgeschrikt. Bertrand kon toch niet verdwijnen. Hij was de vader van mijn dochter, van het kind in me. Hij kon nooit helemaal uit ons leven verdwijnen.

Maar terwijl ik in de spiegel naar mezelf keek en de stoom langzaam de badkamer vulde en met zijn nevelige adem mijn spiegelbeeld wegvaagde, kreeg ik het gevoel dat alles radicaal was veranderd. Hield ik nog wel van Bertrand? Had ik hem nog nodig? Hoe kon ik verlangen naar zijn kind, maar niet naar hem?

Ik wilde huilen, maar de tranen kwamen niet.

Ik lag nog in bad toen hij binnenkwam. In zijn hand het rode 'Sarah'-dossier dat ik in mijn tas had laten zitten.

'Wat is dit?' vroeg hij, terwijl hij met het dossier zwaaide.

Van schrik maakte ik een plotselinge beweging, zodat het water over de rand van het bad spatte. Hij zag er verward en verhit uit. Hij ging abrupt op het deksel van de wc zitten. Op elk ander moment zou ik hebben gelachen om de bespottelijke manier waarop hij daar zat.

'Laat me uitleggen...' begon ik.

Hij stak zijn hand op. 'Je kunt het gewoon niet laten, hè? Je kunt het verleden niet met rust laten.' Hij keek de map door, bladerde door de brieven van Jules Dufaure aan André Tézac, bekeek de foto's van Sarah.

'Wat is dit allemaal? Wie heeft je dit gegeven?'

'Je vader,' antwoordde ik rustig.

Hij staarde me aan. 'Wat heeft mijn vader hiermee te maken?'

Ik stapte uit bad, pakte een handdoek, keerde hem mijn rug toe en droogde me af. Op de een of andere manier wilde ik niet dat hij naar mijn naakte lichaam keek. 'Het is een lang verhaal, Bertrand.'

'Waarom moest je dat allemaal overhoop halen? Dit is zestig jaar geleden gebeurd! Het is allemaal verleden tijd.'

Ik keerde me met een ruk om en keek hem recht aan. 'Nee, dat is het niet. Zestig jaar geleden is er iets met je familie gebeurd. Iets waar jij niets vanaf weet. En Mamé ook niet.'

Zijn mond viel open. Hij leek verbijsterd. 'Wat is er gebeurd? Vertel op!' eiste hij.

Ik pakte het dossier van hem af en hield het tegen me aan. 'Vertel jij mij maar eens wat je in mijn tas te zoeken had.'

We klonken als ruziënde kinderen in de schoolpauze. Hij sloeg zijn ogen ten hemel. 'Ik zag die map in je tas zitten. Ik vroeg me af wat het was. Meer niet.'

'Ik heb wel vaker mappen in mijn tas. Je hebt er nog nooit in gekeken.'

'Daar gaat het niet om. Zeg op, wat is dit allemaal? Ik wil het nu van je horen.'

Ik schudde mijn hoofd. 'Bertrand, bel je vader. Zeg hem dat je het dossier hebt gevonden. Vraag het hem.'

'Vertrouw je me soms niet?'

Zijn trekken verslapten. Ik kreeg ineens medelijden met hem. Hij zag er gekwetst en sceptisch uit.

'Je vader heeft me gevraagd het je niet te vertellen,' zei ik vriendelijk.

Bertrand stond vermoeid op van de wc en stak zijn hand uit naar de deurknop. Hij zag er verslagen en afgemat uit.

Hij deed een stap terug om zachtjes mijn wang te strelen. Zijn vingers voelden warm tegen mijn gezicht.

'Julia, wat is er met ons gebeurd? Waar is het misgegaan?'

Toen ging hij weg.

De tranen kwamen op en ik liet ze over mijn gezicht stromen. Hij hoorde me huilen, maar hij kwam niet terug.

In de zomer van 2002, in de wetenschap dat Sarah Starzinski vijftig jaar eerder vanuit Parijs naar New York City was gegaan, voelde ik hoe ik naar de overkant van de Atlantische Oceaan werd getrokken als een stukje staal door een sterke magneet. Ik kon niet wachten om te vertrekken. Ik kon niet wachten om Zoë weer te zien en op zoek te gaan naar Richard J. Rainsferd. Ik kon niet wachten om aan boord van dat vliegtuig te gaan.

Ik vroeg me af of Bertrand zijn vader had gebeld om erachter te komen wat er al die jaren geleden in het appartement in de rue de Saintonge was voorgevallen. Hij had er niets over gezegd. Hij bleef vriendelijk, maar gereserveerd. Ik had het gevoel dat ook hij ernaar uitzag dat ik wegging. Zodat hij over de dingen kon nadenken? Amélie kon opzoeken? Ik wist het niet. Het maakte me ook niets uit. Ik zei tegen mezelf dat het me niets uitmaakte.

Een paar uur voor mijn vertrek naar New York belde ik mijn schoonvader om afscheid te nemen. Hij zei niets over een gesprek met Bertrand, en ik vroeg hem er niet naar.

'Waarom is Sarah opgehouden naar de Dufaures te schrijven?' vroeg Edouard. 'Wat denk jij dat er gebeurd is, Julia?'

'Ik weet het niet, Edouard. Maar ik ga mijn best doen om daar achter te komen.'

Precies die vragen maalden dag en nacht door mijn hoofd. Toen ik enkele uren later in het vliegtuig stapte, stelde ik mezelf nog steeds die ene vraag. Leefde Sarah Starzinski nog?

Mijn zus. Haar glanzende kastanjebruine haar, de kuiltjes in haar wangen, haar mooie blauwe ogen. Haar sterke, atletische bouw, net als die van onze moeder. *Les soeurs* Jarmond, een kop groter dan alle vrouwen van de Tézac-lijn. Hun verblufte, brede glimlach. Met een tikkeltje jaloezie erin. Waarom zijn jullie *Américaines* zo lang, zit er iets in jullie eten, vitamines, hormonen? Charla was nog langer dan ik. Een paar zwangerschappen hadden haar sterke, slanke lijf niet gevulder gemaakt.

Charla had mijn gezicht op het vliegveld nog maar net gezien of ze wist dat me iets dwarszat, en dat het niets te maken had met de baby die ik had besloten te houden, of met huwelijksproblemen. Terwijl we de stad in reden, ging haar mobiele telefoon aan één stuk door. Haar assistente, haar baas, haar klanten, haar kinderen, de oppas, haar ex-man Ben vanuit Long Island, haar huidige man Barry, die voor zaken in Atlanta was – er leek geen eind aan te komen. Ik was zo blij om haar te zien dat het me niet uitmaakte. Gewoon naast haar te zitten, schouder aan schouder, gaf me een gelukkig gevoel.

Zodra we alleen waren in de smetteloze verchroomde keuken van haar smalle herenhuis in East 81st Street, en ze een witte wijn voor haarzelf en (in verband met mijn zwangerschap) een glas appelsap voor mij had ingeschonken, kwam het hele verhaal eruit.

Charla wist niet veel over Frankrijk. Ze beheerste het Frans niet goed; Spaans was de enige vreemde taal die ze vloeiend sprak. De bezetting zei haar niet veel. Ze zat er stil bij terwijl ik haar vertelde over de razzia, de kampen, de treinen naar Polen. Parijs in juli 1942. Het appartement in de rue de Saintonge. Sarah. Haar broertje Michel.

Ik zag haar lieve gezicht bleek worden van afschuw. Het glas witte wijn bleef onaangeroerd. Ze drukte haar vingers hard tegen haar mond en schudde haar hoofd. Ik vertelde verder tot het eind van het verhaal, Sarahs laatste kaart uit New York in 1955.

Toen zei ze: 'Grote goedheid.' Ze nam vlug een slokje wijn. 'Je bent hier gekomen voor haar, hè?'

Ik knikte.

'Waar ga je in 's hemelsnaam beginnen?'

'Die naam waar ik je over belde, weet je nog? Richard J. Rainsferd. Dat is de naam van haar echtgenoot.'

'Rainsferd?' vroeg ze.

Ik spelde het.

Charla stond plotseling op en pakte de draadloze telefoon.

'Wat doe je?' vroeg ik.

Ze stak haar hand op en gebaarde dat ik mijn mond moest houden.

'Hallo, ik ben op zoek naar een zekere Richard J. Rainsferd. In de staat New York. Ja, dat klopt, R-A-I-N-S-F-E-R-D. Niets? Oké, zou u dan in New Jersey kunnen kijken, alstublieft?... Niets... Connecticut?... Fantastisch. Ja, dank u wel. Een moment.'

Ze schreef iets op een papiertje. Dat overhandigde ze me met een zwierig gebaar.

'Gevonden,' zei ze triomfantelijk.

Ongelovig las ik het nummer en het adres.

De heer en mevrouw R.J. Rainsferd, 2299 Shepaug Drive, Roxbury, Connecticut.

'Dat kunnen ze niet zijn,' mompelde ik. 'Zo simpel gaat dat niet.'

'Roxbury,' zei Charla peinzend. 'Ligt dat niet in Litchfield County? Daar heb ik een tijdje een aanbidder gehad. Toen was jij al weg. Greg Tanner. Echt een schatje. Zijn vader was arts. Leuk stadje, Roxbury. Ongeveer 160 kilometer van Manhattan.'

Ik zat totaal overdonderd op mijn kruk. Ik kon gewoon niet geloven dat het opsporen van Sarah Starzinski zo gemakkelijk was gegaan, zo vlug. Ik was nog maar net geland. Ik had nog niet eens met mijn dochter gesproken. En ik had Sarah al gevonden. Ze leefde nog. Het leek onmogelijk, onwerkelijk.

'Luister,' zei ik, 'hoe weten we zeker dat zij het is?'

Charla zat aan tafel, druk bezig haar laptop aan te zetten. Ze zocht in haar tas naar haar bril en zette die op haar neus. 'Daar gaan we nu achter komen.'

Ik ging achter haar staan terwijl haar vingers behendig over het toetsenbord gleden.

'Wat doe je nu?' vroeg ik niet-begrijpend.

'Rustig maar,' zei ze kortaf terwijl ze doortypte. Over haar schouder zag ik dat ze al op internet zat.

Op het scherm stond: *'Welkom in Roxbury, Connecticut. Evenementen, bijeenkomsten, mensen, onroerend goed.'*

'Perfect. Precies wat we nodig hebben,' zei Charla terwijl ze het scherm bestudeerde. Toen trok ze voorzichtig het papiertje uit mijn vingers, nam de telefoon weer op en toetste het nummer in.

Dit ging me te snel. Mijn hoofd tolde ervan. 'Charla! Wacht even! Wat ga je in godsnaam zeggen?'

Ze legde haar hand over de hoorn. De blauwe ogen keken verontwaardigd over haar brilmontuur. 'Je vertrouwt me toch zeker wel?'

Ze sprak met haar advocatenstem. Krachtig, beheerst. Ik kon alleen maar knikken. Ik voelde me hulpeloos, paniekerig. Ik stond op, beende door de keuken heen en weer en streek met mijn vingers over het gladde aanrecht en de huishoudelijke apparaten.

Toen ik weer naar haar keek, grijnsde ze breed. 'Misschien moet je toch een slokje van die wijn nemen. En maak je geen zorgen over de nummermelding, die heb ik uitgeschakeld.' Ineens stak ze haar wijsvinger op en gebaarde naar de telefoon. 'Ja, hallo, goedenavond, spreek ik met, eh, mevrouw Rainsferd?'

Ondanks mezelf moest ik lachen om haar nasale zeurtoon. Stemmetjes nadoen was altijd haar sterke punt geweest.

'O, sorry... Is ze er niet?'

'Mevrouw Rainsferd' was er niet. Dus er bestond echt een mevrouw Rainsferd. Ongelovig luisterde ik verder.

'Ja, eh, u spreekt met Sharon Burstall van de Minor Memorial-bibliotheek in South Street. Ik vroeg me af of u naar onze eerste zomerbijeenkomst zou willen komen, die staat gepland voor 2 augustus... O, o. Tjee, sorry, mevrouw. Hmmm. Ja, duizendmaal sorry dat ik u heb gestoord, ma'am. Dank u wel, dag.'

Ze legde de telefoon neer en wierp me een zelfvoldane glimlach toe.

'En?' zei ik, happend naar adem.

'De vrouw die ik aan de lijn had was de verpleegster van Richard Rainsferd. Hij is een zieke oude man. Aan bed gekluisterd. Heeft veel zorg nodig. Ze komt elke middag langs.'

'En mevrouw Rainsferd?' vroeg ik ongeduldig.

'Kon elk moment thuiskomen.'

Ik keek Charla wezenloos aan. 'Dus wat moet ik doen?' vroeg ik. 'Gewoon ernaartoe gaan?'

Mijn zus lachte. 'Wat anders?'

Daar was het. Shepaug Drive nummer 2299. Ik zette de motor af en bleef in de auto zitten, mijn klamme handpalmen op mijn knieën.

Van waar ik zat kon ik het huis zien, achter de twee stenen zuilen van het hek. Het was een laag huis in koloniale stijl, waarschijnlijk van eind jaren dertig, gokte ik. Minder indrukwekkend dan de villa's van een slordige miljoen dollar die ik onderweg hiernaartoe had gezien, maar smaakvol en harmonieus.

Toen ik Route 67 op was gereden, werd ik getroffen door de ongerepte, landelijke schoonheid van Litchfield County: glooiende heuvels, glinsterende rivieren, weelderige begroeiing, zelfs nu, midden in de zomer. Ik was vergeten hoe heet het in New England kon zijn. Ondanks de krachtige airconditioning stikte ik zowat. Ik wou dat ik een fles bronwater had meegenomen. Mijn keel voelde aan als karton.

Charla had gezegd dat de inwoners van Roxbury welgesteld waren. Roxbury was een van die speciale, trendy kunstenaarsplaatsjes waar niemand ooit genoeg van kreeg, legde ze uit. Kunstenaars, schrijvers, filmsterren: kennelijk waren er hier een heleboel van. Ik vroeg me af wat Richard Rainsferd voor de kost deed. Had hij hier altijd al een huis gehad? Of waren hij en Sarah na hun pensionering vanuit Manhattan hierheen gekomen? En hadden ze kinderen? Hoeveel dan? Ik tuurde door de voorruit naar de stenen buitenkant van het huis en telde het aantal ramen. Er waren daarbinnen waarschijnlijk twee of drie slaapkamers, schatte ik, tenzij het huis aan de achterkant groter was dan ik dacht. Hun kinderen waren misschien van mijn leeftijd. En kleinkinderen. Ik rekte mijn hals uit om te zien of er auto's voor het huis geparkeerd stonden. Ik kon alleen maar een gesloten vrijstaande garage onderscheiden.

Ik keek op mijn horloge. Net na tweeën. Het had me slechts een paar uur gekost om vanuit New York hierheen te rijden. Charla had me haar Volvo geleend; die was al even smetteloos als haar keuken. Plotseling wou ik dat ze vandaag mee had kunnen gaan. Maar het was haar niet gelukt haar afspraken af te zeggen. 'Gaat wel goed, zussie,' had ze gezegd terwijl ze me de autosleuteltjes toegooide. 'Hou me op de hoogte, oké?'

Ik zat in de Volvo en mijn onrust steeg tegelijk met de verpletterende hitte. Wat moest ik in godsnaam zeggen tegen Sarah Starzinski? Zo kon ik haar niet eens noemen. Evenmin als Dufaure. Ze was inmiddels mevrouw Rainsferd, al vijftig jaar. De auto uit stappen en op het koperen belknopje drukken dat ik rechts naast de voordeur zag, leek me geen optie. *'Ja, hallo mevrouw Rainsferd, u kent mij niet, mijn naam is Julia Jarmond, maar ik wilde het graag met u hebben over de rue de Saintonge, en over wat er is gebeurd, en over de familie Tézac, en...'*

Het klonk slap, gekunsteld. Wat deed ik hier? Waarom was ik helemaal hierheen gekomen? Ik had haar een brief moeten schrijven en haar antwoord moeten afwachten. Het was bespottelijk van me hierheen te komen. Een bespottelijk idee. Wat had ik eigenlijk gehoopt? Dat ze me met open armen zou ontvangen, me een kopje thee zou inschenken en zou mompelen: 'Natuurlijk vergeef ik het de familie Tézac.' Belachelijk. Absurd. Ik was voor niets hierheen gekomen. Ik zou rechtsomkeert moeten maken, nu meteen.

Ik stond op het punt de auto in z'n achteruit te zetten en weg te gaan, toen ik werd opgeschrikt door een stem.

'Zoekt u iemand?'

Ik draaide me om in mijn bezwete stoel en zag een gebruinde vrouw van midden dertig. Ze had kort zwart haar en een gedrongen postuur.

'Ik ben op zoek naar mevrouw Rainsferd, maar ik weet niet zeker of dit het goede huis is...'

De vrouw glimlachte. 'Zeker is dit het goede huis. Maar mijn moeder is even weg. Boodschappen doen. Over een kwartier is ze wel weer terug. Ik ben Ornella Harris. Ik woon hiernaast.'

Ik keek naar Sarahs dochter. Sarah Starzinski's dochter.

Ik deed mijn best om kalm te blijven en wist een beleefde glimlach op mijn gezicht te toveren. 'Ik ben Julia Jarmond.'

'Aangenaam,' zei ze. 'Kan ik misschien iets voor u doen?'

Ik zocht koortsachtig naar woorden. 'Nou ja, ik hoopte eigenlijk uw moeder te kunnen ontmoeten. Ik had beter eerst kunnen bellen en zo, maar ik was toevallig in Roxbury, en ik dacht, ik ga even langs...'

'Bent u een vriendin van mama?' vroeg ze.

'Niet echt. Ik heb onlangs een van haar neven ontmoet, en hij vertelde me dat ze hier woonde...'

Ornella's gezicht klaarde op. 'O, dan hebt u zeker Lorenzo ontmoet! Was dat in Europa?'

Ik probeerde niet te laten merken dat ik in het duister tastte. Wie was Lorenzo in 's hemelsnaam?

'Ja, inderdaad, het was in Parijs.'

Ornella grinnikte. 'Tja, da's een mooi portret, oom Lorenzo. Mama is dol op hem. Hij komt niet vaak op bezoek, maar hij belt heel vaak.'

Ze gebaarde met haar hoofd: 'Wilt u misschien even meekomen voor een glaasje ijsthee of zo? Het is verdomd heet hier. Dan kunt u daar wachten tot mama komt. We horen haar auto wel aankomen.'

'Ik wil u niet tot last zijn...'

'Mijn kinderen maken een boottocht op het Lillinonah-meer met hun vader, dus maak u geen zorgen!'

Ik stapte uit de auto, steeds zenuwachtiger, en volgde Ornella naar het terras van het huis ernaast, in dezelfde stijl gebouwd als het huis van de Rainsferds. Het gazon was bezaaid met plastic speelgoed, frisbees, onthoofde barbiepoppen en lego. Terwijl ik in de koele schaduw ging zitten, vroeg ik me af hoe vaak Sarah Starzinski hier kwam om haar kleinkinderen te zien spelen. Aangezien ze hiernaast woonde, kwam ze vast elke dag.

Ornella gaf me een groot glas ijsthee, dat ik dankbaar aannam. We dronken in stilte.

'Woont u hier in de buurt?' vroeg ze ten slotte.

'Nee, ik woon in Frankrijk. In Parijs. Ik ben getrouwd met een Fransman.'

'Parijs, wauw,' kirde ze. 'Prachtige stad, hè?'

'Ja, maar ik ben best blij om weer thuis te zijn. Mijn zus woont in Manhattan en mijn ouders in Boston. Ik ben hier gekomen voor de zomervakantie.'

De telefoon ging. Ornella stond op om hem op te nemen. Ik hoorde haar zachtjes praten, vervolgens kwam ze terug naar het terras.

'Dat was Mildred,' zei ze.

'Mildred?' vroeg ik uitdrukkingloos.

'De verpleegster van mijn vader.'

De vrouw die Charla gisteren had gesproken. Die het had gehad over een oude, bedlegerige man.

'Gaat het al wat beter... met uw vader?' vroeg ik aarzelend.

Ze schudde haar hoofd. 'Nee, dat niet. De kanker is in een te vergevorderd stadium. Hij gaat het niet redden. Hij kan niet eens meer praten, hij ligt in coma.'

'Wat vreselijk,' murmelde ik.

'Goddank is mama zo'n rots in de branding. Zij is degene die míj hier doorheen sleept in plaats van omgekeerd. Ze is fantastisch. En mijn man, Eric, ook. Ik zou niet weten wat ik zonder die twee moest beginnen.'

Ik knikte. Toen hoorden we het grind knerpen onder de wielen van een auto.

'Dat is mama!' zei Ornella.

Ik hoorde een autoportier dichtslaan en het knersende geluid van voetstappen op de kiezels. Toen klonk er een hoge, aardige stem aan de andere kant van de heg: 'Nella! Nella!'

Er klonk een zangerige, buitenlandse intonatie in door.

'Ik kom eraan, mam.'

Mijn hart bonsde als een gek in mijn ribbenkast. Ik moest mijn hand op mijn borstbeen leggen om het tot kalmte te brengen. Terwijl ik Ornella's brede, wiegende heupen over het grasveld achterna liep, voelde ik me wee van opwinding en onrust.

Ik zou Sarah Starzinski ontmoeten. Ik zou haar met eigen ogen zien. God mocht weten wat ik tegen haar zou zeggen.

Ofschoon ze vlak naast me stond, hoorde ik Ornella's stem van heel ver weg.

'Mam, dit is Julia Jarmond, een bekende van oom Lorenzo, ze komt uit Parijs en was toevallig in Roxbury...'

De glimlachende vrouw die op me af kwam lopen droeg een rode, enkellange jurk. Ze was achter in de vijftig. Ze had hetzelfde gedrongen figuur als haar dochter: ronde schouders, brede heupen en dikke, gulle armen. Zwart, grijzend haar in een knot, een bruine, gelooide huid en gitzwarte ogen.

Zwarte ogen.

Dit was niet Sarah Starzinski, dat was zeker.

'Dus u vriendin van Lorenzo, *si*? Leuk om kennis te maken!' Een puur Italiaans accent. Geen twijfel mogelijk. Alles aan deze vrouw was Italiaans.

Ik deinsde achteruit en stamelde onsamenhangend: 'Het spijt me, het spijt me vreselijk...'

Ornella en haar moeder staarden me aan. Ze glimlachten aarzelend en keken toen ernstig.

'Ik denk dat u de verkeerde mevrouw Rainsferd bent.'

'De verkeerde mevrouw Rainsferd?' herhaalde Ornella.

'Ik ben op zoek naar een zekere Sarah Rainsferd,' zei ik. 'Ik heb me vergist.'

Ornella's moeder zuchtte en klopte me op de arm. 'Maak u geen zorgen. Dat kan gebeuren.'

'Ik ga ervandoor,' mompelde ik met een knalrood gezicht. 'Sorry dat ik uw tijd heb verspild.'

Ik draaide me om en liep terug naar de auto, trillend van opgelatenheid en teleurstelling.

'Wacht even!' klonk de heldere stem van mevrouw Rainsferd. 'Miss, wacht even!'

Ik hield stil. Ze kwam naar me toe en legde haar mollige hand op mijn schouder. 'Hoor eens, miss, u hebt niet vergist.'

Ik fronste.

'Wat bedoelt u?'

'Het Franse meisje, Sarah, zij eerste vrouw van mijn man.'

Ik staarde haar aan. 'Weet u waar ze is?' hijgde ik.

De mollige hand gaf me opnieuw zachte klopjes. De zwarte ogen keken bedroefd. 'Ze is dood, schat. Ze is gestorven in 1972. Spijt me zo, u dit te moeten vertellen.'

Het duurde een eeuwigheid eer haar woorden tot me doordrongen. Ik voelde me licht in mijn hoofd. Misschien was het de warmte, de zon die op me inbeukte.

'Nella! Haal wat water!'

Mevrouw Rainsferd pakte me bij mijn arm, bracht me terug naar de veranda en liet me plaatsnemen op een houten bank met kussens. Ze gaf me een glas water. Ik dronk, waarbij mijn tanden tegen de rand van het glas tikten, en gaf haar het lege glas terug.

'Spijt me zo u dit te moeten vertellen, geloof me.'

'Hoe is ze overleden?' vroeg ik schor.

'Een auto-ongeluk. Richard en zij woonden al in Roxbury sinds begin jaren zestig. Sarahs auto slipte op de ijzel. Tegen een boom aan gebotst. De wegen hier heel gevaarlijk in de winter, weet u. Zij op slag dood.'

Ik kon niets uitbrengen. Ik was totaal kapot.

'Ach, je bent helemaal van streek, lieverd,' murmelde ze en ze streelde met een moederlijk gebaar mijn wang.

Ik schudde mijn hoofd en mompelde iets. Ik voelde me leeg, uitgeblust. Een lege huls. Bij de gedachte aan de lange rit terug naar New York kon ik wel gillen. En daarna… Wat moest ik tegen Edouard zeggen, en tegen Gaspard? Hoe? Dat ze dood was? Zo, zonder meer? En dat was het dan?

Ze was dood. Omgekomen op haar veertigste. Ze was weg. Dood. Weg.

Sarah was dood. Ik zou nooit met haar kunnen spreken. Ik zou haar nooit kunnen zeggen hoe het me speet, ook namens Edouard, en hoeveel de familie Tézac om haar had gegeven. Ik zou haar nooit kunnen vertellen dat Gaspard en Nicolas Dufaure haar misten, dat ze haar veel liefs wensten. Het was te laat. Dertig jaar te laat.

'Ik heb haar nooit ontmoet, weet u,' zei mevrouw Rainsferd. 'Ik leerde Richard pas paar jaar later kennen. Hij een verdrietig man. En de jongen...'

Ik keek op, een en al aandacht. 'De jongen?'

'Ja, William. Kent u William?'

'Sarahs zoon?'

'Ja, Sarahs jongen.'

'Mijn halfbroer,' zei Ornella.

Er daagde weer hoop.

'Nee, ik ken hem niet. Vertelt u eens iets meer over hem.'

'Arme *bambino*, hij pas twaalf toen zijn moeder omkwam, snapt u. Een diepbedroefde jongen. Ik heb hem opgevoed alsof hij mijn kind was. Ik gaf hem liefde van Italië. Hij is met Italiaans meisje getrouwd, uit mijn eigen dorp.'

Ze straalde van trots.

'Woont hij in Roxbury?' vroeg ik.

Ze glimlachte en klopte weer tegen mijn wang. '*Mammamia*, nee, William woont in Italië. Hij is in 1980 weggegaan uit Roxbury, toen hij twintig. Met Francesca getrouwd in 1985. Hij heeft twee prachtige dochters. Komt af en toe terug om zijn vader te zien, en mij en Nella, maar niet zo heel vaak. Hij vindt hier niet fijn. Doet hem denken aan de dood van zijn moeder.'

Ineens voelde ik me veel beter. Het was minder heet, minder stoffig. Ik merkte dat ik gemakkelijker kon ademhalen.

'Mevrouw Rainsferd,' begon ik.

'Alstublieft,' zei ze, 'zeg maar Mara.'

'Mara,' gehoorzaamde ik. 'Ik zou William heel graag willen spreken. Ik wil hem ontmoeten. Het is heel belangrijk. Zou u mij zijn adres in Italië kunnen geven?'

De verbinding was slecht en ik kon Joshua's stem nauwelijks horen.

'Heb je een voorschot nodig?' vroeg hij. 'Midden in de zomer?'

'Ja!' schreeuwde ik, ineenkrimpend bij het ongeloof in zijn stem.

'Hoeveel?'

Ik noemde het bedrag.

'Hé, wat is er aan de hand, Julia? Begint die praatjesmaker van een vent van je soms krenterig te worden, of hoe zit het?'

Ik zuchtte ongeduldig. 'Kan het wel of niet, Joshua? Het is belangrijk.'

'Natuurlijk kan het,' snauwde hij. 'Het is voor het eerst in al die jaren dat je me om geld vraagt. Je zit toch niet in de problemen?'

'Nee hoor. Ik moet alleen op reis. Dat is alles. En het moet snel.'

'O,' zei hij en ik voelde zijn nieuwsgierigheid aanzwellen. 'En waar ga je naartoe?'

'Ik neem mijn dochter mee naar Toscane. Ik leg het een andere keer nog wel uit.'

Mijn stem klonk vlak en definitief. Hij merkte waarschijnlijk wel dat hij niet meer uit me zou krijgen. Ik voelde zijn irritatie helemaal vanuit Parijs door de lijn pulseren. Het voorschot zou later deze middag op mijn rekening staan, zei hij kortaf. Ik bedankte hem en hing op.

Ik steunde mijn kin op mijn handen en dacht na. Als ik Bertrand zou vertellen wat ik van plan was, zou hij een scène maken. Hij zou alles gecompliceerd en moeilijk maken. Dat kon ik nu niet hebben. Ik zou het Edouard kunnen vertellen... Nee, het was nog te vroeg. Te snel. Ik moest eerst met William Rainsferd spreken. Ik had nu zijn adres, hij zou gemakkelijk te vinden zijn. Met hem spreken was een ander verhaal.

Dan was er Zoë. Hoe zou zij het vinden dat haar vakantie in Long Island werd onderbroken? En dat ze niet naar Nahant zou gaan, waar haar grootouders woonden? Eerst zat ik daarover in. Maar ergens vermoedde ik dat ze het niet erg zou vinden. Ze was nog nooit in Italië geweest. En ik kon haar deelgenoot maken van het geheim. Ik kon haar de waarheid vertellen, haar vertellen dat we de zoon van Sarah Starzinski gingen ontmoeten.

En ten slotte waren er nog mijn ouders. Wat moest ik tegen hen zeggen? Waar zou ik beginnen? Zij verwachtten mij ook in Nahant, na mijn verblijf in Long Island. Wat moest ik hun in 's hemelsnaam vertellen?

'Jaaa,' zei Charla later met haar lijzige accent toen ik dit alles uit de doeken deed, 'jaaa hoor, óp naar Toscane met Zoë, die kerel opsporen en doodleuk zestig jaar na dato sorry gaan zeggen?'

Ik verstrakte bij haar ironische toon.

'Nou, en waarom niet?' vroeg ik.

Ze zuchtte. We zaten in de grote voorkamer op de tweede verdieping van haar huis, die ze als kantoor gebruikte. Haar man zou later die avond thuiskomen. Het avondeten stond klaar in de keuken, we hadden eerder die avond samen gekookt. Charla was gek op felle kleuren, net als Zoë. Deze kamer was een smeltkroes van pistachegroen, robijnrood en flitsend oranje. Toen ik het voor het eerst zag, werd ik er draaierig van, maar ik was eraan gewend geraakt en heimelijk vond ik het intens exotisch. Mijn voorkeur ging eerder uit naar neutrale, zachte kleuren zoals bruin, beige, wit of grijs, zelfs in mijn kleding. Charla en Zoë gingen zich liever te buiten aan alles wat fel was, maar het stond hun allebei schitterend. Ik benijdde en bewonderde hen tegelijkertijd om hun durf.

'Hou eens op met de bazige grote zus te spelen. Je bent zwanger, vergeet dat niet. Ik ben er niet zo zeker van of je er goed aan doet nu zoveel te reizen.'

Ik zei niets. Daar zat wat in. Ze stond op en zette een oude plaat van Carly Simon op. *You're So Vain*, met een kwelende Mick Jagger op de achtergrond.

Toen draaide ze zich om en keek me boos aan. 'Moet je die man nu werkelijk nu meteen, à la minute opsporen? Ik bedoel, kan het niet wachten?'

Opnieuw had ze ergens wel gelijk.

Ik keek haar aan. 'Charla, het ligt niet zo simpel. En nee, het kan niet wachten. Nee, ik kan het niet uitleggen. Het is te belangrijk. Het is op dit moment het belangrijkste in mijn leven. Op de baby na.'

Ze zuchtte. 'Dat liedje van Carly Simon doet me altijd aan je echtgenoot denken. *You're so vain, I betcha think this song is about you...*'

Ik grinnikte ironisch.

'Wat ga je tegen mama en papa zeggen?' vroeg ze. 'Over de reden waarom je niet naar Nahant komt? En over de baby?'

'God mag het weten.'

'Denk erover na, dan. Denk er goed over na.'

'Doe ik. Heb ik gedaan.'

Ze kwam achter me staan en masseerde mijn schouders. 'Wil dat zeggen dat je het al helemaal georganiseerd hebt?'

'Yep.'

'Snelle meid.'

Haar handen voelden lekker aan op mijn schouders, ze maakten me doezelig en warm. Ik keek rond in Charla's kleurrijke werkkamer, het bureau overladen met mappen en boeken, de lichte, knalrode gordijnen die zachtjes wapperden in de lichte bries. Het huis was stil zonder Charla's kinderen.

'En waar woont die man?' vroeg ze.

'Hij heeft een naam. William Rainsferd. Hij woont in Lucca.'

'Waar ligt dat?'

'Een klein plaatsje tussen Florence en Pisa.'

'Wat doet hij voor de kost?'

'Ik heb hem opgezocht op internet, maar zijn stiefmoeder had het me ook al verteld. Hij is culinair recensent. Zijn vrouw is beeldhouwster. Ze hebben twee kinderen.'

'En hoe oud is William Rainsferd?'

'Je klinkt als een politieagent. Geboren in 1959.'

'En jij gaat zomaar zijn leven binnenwalsen en alles op zijn kop zetten.'

Geërgerd duwde ik haar handen weg. 'Natuurlijk niet! Ik wil alleen dat hij onze kant van het verhaal kent. Ik wil zorgen dat hij weet dat niemand is vergeten wat er is gebeurd.'

Een grimmig lachje. 'Hijzelf waarschijnlijk evenmin. Zijn moeder heeft dat haar hele leven met zich meegedragen... Misschien wil hij er niet aan worden herinnerd.'

Beneden sloeg met een klap een deur dicht.

'Iemand thuis? De schone dame en haar zuster uit *Paree*?'

Het gebonk van stappen die de trap op kwamen.

Barry, mijn zwager. Charla's gezicht klaarde op. Echt verliefd, dacht ik. Ik was blij voor haar. Na een pijnlijke, slopende scheiding was ze weer echt gelukkig.

Terwijl ik toekeek hoe ze elkaar kusten, dacht ik aan Bertrand. Wat zou er met mijn huwelijk gebeuren? Welke kant zou het op gaan? Zou het ooit weer goed komen? Ik probeerde het uit mijn hoofd te zetten terwijl ik achter Charla en Barry de trap af liep.

Later, in bed, kwamen Charla's woorden over William Rainsferd weer in me op. *Misschien wil hij er niet aan worden herinnerd.* Het grootste deel van de nacht lag ik te woelen en te draaien. De volgende ochtend zei ik tegen mezelf dat ik er gauw genoeg achter zou komen of William Rainsferd het moeilijk vond over zijn moeder en haar verleden te praten. Ik zou hoe dan ook naar hem toe gaan. Ik zou met hem gaan praten. Over twee dagen zouden Zoë en ik vanaf JFK naar Parijs vliegen, en van daaruit naar Florence.

William Rainsferd bracht zijn zomervakantie altijd in Lucca door; Mara had me dat verteld toen ze me zijn adres had gegeven. En Mara had hem gebeld om te zeggen dat ik naar hem op zoek was.

William Rainsferd wist dat Julia Jarmond hem zou opbellen. Dat was alles wat hij wist.

De warmte in Toscane was totaal anders dan die in New England. Het was een kurkdroge hitte, totaal gespeend van elk spoortje vocht. Toen ik met Zoë in mijn kielzog het Peretola-vliegveld in Florence uit kwam, was de hitte zo verpletterend dat ik dacht dat ik ter plekke ineen zou schrompelen van vochtgebrek. Ik schreef het toe aan mijn zwangerschap, en stelde mezelf gerust dat ik me gewoonlijk toch niet zo uitgeput, zo uitgedroogd voelde. De jetlag was ook niet echt bevorderlijk. Ondanks mijn strohoed en zonnebril leek de zon in mijn huid en ogen te bijten. Ik had een auto gehuurd, een bescheiden Fiat die midden op een zongeblakerde parkeerplaats op ons stond te wachten. De airconditioning stelde niet veel voor. Terwijl ik achteruitreed, vroeg ik me plotseling af of ik de veertig minuten durende rit naar Lucca wel aankon. Ik hunkerde naar een koele, donkere kamer, waar ik tussen zachte, lichte lakens in slaap zou kunnen vallen. Zoë's uithoudingsvermogen hield me op de been. Ze bleef maar babbelen, wees me op de kleur van de lucht – een wolkeloos diepblauw – de cipressen langs de autoweg, de rijen olijfbomen, de vervallen oude huizen die we in de verte boven op heuvels konden zien. 'Dit is nu Montecatini,' kwetterde ze, terwijl ze wees en voorlas uit een reisgids, 'vermaard als luxueus kuuroord en vanwege zijn wijn.'

Terwijl ik reed, las Zoë hardop voor over Lucca. Het was een van die zeldzame Toscaanse stadjes met nog steeds de beroemde middeleeuwse stadswallen rondom een ongerept stadshart waar niet veel auto's mochten komen. Er was een heleboel te zien, ging Zoë verder: de kathedraal, de San Michele-kerk, de Guinigui-toren, het Puccini-museum, het Mansi-palazzo... Ik lachte haar toe, geamuseerd over haar enthousiasme. Ze blikte terug.

'We hebben zeker niet veel tijd om de toerist uit te hangen...' grijnsde ze. 'Er is werk aan de winkel, of niet, mam?'

'Zeker weten,' stemde ik in.

Zoë had William Rainsferds adres al op haar plattegrond van Lucca gevonden. Het was niet ver van de via Fillungo, de hoofdstraat van het stadje, een brede promenade waar ik kamers had geboekt in een klein pension, Casa Giovanna.

Toen we Lucca naderden, kwamen we in een doolhof van rondwegen terecht en ik merkte dat ik me goed moest concentreren vanwege de grillige rijstijl van de automobilisten om me heen, die maar steeds zonder enige voorafgaande waarschuwing bleven optrekken, remmen en afslaan. Zowaar nog erger dan Parijzenaars, dacht ik terwijl mijn nerveuze ergernis begon te groeien. Er was ook een traag, trekkerig gevoel diep in mijn buik dat me niet beviel en dat vreemd genoeg deed denken aan een naderende ongesteldheid. Had ik in het vliegtuig iets gegeten dat me slecht bekwam? Of was het iets ergers? Er bekroop me een bang voorgevoel.

Charla had gelijk. Ik was niet wijs om in mijn omstandigheden, nog geen drie maanden zwanger, hierheen te komen. Ik had het best kunnen uitstellen. William Rainsferd had nog wel zes maanden langer op mijn bezoek kunnen wachten.

Maar toen keek ik naar Zoë's gezicht. Het was prachtig, het straalde van blijdschap en opwinding. Ze wist nog niet dat Bertrand en ik uit elkaar gingen. Ze was nog beschermd, onwetend van onze plannen. Dit zou een zomer worden die ze nooit zou vergeten.

En terwijl ik de Fiat naar een van de vrije parkeerplaatsen vlak bij de stadswallen manoeuvreerde, wist ik dat ik dit deel ervan zo fijn mogelijk voor haar wilde maken.

Ik zei tegen Zoë dat ik even wilde uitrusten. Terwijl ze in de lobby lekker zat te kletsen met de vriendelijke Giovanna, een weelderige vrouw met een omfloerste stem, nam ik een frisse douche en ging op bed liggen. De pijn in mijn onderbuik ebde langzaam weg.

Onze aan elkaar grenzende kamers op de bovenste verdieping van het hoog oprijzende, klassieke gebouw waren klein, maar zeer comfortabel. Ik bleef maar denken aan de stem van mijn moeder toen ik haar vanuit Charla's huis had gebeld met de mededeling dat ik met Zoë terug naar Europa ging. Uit de korte stiltes die ze liet vallen en de manier waarop ze haar keel schraapte kon ik opmaken dat ze bezorgd was. Ten slotte vroeg ze me of alles in orde was. Ik antwoordde vrolijk dat alles prima ging, dat er zich een buitenkansje voordeed om samen met Zoë naar Florence te gaan en dat ik later terug naar de vs zou komen om haar en papa op te zoeken. 'Maar je bent nog maar net hier! Waarom ga je nu al weg, terwijl je nog maar een paar dagen met Charla hebt doorgebracht?' wierp ze tegen. 'En waarom onderbreek je Zoë's vakantie hier? Ik snap het gewoon niet. En je zei nog wel dat je de States zo miste. Het gaat allemaal zo halsoverkop...'

Ik had me schuldig gevoeld. Maar hoe kon ik haar en papa het hele verhaal uitleggen over de telefoon? Later, dacht ik. Niet nu.

Terwijl ik op de bleekroze beddensprei lag die vaag naar lavendel rook, voelde ik me nog steeds schuldig. Ik had mama nog niet eens over mijn zwangerschap verteld. Zelfs Zoë niet. Ik verlangde ernaar mijn geheim met hen te delen, en ook met papa. Maar iets hield me tegen. Een of ander bizar bijgeloof, een diepgewortelde angst die ik nooit eerder had gevoeld. In de afgelopen paar maanden leek mijn leven een subtiele verandering te hebben ondergaan.

Had het te maken met Sarah, met de rue de Saintonge? Of werd ik gewoon eindelijk eens volwassen? Ik kon het niet zeggen. Ik wist alleen dat ik me voelde alsof ik uit een langdurige, zachte, beschermende mist tevoorschijn was gekomen. Nu waren mijn zintuigen levendig en scherp. Er was geen mist. Er was niets zachts. Er waren slechts feiten. Deze man opzoeken. Hem vertellen dat zijn moeder nooit was vergeten door de Tézacs, door de Dufaures.

Ik kon niet wachten om hem te zien. Hij bevond zich gewoon hier in deze stad, misschien liep hij op ditzelfde moment wel over de drukke via Fillungo. Terwijl ik in mijn kamertje lag, waar door het open raam de stemmen en het gelach opstegen uit de smalle straat, vergezeld van het incidentele geraas van een Vespa of het schelle gerinkel van een fietsbel, voelde ik me op de een of andere manier dicht bij Sarah, dichter dan ik ooit was geweest. Zeer binnenkort zou ik haar zoon ontmoeten, haar vlees en bloed. Dichter dan dit zou ik nooit komen bij het meisje met de gele ster.

Steek je hand uit, pak de telefoon en bel hem. Simpel. Makkelijk. Toch was ik er niet toe in staat. Hulpeloos staarde ik naar de ouderwetse zwarte telefoon en zuchtte van wanhoop en ergernis. Ik ging achterover liggen, ik voelde me dwaas, bijna beschaamd. Het drong tot me door dat ik zo geobsedeerd was door Sarahs zoon dat ik niet eens oog had gehad voor Lucca, met al zijn charme en schoonheid. Ik was erdoorheen gesjokt als een slaapwandelaar, achter Zoë aan, die soepel door de wirwar van oude, kronkelige straatjes gleed alsof ze hier altijd had gewoond. Ik had niets van Lucca gezien. Niets interesseerde me behalve William Rainsferd. Maar hem opbellen kon ik niet.

Zoë kwam binnen en ging op de rand van het bed zitten. 'Alles oké?' vroeg ze.

'Ik heb lekker liggen rusten,' antwoordde ik.

Haar bruine ogen namen me aandachtig op. 'Ik denk dat je nog wat langer moet rusten, mam.'

Ik fronste. 'Zie ik er zo moe uit?'

Ze knikte. 'Blijf maar lekker liggen, mam. Giovanna heeft me iets te eten gegeven. Maak je over mij geen zorgen. Alles is in orde.'

Ik moest ondanks mezelf lachen om haar ernst. Toen ze bij de deur kwam, draaide ze zich om. 'Mam...'

'Ja, lieverd?'

'Weet papa dat we hier zijn?'

Ik had Bertrand nog niets verteld over het feit dat ik met Zoë naar Lucca ging. Hij zou ongetwijfeld uit zijn vel springen als hij erachter kwam.

'Nee, schat.'

Ze friemelde aan de deurknop. 'Hebben jij en papa ruzie?'

Tegen die heldere, ernstige ogen viel niet te liegen. 'Ja, lieverd. Papa is het er niet mee eens dat ik meer over Sarah te weten probeer te komen. Hij zou niet blij zijn als hij het wist.'

'*Grand-père* weet ervan.'

'Heb je met opa over dit alles gesproken?'

Ze knikte. 'Ja. Hij vindt het echt erg, weet je, van Sarah. Ik belde hem vanuit Long Island en zei tegen hem dat jij en ik hierheen gingen om haar zoon op te zoeken. Ik wist dat je hem ook nog wel zou bellen, maar ik was zo opgewonden, ik moest het hem vertellen.'

'En, wat zei hij?' vroeg ik, verbaasd over mijn dochters openhartigheid.

'Hij zei dat we gelijk hadden om hierheen te gaan. En als papa er ooit moeilijk over zou doen, zou hij dat tegen papa zeggen. Hij zei dat jij een fantastisch mens was.'

'Zei Edouard dat?'

'Ja.'

Ik schudde mijn hoofd, verbluft en ontroerd.

'Grand-père zei nog iets. Hij zei dat je het rustig aan moest doen. Hij zei dat ik moest zorgen dat je niet oververmoeid raakte.'

Dus Edouard wist het. Hij wist dat ik zwanger was. Hij had Bertrand gesproken. Waarschijnlijk had er een lang gesprek plaatsgevonden tussen vader en zoon. En Bertrand was nu op de hoogte van alles wat er in de zomer van 1942 in het appartement aan de rue de Saintonge had plaatsgevonden.

Zoë's stem leidde mijn aandacht af van Edouard.

'Waarom bel je William niet gewoon, mam? Om een afspraak te maken?'

Ik ging rechtop op bed zitten. 'Je hebt gelijk, lieverd.'

Ik pakte het papiertje met Williams nummer in het handschrift van Mara en draaide het op de ouderwetse telefoon. Mijn hart ging als een razende tekeer. Dit was surrealistisch, dacht ik. Hier zat ik Sarahs zoon te bellen.

Ik hoorde enkele onregelmatige zoemtonen, en toen het geruis van een antwoordapparaat. Een vrouwenstem in rap Italiaans. Ik hing snel op en voelde me dwaas.

'Dat is stom,' was Zoë's commentaar. 'Nooit ophangen voor een apparaat. Dat heb je me wel duizend keer gezegd.'

Ik draaide het nummer opnieuw, glimlachend om haar volwassen ergernis om mij. Ditmaal wachtte ik op de piep. En toen ik begon, kwam het er allemaal heel soepel uit, alsof ik er dagen op geoefend had. 'Goedemiddag, u spreekt met Julia Jarmond, ik bel namens mevrouw Mara Rainsferd. Mijn dochter en ik zijn in Lucca, we verblijven in Casa Giovanna aan de via Fillungo. We blijven een paar dagen. Hopelijk hoor ik van u. Bedankt, dag.'

Ik legde de zwarte hoorn terug op de haak, tegelijkertijd opgelucht en teleurgesteld.

'Goed,' zei Zoë. 'En nu ga je even door met uitrusten. Ik zie je later.'

Ze drukte een kus op mijn voorhoofd en verliet de kamer.

We dineerden in een aardig restaurantje achter het hotel, bij het *anfiteatro*, een groot rond plein met eeuwenoude huizen eromheen, waar honderden jaren geleden middeleeuwse spelen werden gehouden. De rust had me goed gedaan en ik genoot van de bonte parade van toeristen, Luccanen, straatverkopers, kinderen, duiven. Italianen waren dol op kinderen, merkte ik. Zoë werd door obers en winkeliers toegesproken met *principessa*, ze werd gevleid, toegelachen, aan haar oren getrokken, in haar neus geknepen, over haar hoofd gestreeld. Eerst werd ik er zenuwachtig van, maar zij vond het zalig en probeerde vol vuur haar basis-Italiaans uit: '*Sono francese e americana, mi chiamo Zoë.*' De hitte was afgenomen en had plaatsgemaakt voor een koel briesje. Maar ik wist dat het in onze kleine kamertjes, hoog boven de straat, warm en bedompt zou zijn. De Italianen moesten al even weinig van airconditioning hebben als de Fransen. Ik zou deze avond geen enkel bezwaar hebben gehad tegen een ijskoude luchtstroom uit een apparaat.

Toen we, nog duf van de jetlag, terugkwamen bij Casa Giovanna, hing er een briefje aan onze deur. '*Per favore telefonare William Rainsferd.*'

Ik stond daar als door de bliksem getroffen. Zoë slaakte een kreetje.

'Nu?' zei ik.

'Het is pas kwart voor negen, hoor,' zei Zoë.

'Oké,' antwoordde ik en ik opende de deur met trillende vingers. De zwarte hoorn plakte tegen mijn oor, ik draaide voor de derde maal die dag zijn nummer. Antwoordapparaat, mimede ik tegen Zoë. Spreek in, mimede ze terug. Na de piep mompelde ik mijn naam, aarzelde en maakte aanstalten om op te hangen toen een mannenstem zei: 'Hallo?'

Een Amerikaans accent. Hij was het.

'Hallo,' zei ik, 'u spreekt met Julia Jarmond.'

'Hallo,' zei hij, 'ik zit net te eten.'

'O, sorry...'

'Geen probleem. Zullen we morgen voor de lunch afspreken?'

'Goed,' zei ik.

'Er is een aardig café op de stadswallen, vlak achter het Palazzo Mansi. We zouden elkaar daar om twaalf uur kunnen treffen.'

'Prima,' zei ik. 'Ehm... hoe vinden we elkaar?'

Hij lachte. 'Maak u geen zorgen. Lucca is niet groot, ik vind u wel.'

Een stilte.

'Dag,' zei hij en hij hing op.

De volgende ochtend was de pijn in mijn buik teruggekeerd. Niets heftigs, maar het bleef maar zeuren. Ik besloot er geen aandacht aan te besteden. Als het er na de lunch nog was, zou ik Giovanna vragen naar een arts. Terwijl we naar het café liepen, vroeg ik me af hoe ik het onderwerp tegenover William moest aansnijden. Ik had dit vraagstuk voor me uit geschoven en realiseerde me nu dat dat niet slim was geweest. Ik zou droevige, pijnlijke herinneringen naar boven halen. Misschien wilde hij helemaal niet over zijn moeder praten. Misschien was het iets wat hij had afgesloten. Hij had zijn leven hier, ver van Roxbury, ver van de rue de Saintonge. Een vredig plattelandsleven. En hier kwam ik om het verleden op te rakelen. De doden.

Zoë en ik ontdekten dat je echt kon lopen over de dikke middeleeuwse wallen die het stadje omringden. Ze waren hoog en breed, met een ruim pad omzoomd door een dichte rij kastanjebomen. We stortten ons in de onophoudelijke stroom joggers, wandelaars, fietsers, skaters, moeders met kinderen, luid pratende oude mannen, tieners op scooters en toeristen.

Het café lag een stukje verderop in de schaduw van lommerrijke bomen. Terwijl ik dichterbij kwam met Zoë, kreeg ik een vreemd licht, bijna verdoofd gevoel. Met uitzondering van een ijs etend echtpaar van middelbare leeftijd en enkele Duitse toeristen die een kaart bestudeerden, was het terras leeg. Ik trok mijn hoed dieper over mijn ogen en streek mijn gekreukte rok glad.

Toen hij mijn naam zei, was ik Zoë net het menu aan het voorlezen.

'Julia Jarmond.'

Ik keek op naar een grote, zwaargebouwde man van midden veertig. Hij nam plaats tegenover Zoë en mij.

'Hallo,' zei Zoë.

Ik merkte dat ik geen woord kon uitbrengen. Ik kon hem alleen maar aanstaren. Zijn haar was donkerblond met grijze strepen. Wijkende haarlijn. Vierkante kin. Een mooie gebogen neus.

'Hallo,' zei hij tegen Zoë. 'Neem de tiramisu. Die is echt zalig.'

Toen tilde hij zijn donkere bril op en schoof hem over zijn voorhoofd omhoog tot boven op zijn schedel. De ogen van zijn moeder. Turquoise en amandelvormig. Hij glimlachte. 'U bent dus journaliste, geloof ik? Woonachtig in Parijs? Ik heb u opgezocht op internet.'

Ik kuchte en friemelde zenuwachtig aan mijn horloge. 'Ik heb u ook opgezocht, hoor. Schitterend boek, dat laatste van u. *Toscaanse banketten.*'

William Rainsferd zuchtte en klopte op zijn buik. 'Tja, dat boek heeft wel mooi bijgedragen aan vijf kilo extra die ik er nooit meer af heb gekregen.'

Ik glimlachte vrolijk. Het zou moeilijk worden van dit aangename, gemakkelijke gebabbel over te gaan op hetgeen voor ons lag. Zoë keek me betekenisvol aan.

'Het is bijzonder aardig van u hierheen te komen en ons te ontmoeten... Ik waardeer het zeer...'

Mijn stem klonk fout, alsof hij niet van mezelf was.

'Geen probleem,' grijnsde hij, en hij knipte met zijn vingers naar de ober.

We bestelden tiramisu, cola voor Zoë en twee cappuccino's.

'Bent u voor het eerst in Lucca?' vroeg hij.

Ik knikte. De ober verscheen. William Rainsferd praatte met hem in rap, vloeiend Italiaans. Ze lachten.

'Ik kom vaak in dit café,' legde hij uit. 'Ik zit hier graag. Zelfs op een warme dag zoals deze.'

Zoë proefde van haar tiramisu, haar lepel tikte tegen het glazen kommetje. Een plotselinge stilte daalde over ons.

'Wat kan ik voor u doen?' vroeg hij opgewekt. 'Mara zei iets over mijn moeder.'

Ik dankte Mara stilzwijgend. Naar het scheen had ze het allemaal wat gemakkelijker gemaakt. 'Ik wist niet dat uw moeder was overleden,' zei ik. 'Dat spijt me.'

'Dat is oké,' zei hij schouderophalend en hij liet een suikerklontje in zijn koffie vallen. 'Het is lang geleden. Ik was nog een kind. Hebt u haar gekend? Daar lijkt u me een beetje te jong voor.'

Ik schudde mijn hoofd. 'Nee, ik heb uw moeder nooit ontmoet. Het toeval wil dat ik ga verhuizen naar het appartement waar zij heeft gewoond tijdens de oorlog. Rue de Saintonge, in Parijs. En ik ken mensen die haar heel na stonden. Daarom ben ik hier. Daarom ben ik u komen opzoeken.'

Hij zette zijn kopje neer en keek me rustig aan. Zijn heldere ogen waren kalm en bedachtzaam.

Onder tafel legde Zoë een plakkerige hand op mijn blote knie. Ik keek naar een paar fietsers die voorbijkwamen. De hitte drukte weer zwaar op ons. Ik haalde diep adem.

'Ik weet niet goed hoe ik moet beginnen,' zei ik haperend. 'En ik weet dat het moeilijk voor u moet zijn om hier weer aan te moeten denken, maar ik had het gevoel dat ik dit moest doen. Mijn schoonouders, de Tézacs, hebben uw moeder ontmoet in de rue de Saintonge, in 1942.'

Ik dacht dat de naam Tézac wel een belletje zou doen rinkelen, maar hij bleef onbewogen. 'Rue de Saintonge' leek hem ook niets te zeggen.

'Na wat er is gebeurd, ik bedoel de tragische gebeurtenissen van juli '42 en de dood van uw oom, wilde ik u alleen maar verzekeren dat de familie Tézac uw moeder nooit heeft kunnen vergeten. Met name mijn schoonvader denkt iedere dag aan haar.'

Er viel een stilte. William Rainsferds ogen leken kleiner te worden.

'Sorry,' zei ik vlug, 'ik wist dat dit alles pijnlijk voor u zou zijn, sorry.'

Toen hij eindelijk begon te spreken, klonk zijn stem vreemd, haast gesmoord. 'Wat bedoelt u met "tragische gebeurtenissen"?'

'Nou, de razzia van het Vel d'Hiv'...' stamelde ik. 'De Joodse families die in juni '42 in Parijs werden opgepakt...'

'Ga door...' zei hij.

'En de kampen... de gezinnen die vanuit Drancy naar Auschwitz werden gestuurd...'

William Rainsferd legde zijn handpalmen plat op tafel en schudde zijn hoofd. 'Sorry, maar ik zie niet wat dat met mijn moeder te maken heeft.'

Zoë en ik wisselden ongeruste blikken.

Een lange minuut sleepte zich voorbij. Ik voelde me extreem ongemakkelijk.

'U zei iets over de dood van een oom?' zei hij ten slotte.

'Ja... Michel. Het jongere broertje van uw moeder. In de rue de Saintonge.'

Stilte.

'Michel?' Hij leek perplex. 'Mijn moeder heeft nooit een broer gehad die Michel heette. En ik heb nog nooit van de rue de Saintonge gehoord. Weet u, ik denk dat we het niet over dezelfde persoon hebben.'

'Maar uw moeders naam was Sarah, toch?' mompelde ik, in de war.

Hij knikte. 'Ja, dat klopt. Sarah Dufaure.'

'Ja, Sarah Dufaure, die bedoel ik,' zei ik vurig. 'Of beter: Sarah Starzinski.'

Ik verwachtte dat zijn ogen zouden oplichten.

'Pardon?' zei hij en hij fronste zijn wenkbrauwen. 'Sarah hoe?'

'Starzinski. Uw moeders meisjesnaam.'

William Rainsferd staarde me aan en hief zijn kin. 'De meisjesnaam van mijn moeder was Dufaure.'

Een alarmbel ging af in mijn hoofd. Er was iets mis. Hij wist het niet.

Ik had nog tijd om weg te gaan, te vertrekken voor ik de vrede in het leven van deze man aan diggelen hielp.

Ik wist een montere glimlach op mijn gezicht te plakken, murmelde iets over een vergissing en schoof mijn stoel een paar centimeter naar achteren, terwijl ik Zoë zachtjes aanmaande haar dessert te laten staan. Ik wilde zijn tijd niet langer verspillen, het speet me zeer. Ik stond op uit mijn stoel. Hij ook.

'Ik denk dat u de verkeerde Sarah voor u hebt,' zei hij met een glimlach. 'Het geeft niet, hoor. Ik wens u nog een aangenaam verblijf in Lucca. Het was hoe dan ook prettig u te ontmoeten.'

Voor ik een woord kon uitbrengen stak Zoë haar hand in mijn tas en overhandigde hem iets.

William Rainsferd keek naar de foto van het meisje met de gele ster.

'Is dit uw moeder?' vroeg Zoë met een klein stemmetje.

Het leek alsof alles om ons heen stil was geworden. Geen enkel geluid kwam er van het drukke pad. Zelfs de vogels leken te zijn opgehouden met kwetteren. Er was alleen hitte. En stilte.

'Jezus,' zei hij.

En hij zeeg weer neer op zijn stoel.

De foto lag tussen ons in op tafel. William Rainsferd keek telkens van de foto naar mij en weer terug. Herhaaldelijk las hij met een ongelovig, verbijsterd gezicht het opschrift aan de achterkant.

'Dit is precies mijn moeder als kind,' zei hij ten slotte. 'Dat kan ik niet ontkennen.'

Zoë en ik bleven stil.

'Ik begrijp het niet. Dit kan niet. Dit is niet mogelijk.'

Hij wreef nerveus in zijn handen. Ik merkte op dat hij een zilveren trouwring droeg. Hij had lange, slanke vingers.

'De ster...' Hij bleef zijn hoofd schudden. 'Die ster op haar borst...'

Was het mogelijk dat deze man niet de waarheid kende over zijn moeders verleden? Haar religie? Was het mogelijk dat Sarah het de Rainsferds nooit had verteld?

Terwijl ik naar zijn niet-begrijpende gezicht keek en zijn diepe verontrusting zag, wist ik het ineens zeker. Nee, ze had het hun niet verteld. Ze had nooit gesproken over haar jeugd, haar afkomst, haar religie. Ze had gebroken met haar verschrikkelijke verleden.

Ik wenste dat ik ver weg was. Ver weg van deze stad, dit land, het onbegrip van deze man. Hoe kon ik zo blind zijn geweest?

Hoe kon ik dit niet hebben zien aankomen? Niet één keer was in me opgekomen dat Sarah dit allemaal geheim had kunnen houden. Haar leed was te groot geweest. Daarom had ze de Dufaures nooit geschreven. Daarom had ze haar zoon nooit verteld wie ze werkelijk was. In Amerika had ze een nieuw leven willen beginnen.

En hier kwam ik, een vreemde, als een lompe boodschapper de naakte waarheid onthullen aan deze man.

William Rainsferd schoof met strakke lippen de foto naar mij terug.

'Waarom bent u hierheen gekomen?' fluisterde hij.

Mijn keel was droog.

'Om me te vertellen dat mijn moeder anders heette? Dat ze betrokken was bij een tragedie? Is dat de reden waarom u hier bent?'

Ik voelde mijn benen trillen onder de tafel. Dit was niet wat ik me had voorgesteld. Ik had pijn verwacht, verdriet, maar niet dit. Niet zijn woede.

'Ik dacht dat u het wist,' bracht ik uit. 'Ik ben gekomen omdat mijn familie zich herinnert wat ze heeft doorgemaakt in 1942. Daarom ben ik hier.'

Hij schudde opnieuw zijn hoofd, ging met geagiteerde vingers door zijn haar. Zijn donkere bril kletterde op tafel.

'Nee,' hijgde hij. 'Nee, nee, nee. Dit is waanzinnig. Mijn moeder was Frans. Ze heette Dufaure. Ze is geboren in Orléans. Ze verloor haar ouders tijdens de oorlog. Ze had geen broers. Ze had geen familie. Ze heeft nooit in Parijs gewoond, in die rue de Saintonge van u. Dit Joodse meisje kan zij niet zijn. U zit er helemaal naast.'

'Alstublieft,' zei ik, 'laat me het uitleggen, laat me u het hele verhaal vertellen...'

Hij gebaarde met zijn handpalmen in de lucht, alsof hij me wilde wegduwen. 'Ik wil het niet weten. Hou dat "hele verhaal" maar voor u.'

Ik voelde die vertrouwde pijn binnen in me aan mijn baarmoeder trekken, een specifiek, knagend gevoel.

'Alstublieft,' zei ik zwakjes. 'Alstublieft, luistert u toch.'

William Rainsferd stond op, in een snelle, soepele beweging voor zo'n forse man. Hij keek met donkere blik op me neer. 'Ik zal hier heel duidelijk over zijn. Ik wil u niet meer zien. Ik wil hier niet meer over praten. Bel me alstublieft niet.'

En weg was hij.

Zoë en ik staarden hem na. Alles was helemaal voor niets geweest. Deze hele reis, al die moeite had hiertoe geleid. Tot deze impasse. Ik kon niet geloven dat Sarahs verhaal hier eindigde, zo snel. Het kon niet zomaar in rook opgaan.

Een lang moment zaten we in stilte. Toen, huiverend ondanks de hitte, betaalde ik de rekening. Zoë sprak geen woord. Ze leek met stomheid geslagen.

Ik stond op, de vermoeidheid belemmerde me in elke beweging. Wat nu? Waar naartoe? Naar Parijs? Terug naar Charla?

Met lood in mijn voeten liep ik weg. Ik hoorde dat Zoë iets naar me riep, maar ik wilde me niet omdraaien. Ik wilde gauw naar het hotel. Om na te denken. Om in te pakken. Om mijn zus te bellen. En Edouard. En Gaspard.

Zoë's stem klonk nu schel en nerveus. Wat wilde ze? Waarom zeurde ze zo? Ik zag dat voorbijgangers me aanstaarden. Geïrriteerd draaide ik me om naar mijn dochter en zei haar dat ze moest opschieten.

Ze kwam snel naar me toe en greep mijn hand vast. Haar gezicht was bleek. 'Mam...' fluisterde ze met een afgeknepen stem.

'Wat? Wat is er?' snauwde ik.

Ze wees naar mijn benen. Ze begon zacht te jammeren, als een puppy.

Ik keek naar beneden. Mijn witte rok was doorweekt van het bloed. Ik keek om naar mijn stoel, waar een rode vlek op zat in de vorm van een halvemaan. Dikke rode stroompjes dropen langs mijn dijen naar beneden.

'Mam, heb je je bezeerd?' vroeg Zoë verstikt.

Ik greep naar mijn buik. 'De baby,' zei ik ontzet.

Zoë staarde me aan. 'De baby?' schreeuwde ze, en haar vingers klauwden zich in mijn arm. 'Mam, wat voor baby? Waar heb je het over?'

Haar spitse gezichtje was ver van me vandaan. Mijn benen werden slap. Ik landde voorover met mijn kin op het hete, droge pad.

Toen stilte. En duisternis.

Ik sloeg mijn ogen op en keek in Zoë's gezicht, een decimeter van het mijne. Ik rook een onmiskenbare ziekenhuisgeur om me heen. Een kleine, groene kamer. Een infuus in mijn onderarm. Een vrouw in een witte blouse die iets op een status krabbelde.

'Mam...' fluisterde Zoë, en ze kneep in mijn hand. 'Mam, alles is oké. Maak je geen zorgen.'

De jonge vrouw kwam bij me staan, glimlachte en klopte Zoë op haar hoofd. 'Het komt weer helemaal goed met u, *signora*,' zei ze in verbazend goed Engels. 'U hebt bloed verloren, een heleboel, maar nu gaat het weer prima.'

Mijn reactie kwam er als een grom uit. 'En de baby?'

'Met de baby gaat het prima. We hebben een scan gemaakt. Er was een probleem met de placenta. U moet nu rusten. In bed blijven.'

Ze verliet de kamer en deed de deur achter zich dicht.

'Ik ben me echt de tering geschrokken,' zei Zoë. 'En vandaag mag ik echt wel tering zeggen, hoor. Ik denk niet dat je me daarvoor op m'n kop zult geven.'

Ik trok haar stevig tegen me aan en knuffelde haar zo hard als het infuus toeliet.

'Mam, waarom heb je me niets gezegd over de baby?'

'Dat was ik wel van plan, liefje.'

Ze keek naar me op. 'Komt het door de baby dat papa en jij problemen hebben?'

'Ja.'

'Jij wilt zeker de baby en papa niet?'

'Zoiets.'

Ze streelde zachtjes mijn hand. 'Papa is onderweg.'

'O, god,' zei ik.

Bertrand hier. Bertrand in de nasleep van dit hele gedoe.

'Ik heb hem gebeld,' zei Zoë. 'Over een paar uur is hij hier.'

Tranen welden op in mijn ogen, biggelden zachtjes over mijn wangen.

'Niet huilen, mam,' smeekte Zoë, en ze veegde verwoed met haar handen mijn gezicht droog. 'Het is oké, alles is nu oké.'

Ik glimlachte vermoeid en knikte om haar gerust te stellen. Maar de wereld voelde voor mij hol aan, leeg. Ik bleef maar denken aan hoe William Rainsferd wegliep. *Ik wil u niet meer zien. Ik wil hier niet meer over praten. Bel me alstublieft niet.* Zijn ronde, gebogen schouders. Zijn strakke lippen.

De dagen, weken, maanden strekten zich voor me uit, vaal en grijs. Nog nooit had ik me zo moedeloos gevoeld, zo verloren. Mijn kern was uit me weggevreten. Wat restte me nog? Een baby die mijn toekomstige ex-man niet wilde en die ik in mijn eentje moest grootbrengen. Een dochter die binnenkort ging puberen en misschien niet langer het fantastische meisje zou blijven dat ze nu was. Wat was er nog om naar uit te kijken, nu ineens?

Bertrand arriveerde, kalm, efficiënt, teder. Ik gaf me over aan zijn zorgen, luisterde hoe hij met de arts praatte, keek hoe hij Zoë geruststelde met zo nu en dan een warme blik. Hij regelde alle details. Ik moest hier blijven tot de bloeding helemaal opgehouden was. Dan moest ik terugvliegen naar Parijs en het rustig aan doen tot de herfst, tot mijn vijfde maand. Bertrand had het niet één keer over Sarah. Hij stelde niet één vraag. Ik trok me terug in een comfortabele stilte. Ik wilde niet over Sarah praten.

Ik begon me als een oud dametje te voelen dat van hot naar her wordt vervoerd, zoals Mamé binnen de vertrouwde grenzen van haar 'thuis' van hot naar her werd gebracht en hetzelfde soort kalme glimlachjes onderging, dezelfde muffe welwillendheid. Het was gemakkelijk, iemand anders de controle over je leven geven. Ik had sowieso niets bijzonders om voor te vechten. Behalve dit kind.

Het kind dat Bertrand ook niet één keer had genoemd.

Toen we een paar weken later in Parijs landden, had ik het gevoel dat er een heel jaar was voorbijgegaan. Ik was nog steeds moe en verdrietig. Ik dacht dagelijks aan William Rainsferd. Verschillende keren stond ik op het punt om de telefoon te pakken, of pen en papier, met de bedoeling met hem te praten, hem te schrijven, het uit te leggen, iets te zeggen, me te verontschuldigen, maar ik durfde niet.

Ik liet de dagen voorbijglijden, de zomer overgaan in de herfst. Ik lag op mijn bed en las, schreef mijn artikelen op mijn laptop en sprak per telefoon met Joshua, Bamber, Alessandra, familie en vrienden. Ik werkte vanuit mijn slaapkamer. Aanvankelijk had het allemaal ingewikkeld geleken, maar het ging prima. Mijn vriendinnen Isabelle, Holly en Susannah kwamen om de beurt de lunch voor me klaarmaken. Eenmaal per week ging een van mijn schoonzussen met Zoë naar de dichtstbijzijnde Inno of Franprix voor de boodschappen. De mollige, sensuele Cécile maakte zachte crêpes waar de boter van afdroop, en de esthetische, hoekige Laure creëerde exotische, caloriearme salades die verrassend lekker waren. Mijn schoonmoeder kwam niet zo vaak, maar ze stuurde wel haar schoonmaakster, de dynamische en onwelriekende madame Leclère, die zo energiek met de stofzuiger te werk ging dat ik er weeën van kreeg. Mijn ouders kwamen voor een week over en logeerden in hun favoriete hotelletje in de rue Delambre. Ze waren verrukt bij het idee dat ze opnieuw grootouders werden.

Edouard kwam elke vrijdag op bezoek met een bos roze rozen. Hij ging altijd in de leunstoel naast het bed zitten en vroeg me keer op keer het gesprek te beschrijven dat in Lucca had plaatsgevonden tussen William en mij. Dan schudde hij zijn hoofd en zuchtte. Hij zei telkens opnieuw dat hij Williams reactie had moeten voorzien; hoe kwam het toch dat noch hij, noch ik er een idee van had gehad dat William het nooit had geweten, dat Sarah er met geen woord over had gesproken? 'Kunnen we hem niet bellen?' zei hij dan met een hoopvolle blik. 'Kan ik hem niet opbellen en het hem uitleggen?' Maar dan zag hij mij kijken en mompelde: 'Nee, natuurlijk niet, dat kan ik niet doen, wat stom van me. Wat belachelijk van me.'

Ik vroeg mijn arts of ik een kleine bijeenkomst mocht beleggen, die ik liggend op de bank in de woonkamer zou bijwonen. Ze vond het goed en liet me beloven dat ik niets zwaars zou tillen en horizontaal zou blijven, zoals madame Récamier op het beroemde schilderij. Op een avond in de nazomer kwamen Gaspard en Nicolas Dufaure kennismaken met Edouard. Nathalie Dufaure was er ook bij. En ik had Guillaume uitgenodigd. Het was een ontroerend, magisch moment. Drie mannen op leeftijd die met elkaar verbonden waren door een onvergetelijk meisje. Ik keek hoe ze de oude foto's van Sarah bestudeerden, de brieven. Gaspard en Nicolas vroegen ons uit over William. Nathalie luisterde mee en hielp Zoë ondertussen met het rondbrengen van drankjes en hapjes.

Nicolas, een iets jongere versie van Gaspard, met hetzelfde ronde gezicht en sprietige witte haar, vertelde over zijn bijzondere band met Sarah, hoe hij haar altijd plaagde omdat hij haar stilzwijgen zo pijnlijk vond, en hoe elke reactie, al was het maar een schouderophalen, een belediging of een trap, een triomf was, omdat ze één tel uit haar geslotenheid, haar geïsoleerdheid was gekomen. Hij vertelde ons over de eerste keer dat ze de zee in was gegaan, in Trouville, begin jaren vijftig. Ze had in absolute verwondering over de oceaan uitgekeken, en toen had ze haar armen uitgestrekt en was ze met een kreet van verrukking op haar vlugge, magere benen het water in gerend en had ze zich in de koele blauwe golven gestort onder gilletjes van plezier. En zij waren haar achternagegaan, net zo hard brullend, verrukt over deze nieuwe Sarah, die ze nooit eerder hadden gezien.

'Ze was mooi,' herinnerde Nicolas zich, 'een mooi meisje van achttien dat bruiste van levenslust en energie, en die dag voelde ik voor het eerst geluk in haar, dat er hoop voor haar was in de toekomst.'

Twee jaar later, bedacht ik, verdween Sarah voorgoed uit het leven van de Dufaures en nam ze haar geheime verleden mee naar Amerika. En twintig jaar daarna was ze dood. Hoe waren die twintig jaar in Amerika geweest? peinsde ik. Haar huwelijk, de geboorte van haar zoon? Was ze gelukkig geweest in Roxbury? Alleen William kende het antwoord op die vragen, dacht ik. Alleen William kon het ons vertellen. Mijn blik kruiste die van Edouard, en ik wist dat hij hetzelfde dacht.

Ik hoorde Bertrands sleutel in het slot en daar verscheen mijn man, knap en gebronsd, in een wolk *Habit Rouge*. Met een vlotte, joviale glimlach schudde hij handen, en onwillekeurig schoot me dat liedje van Carly Simon te binnen dat Charla deed denken aan Bertrand: *'You walked into the party like you were walking onto a yacht.'*

Bertrand had besloten de verhuizing naar de rue de Saintonge uit te stellen vanwege de problemen met mijn zwangerschap. In dit vreemde, nieuwe leven, waar ik nog steeds niet aan kon wennen, was hij op een vriendelijke, hulpvaardige manier wel fysiek, maar niet geestelijk aanwezig. Hij reisde meer dan anders, kwam laat thuis, ging vroeg weg. We sliepen nog wel in hetzelfde bed, maar het was niet langer een echtelijk bed. De Berlijnse Muur was tussen ons opgerezen.

Zoë leek van dit alles geen last te hebben. Ze had het vaak over de baby, hoeveel die voor haar betekende, hoe spannend ze het vond. Ze had tijdens het verblijf van mijn ouders in Parijs gewinkeld met mijn moeder en ze waren helemaal uit hun dak gegaan bij Bonpoint, die waanzinnig dure, schitterende babyzaak aan de rue de l'Université.

De meeste mensen reageerden op dezelfde manier als mijn dochter, mijn ouders en zus, mijn schoonfamilie en Mamé: ze keken verlangend uit naar de geboorte. Zelfs Joshua, die berucht was om zijn smalende houding tegenover baby's en ziekteverlof, deed belangstellend. 'Ik wist niet dat je op middelbare leeftijd nog kinderen kon krijgen,' had hij sarcastisch gezegd. Niemand had het ooit over de crisis waarin mijn huwelijk verkeerde. Niemand leek er iets van te merken. Dachten ze allemaal bij zichzelf dat Bertrand wel bij zou draaien als de baby eenmaal geboren was? Dat hij dit kind met open armen zou ontvangen?

Ik besefte dat Bertrand en ik elkaar in een toestand van verlamming, van zwijgzaamheid, van woordeloosheid hadden vastgezet We wachtten het moment van de geboorte af. Dan zouden we verder zien. Dan zouden we verder moeten. Dan zouden er beslissingen genomen moeten worden.

Op een ochtend voelde ik de baby in me bewegen, die eerste kleine schopjes die je eerst voor winderigheid aanziet. Ik wilde dat de baby eruit was, in mijn armen lag. Ik haatte deze toestand van stilzwijgende lethargie, dit wachten. Ik voelde me opgesloten. Ik wilde meteen door naar de winter, naar begin volgend jaar, naar de geboorte.

Ik haatte het dralende einde van de zomer, de afnemende warmte, het stof, de minuten die voorbij kropen, traag als stroop. Ik haatte het Franse woord voor het begin van september, de terugkeer naar school en de nieuwe start na de zomer, 'la rentrée', dat je steeds tegenkwam op de radio, op tv en in de kranten. Ik vond het vreselijk als mensen me vroegen hoe de baby zou gaan heten. Bij de vruchtwaterpunctie was het geslacht vastgesteld, maar ik had het niet willen weten. De baby had nog geen naam. Maar dat betekende niet dat ik er niet klaar voor was.

Ik vinkte elke dag op mijn kalender af. September werd oktober. Mijn buik werd aardig dik. Ik kon nu opstaan, terug naar kantoor, Zoë van school halen, met Isabelle naar de film, met Guillaume gaan lunchen in de Select.

Maar hoewel mijn dagen voller en drukker werden, hield de leegte, de pijn aan.

William Rainsferd. Zijn gezicht. Zijn ogen. Zijn uitdrukking toen hij naar het kleine meisje met de ster had gekeken. Jezus. Zijn stem, toen hij dat had gezegd.

Hoe zag zijn leven er nu uit? Had hij alles uit zijn geheugen gewist zodra hij Zoë en mij de rug had toegekeerd? Was hij het al vergeten bij zijn thuiskomst?

Of was het anders gegaan? Was het een hel voor hem omdat hij aldoor bleef denken aan wat ik had verteld, omdat mijn onthullingen zijn hele leven op zijn kop hadden gezet? Zijn moeder was een vreemde geworden. Iemand met een verleden waar hij niets van wist.

Ik vroeg me af of hij iets tegen zijn vrouw, zijn dochters had gezegd. Over een Amerikaanse vrouw die in Lucca was opgedoken met een kind en hem een foto had laten zien, die hem had verteld dat zijn moeder Joods was, dat ze in de oorlog bij een razzia was opgepakt, dat ze had geleden, een broertje en haar ouders had verloren, over wie hij nooit had gehoord.

Ik vroeg me af of hij op zoek was gegaan naar informatie over het Vel d'Hiv', of hij artikelen, boeken had gelezen over wat er in juli 1942 midden in Parijs had plaatsgevonden.

Ik vroeg me af of hij 's nachts wakker lag en aan zijn moeder dacht, aan haar verleden, aan wat ervan waar was, aan wat er verborgen was gebleven, niet uitgesproken, bedekt.

De woning in de rue de Saintonge was bijna klaar. Bertrand had ervoor gezorgd dat Zoë en ik er vlak na de geboorte van de baby, in februari, in konden. Het was prachtig geworden, anders. Zijn ploeg had geweldig werk gedaan. Er was niets meer van Mamé in terug te vinden, en ik stelde me voor dat het heel iets anders was geworden dan de woning die Sarah had gekend.

Maar toen ik door de pas geverfde lege kamers, de nieuwe keuken, mijn eigen kantoor slenterde, vroeg ik me af of ik hier zou kunnen wonen. Wonen in het huis waar Sarahs broertje was gestorven. De geheime kast was er niet meer, die was verdwenen toen er van twee kamers één gemaakt was, maar voor mij veranderde dat niets.

Dit was de plek waar het was gebeurd. En ik kon het niet uit mijn gedachten bannen. Ik had mijn dochter niet verteld over de tragedie die hier had plaatsgevonden. Maar ze voelde het, op haar eigen, intuïtieve wijze.

Op een vochtige novemberochtend ging ik naar het appartement om me bezig te houden met gordijnen, behang en vloerbedekking. Isabelle was bijzonder behulpzaam geweest en was met me meegegaan naar winkels en warenhuizen. Tot Zoë's verrukking had ik besloten de rustige, onopvallende tinten waar ik vroeger altijd naar neigde, te laten voor wat ze waren en voor een gedurfdere aanpak te kiezen met nieuwe, uitgesproken kleuren. Bertrand had een onverschillig handgebaar gemaakt: 'Jij en Zoë beslissen, het is per slot van rekening jullie huis.' Zoë had limoen en lichtpaars gekozen voor haar slaapkamer. Het deed me zo aan Charla denken dat ik moest glimlachen.

Een stapel catalogussen lag op de kale, gepolijste vloerplanken op me te wachten. Ik was bezig ze uitvoerig te bekijken toen mijn mobieltje ging. Ik herkende het nummer: het verzorgingshuis van Mamé. Mamé was de laatste tijd moe, prikkelbaar, soms onuitstaanbaar geweest. Het was moeilijk om haar een glimlach te ontlokken, zelfs Zoë ging dat niet gemakkelijk af. Ze deed ongedurig tegen iedereen. Het was de laatste tijd bijna een opgave om haar te bezoeken.

'Mademoiselle Jarmond? U spreekt met Véronique, van het verzorgingshuis. Ik ben bang dat ik geen goed nieuws heb. Madame Tézac is niet goed geworden, ze heeft een beroerte gehad.'

Ik ging rechtop zitten, er ging een schok door me heen.

'Een beroerte?'

'Het gaat iets beter, dokter Roche is nu bij haar, maar u moet komen. We hebben uw schoonvader kunnen bereiken. Maar uw echtgenoot kunnen we niet te pakken krijgen.'

Ik hing verward en van streek op. Ik hoorde de regen tegen de ruiten kletteren. Waar was Bertrand? Ik toetste zijn nummer in en kreeg zijn voicemail. Op zijn kantoor, vlak bij de Madeleine, wist niemand waar hij was, zelfs Antoine niet. Ik zei tegen Antoine dat ik in de rue de Saintonge was en of hij wilde vragen of Bertrand me zo spoedig mogelijk terugbelde. Ik zei dat het heel dringend was.

'*Mon Dieu*, de baby?' stamelde hij.

'Nee, Antoine, niet de *bébé*, maar *grand-mère*,' antwoordde ik, en ik hing op.

Ik keek naar buiten. Het regende inmiddels pijpenstelen, het was een grijs, glinsterend gordijn. Ik zou drijfnat worden. Jammer dan, dacht ik. Wat deed het ertoe. Mamé. Die fantastische, lieve Mamé. Mijn Mamé. Nee, Mamé kon nu niet doodgaan, ik had haar nodig. Het was te vroeg, ik was er niet op voorbereid. Maar hoe kon ik ooit voorbereid zijn op haar dood, dacht ik. Ik keek rond in de woonkamer en herinnerde me dat dit de plek was waar ik haar voor het eerst had gezien. En weer werd ik overmand door alle gebeurtenissen die hier hadden plaatsgevonden en die teruggekomen leken te zijn om me te achtervolgen.

Ik besloot Cécile en Laure te bellen om hen op de hoogte te brengen, zodat ze ook naar het tehuis zouden komen. Laure klonk zakelijk en kort, ze zat al in haar auto. Ze zou me daar zien, zei ze. Cécile leek emotioneler, kwetsbaar, er klonken tranen door in haar stem. 'O, Julia, ik moet er niet aan denken dat Mamé... Je weet wel... Het is te erg...'

Ik zei dat ik Bertrand niet te pakken kon krijgen. Ze klonk verbaasd.

'Maar ik heb hem zojuist gesproken,' zei ze.

'Kon je hem op zijn mobiel bereiken?'

'Nee,' antwoordde ze aarzelend.

'Op zijn kantoor dan?'

'Hij komt me zo ophalen. Hij brengt me naar het verzorgingshuis.'

'Ik kon hem niet bereiken.'

'O?' zei ze behoedzaam. 'Ja ja.'

Toen begreep ik het. Ik voelde een golf van woede opkomen.

'Hij was bij Amélie, hè?'

'Amélie?' herhaalde ze niet-begrijpend.

Ik stampte van ongeduld met mijn voet. 'Kom op, Cécile. Je

weet heel goed over wie ik het heb.'

'De zoemer gaat, daar is Bertrand,' zei ze gehaast.

En ze hing op. Daar stond ik, midden in de lege kamer, met mijn mobieltje vastgeklemd in mijn hand alsof het een wapen was. Ik drukte mijn voorhoofd tegen de koele ruit. Ik wilde Bertrand slaan. Het was niet die eeuwige affaire met Amélie die me pijn deed. Het was het feit dat zijn zusjes het telefoonnummer van die vrouw wisten en hem in geval van nood, zoals nu, konden bereiken. En ik niet. Het was het feit dat hij, ook al was ons huwelijk een aflopende zaak, nog steeds niet de moed had om me te vertellen dat hij nog altijd met die vrouw omging. Zoals gewoonlijk was ik de laatste die erachter kwam. Die eeuwige operettefiguur: de bedrogen echtgenote.

Ik bleef daar een hele tijd staan zonder me te verroeren, terwijl ik de baby in me voelde schoppen. Ik wist niet of ik moest lachen of huilen.

Gaf ik nog om Bertrand, deed het daarom nog zo'n pijn? Of was het slechts mijn gekwetste trots? Amélie met haar Parijse glamour en perfectie, haar gedurfde moderne appartement dat uitkeek over het Trocadéro, haar beleefde kinderen – Bonjour madame – en haar zware parfum dat ik in Bertrands haar en kleren rook. Als hij van haar hield en niet meer van mij, waarom had hij dan niet de moed me dat te vertellen? Was hij bang om me pijn te doen? Zoë pijn te doen? Wat maakte hem zo angstig? Wanneer zou hij beseffen dat het niet zijn ontrouw was die ik niet kon verdragen, maar zijn lafheid?

Ik liep naar de keuken. Mijn mond was kurkdroog. Ik dronk rechtstreeks uit de kraan, terwijl mijn dikke buik tegen het aanrecht schampte. Ik keek weer naar buiten. Het leek iets minder hard te regenen. Ik trok mijn regenjas aan, pakte mijn tas en liep naar de deur.

Iemand klopte aan, drie keer, kort.

Bertrand, dacht ik grimmig. Antoine en Cécile hadden waarschijnlijk gezegd dat hij me moest bellen of hierheen komen.

Ik stelde me Cécile voor, die beneden in de auto zou zitten wachten. Haar gêne. De nerveuze, gespannen stilte die zou volgen zodra ik in de Audi stapte.

Nou, ik zou hun wat laten zien. Ik zou het hun zeggen. Ik zou niet het timide, lieve Franse vrouwtje spelen. Ik zou Bertrand vragen me van nu af aan de waarheid te vertellen.

Met een ruk trok ik de deur open.

Maar de man die daar op me stond te wachten was niet Bertrand.

Ik herkende het lange postuur, de brede schouders onmiddellijk. Asblond haar, door de regen donker geworden, zat op zijn hoofd geplakt.

William Rainsferd.

Geschrokken deed ik een stap naar achteren.

'Kom ik erg ongelegen?' vroeg hij.

'Nee,' wist ik uit te brengen.

Wat deed hij hier in vredesnaam? Wat wilde hij?

We staarden elkaar aan. Zijn gezicht was veranderd sinds de laatste keer dat ik hem had gezien. Het was mager, zijn blik was gekweld. Niet meer die onbezorgde, gebruinde fijnproever.

'Ik moet met je praten,' zei hij. 'Het is dringend. Sorry, ik kon je nummer niet vinden. Dus ben ik hierheen gekomen. Je was er gisteravond niet, dus ben ik vanochtend maar teruggekomen.'

'Hoe ben je aan dit adres gekomen?' vroeg ik verward. 'Het staat nog nergens vermeld, we zijn nog niet verhuisd.'

Hij haalde een envelop uit zijn jaszak. 'Het adres stond hierin. Dezelfde straat die je in Lucca noemde. Rue de Saintonge.'

Ik schudde mijn hoofd. 'Ik begrijp het niet.'

Hij gaf me de envelop. Hij was oud en versleten aan de hoeken. Er stond niets op.

'Maak maar open,' zei hij.

Ik haalde er een dun, versleten schrift uit, een vervaagde tekening en een lange, koperen sleutel die kletterend op de grond viel. Hij bukte om hem op te rapen en legde hem in zijn geopende hand zodat ik hem kon zien.

'Wat is dat allemaal?' vroeg ik behoedzaam.

'Toen jullie weggingen uit Lucca, verkeerde ik in shock. Ik kon die foto niet uit mijn gedachten krijgen. Ik bleef er aldoor aan denken.'

'Ja,' zei ik, terwijl mijn hart sneller begon te kloppen.

'Ik vloog naar Roxbury, naar mijn vader. Hij is heel ziek, zoals je waarschijnlijk weet. Hij sterft aan kanker. Hij kan niet meer praten. Ik heb zijn spullen doorzocht en vond deze envelop in zijn bureau. Die had hij al die jaren bewaard. Hij had hem nooit aan me laten zien.'

'Waarom ben je hier?' fluisterde ik.

Er lag pijn in zijn ogen, pijn en angst.

'Omdat ik wil dat je me vertelt wat er is gebeurd. Wat er is gebeurd met mijn moeder toen ze klein was. Ik moet alles weten. Jij bent de enige die me kan helpen.'

Ik keek naar de sleutel in zijn hand. Toen keek ik naar de tekening. Een onbeholpen schets van een klein jongetje met blond krullend haar. Hij zat zo te zien in een kleine kast, met een boek op zijn knieën en een speelgoedbeer naast zich. Op de achterkant stond in verschoten letters: '*Michel, 26 rue de Saintonge.*' Ik bladerde het schrift door. Geen data. Korte zinnetjes, opgeschreven als een gedicht, in het Frans, moeilijk te lezen. Een paar woorden sprongen eruit: *le camp, la clef, ne jamais oublier, mourir.*

'Heb je het gelezen?' vroeg ik.

'Ik heb het geprobeerd. Mijn Frans is slecht. Ik begrijp het maar gedeeltelijk.'

De telefoon in mijn zak ging en maakte ons allebei aan het schrikken. Ik haalde hem tevoorschijn. Het was Edouard.

'Waar ben je, Julia?' vroeg hij vriendelijk. 'Ze voelt zich niet goed. Ze wil jou zien.'

'Ik kom,' antwoordde ik.

William Rainsferd keek me aan. 'Moet je weg?'

'Ja. Een noodgeval. De grootmoeder van mijn man. Ze heeft een beroerte gehad.'

'Wat erg.' Hij aarzelde even en legde toen een hand op mijn schouder. 'Wanneer kan ik je zien? Met je praten?'

Ik deed de voordeur open, draaide me naar hem om en keek naar zijn hand op mijn schouder. Het was vreemd, ontroerend, hem te zien staan op de drempel van dit appartement, de plek die zijn moeder zoveel leed, zoveel verdriet had bezorgd, in de wetenschap dat hij het nog niet wist, dat hij nog niet wist wat hier was gebeurd, met zijn familie, zijn grootouders, zijn oom.

'Ga maar mee,' zei ik. 'Ik wil je aan iemand voorstellen.'

Mamés vermoeide, verschrompelde gezicht. Ze leek te slapen. Ik praatte tegen haar, maar ik wist niet zeker of ze me hoorde. Toen voelde ik haar vingers om mijn pols. Ze hield me stevig vast. Ze wist dat ik er was.

Achter me stond de familie Tézac om het bed heen. Bertrand. Zijn moeder Colette. Edouard. Laure en Cécile. En achter hen, aarzelend in de gang, stond William Rainsferd. Bertrand had een paar onzekere blikken op hem geworpen. Waarschijnlijk dacht hij dat hij mijn nieuwe vriend was. Op een ander moment zou ik erom hebben gelachen. Edouard had een aantal keer naar hem gekeken, nieuwsgierig, met samengeknepen ogen, en daarna, indringend, naar mij.

Toen we later de kamer uit liepen, pakte ik de arm van mijn schoonvader. We hadden net van dokter Roche gehoord dat Mamés toestand stabiel was. Maar ze was zwak. Het was niet te zeggen wat er zou gebeuren. We moesten ons op het ergste voorbereiden, had hij gezegd. We moesten elkaar ervan doordringen dat dit waarschijnlijk het einde was.

'Ik ben zo bedroefd, Edouard,' mompelde ik.

Hij streelde mijn wang. 'Mijn moeder houdt van je, Julia. Ze houdt heel veel van je.'

Bertrand verscheen met een verdrietig gezicht. Ik wierp een blik op hem en dacht heel even aan Amélie, spelend met de gedachte iets tegen hem te zeggen dat hem pijn zou doen, dat hem zou grieven, en besloot uiteindelijk het te laten. Per slot van rekening zou er nog tijd genoeg zijn om dit te bespreken. Het deed er nu niet toe. Alleen Mamé deed er nu toe, en de lange man die in de gang op me stond te wachten.

'Julia,' zei Edouard, terwijl hij omkeek, 'wie is die man?'

'Sarahs zoon.'

Perplex bleef Edouard even naar de lange man staan kijken. 'Heb je hem opgebeld?'

'Nee. Hij heeft onlangs papieren gevonden die zijn vader altijd verborgen had gehouden. Dingen die Sarah heeft geschreven. Hij is hier omdat hij het hele verhaal wil weten. Hij kwam vandaag bij me.'

'Ik zou graag met hem praten,' zei Edouard.

Ik ging William halen en zei dat mijn schoonvader graag kennis met hem wilde maken. Hij volgde me, uittorenend boven Bertrand en Edouard, Colette en haar dochters.

Edouard Tézac keek naar hem op. Zijn gezichtsuitdrukking was kalm, beheerst, maar ik zag zijn ogen vochtig glanzen.

Hij stak zijn hand uit. William drukte die. Het was een krachtig, stil moment. Niemand zei iets.

'Sarah Starzinski's zoon,' prevelde Edouard.

Ik wierp snel een blik op Colette, Cécile en Laure, die beleefd en met nieuwsgierig onbegrip stonden toe te kijken. Ze konden niet weten wat er gaande was. Alleen Bertrand begreep het, alleen hij kende het hele verhaal, hoewel hij er sinds de ochtend dat hij het rode dossier 'Sarah' had gevonden, nooit meer met me over had gesproken. Hij was er zelfs niet over begonnen nadat hij de Dufaures een paar maanden daarvoor in ons appartement had ontmoet.

Edouard schraapte zijn keel. Ze hielden nog steeds elkaars hand vast. Hij sprak in het Engels. Redelijk Engels, met een zwaar Frans accent.

'Ik ben Edouard Tézac. Dit is een moeilijk moment om kennis met u te maken. Mijn moeder is stervende.'

'Ja. Het spijt me voor u,' zei William.

'Julia zal u het hele verhaal vertellen. Maar uw moeder, Sarah...' Edouard zweeg even. Zijn stem brak. Zijn vrouw en dochters keken verbaasd toe.

'Waar gaat dit over?' mompelde Colette bezorgd. 'Wie is Sarah?'

'Dit gaat over iets wat zestig jaar geleden is gebeurd,' zei Edouard, terwijl hij zijn best deed om zijn stem weer in bedwang te krijgen.

Ik vocht tegen de opwelling een arm om zijn schouders heen te slaan. Edouard haalde diep adem en kreeg weer wat kleur in zijn gezicht. Hij glimlachte naar William, een klein, verlegen lachje dat ik nog nooit eerder bij hem had gezien.

'Ik zal je moeder nooit vergeten. Nooit.'

Zijn gezicht vertrok, de glimlach verdween en ik zag de pijn, de droefheid waardoor hij weer moeizaam ademde, net als op de dag dat hij het me had verteld.

De stilte werd drukkend, ondraaglijk, de vrouwen keken onzeker toe.

'Het is een grote opluchting voor me dat ik je dit vandaag, zoveel jaar later, kan zeggen.'

William Rainsferd knikte. 'Dank u, meneer,' zei hij zacht. Hij zag ook bleek, merkte ik op. 'Ik weet er niet veel van, daarom ben ik hiernaartoe gekomen. Ik begrijp dat mijn moeder heeft geleden. En ik moet weten waarom.'

'We hebben voor haar gedaan wat we konden,' zei Edouard. 'Dat garandeer ik je. Julia zal het je vertellen. Zij zal alles uitleggen. Ze zal je het verhaal van je moeder vertellen. Ze zal je vertellen wat mijn vader voor je moeder heeft gedaan. Tot ziens.'

Hij week naar achteren, een oude man ineens, gekrompen en zwak. Bertrand volgde hem met zijn blik, nieuwsgierig, afstandelijk. Hij had waarschijnlijk nooit eerder meegemaakt dat zijn vader zo aangeslagen was. Ik vroeg me af wat het met hem deed, wat het voor hem betekende.

Edouard liep weg, gevolgd door zijn vrouw en zijn dochters die hem met vragen bestookten. Zijn zoon kwam achter hen aan, met zijn handen in zijn zakken, zonder iets te zeggen. Ik vroeg me af of Edouard Colette en zijn dochters de waarheid zou vertellen. Waarschijnlijk wel, dacht ik. En ik stelde me voor hoe groot de schok zou zijn.

William Rainsferd en ik stonden alleen in de gang van het verzorgingshuis. Buiten op de rue de Courcelles regende het nog steeds.

'Heb je zin in koffie?' vroeg hij.

Hij had een prachtige glimlach.

We liepen in de motregen naar het dichtstbijzijnde café. We gingen zitten en bestelden twee espresso's. Even zaten we daar in stilte.

Toen vroeg hij: 'Heb je een goede band met de oude dame?'

'Ja,' zei ik. 'Heel goed.'

'Ik zie dat je zwanger bent?'

Ik klopte op mijn dikke buik. 'Ik verwacht de baby in februari.'

Ten slotte zei hij langzaam: 'Vertel over mijn moeder.'

'Dit wordt niet gemakkelijk,' zei ik.

'Ja. Maar ik moet het horen. Alsjeblieft, Julia.'

Langzaam begon ik te vertellen, zachtjes en rustig, terwijl ik slechts af en toe even naar hem opkeek. Tijdens het vertellen gingen mijn gedachten uit naar Edouard, die nu waarschijnlijk in zijn elegante, zalmroze woonkamer aan de rue de l'Université zat en precies hetzelfde aan zijn vrouw, zijn dochters, zijn zoon vertelde. De razzia. Het Vel d'Hiv'. Het kamp. De ontsnapping. Het meisje dat terugkwam. Het dode kind in de kast. Twee families, met elkaar verbonden door de dood en een geheim. Twee families, verbonden door verdriet. Een deel van me wilde dat deze man de hele waarheid zou horen. Een ander deel wilde hem er uit alle macht voor behoeden, hem de harde werkelijkheid besparen. Het gruwelijke beeld van het meisje en haar leed. Haar pijn, haar verlies. Zijn pijn, zijn verlies. Hoe langer ik praatte, hoe meer bijzonderheden ik vertelde, hoe meer vragen ik beantwoordde, des te meer ik het gevoel had dat mijn woorden messen waren die hem verwondden.

Toen ik uitverteld was, keek ik hem aan. Zijn gezicht en zijn lippen waren bleek. Hij haalde het schrift uit de envelop en gaf het me zonder iets te zeggen. De koperen sleutel lag op het tafeltje tussen ons in.

Ik hield het schrift in mijn handen en keek hem aan. Zijn blik spoorde me aan.

Ik opende het schrift. Ik las de eerste zin in mezelf. Toen las ik hardop en vertaalde het Frans meteen in onze moedertaal. Het ging langzaam; het handschrift, iel en hellend, was moeilijk te lezen.

Waar ben je, mijn kleine Michel? Mijn mooie Michel.
Waar ben je nu?
Zou je me nog kennen?
Michel.
Ik, Sarah, je zusje.
Die je nooit is komen halen. Die je in de kast heeft achtergelaten. Die dacht dat
  je veilig was.

Michel.
De jaren zijn verstreken en nog steeds heb ik de sleutel.
De sleutel van onze geheime schuilplaats.
Ik heb hem namelijk bewaard, dag na dag, en aangeraakt terwijl ik aan jou
  dacht.

Vanaf 16 juli 1942 is hij nooit bij me vandaan geweest.

Niemand hier weet het. Niemand hier weet iets van de sleutel, van jou.

Van jou in de kast.

Van moeder, van vader.

Van het kamp.

Van de zomer van 1942.

Van wie ik werkelijk ben.

Michel.

Niet één dag is voorbijgegaan zonder dat ik aan je dacht.

Dat ik dacht aan rue de Saintonge 26.

Ik draag de last van jouw dood alsof het een kind is.

Die zal ik met me meedragen tot de dag dat ik sterf.

Soms wil ik sterven.

Ik kan de last van jouw dood niet dragen.

Van moeders dood, van vaders dood.

Beelden van veewagens die hen naar hun dood brengen.

In gedachten hoor ik de trein, de afgelopen dertig jaar heb ik hem steeds weer
    gehoord.

Ik kan de last van mijn verleden niet dragen.

Toch kan ik de sleutel van je kast niet weggooien.

Het is het enige concrete voorwerp, behalve je graf, dat me met jou verbindt.

Michel.

Hoe kan ik doen alsof ik een ander ben.

Hoe kan ik hen laten geloven dat ik een andere vrouw ben.

Nee, ik kan het niet vergeten.

Het stadion.

Het kamp.

De trein.

Jules en Geneviève.

Alain en Henriette.

Nicolas en Gaspard.

Mijn kind kan het me niet doen vergeten. Ik hou van hem. Hij is mijn zoon.

Mijn man weet niet wie ik ben.

Wat mijn verhaal is.

Maar ik kan het niet vergeten.

Hierheen komen was een verschrikkelijke vergissing.

Ik dacht dat ik kon veranderen. Ik dacht dat ik het allemaal achter me zou
kunnen laten.

Maar dat kan ik niet.

Ze gingen naar Auschwitz. Ze werden gedood.

Mijn broer. Hij stierf in de kast.

Er is niets meer voor mij over.

Ik dacht van wel, maar ik had het mis.

Een kind en een echtgenoot zijn niet genoeg.

Zij weten van niets.

Ze weten niet wie ik ben.

Ze zullen het nooit weten.

Michel.

In mijn dromen kom je me halen.

Je pakt mijn hand en neemt me mee.

Dit leven is een te zware last voor me.

Ik kijk naar de sleutel en ik verlang naar jou en naar het verleden.

Naar de rustige tijd van de onschuld, voor de oorlog.

Ik weet nu dat mijn littekens nooit zullen helen.

Ik hoop dat mijn zoon me zal vergeven.

Hij zal het nooit weten.

Niemand zal het ooit weten.

Zakhor. Al Tichkah.

Blijf het gedenken. Vergeet het nooit.

Het was een druk, lawaaierig café, maar het tafeltje waaraan William en ik zaten bevond zich in een luchtbel van totale stilte.

Ik legde het schrift neer, gebroken door wat we zojuist te weten waren gekomen.

'Ze heeft zich van het leven beroofd,' zei William vlak. 'Het was geen ongeluk. Ze is bewust met die auto tegen een boom aan gereden.'

Ik zei niets. Ik kon niets uitbrengen. Ik wist niet wat ik moest zeggen.

Ik wilde zijn hand pakken, maar iets weerhield me ervan. Ik haalde diep adem. Maar nog steeds wilden er geen woorden in me opkomen.

De koperen sleutel lag tussen ons in, een stille getuige van het verleden, van Michels dood. Ik voelde dat William dichtklapte, zoals hij al eens eerder had gedaan in Lucca, toen hij zijn handen naar me had opgeheven alsof hij me weg wilde duwen. Hij bewoog niet, maar ik voelde duidelijk dat hij zich opsloot in zichzelf. Nogmaals onderdrukte ik een heftige, bijna onweerstaanbare opwelling om hem aan te raken, hem vast te houden. Waarom had ik het gevoel dat ik heel veel met deze man deelde? Op de een of andere manier was hij geen vreemde voor mij en, gekker nog, tegenover hem

voelde ik me nog minder een vreemde. Wat had ons bij elkaar gebracht? Mijn zoektocht, mijn zucht naar waarheid, mijn compas-
sie met zijn moeder? Hij wist niets van mij, niets van mijn stukgelopen huwelijk, mijn bijna-miskraam in Lucca, mijn werk, mijn
leven. Wat wist ik van hem, zijn vrouw, zijn kinderen, zijn carriè-
re? Zijn heden was een raadsel. Maar zijn verleden, zijn moeders
verleden zag ik voor me als brandende fakkels langs een donker
pad. En ik verlangde ernaar deze man te laten zien dat het me iets
deed, dat het lot van zijn moeder mijn leven had veranderd.

'Bedankt,' zei hij ten slotte. 'Bedankt dat je me dit allemaal
hebt verteld.'

Zijn stem klonk vreemd, formeel. Ik besefte dat ik wilde dat hij
zich liet gaan, dat hij zou huilen, een emotie zou laten zien. Waarom? Ongetwijfeld omdat ik mezelf wilde ontladen, tranen wilde
laten stromen om pijn, verdriet, leegte weg te spoelen, omdat ik
mijn gevoelens met hem wilde delen op een specifieke, intieme
manier.

Hij maakte aanstalten om te vertrekken en stond op, hij pakte
de sleutel en het schrift. Ik kon de gedachte niet verdragen dat hij
zo snel weg zou gaan. Als hij nu wegliep, zou ik nooit meer iets
van hem horen of zien, daarvan was ik overtuigd. Hij zou me niet
willen zien, niet met me willen praten. Ik zou de laatste schakel
met Sarah verliezen. Ik zou hem verliezen. En god weet om wat
voor duistere reden William Rainsferd de enige persoon was bij
wie ik juist op dat moment wilde zijn.

Hij moet iets aan mijn gezicht hebben gezien, want hij aarzelde en bleef naast het tafeltje staan.

'Ik zal naar die plaatsen gaan,' zei hij. 'Beaune-la-Rolande en
rue Nélaton.'

'Ik kan met je meegaan als je dat wilt.'

Zijn blik bleef op me rusten. Weer zag ik de tegenstelling die
hem, zo wist ik, zo deed reageren, een complexe mengeling van
verbolgenheid en dankbaarheid.

'Nee, ik ga liever alleen. Maar ik zou het op prijs stellen als je me het adres geeft van de gebroeders Dufaure. Ik zou hen graag opzoeken.'

'Natuurlijk,' zei ik terwijl ik in mijn agenda keek en de adressen voor hem op een papiertje schreef.

Ineens liet hij zich weer op zijn stoel zakken. 'Weet je, ik kan wel een drankje gebruiken,' zei hij.

'Uitstekend. Natuurlijk,' zei ik, en ik wenkte de ober. We bestelden wijn.

Terwijl we in stilte dronken, werd ik me ervan bewust hoezeer ik me bij hem op mijn gemak voelde. Twee landgenoten die rustig van een drankje genoten. We hoefden niets te zeggen. En het voelde niet ongemakkelijk. Maar ik wist dat hij, zodra hij het laatste slokje wijn had opgedronken, weg zou gaan.

Dat moment brak aan.

'Bedankt, Julia, bedankt voor alles.'

Hij zei niet: laten we contact houden, elkaar mailen, elkaar af en toe bellen. Nee, hij zei niets. Maar ik wist wat zijn stilzwijgen luid en duidelijk te kennen gaf: Bel me niet. Neem alsjeblieft geen contact met me op. Ik moet mijn leven zelf uitzoeken. Ik heb tijd en rust nodig, en stilte. Ik moet erachter komen wie ik nu ben.

Ik keek hem na terwijl hij wegliep in de regen, zijn lange gestalte die langzaam in de drukke straat verdween.

Ik vouwde mijn handen over mijn ronde buik en liet de eenzaamheid binnensijpelen.

Toen ik die avond thuiskwam, zat daar de hele familie Tézac op me te wachten. Ze zaten met Bertrand en Zoë in onze woonkamer. Ik voelde onmiddellijk de kille sfeer.

Ze bleken verdeeld in twee partijen: Edouard, Zoë en Cécile, die aan 'mijn kant' stonden en goedkeurden wat ik had gedaan, tegenover Colette en Laure, die het afkeurden.

Bertrand zei niets en hield zich vreemd stil. Hij keek treurig, zijn mondhoeken hingen omlaag. Hij keek me niet aan.

Hoe had ik dit kunnen doen, barstte Colette los. Die familie opsporen, contact zoeken met die man, die uiteindelijk niets van het verleden van zijn moeder wist.

'Die arme man,' echode mijn schoonzus met trillende stem. 'Stel je voor, nu komt hij erachter wie hij eigenlijk is, zijn moeder was Joods, zijn hele familie uitgeroeid in Polen, zijn oom doodgehongerd. Julia had hem met rust moeten laten.'

Edouard stond abrupt op en wierp zijn handen in de lucht. 'Mijn god!' raasde hij. 'Wat mankeert dit gezin!' Zoë zocht bescherming onder mijn arm. 'Julia heeft iets dappers, iets grootmoedigs gedaan,' vervolgde hij, trillend van woede. 'Zij wilde ervoor zorgen dat de familieleden van het meisje het te weten kwamen. Dat ze te weten kwamen dat het ons iets deed. Dat het mijn vader zoveel deed dat hij ervoor heeft gezorgd dat Sarah Starzinski werd opgevoed in een pleeggezin, dat er van haar werd gehouden.'

'Ach vader, hou toch op,' viel Laure hem in de rede. 'Wat Julia heeft gedaan is meelijwekkend. Het verleden oprakelen is nooit goed, vooral niet als het gaat over wat er in de oorlog is gebeurd. Niemand wil daaraan worden herinnerd, niemand wil daaraan denken.'

Ze keek me niet aan, maar ik voelde haar vijandigheid in alle hevigheid. Ik voelde meteen wat ze bedoelde. Echt iets voor een Amerikaanse om dit te doen. Geen respect voor het verleden. Geen idee van familiegeheimen. Geen manieren. Geen fijngevoeligheid. Botte, onopgevoede Amerikaanse: *l'Américaine avec ses gros sabots.*

'Daar ben ik het niet mee eens!' zei Cécile op schrille toon. 'Ik ben blij dat je me hebt verteld wat er is gebeurd, *père*. Het is een afgrijselijk verhaal, over dat kleine jongetje dat in het appartement is gestorven en dat meisje dat terugkwam. Ik denk dat Julia er goed aan heeft gedaan om contact op te nemen met die familie.

Per slot van rekening hebben we niets gedaan waar we ons voor moeten schamen.'

'Misschien!' zei Colette met samengeknepen lippen, 'maar als Julia niet zo nieuwsgierig was geweest, zou Edouard er nooit iets over hebben gezegd. Toch?'

Edouard keek zijn vrouw aan. Zijn gezicht stond kil, en zo klonk hij ook. 'Colette, mijn vader heeft me laten beloven dat ik nooit zou vertellen wat er is gebeurd. Ik heb zijn wens, met moeite, de afgelopen zestig jaar gerespecteerd. Maar ik ben blij dat jullie het nu weten. Nu kan ik dit met jullie delen, ook al stoort het sommigen blijkbaar.'

'Godzijdank weet Mamé nergens van,' zei Colette met een zucht, terwijl ze haar kapsel in model duwde.

'O, maar Mamé weet het wel,' klonk Zoë's hoge stemmetje. Ze was zo rood als een biet, maar ze keek ons dapper aan. 'Zij heeft me verteld wat er is gebeurd. Ik wist het niet van dat jongetje, ik denk dat mama niet wilde dat ik dat zou horen. Maar Mamé heeft me alles verteld.'

Zoë ging verder. 'Ze heeft het altijd geweten, de conciërge had haar verteld dat Sarah was teruggekomen. En ze zei dat grootvader nachtmerries had over een dood kind in zijn kamer. Ze zei dat het verschrikkelijk was om hiervan te weten en er nooit over te kunnen praten met haar man, haar zoon en later met haar familie. Ze zei dat mijn overgrootvader erdoor was veranderd, dat het iets met hem had gedaan, iets waar hij niet over kon praten, zelfs niet met haar.'

Ik keek naar mijn schoonvader. Hij staarde mijn dochter vol ongeloof aan.

'Zoë, weet ze het? Heeft ze het al die jaren geweten?'

Zoë knikte. 'Mamé zei dat het een vreselijk geheim was om bij zich te dragen, dat ze altijd aan dat meisje is blijven denken, ze zei dat ze blij was dat ik het nu wist. Ze zei dat ze er eerder over had moeten praten, dat we hadden moeten doen wat mama nu deed, dat we niet hadden moeten wachten. We hadden de familie van dat meisje moeten vinden. Het was niet goed dat we het geheim hebben gehouden. Dat heeft ze me gezegd. Vlak voordat ze die beroerte kreeg.'

Er volgde een lange, pijnlijke stilte.

Zoë ging rechtop staan. Ze keek naar Colette, Edouard, haar tantes en haar vader. En naar mij.

'Er is nog iets wat ik jullie wil vertellen,' ging ze verder, naadloos overgaand van het Frans in het Engels, met een nadrukkelijk Amerikaans accent. 'Het kan me niet schelen wat jullie ervan vinden. Het kan me niet schelen of jullie vinden dat mama het verkeerd heeft aangepakt, of jullie vinden dat mama iets stoms heeft gedaan. Ik ben echt trots op wat ze heeft gedaan. Hoe ze William heeft gevonden, hoe ze het hem heeft verteld. Jullie hebben geen idee wat dat haar heeft gekost, wat het voor haar betekende. Wat het voor mij betekent. En waarschijnlijk ook voor hem. En zal ik jullie wat vertellen? Als ik groot ben, wil ik net zo worden als zij. Ik wil een moeder worden op wie mijn kinderen trots zijn. *Bonne nuit.*'

Ze maakte een grappig buiginkje, liep de kamer uit en deed zachtjes de deur achter zich dicht.

We bleven een tijdlang zitten zonder iets te zeggen. Ik zag Colettes gezicht verharden, bijna verstarren. Laure controleerde haar make-up in een zakspiegeltje. Cécile leek verbijsterd.

Bertrand had geen woord gezegd. Hij stond voor het raam, met zijn handen in elkaar gevouwen op zijn rug. Hij had me niet één keer aangekeken. Noch een van de anderen.

Edouard stond op en gaf me een teder, vaderlijk tikje op mijn hoofd. Zijn lichte, blauwe ogen keken me glinsterend aan. Hij mompelde in het Frans in mijn oor. 'Je hebt juist gehandeld. Je hebt het goed gedaan.'

Maar later die avond, toen ik in mijn eenzame bed lag en niet in staat was om te lezen of te denken en alleen maar op mijn rug naar het plafond kon liggen staren, sloeg de twijfel toe. Ik dacht aan William die, waar dan ook, probeerde de nieuwe stukjes in zijn leven in te passen.

Ik dacht aan de familie Tézac, die voor één keer uit haar schulp had moeten kruipen en het droeve, duistere geheim naar buiten had moeten brengen. Ik dacht aan Bertrand, die me de rug toekeerde.

Tu as fait ce qu'il fallait. Tu as bien fait.

Had Edouard gelijk? Ik wist het niet. Ik vroeg het me nog steeds af.

Zoë deed de deur open, kroop bij me in bed als een grote, stille jonge hond en nestelde zich tegen me aan. Ze pakte mijn hand, drukte er langzaam een kus op en legde haar hoofd op mijn schouder.

Ik luisterde naar het gedempte geraas van het verkeer over de boulevard du Montparnasse. Het was al laat. Bertrand was ongetwijfeld bij Amélie. Hij voelde ver weg, als een vreemde. Als iemand die ik nauwelijks kende.

Twee families die ik bij elkaar had gebracht, voor één dag. Twee families die nooit meer hetzelfde zouden zijn.

Had ik er goed aan gedaan?

Ik wist niet wat ik ervan moest denken. Ik wist niet wat ik moest geloven.

Zoë viel naast me in slaap, haar adem kietelde mijn wang. Ik dacht aan het kind dat ik verwachtte en ik voelde een soort rust over me heen komen. Een vredig gevoel dat me even troostte.

Maar de pijn, het verdriet bleef.

NEW YORK, 2005

'Zoë!' riep ik. 'Hou in godsnaam je zusje vast. Straks valt ze van dat ding en breekt ze haar nek!'

Mijn dochter met de lange benen keek me afkeurend aan. 'Je bent een verschrikkelijk overbezorgde moeder.'

Ze greep het mollige armpje van de kleine en duwde haar terug op haar driewieler. Haar kleine beentjes trapten als een gek rond over het paadje, terwijl Zoë achter haar aan rende. De kleine kraaide het uit van pret en rekte haar nekje met de onbeschaamde ijdelheid van een tweejarige peuter om te zien of ik wel keek.

Central Park en de eerste prikkelende belofte van de lente. Ik strekte mijn benen en hief mijn gezicht weer naar de zon.

De man naast me streelde mijn wang.

Neil. Mijn vriend. Iets ouder dan ik. Jurist. Gescheiden. Woonde in de wijk Flat Iron met zijn tienerzoons. Aan me voorgesteld door mijn zus. Ik mocht hem. Ik was niet verliefd op hem, maar ik genoot van zijn gezelschap. Hij was een intelligente, ontwikkelde man. Het was godzijdank niet zijn bedoeling met me te trouwen, en hij had er geen bezwaar tegen dat mijn dochters er van tijd tot tijd bij waren.

Er waren een paar vriendjes geweest sinds we hier woonden. Niets serieus. Niets belangrijks. Zoë noemde hen mijn vrijers. Charla noemde hen mijn 'beaux', à la Scarlett O'Hara. Vóór Neil was mijn laatste vrijer Peter; hij had een kunstgalerie, een kale plek achter op zijn hoofd waar hij zich voor geneerde, en een tochtige loft in TriBeCa. Het waren fatsoenlijke, enigszins saaie, door en door Amerikaanse mannen van middelbare leeftijd. Beleefd, oprecht en accuraat. Ze hadden een goede baan, ze waren welopgevoed, ontwikkeld en meestal gescheiden. Ze kwamen me ophalen, ze brachten me thuis, boden me hun arm en hun paraplu. Ze namen me mee uit lunchen, naar het Met, het MoMA, de City Opera, de NYCB, voorstellingen op Broadway, uit eten en soms mee naar bed. Ik onderging het. Seks was inmiddels iets wat ik deed omdat ik vond dat ik het moest doen. Het was mechanisch en saai. Ook daarin was iets verdwenen. De passie. De opwinding. Het vuur. Allemaal weg.

Ik voelde me alsof iemand – ik? – de film van mijn leven versneld vooruit had gespoeld waar ik in optrad als een houten Charlie Chaplin-personage, waarin ik alles op een gehaaste, stuntelige manier deed alsof ik geen andere keus had, met een verstarde grijns op mijn gezicht geplakt en voorwendend dat ik gelukkig was met mijn nieuwe leven. Soms wierp Charla me heimelijk een blik toe en vroeg: 'Alles in orde met je?' Dan stootte ze me even aan en dan mompelde ik: 'Ja hoor, prima.' Ze leek niet overtuigd, maar ze liet me maar even met rust. Ook mijn moeder liet soms haar blik over mijn gezicht glijden en kneep dan bezorgd haar lippen op elkaar. 'Alles goed, liefje?'

Dan nam ik haar ongerustheid weg met een onbezorgde glimlach.

Een schitterende, tintelfrisse ochtend in New York. Zo een die je nooit in Parijs meemaakt. Verkwikkend koele lucht. Strakblauwe hemel. De skyline die ons boven de bomen omringt. Het grote, lichte vlak van het Dakota-gebouw tegenover ons. De geur van hotdogs en pretzels die door de wind wordt meegedragen.

Ik stak mijn hand uit en streelde Neils knie, mijn ogen nog gesloten voor de steeds warmer wordende zon. New York en haar heftige weertegenstellingen. Snikhete zomers. IJskoude, witte winters. En het licht dat over de stad viel, een hard, fel, zilverachtig licht waar ik van was gaan houden. Parijs met haar vochtige, grijze motregens leek een andere wereld.

Ik opende mijn ogen en zag mijn dochters pret maken. Het was alsof Zoë van de ene op de andere dag ineens was uitgegroeid tot een prachtige tiener, die boven me uittorende met sierlijke, krachtige ledematen. Ze leek op Charla en Bertrand, ze had hun klasse geërfd, hun aantrekkelijkheid, hun charme, die speelse, krachtige combinatie van Jarmond en Tézac die me bekoorde.

De kleine was een ander verhaal. Zachter, ronder, kwetsbaarder. Ze had meer knuffels, kusjes en aandacht nodig dan Zoë op die leeftijd. Was het omdat haar vader niet bij haar in de buurt was? Omdat Zoë, de baby en ik niet lang na haar geboorte Frankrijk hadden verruild voor New York? Ik wist het niet. Ik vroeg het me maar niet te vaak af.

Het was vreemd geweest om weer in Amerika te wonen na zoveel jaar Parijs. Het was soms nog steeds vreemd. Het voelde niet als thuis. Ik vroeg me af hoe lang dat zou duren. Maar het was gebeurd. Het was zwaar geweest. Het was geen gemakkelijke beslissing geweest.

De baby was te vroeg gekomen, reden voor paniek en pijn. Ze was vlak na kerst geboren, twee maanden voordat ik was uitgerekend. Op de eerste hulp van het Saint-Vincent de Paul-ziekenhuis moest ik een afschuwelijke keizersnede ondergaan. Bertrand was erbij geweest, vreemd gespannen, geëmotioneerd, ondanks zichzelf. Een piepklein, volmaakt meisje. Was het een teleurstelling voor hem geweest? vroeg ik me af. Niet voor mij. Dit kind betekende zoveel voor me. Ik had voor haar gevochten. Ik had niet toegegeven. Ze was mijn overwinning.

Kort na de geboorte en net voor de verhuizing naar de rue de Saintonge vatte Bertrand moed om me te vertellen dat hij van Amélie hield, dat hij vanaf dat moment met haar verder wilde, dat hij bij haar wilde intrekken in het Trocadéro-appartement, dat hij niet langer tegen mij, tegen Zoë, kon liegen, dat er een scheiding moest komen, maar dat kon snel en gemakkelijk geregeld worden. Op dat moment, toen ik hem zag worstelen met zijn langdurige, ingewikkelde bekentenis, hem heen en weer zag lopen met zijn handen op zijn rug, zijn ogen neergeslagen, kwam het voor het eerst bij me op om naar Amerika te verhuizen. Ik hoorde Bertrand aan tot hij klaar was met zijn verhaal. Hij zag er uitgeput uit, helemaal leeg, maar hij had het gedaan. Hij was uiteindelijk eerlijk tegen me geweest. En tegen zichzelf. En ik had mijn knappe, sensuele echtgenoot aangekeken en hem bedankt. Hij had verbaasd opgekeken. Hij gaf toe dat hij een heftiger, bitterder reactie had verwacht. Geschreeuw, beledigingen, ophef. De baby had in mijn armen gejammerd en met haar kleine vuistjes gezwaaid.

'Geen ophef,' zei ik. 'Geen geschreeuw, geen beledigingen. Goed?'

'Goed,' zei hij. En hij gaf mij en de baby een kus.

Ik had het gevoel dat hij al uit mijn leven was. Alsof hij al was vertrokken.

Die nacht dacht ik elke keer dat ik opstond om de hongerige baby te voeden aan de States. Boston? Nee, ik vond het een afschuwelijk idee om terug te gaan naar de stad van mijn kinderjaren.

En toen wist ik het.

New York. Zoë, de baby en ik konden naar New York gaan. Charla woonde daar, mijn ouders er vlakbij. New York. Waarom niet? Ik kende de City niet heel goed, ik was er nooit lang geweest, behalve dan tijdens mijn jaarlijkse bezoekjes aan mijn zus.

New York. Misschien de enige stad die kon wedijveren met Parijs, omdat ze zo totaal anders was. Hoe langer ik erover nadacht, hoe meer ik er heimelijk voor begon te voelen. Ik praatte er niet over met mijn vrienden. Ik wist dat Hervé, Christophe, Guillaume, Susannah, Holly, Jan en Isabelle geschokt zouden zijn door het idee van mijn vertrek. Maar ik wist ook dat ze het zouden begrijpen en accepteren.

En toen was Mamé overleden. Vanaf haar beroerte in november had ze een kwijnend bestaan geleid, ze had nooit meer kunnen praten, al was ze wel weer bij bewustzijn gekomen. Ze was verplaatst naar de intensive care van het Cochin-ziekenhuis. Ik verwachtte haar dood, probeerde die onder ogen te zien, maar toen het gebeurde was het toch een schok.

Na de begrafenis, op het trieste kleine kerkhof in Bourgondië, had Zoë tegen me gezegd: 'Mam, moeten we in de rue de Saintonge gaan wonen?'

'Ik denk dat je vader dat van ons verwacht.'

'Maar wil jíj daar gaan wonen?' vroeg ze.

'Nee,' zei ik naar waarheid. 'Al vanaf het moment dat ik hoorde wat daar is gebeurd, wil ik dat niet.'

'Ik ook niet.'

Toen zei ze: 'Maar waar zouden we dan kunnen gaan wonen, mam?'

En ik antwoordde luchtig, bij wijze van grapje, in de verwachting haar een verontwaardigde reactie te ontlokken: 'Nou, wat dacht je van New York City?'

Zo gemakkelijk was het geweest, met Zoë. Bertrand was niet zo gelukkig met ons besluit. Dat zijn dochter zo ver weg zou gaan. Maar Zoë was stellig over ons vertrek. Ze zei dat ze om de paar maanden terug zou komen en dat Bertrand haar en de baby ook kon komen opzoeken. Ik legde Bertrand uit dat er nog niets vaststond, dat er niets definitiefs was aan de verhuizing. Het was niet voorgoed. Het was gewoon voor een paar jaar. Om Zoë te laten kennismaken met haar Amerikaanse 'kant'. Om te zorgen dat ik verder kon met mijn leven. Om iets nieuws te beginnen. Hij had zich nu gesetteld met Amélie. Ze vormden een stel, officieel. Amélies kinderen waren al bijna volwassen. Ze woonden niet meer thuis en waren soms ook bij hun vader. Werd Bertrand gelokt door het vooruitzicht van een nieuw leven zonder dagelijks op te hoeven draaien voor de opvoeding van kinderen – de zijne of de hare? Misschien. Uiteindelijk zei hij ja. En toen zette ik alles in gang.

Nadat we eerst een tijdje bij Charla hadden gelogeerd, had zij me aan een eenvoudig wit tweekamerappartement geholpen met een 'open uitzicht op de stad' en een portier, aan West 86th Street, tussen Amsterdam en Columbus. Ik huurde het van een vriendin van haar die naar LA was verhuisd. Het was een gebouw vol gezinnen en gescheiden ouders, een lawaaierige bijenkorf met baby's, peuters, wandelwagens, scooters. Het was een comfortabel, knus huis, maar ook daar ontbrak iets. Wat? Ik wist het niet.

Dankzij Joshua was ik aangenomen als NYC-correspondent voor een hippe, Franse website. Ik werkte thuis en maakte nog steeds gebruik van Bambers diensten als ik foto's nodig had uit Parijs.

Een paar blokken verderop was een nieuwe school voor Zoë, Trinity College. 'Mam, daar ga ik nooit bij horen, ze noemen me nu al "Frenchy",' klaagde ze, en ik kon een glimlach niet onderdrukken.

New Yorkers waren fascinerend om naar te kijken, met hun vastberaden stap, hun plagerijtjes, hun vriendelijkheid. Mijn buren zeiden 'hallo' in de lift, hadden ons bloemen en snoep gestuurd toen we verhuisd waren, en maakten grapjes met de portier. Dat was ik allemaal vergeten. Ik was zo gewend aan de Parijse humeurigheid en aan het feit dat buren elkaar in het trappenhuis amper toeknikten.

Misschien was het meest ironische hiervan wel dat ik, ondanks het opwindende, wervelende leven dat ik nu leidde, Parijs miste. Ik miste de Eiffeltoren die 's avonds elk uur oplichtte als een schitterende, met juwelen behangen verleidster. Ik miste het luchtalarm dat op elke eerste woensdag van de maand om twaalf uur ter controle door de stad jankte. Ik miste de markt op zaterdag op de boulevard Edgar Quinet, waar de groenteverkoper me *'ma p'tite dame'* noemde, al was ik waarschijnlijk zijn langste vrouwelijke klant. Net als Zoë had ik het gevoel dat ik een 'Frenchy' was, ook al was ik Amerikaanse.

Het was niet zo gemakkelijk geweest om uit Parijs weg te gaan als ik had gedacht. New York met zijn energie, de stoomwolken die opstijgen uit zijn mangaten, zijn uitgestrektheid, bruggen, gebouwen en verkeersopstoppingen was nog steeds niet mijn thuis. Ik miste mijn Parijse vrienden, ook al had ik hier een paar geweldige nieuwe vriendschappen gesloten. Ook miste ik Edouard, met wie ik een goede band had opgebouwd en die me elke maand schreef. Ik miste vooral de manier waarop Franse mannen naar vrouwen kijken, wat Holly altijd hun 'uitkleedblik' noemde. Ik was daaraan gewend geraakt, maar hier in Manhattan waren er alleen olijke buschauffeurs die naar Zoë 'Yo, slim!' riepen en naar mij 'Yo, blondie!' Ik had het gevoel dat ik onzichtbaar was geworden. Waarom was mijn leven zo leeg, vroeg ik me af. Alsof het door een orkaan was getroffen. Alsof de bodem eruit was gevallen.

En de nachten.

De nachten waren eenzaam, ook al was ik met Neil. In bed luisterde ik naar de geluiden van de geweldige, pulserende stad en liet ik de beelden weer terugkomen, als de vloed die het strand op kruipt.

Sarah.

Ze was nooit bij me weg geweest. Ze had me voor altijd veranderd. Haar verhaal, haar lijden, ik droeg het met me mee. Ik had het gevoel dat ik haar kende. Als jong meisje. Als de veertigjarige huisvrouw die met haar auto tegen een boom reed op een bevroren weg in New England. Ik zag haar gezicht voor me, tot in detail. De amandelvormige blauwgroene ogen. De vorm van haar hoofd. Haar postuur. Haar handen. Haar zeldzame glimlach. Ik kende haar. Ik had haar uit duizenden kunnen herkennen als ze nog had geleefd.

Zoë was heel bijdehand. Ze betrapte me op heterdaad.

Toen ik William Rainsferd googelde.

Ik had niet gemerkt dat ze al uit school was. Op een winterse middag stond ze ineens achter me zonder dat ik haar had horen aankomen.

'Hoe lang ben je daar al mee bezig?' vroeg ze, en ze klonk als een moeder die haar tienerdochter betrapt op het roken van wiet.

Blozend gaf ik toe dat ik het afgelopen jaar regelmatig naar hem had gezocht.

'En?' vervolgde ze, met haar armen over elkaar, terwijl ze me fronsend aankeek.

'Nou, het lijkt erop dat hij uit Lucca weg is,' bekende ik.

'O. Waar is hij dan?'

'Hij is terug in de States, al een paar maanden.'

Ik kon haar blik niet langer verdragen, dus stond ik op en liep naar het raam, waar ik neerkeek op de drukke Amsterdam Avenue.

'Is hij in New York, mam?'

Haar stem klonk nu zachter, minder scherp. Ze kwam achter me staan en legde haar hoofdje op mijn schouder.

Ik knikte. Ik kon haar onmogelijk vertellen hoe opgetogen ik was geweest toen ik erachter kwam dat hij ook hier was. Hoe opgewonden, hoe verbaasd ik was geweest dat ik uiteindelijk in dezelfde stad woonde als hij, twee jaar nadat we elkaar voor het laatst hadden gezien. Zijn vader was een New Yorker, herinnerde ik me. Hij had hier waarschijnlijk als kleine jongen gewoond.

Hij stond vermeld in het telefoonboek. In de West Village. Nog geen vijftien minuten met de metro hiervandaan. En dagenlang, wekenlang had ik me onrustig afgevraagd of ik hem zou bellen of niet. Sinds Parijs had hij nooit geprobeerd contact met me te zoeken. Ik had sindsdien nooit meer iets van hem gehoord.

De opwinding was na een tijdje weggeëbd. Ik had niet de moed hem te bellen. Maar ik bleef aan hem denken, elke nacht. Elke dag. Heimelijk, in stilte. Ik vroeg me af of ik hem op een dag zou tegenkomen, in het park, in een of ander warenhuis, café, restaurant. Was hij hier met zijn vrouw en dochters? Waarom was hij, net als ik, teruggekomen naar de States? Wat was er gebeurd?

'Heb je contact met hem opgenomen?' vroeg Zoë.

'Nee.'

'Ga je dat doen?'

'Ik weet het niet, Zoë.'

Ik begon stilletjes te huilen.

'O mam, alsjeblieft,' zuchtte ze.

Ik veegde boos de tranen weg en voelde me een idioot.

'Mam, hij weet dat je nu hier woont. Dat weet ik zeker. Hij heeft ook opgezocht waar jij bent. Hij weet wat je hier doet, hij weet waar je woont.'

Dat was nooit bij me opgekomen. Dat William mij zou googelen. Dat William op zoek zou gaan naar míjn adres. Had Zoë gelijk? Wist hij dat ik ook in New York woonde, in de Upper West Side? Dacht hij weleens aan me? Wat voelde hij precies als hij dat deed?

'Je moet het loslaten, mam. Je moet het achter je laten. Bel Neil, spreek vaker met hem af, ga verder met je leven.'

Ik draaide me naar haar toe en mijn stem klonk hard en schril. 'Dat kan ik niet, Zoë. Ik moet weten of hij iets heeft gehad aan mijn bemoeienis. Dat moet ik weten. Is dat te veel gevraagd? Is dat een onmogelijkheid?'

De kleine huilde in de kamer ernaast. Ik had haar gestoord in haar middagslaapje. Zoë ging naar haar toe en kwam terug met haar mollige, hikkende zusje.

Zoë streelde zacht mijn haar boven het krullenkopje van het kleintje.

'Ik denk niet dat je het ooit te weten zult komen, mam. Ik denk niet dat hij ooit zo ver komt dat hij je dat kan vertellen. Je hebt zijn leven veranderd. Je hebt het overhoop gehaald, weet je nog. Hij wil je waarschijnlijk nooit meer zien.'

Ik pakte het kind uit haar armen over en drukte haar stevig tegen me aan, genietend van haar warme, mollige lijfje. Zoë had gelijk. Ik moest de bladzijde omslaan, doorgaan met mijn leven.

Hoe, dat was een andere vraag.

Ik zorgde ervoor dat ik druk bezig bleef. Ik had geen minuut voor mezelf door mijn bezigheden met Zoë, haar zusje, Neil, mijn ouders, mijn neefjes, mijn werk en de eindeloze reeks feestjes waarvoor Charla en haar man Barry me uitnodigden en waar ik zonder mankeren naartoe ging. Ik leerde in twee jaar meer nieuwe mensen kennen dan tijdens mijn hele verblijf in Parijs, een kosmopolitische smeltkroes waar ik me mee vermaakte.

Ja, ik had Parijs voorgoed verlaten, maar steeds als ik er terugkwam voor mijn werk of om vrienden of Edouard op te zoeken, belandde ik in de Marais, waar ik als een magneet naartoe werd getrokken. Rue des Rosiers, rue du Roi de Sicile, rue des Ecouffes, rue de Saintonge, rue de Bretagne, ik zag al die straten met nieuwe ogen, ogen die zagen wat daar, in 1942, gebeurd was, ook al was dat lang voor mijn tijd geweest.

Ik vroeg me af wie er nu in de rue de Saintonge woonden, wie er nu bij het raam stonden dat uitkeek op de lommerrijke binnenplaats, wie er met hun hand over de gladde, marmeren schoorsteenmantel gingen. Ik vroeg me af of de nieuwe bewoners er enig idee van hadden dat er een kleine jongen in hun huis was gestorven en dat het leven van een jong meisje op die dag voorgoed was veranderd.

Ook in mijn dromen ging ik terug naar de Marais. In mijn dromen leken de gruwelen uit het verleden die ik zelf niet had meegemaakt zo echt dat ik het licht aan moest doen om de nachtmerrie te verjagen.

Het was tijdens die slapeloze, lege nachten waarop ik in bed lag, uitgeput van de smalltalk en met een droge mond van dat laatste glas wijn dat ik niet meer had moeten drinken, dat de oude pijn terugkwam en bleef hangen.

Zijn ogen. Zijn gezicht toen ik Sarahs brief hardop had voorgelezen. Het kwam allemaal weer terug, verdreef de slaap en werkte diep op me in.

Zoë's stem bracht me weer terug naar Central Park, de prachtige voorjaarsdag, en Neils hand op mijn knie. 'Mam, dat monster hier wil een ijsje.'

'Geen sprake van,' zei ik. 'Geen ijsje.'

De kleine gooide zich op het gras en zette het op een krijsen.

'Dat is me er eentje, hè?' zei Neil peinzend.

Ook januari 2005 bracht me steeds terug bij Sarah, bij William. De zestigste herdenking van de bevrijding van Auschwitz haalde de krantenkoppen in de hele wereld. Het was alsof het woord 'shoah' nog nooit zo vaak was genoemd.

En elke keer dat ik het hoorde, waren mijn gedachten ineens weer vol pijn bij hem, bij haar. En terwijl ik naar de herdenkingsplechtigheid op tv keek, vroeg ik me af of William ooit aan mij dacht als hij dat woord ook hoorde, als hij ook die afgrijselijke zwart-witbeelden van het verleden over het scherm voorbij zag komen, de levenloze skeletten hoog opgestapeld, de crematoriums, de as, al die gruwelen.

Zijn familie was omgekomen op die afschuwelijke plek. De ouders van zijn moeder. Hij kon er niet omheen, dacht ik bij mezelf. Met Zoë en Charla naast me keek ik naar de sneeuwvlokken die op het kamp vielen, het prikkeldraad, de logge wachttoren. Naar de menigte, de toespraken, de gebeden, de kaarsen. De Russische soldaten en hun typische, dansende loop.

En het allerlaatste, onvergetelijke beeld van het vallen van de avond, en de spoorbanen die opgloeiden in het donker, een intense, schrijnende combinatie van verdriet en herinnering.

Het telefoontje kwam op een middag in mei, toen ik het totaal niet verwachtte.

Ik zat aan mijn bureau te worstelen met de grillen van een nieuwe computer. Ik nam op, mijn 'ja' klonk zelfs in mijn eigen oren bot.

'Hallo. Met William Rainsferd.'

Ik schoot overeind, mijn hart sloeg over terwijl ik probeerde kalm te blijven.

William Rainsferd.

Ik kon niets uitbrengen en drukte de hoorn tegen mijn oor.

'Ben jij dat, Julia?'

Ik slikte. 'Ja, ik heb alleen wat problemen met mijn computer. Hoe is het met je, William?'

'Goed,' zei hij.

Een korte stilte volgde. Maar niet gespannen of ongemakkelijk.

'Dat is een tijd geleden,' zei ik, alsof ik niets beters te zeggen had.

'Ja, inderdaad,' zei hij.

Weer een stilte.

'Ik zie dat je inmiddels een New Yorkse bent geworden,' zei hij ten slotte. 'Ik heb je naam opgezocht.'

Dus Zoë had toch gelijk gehad.

'En, kunnen we iets afspreken?'

'Vandaag?' vroeg ik.

'Als dat lukt.'

Ik dacht aan de kleine die in de kamer naast me lag te slapen. Ze was die ochtend naar de crèche geweest, maar ik kon haar meenemen. Ze zou het alleen niet fijn vinden om uit haar slaapje gehaald te worden.

'Dat lukt wel,' zei ik.

'Mooi. Dan kom ik wel jouw kant op. Heb je een voorstel voor een plek om af te spreken?'

'Ken je café Mozart? Op West 70th Street en Broadway?'

'Dat ken ik, prima. Tot over een halfuurtje.'

Ik hing op. Mijn hart ging zo tekeer dat ik nauwelijks adem kon halen. Ik maakte de kleine wakker, sloeg geen acht op haar protest, kleedde haar warm aan, klapte de wandelwagen uit en vertrok.

Hij was er al toen we aankwamen. Het eerste wat ik zag was zijn rug, de krachtige schouders en zijn haar, zilvergrijs en dik, waar geen blond meer in te bekennen was. Hij zat een krant te lezen, maar hij draaide zich met een ruk om toen ik aankwam, alsof hij mijn blik had gevoeld. Toen stond hij op, en even was er sprake van een onhandig, vermakelijk moment toen we niet wisten of we elkaar een hand of een zoen moesten geven. Hij schoot in de lach, ik ook, en uiteindelijk omhelsde hij me, een grote berenknuffel werd het, waarbij hij mijn kin tegen zijn sleutelbeen drukte en op het smalste deel van mijn rug klopte, en toen boog hij zich voorover om mijn dochter te bewonderen.

'Wat een prachtig klein meisje,' zei hij zangerig.

Plechtig overhandigde ze hem haar favoriete rubbergiraffe.

'En hoe heet jij?' vroeg hij.

'Lucy,' lispelde ze.

'Zo heet de giraffe –' begon ik, maar William had al in het beest geknepen zodat mijn opmerking werd overstemd door hard gepiep, dat de kleine deed kraaien van pret.

We gingen zitten, de kleine bleef in de wandelwagen. Hij wierp een blik op de kaart.

'Ooit de Amadeus-cheesecake geproefd?' vroeg hij, met één wenkbrauw opgetrokken.

'Ja,' zei ik, 'die is duivels lekker.'

Hij grinnikte.

'Je ziet er fantastisch uit, Julia. New York doet je goed.'

Ik bloosde als een tienermeisje en stelde me voor dat Zoë, als ze me zou zien, haar blik ten hemel zou slaan.

Toen ging zijn mobieltje. Hij nam op. Ik kon aan zijn gezicht zien dat het een vrouw was. Ik vroeg me af wie. Zijn echtgenote? Een van zijn dochters? Het gesprek duurde even. Hij leek geagiteerd. Ik boog me naar mijn dochter die met haar giraffe zat te spelen.

'Sorry,' zei hij, terwijl hij zijn mobieltje opborg. 'Dat was mijn vriendin.'

'O.'

Waarschijnlijk keek ik niet erg snugger want hij barstte in lachen uit.

'Ik ben inmiddels gescheiden, Julia.'

Hij keek me recht aan. Zijn gezicht werd somber. 'Weet je, na wat je mij hebt verteld is alles veranderd.'

Eindelijk. Eindelijk ging hij me vertellen wat ik wilde weten. De nasleep. De gevolgen.

Ik wist niet goed wat ik moest zeggen. Ik was bang dat hij, zodra ik één woord zei, zou zwijgen. Ik bleef me met mijn dochter bezighouden, gaf haar een flesje water terwijl ik ervoor zorgde dat ze het niet over zich heen goot, en redderde wat met een papieren servetje.

De serveerster kwam onze bestelling opnemen. Twee Amadeus-cheesecake, twee koffie en een pannenkoek voor de kleine.

William zei: 'Alles stortte in. Het was een hel. Een verschrikkelijk jaar.'

We keken een paar minuten zwijgend naar de drukte aan de tafeltjes om ons heen. Het was een luidruchtig, levendig café, met klassieke muziek die uit verborgen speakers kwam. De kleine zat in zichzelf te babbelen en keek lachend naar mij en William op, terwijl ze met haar speeltje zwaaide. De serveerster kwam terug met onze bestelling.

'Gaat het nu wel?' vroeg ik voorzichtig.

'Ja,' zei hij snel. 'Jawel. Het heeft een tijd geduurd voor ik aan dat nieuwe deel van me gewend was. Voor ik het verhaal van mijn moeder begreep en accepteerde. Met de pijn kon omgaan. Soms kan ik het nog steeds niet. Maar daar werk ik aan. Ik heb een paar hoogstnoodzakelijke dingen gedaan.'

'Zoals?' vroeg ik, en ik voerde mijn dochtertje intussen plakkerige stukjes pannenkoek.

'Ik besefte dat ik dit allemaal niet meer alleen aankon. Ik voelde me geïsoleerd, kapot. Mijn vrouw kon niet begrijpen wat ik doormaakte. En ik kon het gewoon niet uitleggen, het lukte niet om met elkaar te communiceren. Ik ben vorig jaar met mijn dochters naar Auschwitz gegaan ter gelegenheid van de zestigste herdenking. Ik moest hun vertellen wat er met hun overgrootouders was gebeurd, het was niet gemakkelijk en dat was de enige manier waarop ik het kon doen. Door het hun te laten zien. Het was een emotionele, verdrietige tocht, maar uiteindelijk kreeg ik rust en ik voelde dat mijn dochters het begrepen.'

Zijn gezicht stond bedroefd en peinzend. Ik zei niets, ik liet hem praten. Ik veegde het gezichtje van de kleine af en gaf haar nog wat water.

'In januari heb ik nog één ding gedaan. Ik ben teruggegaan naar Parijs. Er staat een nieuw holocaustmonument in de Marais, misschien weet je dat.' Ik knikte. Ik had erover gehoord en ik was van plan om het tijdens mijn volgende bezoek te gaan bekijken. 'Chirac heeft het eind januari onthuld. Er staat vlak bij de ingang een muur met namen. Een enorme, grijze stenen muur, waar 76.000 namen in gegraveerd staan. De namen van alle Joden die uit Frankrijk zijn gedeporteerd.'

Ik zag zijn vingers steeds over de rand van zijn koffiekopje gaan. Ik vond het moeilijk om hem recht aan te kijken.

'Ik ben erheen gegaan om te kijken of ik hun namen kon vinden. En daar stonden ze. Vladislav en Rivka Starzinski. Mijn grootouders. Ik voelde diezelfde rust als ik in Auschwitz had ervaren. Hetzelfde verdriet. Het deed me goed dat ze herdacht werden, dat de Fransen hen op deze manier herdachten en eerden. Er stonden mensen voor die muur te huilen, Julia. Oude mensen, jonge mensen, mensen van mijn leeftijd die de muur aanraakten en huilden.'

Hij zweeg even en ademde rustig door zijn mond uit. Ik bleef mijn blik op het kopje, op zijn vingers houden. De giraffe van mijn dochter maakte piepgeluiden, maar we hoorden het amper.

'Chirac hield een toespraak. Ik verstond het natuurlijk niet. Later heb ik het opgezocht op internet en de vertaling gelezen. Een goede toespraak. Waarin hij benadrukte dat men niet moest vergeten dat Frankrijk verantwoordelijk was voor de razzia van het Vel d'Hiv' en wat daarna volgde. Chirac sprak dezelfde woorden die mijn moeder onder aan haar brief had geschreven. *Zakhor, Al Tichkah*. Blijf het gedenken. Vergeet het nooit. In het Hebreeuws.'

Hij bukte zich en haalde een grote manilla envelop uit de rugzak die aan zijn voeten stond. Hij gaf hem aan mij.

'Dit zijn foto's van haar, die wilde ik je laten zien. Ik besefte ineens dat ik niet wist wie mijn moeder was, Julia. Ik bedoel, ik wist wel hoe ze eruitzag, ik kende haar gezicht, haar glimlach, maar ik wist niets van haar innerlijke leven.'

Ik veegde de ahornstroop van mijn vingers om ze aan te kunnen pakken. Sarah op haar trouwdag. Lang, slank, haar lachje, haar gesloten blik. Sarah, met William als baby in haar armen. Sarah met William als peuter die ze bij de hand hield. Sarah in de dertig, in een smaragdgroene baljurk. En Sarah vlak voor haar dood, een grote close-up in kleur. Met grijs haar, merkte ik op. Te vroeg grijs geworden, en op een vreemde manier stond het haar. Net als hem nu.

'Ik herinner me haar als een stille vrouw, lang en slank en stil,' zei William terwijl ik bij elke foto die ik zag geëmotioneerder raakte. 'Ze lachte niet veel, maar ze was een intens voelend mens en een liefhebbende moeder. Maar niemand heeft het na haar dood over zelfmoord gehad. Nooit. Zelfs pa niet. Ik denk dat pa het schrift nooit heeft gelezen. Niemand. Misschien heeft hij het lang na haar dood gevonden. We dachten allemaal dat het een ongeluk was. Niemand wist wie mijn moeder was, Julia. Zelfs ik niet. En dat vind ik zo zwaar, om daarmee te leven. Wat haar de dood heeft ingejaagd op die koude sneeuwdag. Hoe ze tot dat besluit is gekomen. Waarom we nooit iets van haar verleden hebben geweten. Waarom ze ervoor koos het niet aan mijn vader te vertellen. Waarom ze al dat verdriet, al die pijn voor zich heeft gehouden.'

'Het zijn prachtige foto's,' zei ik uiteindelijk. 'Bedankt dat ik ze mocht zien.'

Ik zweeg even. 'Er is iets wat ik je moet vragen,' zei ik, terwijl ik de foto's opzijlegde en moed vatte om hem eindelijk aan te kijken.

'Ga je gang.'

'Koester je geen wrok tegen me?' vroeg ik met een zwak lachje. 'Ik heb het gevoel gehad dat ik je leven kapot heb gemaakt.'

Hij grinnikte.

'Geen wrok, Julia. Ik moest alleen nadenken. Begrijpen. Alles in elkaar passen. Dat duurde even. Daarom heb je al die tijd niets van me gehoord.'

Ik voelde me enorm opgelucht.

'Maar ik wist wel steeds waar je was,' zei hij glimlachend. 'Ik heb er heel wat tijd aan besteed om je spoor te volgen.' *Mam, hij weet dat je nu hier woont. Hij heeft ook opgezocht waar jij bent. Hij weet wat je hier doet, hij weet waar je woont.* 'Wanneer ben je precies naar New York verhuisd?' vroeg hij.

'Vlak nadat de baby werd geboren. In het voorjaar van 2003.'

'Waarom ben je weggegaan uit Parijs? Als je me dat tenminste wilt vertellen...'

Ik lachte hem halfslachtig, spijtig toe. 'Mijn huwelijk was stukgelopen. Ik was net bevallen. Ik kon het niet over mijn hart verkrijgen in de rue de Saintonge te gaan wonen na alles wat daar was gebeurd. En ik wilde graag terug naar de States.'

'En hoe heb je dat aangepakt?'

'We hebben een poosje bij mijn zus gelogeerd in Upper East Side, en toen vond ze een woning die ik van een van haar vrienden kon onderhuren. En mijn ex-baas heeft een geweldige baan voor me gevonden. En jij?'

'Hetzelfde verhaal. Het leven in Lucca was niet meer mogelijk. En mijn vrouw en ik...' Zijn stem stierf weg. Hij maakte een gebaar met zijn vingers alsof hij iemand gedag zwaaide, *vaarwel*. 'Vóór Roxbury heb ik hier als jongen gewoond. En het idee spookte al een tijdje door mijn hoofd. Dus ben ik uiteindelijk gegaan. Ik heb eerst bij een van mijn oudste vrienden gelogeerd in Brooklyn, en toen heb ik een woning gevonden in de Village. Ik doe hier hetzelfde werk. Culinair recensent.'

Williams mobieltje ging. Weer de vriendin. Ik draaide me om om hem wat privacy te gunnen. Ten slotte legde hij het mobieltje neer.

'Ze is een beetje bezitterig,' zei hij schaapachtig. 'Ik denk dat ik 'm maar even uitzet.' Hij rommelde aan het toestel.

'Hoe lang zijn jullie al bij elkaar?'

'Een paar maanden.' Hij keek me aan. 'En jij? Heb jij een vriend?'

'Ja.' Ik dacht aan Neils hoffelijke, nietszeggende glimlach. Zijn behoedzame gebaren. De routineuze seks. Ik had bijna gezegd dat het niets voorstelde, dat het me alleen ging om het gezelschap, omdat ik niet tegen alleen-zijn kon, omdat ik elke nacht aan hem, William, en aan zijn moeder dacht, elke nacht van de afgelopen tweeënhalf jaar, maar ik hield mijn mond. Ik zei alleen: 'Het is een aardige man. Gescheiden. Jurist.'

William bestelde verse koffie. Toen hij mijn kopje volschonk, zag ik weer hoe mooi zijn handen waren, met die lange, taps toe-lopende vingers.

'Ongeveer een halfjaar na onze laatste ontmoeting,' zei hij, 'ben ik teruggegaan naar de rue de Saintonge. Ik moest je zien. Met je praten. Ik wist niet waar ik je kon bereiken, ik had je telefoon-nummer niet en ik wist niet meer hoe je echtgenoot heette, dus ik kon je niet eens opzoeken in het telefoonboek. Ik dacht dat je daar nog zou wonen. Ik had er geen idee van dat je verhuisd was.'

Hij zweeg even en ging met een hand door zijn dikke, zilver-grijze haar.

'Ik had alles gelezen over de Vel d'Hiver-razzia, ik was naar Beaune-la-Rolande geweest en naar de straat waar het stadion was. Ik had Gaspard en Nicolas Dufaure opgezocht. Zij namen me mee naar het graf van mijn oom, op de begraafplaats van Orléans. Zulke aardige mannen. Maar het viel niet mee, het was zwaar. En ik wou dat jij bij me was. Ik had dat nooit alleen moeten doen, ik had "ja" moeten zeggen toen je aanbood met me mee te gaan.'

'Misschien had ik moeten aandringen,' zei ik.

'Ik had naar je moeten luisteren. Het was te veel om alleen te dragen. En daarna, toen ik uiteindelijk terugging naar de rue de Saintonge, toen die onbekende mensen de deur opendeden, had ik het gevoel dat je me in de steek had gelaten.'

Hij sloeg zijn ogen neer. Ik zette mijn koffiekopje weer op het schoteltje en voelde de verontwaardiging in me opwellen. Hoe kon hij dat zeggen, dacht ik, na alles wat ik voor hem had gedaan, na al die tijd, die inspanning, het verdriet, de leegte.

Hij moet iets hebben afgelezen aan mijn gezicht, want hij leg-de snel zijn hand op mijn mouw.

'Sorry dat ik dat zei,' mompelde hij.

'Ik heb je nooit in de steek gelaten, William.'

Mijn stem klonk stug.

'Dat weet ik, Julia. Het spijt me.'

De zijne klonk diep en krachtig.

Ik ontspande me. Het lukte me te glimlachen. We dronken in stilte onze koffie. Soms raakten onze knieën elkaar onder het tafeltje. Het voelde vanzelfsprekend om bij hem te zijn. Alsof we dit al jaren deden. Alsof dit niet pas de derde keer was dat we elkaar zagen.

'Is je ex-man het ermee eens dat je hier met de kinderen woont?' vroeg hij.

Ik haalde mijn schouders op. Ik keek naar het kleine meisje dat in haar wandelwagen in slaap was gevallen. 'Het viel niet mee. Maar hij is verliefd op een ander. Al een hele tijd. Dat scheelde wel. Maar hij ziet de meisjes niet vaak. Hij komt af en toe hierheen, en Zoë brengt haar vakanties door in Frankrijk.'

'Hetzelfde verhaal als mijn ex-vrouw. Ze heeft weer een kind gekregen. Een jongen. Ik ga zo vaak ik kan naar Lucca om mijn dochters op te zoeken. Of ze komen hierheen, maar niet zo vaak. Ze zijn inmiddels al aardig volwassen.'

'Hoe oud zijn ze?'

'Stefania is eenentwintig en Giustina negentien.'

Ik floot. 'Dan was je nog jong toen je hen kreeg.'

'Te jong, misschien.'

'Ik weet het niet,' zei ik. 'Soms vind ik het wel lastig met de kleine. Ik wou dat ik haar eerder had gekregen. Er zit zoveel jaar tussen haar en Zoë.'

'Het is een schatje,' zei hij, terwijl hij een flinke hap van zijn cheesecake nam.

'Ja, dat is ze ook. Het oogappeltje van haar moeder.'

We grinnikten allebei.

'Vind je het erg dat je geen zoon hebt?' vroeg hij.

'Nee, ik niet. Jij?'

'Nee, ik ben dol op mijn dochters. Maar misschien krijgen ze nog weleens zoons. Ze heet dus Lucy?'

Ik keek even naar hem. Toen naar haar.

'Nee, zo heet haar giraffe,' zei ik.

Er viel even een stilte.

'Haar naam is Sarah,' zei ik rustig.

Hij hield op met kauwen en legde zijn vork neer. Zijn blik veranderde. Hij keek naar mij, naar het slapende kind en zei niets.

Toen verborg hij zijn gezicht in zijn handen. Zo bleef hij een paar minuten zitten. Ik wist niet wat ik moest doen. Ik raakte zijn schouder aan.

Stilte.

Ik voelde me opnieuw schuldig, alsof ik iets onvergeeflijks had gedaan. Maar ik had altijd geweten dat dit kind Sarah zou gaan heten. Zodra ik hoorde dat het een meisje was, op het moment dat ze werd geboren, had ik geweten wat haar naam was.

Er was geen andere naam mogelijk geweest voor mijn dochter. Zij was Sarah. Mijn Sarah. Een afspiegeling van die ander, van die andere Sarah, van het meisje met de gele ster dat mijn leven had veranderd.

Ten slotte haalde hij zijn handen weg en ik zag zijn gezicht, ontdaan, prachtig. Dat intens verdrietige, de emotie in zijn ogen. Hij was niet bang om dat te laten zien. Hij vocht niet tegen de tranen. Het leek erop dat hij wilde dat ik dit allemaal zag, de schoonheid en pijn van zijn leven, hij wilde me zijn dankbaarheid tonen, zijn erkentelijkheid, zijn pijn.

Ik pakte zijn hand en kneep er even in. Ik kon zijn blik niet langer verdragen, dus sloot ik mijn ogen en legde zijn hand tegen mijn wang. Ik huilde met hem mee. Ik voelde dat zijn vingers nat werden van mijn tranen, maar ik hield zijn hand daar.

Zo zaten we een hele poos, totdat de mensen om ons heen vertrokken, tot de zon onderging en het licht veranderde. Totdat we het gevoel hadden dat we elkaar weer konden aankijken, zonder tranen.

Met dank aan:
Nicolas, Louis en Charlotte
Andrea Stuart, Hugh Thomas, Peter Viertel

En ook aan:
Valérie Bertoni, Charla Carter-Halabi, Valérie Colin-Simard,
Holly Dando, Cécile David-Weill, Pascale Frey, Violaine en Paul
Gradvohl, Julia Harris-Voss, Sarah Hirsch, Jean de la Hosseraye,
Tara Kaufmann, Laetitia Lachman, Hélène Le Beau, Agnès
Michaux, Emma Parry, Laure du Pavillon, Jan Pfeiffer, Catherine
Rambaud, Pascaline Ryan-Schreiber, Susanna Salk, Ariel en
Karine Toledano

En *last but not least*:
Héloïse d'Ormesson en Gilles Cohen-Solal

Tatiana de Rosnay
Lucca, juli 2002 – Parijs, mei 2006

Voor wie meer wil weten: hieronder staat een overzicht van de boeken die me het meeste inzicht hebben gegeven in deze zwarte bladzijde uit de Franse geschiedenis.

Boussinot, Roger, *Les Guichets du Louvre*, Gaia Editions

Conan, Eric, *Sans oublier les enfants*, (*Les camps de Pithiviers et Beaune-la-Rolande*), Livre de Poche

Convoi Numéro 6, Editions le Cherche-Midi

Delpard, Raphaël, *Les convois de la honte*, Editions Michel Lafon

Finger, Blanche en William Karel, '*Opération Vent Printanier*', *La rafle du Vel' d'Hiv'*, Editions La Découverte

Grinspan, Ida, *J'ai pas pleuré*, Editions Robert Laffont

Jamet, Dominique, *Journal d'un petit Parisien, 1941-1945*, Editions J'ai Lu

Kaspi, André, *Les Juifs pendant l'Occupation*, Points/Seuil

Klarsfeld, Serge, *Le Calendrier des la persécution des Juifs de France*, Fayard

Klarsfeld, Serge, *Le Mémorial des enfants juifs de France*, Fayard

Klarsfeld, Serge, *Vichy-Auschwitz*, Fayard

La rafle du Vel' d'Hiv', *Le cinéma de l'Histoire*, cassette vidéo, Passeport Productions/ Editions Montparnasse/la Marche du Siècle

Lettres de Drancy, un été 42, Editions Taillandier

Lévy, Claude en Paul Tillard, *La Grande Rafle du Vel' d'Hiv'*, Editions Robert Laffont

Moscovici, Jean-Claude, *Voyage à Pitchipoi*, Ecole des Loisirs

Muller, Annette, *La Petite Fille du Vel' d'Hiv'*, Denoël

Paroles d'Etoiles, Mémoire d'enfants cachés, 1939-1945, Librio

Poznanski, Renée, *Les Juifs en France pendant la Seconde Guerre Mondiale*, Hachette Littératures

Rajfus, Maurice, *La Rafle du Vel' d'Hiv'. Que sais-je?* Presses Universitaires de France

Rajfus, Maurice, Paris, 1942, *Chroniques d'un survivant*, Editions Noesis

Rotman, Michèle, *Carnets de Mémoire*, Editions Ramsay

Thorpe, Janet, *Nous n'irons pas à Pitchipoi*, Editions de Fallois

Vaillaud, Pierre, *Les français sous l'Occupation*, Editions Pygmalion/France Loisirs

Vincenot, Alain, *Je veux revoir maman*, Editions des Syrtes

Wajsbrot, Cécile, *Beaune-la-Rolande*, Editions Zulma